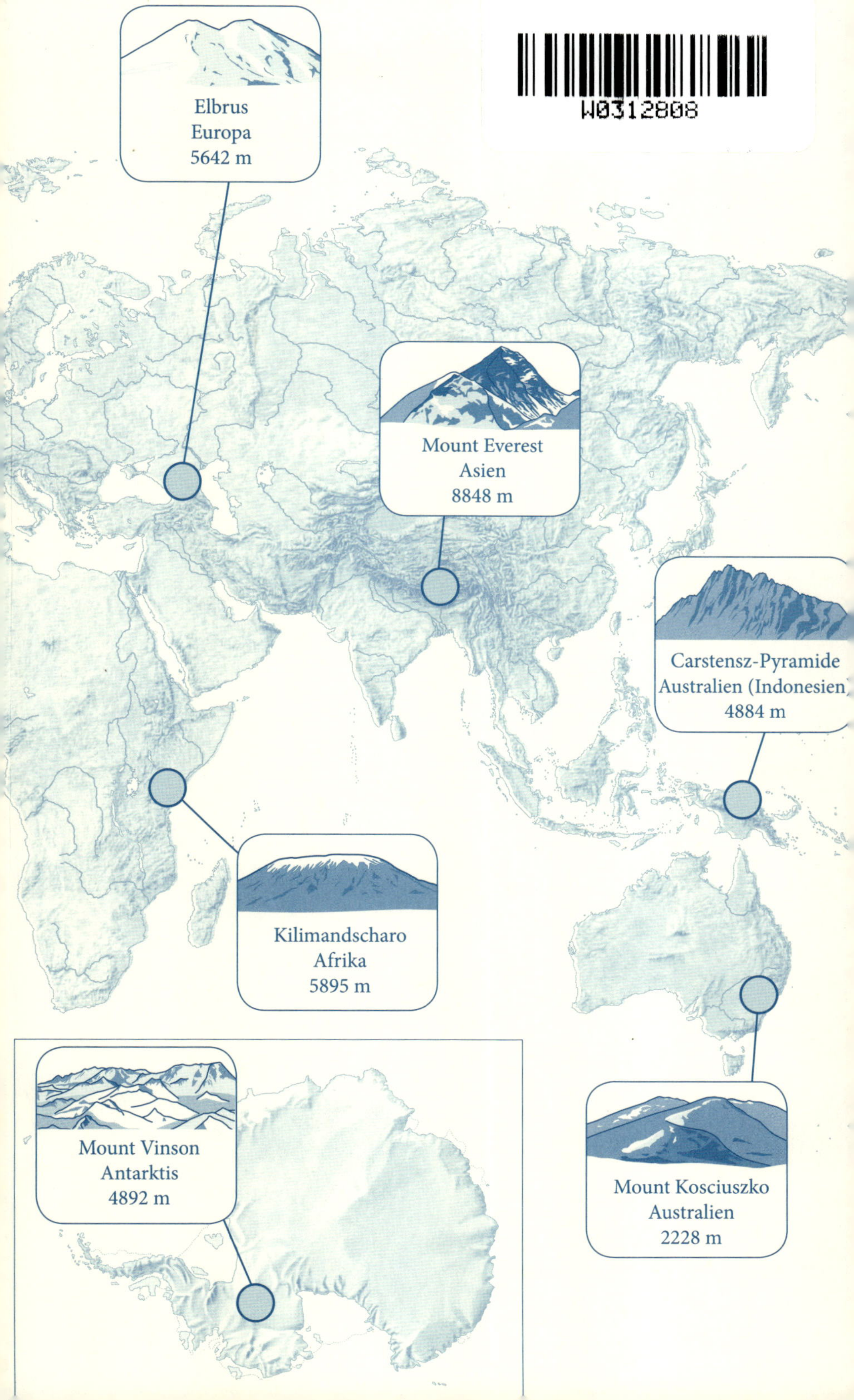
Elbrus
Europa
5642 m
Mount Everest
Asien
8848 m
Carstensz-Pyramide
Australien (Indonesien)
4884 m
Kilimandscharo
Afrika
5895 m
Mount Vinson
Antarktis
4892 m
Mount Kosciuszko
Australien
2228 m

Jordan Romero
mit Linda LeBlanc

KEIN GIPFEL ZU HOCH

Wie ich die sieben höchsten Berge
aller Kontinente bezwang

JORDAN ROMERO
MIT LINDA LEBLANC

KEIN GIPFEL ZU HOCH

WIE ICH DIE SIEBEN HÖCHSTEN BERGE ALLER KONTINENTE BEZWANG

Aus dem Englischen von
Cornelia Panzacchi

cbj

cbj Kinder- und Jugendbuchverlag
in der Verlagsgruppe Random House

MIX
Papier aus verantwortungsvollen Quellen
FSC® C014496
FSC www.fsc.org

Verlagsgruppe Random House FSC® N001967
Das für dieses Buch verwendete FSC®-zertifizierte Papier
Super Snowbright liefert Hellefoss AS, Hokksund, Norwegen.

1. Auflage 2015

Die Originalausgabe erschien 2014 unter dem Titel
»No Summit out of Sight. The True Story of the Youngest Person to Climb
the Seven Summits« bei Simon & Schuster, New York

Übersetzung: Cornelia Panzacchi
Karte: © Peter Palm, Berlin
Umschlagfoto: © Simon & Schuster, Inc.; © 2009 by Karen Lundgren
Umschlaggestaltung: init – Kommunikationsdesign, Bad Oeynhausen
kg · Herstellung: UK
Satz: Uhl + Massopust, Aalen
Druck: GGP Media GmbH, Pößneck
ISBN: 978-3-570-15997-2
Printed in Germany

www.cbj-verlag.de

Für alle Menschen, junge und alte,
die nach ihrem eigenen Everest suchen.

Prolog

26. April 2010 – Mount Everst

Alles, was ich hörte, war mein keuchender Atem und das Knirschen meiner Steigeisen im verharschten Schnee. Ich überquerte einen nahezu senkrechten Hang, der unter mir noch steiler wurde und der schließlich über einem schier endlos tiefen Abgrund abbrach. Aber ich war mit einem am Berg verankerten Seil gesichert, meine Stiefmom Karen und unsere Sherpas Ang Pasang und Karma waren vor mir, mein Vater Paul ging hinter mir. Das Wetter war perfekt, der Himmel strahlend blau und wolkenlos. Ein herrlicher Tag zum Bergsteigen.

Ich machte einen Schritt, dann noch einen. Plötzlich zerriss ein Donnern die Stille. Der Boden unter meinen Füßen geriet in Bewegung.

Ich sah auf. Über uns brach eine Eiswand, so hoch wie ein zehnstöckiges Haus, vom Berg ab und explodierte. Eine Sekunde später raste eine riesige weiße Wolke den Hang hinunter und wurde dabei höher und höher. Und schneller und schneller. Schneestaub erfüllte die Luft.

Die Lawine stürzte direkt auf mich zu.

Erfüllt von Panik, war ich wie gelähmt. Ich konnte nicht mehr denken, nicht mehr reagieren.

Schnee und Eis verschütteten den Pfad, auf dem wir unterwegs gewesen waren.

Unvorstellbar kalte Luft brannte in meinem Rachen und meiner Lunge.

Die Welle erfasste mich und wälzte sich über mich hinweg. Alles um mich herum war weiß. Ich verlor das Gleichgewicht und bekam keine Luft mehr. Wo war der Himmel, wo die Erde? Verzweifelt trat ich um mich, um mit den Steigeisen in Eis, Schnee oder sonst irgendetwas Halt zu finden. Um nicht in den tödlichen Abgrund zu stürzen.

Ich wollte schreien, aber über meine Lippen kam kein Laut.

Ich hing immer noch an dem Seil, das mich mit dem Berg verband, doch mit einem furchtbaren Ruck, der durch meinen Körper ging, rissen einige Fasern dieses rettenden Ankers. Würde das, was von dem Seil übrig geblieben war, stark genug sein, um mich weiterhin zu sichern?

Eine zweite Welle aus Eis und Schnee riss mich mit und direkt auf den Abgrund zu. »Dad!«, schrie ich. Hatte ich ihn verloren? Wo waren Karen und die anderen?

Das Donnern entfernte sich und ein eisiger, peitschender Wind setzte ein. Endlich hörte der Boden auf, sich zu bewegen. Ich rammte meine Steigeisen in massives Eis, doch noch immer konnte ich im dichten Schneegestöber nichts erkennen. Mein Herz klopfte wie wild und ich schrie erneut: »Dad!«

Niemand antwortete. Ich war allein, allein mit dem eisigen Atem, den mir der Mount Everest ins Gesicht blies.

Verzweifelt klammerte ich mich an den steilen Hang.

Der Traum, der viele Jahre lang den Kern meines Lebens gebildet hatte, war ausgeträumt. Doch nein, es durfte nicht so enden, nicht damit, dass ich die Menschen verlor, die ich liebte, die Sherpas verlor, die ihr Leben riskierten, um mir beim Erreichen meines Ziels zu helfen. Ich schrie wieder und wieder und die Eisluft schnitt tiefer und tiefer in meine Kehle ein.

Wenn den anderen etwas passiert war, dann war ich daran schuld. Ich hatte sie zu diesem Berg gelockt, der schon über 200 Menschenleben gefordert hatte, an dessen Besteigung jeder elfte Bergsteiger scheiterte und dieses Scheitern mit seinem Leben bezahlte. Sehnlichst wünschte ich mir, ich könnte die Zeit zurückdrehen, zurück bis zu dem Tag, an dem ich zum ersten Mal gesagt hatte: »Ich will die Seven Summits besteigen.« Vielleicht hätte ich alles anders machen sollen.

Vielleicht war diese Reise ein Fehler gewesen, ein ungeheuerlicher Fehler.

1. Kapitel

An dem Tag, an dem mein viertes Schuljahr begann, teilte ich meinem Vater mit, dass ich die Seven Summits bezwingen wollte – die jeweils höchsten Gipfel der sieben Kontinente.

Ich war damals neun Jahre alt und hatte den ganzen Sommer lang an ein Bild gedacht, das auf eine Wand meiner Grundschule gemalt war. Es zeigte die sieben höchsten Gipfel der Welt und in meinem dritten Schuljahr war ich jeden Tag auf dem Weg zur Pause und zurück ins Klassenzimmer daran vorbeigegangen. Meine Mitschüler schienen es kaum zu bemerken, doch ich war oft davor stehen geblieben und hatte fasziniert diese Berge betrachtet. Wie würde es sich anfühlen, auf ihren Gipfeln zu stehen und auf den darunterliegenden Kontinent zu blicken? Das wollte ich herausfinden.

Ich sollte an dieser Stelle vielleicht etwas über mich verraten: Wenn mich etwas interessiert, kann ich nicht anders, als mich so lange damit zu beschäftigen, bis ich alles Wissenswerte darüber herausgefunden habe. Als ich kleiner war, entdeckte ich die Reptilien und begann, die einzelnen Arten gründlich zu studieren. Später verlagerte sich mein Wissensdurst auf die Berge.

Ich kann mich für die Dinge, die mich interessieren, unglaublich begeistern, vor allem, wenn es Dinge sind, die mit dem Leben draußen im Freien zu tun haben. Fernsehen oder Videospiele haben mich noch nie besonders gereizt. Sobald ich laufen konnte, war ich praktisch immer draußen, jagte Eidechsen, fuhr Fahrrad, flitzte auf meinem Skateboard durch die Gegend oder fuhr Ski. Vor allem Ski. Das war meine größte Leidenschaft.

Aber ich konnte einfach nicht mehr aufhören, an diese Berge zu denken. In dem Sommer zwischen meinem dritten und vierten Schuljahr versuchte ich, im Internet so viel wie möglich über sie herauszubekommen. Ich legte Listen an, in die ich die jeweilige geografische Lage, die Höhe und die beste Route zum Gipfel eintrug. Dabei entdeckte ich, dass es Menschen gab, die sich zum Ziel gesetzt hatten, alle sieben Berge zu besteigen.

Ich beschloss, dass ich das auch tun wollte.

Auch davor schon hatte ich mir oft Ziele jeglicher Art gesetzt und sie auch erreicht. Deshalb wusste ich, dass manche Dinge nicht sofort umsetzbar waren und ich diese Gipfel nicht ohne Weiteres erklimmen konnte.

Aber das war okay so. Ich war auch extrem geduldig.

Außerdem glaubte ich, dass mein Dad über die Idee gar nicht so entsetzt sein würde. Er und meine Stiefmom Karen sind Profisportler. Sie nehmen an Adventure Races in aller Welt teil. Es ist ein verrückter Sport: So schnell wie möglich und ohne Pausen versuchen sie, zu Fuß, mit Fahrrädern, in Kajaks und Kanus und sogar auf Pferden oder Kamelen vorwärtszukommen, und das in den abgelegensten und wildesten Regionen der Erde. Bei uns zu Hause gingen auch damals schon ständig Sportler ein und aus, die es gewohnt waren, an den extremsten Wettbewerben des Planeten teilzunehmen.

Dad und Karen schauten über den Tellerrand, setzten sich unglaublich hohe Ziele und waren es gewohnt, gefährlich zu leben. Warum sollte ich das nicht auch können?

Der Anblick des Wandbilds an meinem ersten Schultag in der vierten Klasse bestärkte mich in meinem Entschluss. Als mich mein Vater an diesem Tag von der Schule abholte, hatte ich fest vor, es ihm zu sagen.

Er redete die ganze Zeit über das Monsterquerfeldeinrennen, für das er und Karen gerade trainierten. Schon seit Wochen bereiteten sie sich darauf vor. Sie stellten sich pausenlos neuen Herausforderungen und waren der Überzeugung, man müsse sein Leben leben, anstatt einfach nur herumzusitzen und zuzuschauen, wie es verstrich. Ihr Motto stand auf einer Tafel vorne am Haus: »Sei schnell. Versuche dein Glück.«

Und genau das hatte ich vor.

»Hey, Dad, hast du schon mal von den Seven Summits gehört?«

Er sah mich an. »Ja, schon, Little J.« Das war sein Spitzname für mich.

Ich holte tief Luft und atmete dann langsam aus. »Ich will sie besteigen.«

Vor Schreck blieb ihm der Mund offen stehen und er starrte mich eine Minute lang nur an.

»Oookaaay«, sagte er dann gedehnt.

Ich begriff, dass er dachte, ich wollte das *irgendwann*

tun. Doch ich hatte es damit ziemlich eilig. »Nicht erst, wenn ich älter bin. Sondern jetzt.«

Das überraschte ihn wirklich.

»Wie bist du denn *darauf* gekommen?«

Ich erzählte ihm von dem Wandbild und dass ich es schon seit Jahren betrachtete und darüber nachdächte, wie es wohl wäre, von jedem einzelnen dieser Gipfel hinunter auf die Erde zu schauen.

»Und du hast dich wirklich schon darüber informiert?«

Ich verriet ihm, was ich schon alles herausbekommen hatte: Wo die einzelnen Gipfel lagen und wie hoch sie waren, zu welchen Ländern sie gehörten und welche die besten Routen zu den Gipfeln waren.

Mein Vater hat ein ganz besonderes Lächeln. Wenn er lächelt, hat man das Gefühl, es würde im ganzen Raum heller. So lächelt er, wenn er glücklich ist. Und nichts macht ihn glücklicher als eine sportliche Herausforderung. Ich wartete auf dieses Lächeln, und irgendwie wartete ich wohl auch darauf, dass er gleich sagen würde: »Okay, lass uns die Tickets kaufen und dann kann es morgen losgehen!«

Aber das tat er nicht. Stattdessen sagte er: »Bergsteigen ist langwierig, anstrengend und dreckig. Es macht nicht nur Spaß. Du müsstest wochen- oder sogar monatelang trainieren, bis du auch nur den niedrigsten dieser Berge besteigen könntest.«

»Das macht mir nichts aus. Ich werde trainieren«, antwortete ich.

Dad dachte eine Weile nach. Schließlich sagte er nicht Ja, aber auch nicht direkt Nein.

»Lass uns Super K abholen«, schlug er vor, und meinte meine Stiefmom Karen, »und ein bisschen wandern gehen.«

2. Kapitel

An diesem Nachmittag schnallten mir Dad und Karen einen Rucksack auf den Rücken und es ging los.

Unser Haus steht in Big Bear Lake in Kalifornien, am Rande des San Bernardino National Forests. Seine Höhenlage von ungefähr 2100 Metern über dem Meeresspiegel war natürlich kein Vergleich mit dem Mount Everest, aber doch über dem durchschnittlichen Höhenniveau der USA, das bei 762 Metern liegt. Um eine Bergwanderung zu unternehmen, mussten wir nur durch die Haustür und auf die San Bernardino Mountains gehen. Dad und Karen taten das so gut wie jeden Tag.

Ich war nie ein begeisterter Wanderer gewesen. Vielleicht wollte Dad deshalb, dass ich ausgerechnet jetzt, wo ich ihm von meinem Plan erzählt hatte, mit ihnen wandern ging. Ich bin wahnsinnig gerne draußen, aber wandern um des Wanderns willen hatte ich immer langweilig gefunden. Ich musste ein Ziel haben, etwas, das mich wirklich interessierte. Dieses Mal war es nicht anders als sonst. Nach zehn Minuten ging mir die Puste aus und von der ungewohnten Anstrengung hatte ich Herzklopfen bekommen.

»Ich bin müde. Können wir umkehren?«, fragte ich.

»Keine Eidechsen, Käfer oder Schlangen heute?«, fragte Karen.

Wenn ich mit ihnen wandern ging, hielt ich normalerweise die ganze Zeit nach Reptilien Ausschau.

»Nö, heute nicht«, antwortete ich.

»Da!«, sagte Dad, als eine Echse quer über unseren Weg flitzte.

»Ein Stachelleguan. Klasse!« Ich rannte hinterher. Ich wollte ihn nur einmal kurz halten, um mir seinen leuchtend blauen Bauch anzuschauen.

Von da an suchte ich wieder die Gegend nach Tieren ab. Ich merkte gar nicht, dass es 45 Minuten lang steil nach oben ging, bis wir den Gipfel erreicht hatten. Wenn ich so eine langweilige Wanderung überstanden hatte, fand ich, würde ich auch alle anderen Bergbesteigungen schaffen. Auf *richtigen* Bergen würde das Wandern sowieso viel lustiger werden. Oder?

Als wir wieder zu Hause waren, schlug ich auf der Küchentheke einen Weltatlas auf. Dad und Karen schauten mir über die Schulter, als ich auf jeden einzelnen der Seven Summits zeigte. Ich fing beim niedrigsten an und hörte beim höchsten auf.

»Das hier ist Mount Kosciuszko in Australien«, erklärte ich. »Und überhaupt ist da unten in Australien alles voller Reptilien.«

Karen lächelte. »Vielleicht triffst du da ja Steve Irwin.«

Damals war ich ein totaler Fan von Steve Irwin. Seine Dokumentarserie *The Crocodile Hunter* war eine der wenigen Fernsehsendungen, die mich interessierten. Ich besaß all seine Filme auf Video und sah sie mir immer wieder an, bis die Kassetten kaputtgingen. Irwin hatte mich dazu inspiriert, Reptilien zu sammeln, und deshalb teilte ich mein Zimmer mit einer Sammlung von Schlangen, Krötenechsen, Eidechsen und anderen wechselwarmen Tieren.

»Der nächsthöhere ist Mount Vinson auf Antarktika«, fuhr ich fort und schlug die entsprechende Seite auf. »Seid ihr da schon mal ein Rennen gelaufen?«

Dad schüttelte den Kopf. »Nein. Aber ich weiß, dass da alljährlich ein Marathon veranstaltet wird.«

»Der Elbrus ist der höchste Berg Europas, aber er liegt in Russland«, meinte ich achselzuckend. Mir war nicht klar gewesen, dass man Russland zu Europa rechnete. »Wer entscheidet denn so etwas?«

»Keine Ahnung«, erwiderte Karen. »Ich dachte immer, der höchste Berg Europas sei der Mont Blanc in den Alpen.«

Ich schlug eine Seite mit einer Afrikakarte auf und zeigte auf Tansania. »Der nächste ist der Kilimandscharo. Sein Gipfel war früher von Schnee bedeckt, aber mittlerweile schmelzen die Gletscher. In den nächsten 20 Jahren werden sie ganz verschwinden. Ich will sie sehen, solange es sie noch gibt.«

Karen nickte. »Wir haben sowieso schon mal darüber geredet, eine Afrikareise zu machen.«

»Der nächsthöhere ist Mount McKinley in Alaska. Es sollte nicht allzu schwer sein, dahin zu kommen«, sagte ich. »Schließlich ist er hier, in unserem eigenen Land.«

»Aber der Aufstieg ist extrem schwierig, Jordan«, meinte Dad. »Er liegt in der Nähe des Nordpols. Wir hätten es mit äußerst problematischen Wetterbedingungen zu tun.«

Die Vorstellung, auf all diesen Gipfeln zu stehen, nahm mich so sehr in Anspruch, dass ich keine Zeit hatte, über das Wetter nachzudenken. »Was ist mit dem hier?«, fragte ich. »Habt ihr gewusst, dass der Aconcagua in Argentinien der höchste Berg der Erde außerhalb des Himalajas ist?«

Dad wirkte beeindruckt. »Nein, das wusste ich nicht.«

Grinsend lehnte ich mich auf meinem Hocker zurück. »Und dann kommt der Große. Mount Everest. Stellt euch vor, ihr steht auf dem höchsten Punkt der Erde und könnt unendlich weit schauen. Ich kann es kaum erwarten!«

»Langsam, Little J«, mahnte Karen. »Wir sollten die Berge lieber einzeln und der Reihe nach in Angriff nehmen.«

Ich wagte einen vorsichtigen Seitenblick zu Dad hinüber. Bedeutete das, dass wir es wirklich machen würden? Wenn ja, dann wurde es jetzt Zeit, die nächste Bombe platzen zu lassen.

»Es gibt zwei Listen der Seven Summits«, erklärte ich. »Und wenn man es richtig machen will, muss man acht Berge besteigen, und nicht sieben.«

»Man muss auf acht Berge klettern, um die Seven Summits zu besteigen? Ich glaube, da hat sich jemand verrechnet!«, witzelte Dad.

Ich weiß nicht, ob er das wirklich nicht wusste oder ob es ihm einfach nur Spaß machte, mich so aufgeregt zu sehen. Er hörte zu, während ich die ganzen Fakten herunterratterte – praktisch alles, was ich im Laufe des Sommers an Infos zusammengetragen hatte. Je länger ich darüber redete, desto aufgedrehter wurde ich.

Ich erzählte Dad und Karen alles über Dick Bass. Das war ein Geschäftsmann, der auf die Idee gekommen war, die Seven Summits zu besteigen. Für ihn war Mount Kosciuszko der höchste Berg Australiens und 1985 hatte er alle sieben Gipfel seiner Liste bezwungen. 1986 nahm der berühmte Bergsteiger Reinhold Messner die Herausforderung der Seven Summits an. Doch er behauptete, die Carstensz-Pyramide in Indonesien solle anstelle des Mount Kosciuszko als siebter Gipfel gezählt werden, da sie technisch wesentlich schwieriger zu bewältigen und auch höher sei. Außerdem gehört sie zu Indonesien, was wiederum ebenso wie Australien zu Ozeanien zählt.

Ob das nun stimmt oder nicht, sollen Geografen entscheiden. Ich für meinen Teil aber hatte eine Entscheidung getroffen, die mir wichtiger war. »Ich will alle acht auf meine Liste setzen«, verkündete ich.

»Wie viele Menschen sind auf all diesen Gipfeln gewesen?«, wollte Dad wissen.

Ich bin mir sicher, dass es inzwischen mehr geworden sind, doch zum damaligen Zeitpunkt hatten 87 Menschen die Liste mit der Carstensz-Pyramide geschafft und knapp über hundert die Liste, die den Kosciuszko mit einbezog. Eine wesentlich kleinere Anzahl Bergsteiger hatte alle acht Gipfel bezwungen: Die meisten hatten sich entweder für die eine oder die andere Liste entschieden.

»Da hast du dir ja ganz schön was vorgenommen«, sagte Dad.

Mir war immer noch nicht klar, ob er mir nun grünes Licht gegeben hatte, oder nicht. Eines aber war sicher: Ich hatte seine und Karens Aufmerksamkeit. Es wurde Zeit, den ersten Berg in Angriff zu nehmen.

3. Kapitel

Jedes Jahr machten wir eine Liste all der faszinierenden Orte, an denen wir gerne Urlaub machen würden. Karen schrieb sie dann alle auf die Ränder eines großen Bogens Papier. Ich legte einen Pfeil in die Mitte, brachte ihn dazu, sich um die eigene Achse zu drehen, und wartete gespannt, worauf er zeigen würde. In diesem Jahr hatte er auf Afrika gezeigt, und wir planten, in meinen Frühlingsferien eine Safari zu machen.

»Wenn wir schon mal in Afrika sind, könnten wir ja den Kilimandscharo besteigen«, schlug ich vor.

Karen grinste anerkennend. »Clevere Taktik, Little J!« Dann wurde sie wieder ernst. »Wenn wir den Kilimandscharo besteigen wollen, musst du dafür trainieren: Mindestens dreimal die Woche wandern und dabei jedes Mal höher gehen und steilere Strecken bewältigen. Und schwerere Lasten tragen.«

»Und du musst dich auch mental darauf vorbereiten«, ergänzte Dad. »Du musst dich immer weiter antreiben, auch wenn du völlig durchgefroren und erschöpft bist. Nur so kannst du richtig zäh und ausdauernd werden.« Lächelnd lehnte er sich mit hinter dem Nacken verschränkten Händen auf seinem Stuhl zurück. Wenn er von seinen Adventure Races zurückkam, erzählte er immer Geschichten von Leuten, die es geschafft hatten, ihre eigenen Erwartungen zu übertreffen. Ich glaube, dass ihm der Erfolg anderer ebenso viel Freude machte, wie selbst zu siegen. Im Grunde ging es immer darum, Bestleistungen zu erbringen.

Ich wünschte mir, dass er eines Tages derartige Geschichten über mich erzählen konnte. »Ich kann es schaffen«, sagte ich nachdrücklich.

Dad sah zu Karen hinüber. »Was meinst du?«

»Es macht Sinn, es mit dem Kilimandscharo zu versuchen, wenn wir sowieso dahin fliegen«, antwortete sie.

Ich sprang auf und klatschte beide ab. »Kilimandscharo, wir kommen!«, rief ich. *Es geht los,* dachte ich. *Ich werde meinen ersten Gipfel besteigen!*

Vor lauter Aufregung konnte ich in der Nacht kaum schlafen. Ich zog mir die Decke bis zum Kinn hoch, schloss die Augen und stellte mir vor, ich stünde auf dem Gipfel des Kilimandscharo und könnte von dort aus ganz Afrika sehen.

Als ich am folgenden Nachmittag aus der Schule nach Hause kam, war ich immer noch in Hochstimmung. Doch Karen hatte schlechte Nachrichten: Sie hatte im Internet gelesen, dass man mindestens zehn Jahre alt sein musste, um den Kilimandscharo National Park auch nur zu betreten. Das bedeutete, dass es mit den Frühlingsferien nichts werden würde. Ich musste bis Juli warten. Aber ich wollte jetzt auf den Gipfel, nicht erst in neun Monaten!

Am Sonntagabend kehrte ich in das Haus meiner Mutter zurück, wo ich mit ihr und meiner sechs Jahre jüngeren Halbschwester Makaela wohne. Ich bin abwechselnd jeweils eine Woche bei meiner Mom und eine Woche bei meinem Dad, und eigentlich hasse ich es, mich zwischen ihnen aufteilen zu müssen. Ich ziehe ständig hin und her und meine Sachen sind über beide Haushalte verteilt. Jeden Sonntagabend muss ich für die kommende Woche packen, und manchmal vergesse ich etwas, das ich später brauche. Das Leben wäre so viel einfacher, wenn sich meine Eltern niemals getrennt hätten. Andererseits bin ich gerne Makaelas großer Bruder.

Ich freute mich schon darauf, Mom vom Kilimandscharo zu erzählen. Mom hat ein großes Herz. Wie alle Mütter dieser Welt will sie immer wissen, wo ich bin und was ich gerade mache, aber sie ist kein Kontrollfreak oder übermäßig ängstlich. Ich wusste, dass ich ihre Erlaubnis brauchte, um meinen Traum verwirklichen zu können, und ich hoffte, sie würde sich für mich freuen.

Ich erzählte es ihr, als wir am Nachmittag Äpfel und Kekse aßen. »Wir wollen im Sommer nach Afrika fliegen, und wenn wir schon mal da sind, steigen wir auf den Kilimandscharo.«

Sie zog die Brauen hoch. »Wirklich, Jordan? War das deine Idee oder die deines Vaters?«

»Ganz allein meine«, erwiderte ich. »Kennst du dieses Wandbild in der Schule mit den höchsten Bergen aller Kontinente?«

»Ja.«

»Ich habe den ganzen Sommer lang darüber nachgedacht. Wäre es nicht toll, auf all diesen Gipfeln zu stehen?«

»Du willst also auf *alle sieben* klettern?«

Ich nickte. Die Zeit schien mir noch nicht reif, ihr zu erzählen, dass es in Wirklichkeit acht waren.

Sie sah mich an, und mir war, als könne sie direkt in mein Herz sehen. »Bist du wirklich bereit, etwas so Schwieriges in Angriff zu nehmen? Du bist bisher noch keine zwei Kilometer weit gewandert, ohne zu jammern. Weißt du nicht mehr, wie wir letztes Frühjahr auf den Butler Peak steigen wollten? Auf halber Strecke hast du dich erschöpft auf den Boden geworfen und geschrien: ›Lasst mich hier! Ich schaffe es nicht! Lasst mich hier sterben!‹«

Das stimmte. Doch wie schon gesagt hatte mich das Wandern um des Wanderns willen nie besonders interessiert. Aber eine Wanderung hinauf zum höchsten Gipfel Afrikas? Das war etwas, wofür ich mich anstrengen wollte. Mom wusste, dass ich mir gerne Ziele setzte. Besonders solche, die nicht einfach zu erreichen waren. Ich versuchte, ihr zu erklären, dass der Gipfel des Kilimandscharo für mich so etwas wie das höchste Ziel war.

»Ich will alles mir Mögliche tun, um es zu erreichen.«

»Und du fühlst dich dafür stark genug?«

»Ich *werde* stark genug dafür sein«, versprach ich. »Dad und Karen haben genügend Zeit, mich zu trainieren. Ich darf den Kilimandscharo National Park sowieso erst betreten, wenn ich zehn bin.«

Mom drückte mich fest. »Du weißt, dass man sich beim Bergsteigen verletzen kann.«

Ich nickte. »Ich werde vorsichtig sein. Außerdem ist das kein Berg mit tiefen Spalten oder scharfen Felskanten. Es ist einfach nur eine lange Wanderung. Dad sagt, dass wir nicht einmal Eispickel oder Seile brauchen werden.«

Moms Gesicht nahm einen besorgten Ausdruck an. »Dein Dad und Karen sind Querfeldeinläufer, keine Bergsteiger.«

Da hatte sie recht. Dad und Karen hatten an jeder Art von Adventure Race teilgenommen, aber noch nie hatten sie einen Berg wie den Kilimandscharo bestiegen. Andererseits hatten sie mehr als genug Erfahrung mit Wandern, Klettern, Bergsteigen in großen Höhen und dem Überleben unter extremen Bedingungen. Außerdem arbeitete Dad als Sanitäter bei der Luftrettung.

»Dad kennt sich mit Extremsituationen besser aus als jeder andere«, stellte ich fest.

Sie nickte. »Ja, vermutlich schon. Karen und er haben schon die schwierigsten Situationen gut bewältigt.«

»Und sie werden mir helfen, sie zu bewältigen«, sagte ich. »Sie werden dafür sorgen, dass ich bereit bin, wenn es losgeht.«

Mom dachte eine Weile darüber nach. Sie wusste, dass mir nichts passieren würde, wenn Dad und Karen bei mir waren – sie würden alles in ihrer Macht Stehende dafür tun. Mir war klar, dass ich sie überzeugt hatte, als sie aufhörte, sich Sorgen um mich zu machen, und das Thema Geld ansprach.

»Wie will dein Vater das finanzieren? Er hat doch gar nicht so viel Geld!«

Ich hatte mir noch keine Gedanken darüber gemacht, dass eine derartige Reise sehr teuer war, und wir hatten auch nicht darüber gesprochen. »Das weiß ich nicht«, gab ich zu.

Dad und Karen hatten für ihre Adventure Races Sponsoren, die ihnen als Gegenleistung für Werbung Ausrüstungen zur Verfügung stellten und mitunter auch Geld zahlten. Ich hoffte, sie würden für unsere Expeditionen ebenfalls Sponsoren gewinnen können.

Mom seufzte. »Ich bin mir sicher, dass ihm da schon etwas einfallen wird. Ich will dir nicht im Weg stehen, aber versprich mir, dass du vorsichtig sein wirst.«

»Ja, das verspreche ich dir.«

4. Kapitel

Über die Gipfel wusste ich inzwischen schon gut Bescheid. Aber was genau man tun musste, um sie zu erklimmen, war mir immer noch ein Rätsel. Ich hatte keine Ahnung, wie weit ich einen schweren Rucksack würde tragen müssen oder wie anstrengend es sein konnte, sehr steile Bergpfade hinaufzulaufen. Ich dachte kaum über solche Dinge nach, sondern nur daran, wie wichtig es mir war, diese acht Gipfel zu erreichen.

Bergsteigen kann sehr unterschiedlich ausfallen, je nachdem, welchen Berg man in Angriff nimmt. Auf manche Berge geht es sich sehr bequem, und man braucht nicht mehr mitzunehmen, als einen Rucksack mit Wasser und ein paar kleine Snacks. Für steilere Anstiege benötigt man eine richtige Ausrüstung, bestehend aus Bergschuhen und Stöcken, oder im Winter Schneeschuhen und Eispickeln. Und natürlich gibt es auch Gipfel, die man nur erreichen kann, wenn man steile Felswände hinaufklettert. Das erfordert viel Übung im technischen Klettern, d.h. im Umgang mit Haken, Seilen und anderen Hilfsmitteln. Mit diesen Einzelheiten würde ich mich später befassen und alles Erforderliche lernen. Jetzt aber konzentrierte ich mich erst einmal auf den Kilimandscharo.

Ich habe mich nie für Ausdauersportarten begeistern können, nicht so wie Dad und Karen. Ich sah mich mehr als Sprinter. Aber um auch nur auf *einen* Gipfel zu kommen, musste ich meine Ausdauer trainieren.

In den ersten Wochen wanderten wir drei in den Bergen und Tälern oberhalb von Dads und Karens Haus, damit ich für den Kilimandscharo fit wurde. Ich gewöhnte mich daran, einen Rucksack zu tragen und Verpflegung herauszunehmen, ohne dabei stehen zu bleiben. Ich sollte Dad und Karen immer Bescheid geben, wenn mir die Füße wehtaten, damit ich keine Blasen bekam. Für steile Strecken nahmen wir Wanderstöcke mit, und im Winter trugen wir Schneeschuhe. Weil ich schon als kleines Kind mit Schneeschuhen gegangen war, hatte ich darin viel Übung.

Ich wusste, dass ich in Tansania pro Tag drei, vier oder sogar fünf Stunden lang ohne Pausen gehen musste, und gestaltete mein Training entsprechend.

Allmählich wurde mein Rucksack schwerer. Manchmal füllten wir ihn mit Wasserflaschen und Lebensmitteln in Dosen. Einmal schleppte ich sogar einen Medizinball den Berg hinauf. Zunächst trug ich fünf, dann zehn Kilo in meinem Rucksack, um Kraft und Ausdauer zu steigern. Ich glaube, dass Dad daran erkannte, wie fit und auch wie diszipliniert ich inzwischen geworden war, denn als wir schon einige Monate lang trainiert hatten, erklärte er eines Nachmittags: »Es wird Zeit, einen Gang zuzulegen. Heute Nacht steigen wir auf den Snow Summit.«

Mit Rucksäcken bepackt, gingen wir vom Haus aus los. Am Fuße des Berges gab mir Dad ein paar Steigeisen. Das sind Sohlen mit Stahlstiften, die man sich unter die Schuhe schnallt und die es einem ermöglichen, auf glattem, festgefrorenem Schnee und auf Eis zu gehen. Für ernsthafte Bergsteiger sind sie unentbehrlich.

»Wozu brauchen wir die?«, fragte ich.

Dad grinste. »Wir klettern 400 Meter weit auf der Skipiste nach oben.«

Ich kannte den Snow Summit sehr gut. Er besaß einige der besten Skipisten der Umgebung, und ich war schon oft hinaufgestiegen, um dann mit Skiern hinunterzufahren. Doch dieses Mal waren wir nachts unterwegs, und mit Seil, Steigeisen und Helmen wie richtige Bergsteiger ausgerüstet.

Ich konnte es kaum glauben: Zum ersten Mal sollte ich über Schnee und Eis auf einen Gipfel steigen!

»Willst du wirklich auf hohe Berge klettern?«, fragte Dad.

»Ja!«

»Dann musst du es erst einmal schaffen, auf den hier hinaufzukommen«, sagte er und zeigte auf die Piste, die West Ridge hieß. »Und ich glaube, es wird Zeit, etwas Intervalltraining einzubauen.«

Intervalltraining bedeutete, dass ich für kurze Zeit – vielleicht 30 Sekunden oder eine Minute lang – so schnell gehen oder klettern sollte, wie ich konnte. In der folgenden Minute durfte ich langsamer weitermachen, um mich zu erholen, um dann wieder möglichst schnell zu werden. Es ist eine großartige Methode, um Kraft und Ausdauer zu stärken. Aber die Vorstellung, es während des gesamten Aufstiegs tun zu müssen, machte mir ein bisschen Angst.

»Ich soll das bis zum Gipfel durchziehen?«, fragte ich.

»Ja«, antwortete Dad.

Ich hatte gesagt, dass ich ein Ziel haben wollte, und hier war eines, und zwar ein ziemlich großes. Ich musste lernen, plattfüßig und o-beinig zu gehen, damit alle Stahlstifte meiner Steigeisen in den Schnee einsanken und mir stabilen Halt gaben und sich nicht in meinen Hosenbeinen verfingen. Außerdem war die Piste sehr steil und mir blies ein eiskalter Wind ins Gesicht. Ich war so frustriert, dass mir Tränen die Wangen hinunterliefen, aber ich verwandelte meinen Ärger über diese mir übermäßig schwer erscheinende Aufgabe in besonders schnelle Sprints. Dadurch wurde ich noch schneller müde, was das Training wiederum anstrengender machte. Karen gab sich Mühe, mich zu beruhigen, und mich gleichzeitig in Bewegung zu halten.

Nach ungefähr anderthalb Stunden erreichten wir den Gipfel. Als wir oben waren, umarmte Dad mich. »Du hast noch viel vor dir, Little J.« Dann sah er, wie wütend ich war, und musste lachen. »Diese Sprints werden dich stärker und stärker machen.«

Ich wusste, dass er recht hatte, und das half mir gegen meinen Frust. Ich war auch ein bisschen stolz auf mich, aber gleichzeitig entsetzlich müde. Wenn mich Snow Summit schon so schaffte, wie sollte ich dann auf den Kilimandscharo kommen?

Als ich aussprach, was ich dachte, hielt Karen eine ihrer Mut-mach-Reden.

»Einen Berg zu besteigen, das ist, wie bei einem Adventure Race zu starten«, sagte sie. »Wenn man sich sagt: ›Ich muss in den kommenden fünf Tagen tausend Kilometer zurücklegen‹, dann tritt man erst gar nicht an. Aber wenn man die Strecke in Gedanken in kleinere Abschnitte aufteilt und hintereinander in Angriff nimmt, wirkt das Ganze nicht so beängstigend. Und wenn du dann am Ziel bist, merkst du, dass du etwas wesentlich Größeres geschafft hast, als du ursprünglich dachtest.«

Als sie sah, was für ein Gesicht ich machte, lächelte Karen. »Lass dich nicht entmutigen, Jordan. Denke beim Klettern an den nächsten Felsvorsprung oder an den nächsten Baum, und wenn du ihn erreicht hast, nimm dir den nächsten vor. Du hältst dich großartig. Aber wenn wir losziehen, um einen Berg wie den Kilimandscharo zu besteigen, musst du hundertprozentig bereit sein.«

Ungefähr sechs Wochen später wanderten wir zu einer Feuerbeobachtungsstelle in den San Bernardino Mountains, und ich merkte, wie viel stärker und ausdauernder ich inzwischen dank des täglichen Trainings geworden war. Meine Beinmuskeln brannten nicht mehr, und mein Herz klopfte nicht mehr so heftig, als wolle es meinen Brustkorb sprengen. Ich lehnte mich beim Gehen nach vorne und stellte mir vor, ich wäre zum Gipfel des Everest unterwegs. Als Dad und Karen die Plattform in 2400 Meter Höhe betraten, war ich direkt hinter ihnen.

Ich glaube, dass ich an diesem Tag ihnen und mir etwas bewies, denn Karen zeigte auf den San Gorgonio, den mit 3506 Meter höchsten Gipfel Kaliforniens. »Na, Jordan, sollen wir uns vornehmen, ihn Weihnachten zu besteigen?«

»Machst du Witze?«, fragte ich. »Klar tun wir das. Am

liebsten sofort!« *Endlich,* dachte ich, *kann ich auf einen Berg mit einem* richtigen *Gipfel klettern.* Ich bedauerte nur, bis Weihnachten warten zu müssen.

Wir starteten am ersten Feiertag um 3 Uhr morgens. Andere Neunjährige schliefen noch und träumten vom Weihnachtsmann, während ich mich darauf vorbereitete, einen Berg zu besteigen. Dad meinte, wir könnten ein paar Geschenke aufmachen, bevor wir loszogen, und reichte mir ein langes, dünnes Paket. Ich hatte keine Ahnung, was drin sein könnte. Ich riss das Papier auf.

»Ein Eispickel!«, rief ich. Ich drehte ihn hin und her. Bergsteiger benutzen Eispickel, um Stufen ins Eis zu schlagen und um auf glattem Schnee und Eis mehr Halt zu haben. Ich verliebte mich sofort in mein Geschenk und konnte kaum erwarten, es auszuprobieren.

Als wir aufbrachen, begleitete uns Bernardo, ein brasilianischer Freund von uns, um Fotos zu machen. Wir wanderten mehrere Stunden lang, überquerten einige Bäche und bewältigten eine Reihe von Serpentinen, um auf die Rückseite des Berges zu gelangen. Serpentinen sind Wege oder Straßen, die fast quer zu einem steilen Hang und in aufeinanderfolgenden Haarnadelkurven verlaufen, sodass man im Zickzack hinaufgeht.

Dad drehte sich grinsend zu mir um. »Bei diesem tollen Schnee würde es doch mehr Spaß machen, gerade hinaufzuklettern, oder?«

Ja! Bis jetzt waren wir gewandert, aber von diesem Augenblick an würden wir klettern, wie richtige Bergsteiger auf einer Hochtour. Wandern kann jeder, aber für das echte Bergsteigen braucht es Geschick, Ausdauer und eine spezielle Ausrüstung.

Ich schnallte meine Steigeisen an. Karen half mir, sie ganz fest zu zurren, damit sie mir an sehr steilen Stellen auch wirklich Halt gaben. Mit meinem neuen Eispickel in der Hand war ich nun bereit, den Berg zu besiegen! Karen führte unsere kleine Truppe an, ich ging direkt hinter ihr, dann folgten Dad und Bernardo. Das Eis war stellenweise so hart wie Beton – eine gute Gelegenheit für mich, meine Steigeisen zu testen. Die Firma Salomon, einer von Dads und Karens Sponsoren, hatte mir leichte Wanderschuhe geschenkt, mit denen ich schnell vorankam. Doch ungefähr auf der Hälfte der Strecke ging mir die Luft aus.

Auch Bernardo hatte Mühe hinaufzukommen. Es fiel ihm sogar schwerer als mir. Inzwischen wirkte er, als sei er fix und fertig, aber wir konnten ihn schlecht zurücklassen. Dad übernahm seinen Rucksack, während ich versuchte, ihn anzuspornen. Ehrlich gesagt, fühlte es sich gut an, nicht der Letzte zu sein, und es half mir, durchzuhalten. Außerdem konnte ich in den Pausen, die wir nun für Bernardo einlegten, ebenfalls verschnaufen.

Immer wieder sah ich zum Gipfel hinauf. Das Ziel vor Augen zu haben schenkte mir immer wieder neue Kraft. Als wir vom Hang auf den Kamm hinüberkletterten, entdeckten wir einen Weg, der zum Gipfel führte. An Karen vorbei stürmte ich vorwärts, obwohl ich kurz davor war, erschöpft zusammenzubrechen.

Den Gipfel tatsächlich zu erreichen war das fantastischste Gefühl, das ich bis dahin empfunden hatte. »Ja!«, rief ich und ließ meinen Eispickel durch die Luft wirbeln.

Ich hatte den höchsten Punkt von Südkalifornien erreicht und konnte von hier aus das Meer auf der einen und die Wüste auf der anderen Seite sehen. Wenn ich es bis hier oben geschafft hatte, konnte ich auch jeden anderen Berg bezwingen! »Her mit dem Kilimandscharo!«, jubelte ich.

Dad war ebenso glücklich wie ich. »Jordan, geh zu dem Kasten da drüben und trag all unsere Namen ins Gipfelbuch ein.«

Auf vielen Gipfeln liegt so ein Gipfelbuch, in das Bergsteiger ihre Namen hineinschreiben können, als Beweis dafür, dass sie es wirklich geschafft haben. Zufrieden und stolz öffnete ich den Kasten, um meine Leistung zu dokumentieren. Doch auf dem Buch lag ein Umschlag, auf dem *mein* Name stand.

Verwirrt sah ich Dad und Karen an.

»Was ist denn?«, fragte Karen.

Ich zuckte mit den Schultern. Außer Mom waren sie die Einzigen, die wussten, wo ich heute Morgen sein würde.

»Na, schau doch mal rein«, meinte Dad.

Meine Finger waren vor Kälte so starr, dass ich den Umschlag kaum öffnen konnte. Darin befand sich eine Karte und auf ihr stand:

Lieber Jordan, du hast den Gipfel deines ersten hohen Bergs erklommen. Herzlichen Glückwunsch!
Der Weihnachtsmann

Der Weihnachtsmann hatte mich in 3506 Meter Höhe gefunden.

Eine Genehmigung für die Besteigung des Kilimandscharo erteilten die tansanischen Behörden nur, wenn man staatlich geprüfte Träger und Bergführer engagierte. Wir wären zwar lieber alleine gegangen, aber wir hatten keine Wahl.

»Bergführer anzuheuern ist nun wirklich nicht unser Stil«, sagte Dad. »Super K und ich reisen normalerweise schnell und leicht.«

»Die Träger und Bergführer werden die ganze Sache auch viel teurer machen«, fügte Karen hinzu. »Unsere drei Tickets nach Afrika, die Bergbesteigung *und* eine Safari kosten mehr, als wir uns leisten können.«

Dad war Profisportler und Sanitäter bei der Luftrettung und nicht der Generaldirektor einer großen Firma. Er konnte nicht einfach einen dicken Scheck ausstellen, damit mein Traum wahr wurde.

Karen suchte nach dem billigsten Bergführer-Anbieter, den preisgünstigsten Flügen und Hotels, und dennoch schien die Reise unsere finanziellen Möglichkeiten zu übersteigen. Doch wir hatten Glück. Freunde von Dad und Karen, ebenfalls Adventure Racer, waren gerade von ihrer Kilimandscharo-Besteigung zurückgekommen und gaben uns den Kontakt zu dem preiswerten Bergführerteam, mit dem sie den Berg bezwungen hatten. Außerdem zeigten sie uns Fotos und erzählten, was uns erwarten würde. Sie kannten mich gut und meinten, ich würde es schaffen. Ich war aufgeregter als je zuvor, aber die Geldfrage war noch nicht gelöst.

Einige von Dads und Karens Sponsoren hatten zugesagt, uns mit Ausrüstungsteilen zu versorgen, wenn wir auf dem Gipfel Fotos mit ihren Werbebannern schossen.

Aber diese Unterstützung würde nicht ausreichen, um die Kosten zu decken. Wir mussten uns etwas einfallen lassen.

Karen entwarf ein T-Shirt, auf dessen Rücken die Seven Summits samt kleinen Kästchen gedruckt waren, sodass Käufer die von uns bestiegenen Gipfel nacheinander abhaken konnten. Wir verkauften eine Menge davon in Big Bear, aber auch online über die Website www.jordanromero.com, die Karen für mich einrichtete.

Außerdem schlug Karen mir vor, ich sollte einen Stand aufbauen und Limonade verkaufen.

Stundenlang stand ich vor dem Fahrradladen eines Freundes von uns und verkaufte Limonade für 50 Cents pro Becher. Aber ich wollte mehr tun, als nur Geld für die Verwirklichung meines Traums zu sammeln. Damals war New Orleans gerade von dem Wirbelsturm Katrina verwüstet worden, und ich beschloss, zwei Geldbüchsen aufzustellen. Auf der einen stand »Kilimandscharo« und auf der anderen stand »Katrina«. Ich schickte die Hälfte meiner Einnahmen an das Rote Kreuz und legte den Rest für unser Afrika-Abenteuer zur Seite. Jedem, der mir zuhören wollte, erzählte ich von meinem Traum, und bald kannten mich in Big Bear alle.

Beinahe jeder Einwohner unserer Stadt kaufte mindestens zwei Becher Limonade, und ich nahm ein paar Hundert Dollar durch nette Menschen ein, die an mich glaubten. Sie bestärkten mich darin, an meinem Plan festzuhalten.

Der erste Aufstieg:

Mount Kilimandscharo in Afrika

Höhe: 5895 m

Durchschnittliche Anzahl der Ersteigungen pro Jahr: 25 000

22. Juli 2006
Weltrekord:
Erster Zehnjähriger auf dem Gipfel

5. Kapitel

Nur zehn Monate, nachdem ich am ersten Tag meines vierten Schuljahrs mein großes Ziel verkündet hatte, bestieg ich ein Flugzeug, das Dad, Karen und mich nach Tansania brachte.

Nach dem Verlassen des Flugzeugs schaute ich als Erstes auf meine neue Uhr. Sie verfügte sowohl über ein Thermometer als auch über einen Höhenmesser. Wir befanden uns auf 1660 Metern Höhe bei schwülen 26,6 °C.

Unsere Reise zum Kilimandscharo würde mit einer langen Fahrt von Nairobi, der Hauptstadt Kenias, in das Nachbarland Tansania beginnen. Wir verließen den Flughafen und bahnten uns durch die Menge einen Weg zur Bushaltestelle. Während wir auf den Bus warteten, kamen vier einheimische Frauen auf uns zu. Sie hatten kahl geschorene Köpfe und trugen bunte Kleider und riesige perlenverzierte Ketten. In Körben hatten sie Glasperlenschmuck, kleine Basteleien aus Bananenblättern und Mineralwasserflaschen, die sie uns praktisch vor die Nase hielten, damit wir sie kauften.

»So bedrängt zu werden ist lästig«, sagte ich zu Karen.

»Sie versuchen nur, ihren Lebensunterhalt zu verdienen. Wahrscheinlich warten zu Hause hungrige Kinder auf sie.«

Sofort sah ich die Frauen nicht mehr als eifrige Verkäuferinnen, sondern als Mütter, die für ihre Kinder sorgen mussten. »Könnten wir ein paar Flaschen Wasser nehmen?«

»Klar«, stimmte Karen zu. Sie gab mir etwas Geld, und es fühlte sich gut an, den Frauen etwas abkaufen zu können.

Endlich kam der Bus. Er war mit Fahrgästen und Gepäck voll beladen. Die einzigen freien Sitze waren in der vorletzten Reihe, über den Radkästen. Wir quetschten uns hinein, Dad musste seine Beine so anziehen, dass die Knie auf der Höhe seines Kinns waren, und ich zwängte mich ans Fenster.

Nairobi ist eine lebhafte, laute Stadt. Müllgestank und Dieselabgase erfüllten die Luft. Es kam mir vor, als wären all ihre Bewohner gerade unterwegs. Viele Leute fuhren Motorroller und ich sah auch ständig Tiere auf den Straßen. Der Bus fuhr ziemlich langsam, denn die Straße war voller Schlaglöcher. Alle paar Minuten kam wieder eines, und dann flog so ziemlich alles, was nicht schwer genug war, um der Erschütterung standzuhalten, in die Luft: Körbe voller Gemüse, Eier, sogar eine angeleinte Ziege. Vor mir hatte jemand ein Huhn an die Sitzstreben gebunden, um ihm das Hochgeworfenwerden zu ersparen. Anstatt dankbar dafür zu sein, quietschte es die ganze Zeit in den höchsten Tönen. Ich starrte es böse an, aber davon ließ es sich nicht einschüchtern.

Außerhalb der Stadt erwartete uns eine Landschaft in Braun- und Beigetönen: die Farben der Trockenzeit, die gerade herrschte. Wir kamen durch zahllose Dörfer, in denen wackelig wirkende Verkaufsstände mit Obst, Gemüse, Hühnern und Ziegen die Straße säumten. Barfüßige, in Lumpen gekleidete Kinder spielten zwischen den Ständen Fangen und sahen dem Bus nach.

So gründlich, wie ich früher Reptilienarten studiert hatte, hatte ich mich über den Kilimandscharo und die in seiner Region lebenden Menschen informiert. Zu ihnen zählt das nomadisch und von der Rinderzucht lebende Volk der Massai. Ein Brauch von ihnen ist, sich die Ohrläppchen zu durchbohren und mittels Schmuck zu dehnen, bis sie ihnen bis zum Kinn hinunterhängen. Wir sahen viele Männer dieses Volkes, die Togen aus rot kariertem Stoff trugen. Das Haar hatten sie sich mit Lehm und Tierfett rot gefärbt.

»In ihrer Vorstellung steht diese Farbe für Macht«, erklärte ich Dad. »Und das Einzige, vor dem ein Löwe Angst hat, ist ein mit seinem Speer bewaffneter Massai-Krieger.«

Nach etwas über zwei Stunden erreichten wir beim Dorf Namanga die Grenze zu Tansania. Riesige Lastwagen, Transporter und Busse verstopften die Straße, zu deren beiden Seiten Lebensmittel an leuchtend rot und gelb gestrichenen Ständen verkauft wurden. Ich hätte gerne etwas Obst gehabt, aber Karen warnte mich davor, etwas zu essen, das ich nicht zuvor schälen konnte. Außerdem sollten wir nur Wasser aus versiegelten Flaschen trinken. Wir waren nicht an die im hiesigen Wasser enthaltenen Bakterien gewohnt, und es zu trinken oder etwas zu essen, das mit ihm gewaschen worden war, konnte uns sehr krank machen.

Der Bus hielt vor dem Gebäude, in dem wir uns die

Visa für Tansania holen sollten. Wir bekamen unsere Dokumente, gingen zu Fuß über die Grenze und stiegen wieder in den Bus ein. Nächster Halt war Arusha – die dem Kilimandscharo nächstgelegene Stadt.

»Wenn die Wolken aufreißen, kannst du vielleicht den Berg sehen«, sagte Karen.

Ich kurbelte das Fenster herunter, beugte mich vor und ließ einen Arm heraushängen. Der Wind blies mir durchs Haar. Ich surfte nicht mehr durchs Internet auf der Suche nach Kilimandscharo-Infos – jetzt war ich hier!

Plötzlich spürte ich einen schmerzhaften Stich im Nacken. Ich riss den Kopf ins Businnere zurück und starrte auf den hässlichen Mistkäfer, den ich auf den Boden geschleudert hatte.

Dad verrenkte sich, um über Koffer, Ziege und Hühner zum Fenster hinaussehen zu können. »Dort ist der Kili!«

Mit einer Hand auf dem Einstich am Nacken und zusammengepressten Lippen, damit mir nicht noch irgendetwas in den Mund flog, lehnte ich mich wieder aus dem Fenster und schaute nach oben. Da war er, der höchste frei stehende Berg der Welt, in seiner ganzen, 5895 Meter hohen Herrlichkeit. Wie auf den Fotos war er von Wolken umgeben, aus denen oben der Gipfel emporragte.

Anders als die anderen der Seven Summits ist der Kilimandscharo nicht Teil eines Gebirges. Er ist nämlich ein erloschener Vulkan mit drei Kegeln. Weil er alleine steht, sieht er noch viel gewaltiger aus. Verglichen mit ihm kam mir Kaliforniens höchster Gipfel San Gorgonio plötzlich wie ein Hügel vor. Ich wusste, dass es nur ungefähr ein Drittel der Leute, die sich an eine Besteigung des Kilimandscharo wagen, bis zum Gipfel schaffen. Würde ich wirklich bis ganz oben kommen oder würde ich unterwegs umkehren müssen?

Karen hatte ein paar Fotos gemacht, doch jetzt spürte sie, dass ich Zweifel bekommen hatte. »Stell dir nicht vor, den ganzen Berg auf einmal besteigen zu müssen«, erinnerte sie mich. »Mach einen Schritt nach dem anderen.«

Um mich zu beruhigen, dachte ich über all das nach, was ich über den Berg herausgefunden hatte. Die Einheimischen hatten früher geglaubt, ein auf dem Berg lebender, böser Geist würde jeden töten, der ihn zu besteigen versuchte. Erst Mitte des 19. Jahrhunderts wurde einem Missionar klar, dass das, was man bisher als »die Wolke auf dem Kilimandscharo« bezeichnet hatte, in Wirklichkeit Schnee war, und dass die Bergsteiger durch die extreme Kälte ums Leben kamen, und nicht durch einen bösen Geist. Die Einheimischen hatten in ihren Sprachen keine Worte für Schnee und Eis.

Wenn man bedenkt, dass der Berg nur 145 Kilometer vom Äquator entfernt ist, erscheint es einem noch viel unglaublicher, dass Schnee und Eis den Gipfel bedecken. Doch die Luft ist in über 5700 Metern über dem Meeresspiegel so dünn und kalt, dass die Durchschnittstemperaturen dort unter dem Gefrierpunkt liegen.

Sobald die Weißen diesen Berg entdeckt hatten, wollten sie ihn besteigen. Als Erste wagten es 1861 ein deutscher Offizier und ein britischer Geologe, doch trotz der Unterstützung von 50 Trägern mussten sie wegen des Wetters in 2500 Metern Höhe umkehren. Der deutsche Offizier versuchte es im folgenden Jahr nochmals und erreichte 4267 Meter Höhe, bevor ihn ein Schneesturm zum Rückzug zwang.

Es war ein weiterer Deutscher namens Hans Meyer, der 1889 den Gipfel erreichte. Bei seinem ersten Versuch hatte er keine Ausrüstung für das Gehen in Eis und Schnee dabei, und musste umkehren. Als er gemeinsam mit dem österreichischen Afrikaforscher Oscar Baumann seinen zweiten Versuch unternahm, fand gerade ein Aufstand gegen die Deutsch-Ostafrikanische Gesellschaft statt. Baumann und er wurden gefangen und erst gegen Lösegeld freigelassen. Man würde annehmen, dass er danach aufgab, doch das tat er nicht. Er kam als Erster auf die Idee, das Trägerteam auf der Strecke nach oben Lager aufschlagen zu lassen, sodass er nicht jedes Mal, wenn er etwas brauchte oder das Wetter umschlug bis ganz nach unten zurückgehen musste. Sein dritter Versuch gelang.

Das Nachdenken über all diese gescheiterten Besteigungen beruhigte mich nicht wirklich, doch ich beschloss, mir Hans Meyer als Vorbild zu nehmen: Ich würde nicht aufgeben, bis ich endlich auf dem Gipfel stand.

Drei Stunden nach Überquerung der tansanischen Grenze trafen wir in Arusha ein und ließen uns von einem Taxi zu unserem Ein-Stern-Hotel bringen. Zum Schutz gegen die Malaria und Gelbfieber übertragenden Mücken hing über jedem Bett ein Moskitonetz. Dad und Karen schienen vor diesen in Afrika sehr verbreiteten Krankheiten keine Angst zu haben, aber ich breitete das Netz sehr sorgfältig sowohl um mein Bett als auch um ihre herum aus. Wir waren weit gereist, um den Kilimandscharo zu besteigen, und das Letzte, was wir brauchten, war, uns eine gefährliche, nicht selten sogar tödlich verlaufende Krankheit einzufangen.

Unser Bergführer Samuel Kusamba kam am nächsten Morgen zu uns ins Hotel. Er war kahlköpfig, trug eine Lesebrille, war vielleicht um die 40 Jahre alt und hatte ein rundes, freundliches Gesicht. Ich mochte ihn auf Anhieb, doch ebenso wie die meisten Erwachsenen, mit denen wir bisher gesprochen hatten, zweifelte er daran, dass ich es bis zum Gipfel schaffen würde. Er war schon ungefähr 80-mal auf dem Kilimandscharo gewesen und meinte, normalerweise bräuchte man für die Tour sechs Tage, aber mit einem Kind meines Alters würden es wohl sieben oder mehr werden. Wir fingen nicht an, darüber zu diskutieren, aber ich beschloss insgeheim, dass ich den Berg in sechs Tagen oder vielleicht sogar weniger besteigen wollte.

Zum Gipfel des Kili führen sechs Routen, und nachdem ich mich umfassend über alle informiert hatte, hatte ich mich für die Umbwe-Route entschieden.

»Die Umbwe-Route ist die schwierigste«, sagte Samuel. »Sie ist nur für sehr erfahrene Bergsteiger geeignet.«

Das hatte ich gewusst. Allerdings waren die meisten Wege auf den Kilimandscharo lang und nur allmählich ansteigend, und auf solchen Wegen neigte ich dazu, vor mich hin zu träumen und mein Ziel aus den Augen zu verlieren. Ich wusste, dass ich auf einer schwierigeren Route bessere Leistung bringen würde. Und außerdem gab es auf der Umbwe-Route einige Felsen, über die man drüberklettern musste.

Aber Samuel verriet ich vorsichtshalber weder das eine noch das andere. »Es soll die schönste und am wenigsten überlaufene Route sein«, sagte ich stattdessen.

Ich merkte, dass Samuel skeptisch blieb, aber Dad und Karen unterstützten mich.

»Na gut«, stimmte Samuel schließlich zu. »Morgen früh werden die Träger und ich beim Anmeldungsbüro auf euch warten.«

Am Nachmittag durchstreiften wir Arusha, und Karen und Dad ließen sich das Haar auf traditionelle afrikanische Art einflechten, damit sie sich unterwegs nicht um ihre Frisur kümmern mussten. Auf meinem Spaziergang durch die Stadt wurde mir klar, dass ich nicht nur die Seven Summits besteigen, sondern auch mehr von der Welt mitbekommen würde als die meisten anderen Menschen im Laufe ihres Lebens.

6. Kapitel

In der Nacht stach uns keine einzige Mücke. Wir nahmen den Bus zum Kilimandscharo National Park, der uns durch Kaffee- und Bananenplantagen zum Umbwe Gate fuhr, dem Ausgangspunkt der Umbwe-Route.

Zwei Freunde von uns kamen mit, und ich freute mich, als ich sie an dem Tor stehen sah. Der eine war Faiz, ein Geschäftsmann und Wochenendabenteurer. Ich mochte ihn, weil er viel Humor hatte und mit mir wie mit einem Erwachsenen sprach. Und dann war da auch noch Nikki, eine sehr skandinavisch aussehende, hübsche Frau mit blondem Haar und blauen Augen. Ich war froh, dass sie mitkamen. Nicht nur, weil es zu mehreren mehr Spaß macht, sondern auch, weil ich insgeheim hoffte, dass sie unterwegs langsamer sein würden als ich. Dad und Karen gingen immer vorneweg, und ich wünschte mir sehr, nicht der ewig Letzte zu sein, auf den die anderen ständig warten mussten.

Wir gingen in das Anmeldungsbüro, trugen uns ein und begannen endlich unsere Wanderung.

Hans Meyers geniale Idee, Camps aufzuschlagen, war inzwischen zu einer Selbstverständlichkeit geworden. Wir brauchten nur Schlafsäcke und Isomatten, unsere persönlichen Dinge und warme Kleidung für den Gipfel mitzubringen. Samuel kontrollierte, ob wir alles Wichtige dabeihatten. Die zwölf Träger, die wir angeheuert hatten, würden unsere Rucksäcke, Zelte, Planen, Lebensmittel, Kocher und Propangasflaschen für uns hochbringen. Sie trugen Baumwollhemden, Shorts und Flipflops und begrüßten uns freundlich lächelnd.

Alles war sorgfältig eingepackt und fest verschnürt. Die Träger hoben sich die Lasten auf den Kopf und brachen in einer langen Reihe hintereinander auf.

Dad schaute ihnen nach. »Die Jungs sind unglaublich fit«, bemerkte Dad. »Ich bin schon gegen die besten Sportler aus aller Welt angetreten, und ich denke, diese Träger könnten es mit ihnen allen aufnehmen.«

Dank der Träger brauchte ich in meinem Tagesrucksack nur meinen iPod, ein paar Snacks, Wasser und eine Windjacke mitzunehmen. Ich hatte mit diesem Rucksack auf dem Rücken schon viele, viele Kilometer zurückgelegt, und es fühlte sich gut an, seine Gurte wieder auf den Schultern zu spüren. Es war ein bisschen wie zu Hause, auf den Wanderwegen von Big Bear. Nach all meinem Training fühlte sich der kleine, nur knapp 5 Kilo schwere Rucksack angenehm leicht an. Ich war bereit für den Aufstieg.

Beim Gehen betrachtete ich die Landschaft. Der Weg war ein schmaler Pfad, der durch einen Regenwald mit Gummibäumen, riesigen Feigen und hohen Farnen führte. Das Laub war so dicht, dass ich die Sonne nicht mehr sehen konnte. Die üppige Vegetation war ein deutlicher Hinweis darauf, dass es hier viel regnete. Und tatsächlich kamen bald die ersten Tropfen.

Es gab so viel zu sehen, dass mich der Regen überhaupt nicht störte. Bei jeder Liane stellte ich mir vor, sie sei der Schatten einer Schlange, und bei jedem Rascheln erwartete ich, eine Echse zu Gesicht zu bekommen. Wenn etwas knackte, vermutete ich, ein Tier sei zwischen den Bäumen auf einen trockenen Zweig getreten. Ich sah Unmengen von Ameisen, die Blattstückchen tragend in endloser Zickzack-Prozession unseren Pfad kreuzten. Ich sprang über sie hinüber, um keine von ihnen zu verletzen.

Das alles lenkte mich so ab, dass ich nicht auf Pfützen achtete. Meine Schuhe und Socken waren bald pitschnass und trotzdem grinste ich von Ohr zu Ohr. Wenn ich über hohe Wurzeln und Felsen steigen musste, machte mich das nur noch glücklicher.

»Das hier nenne ich *echtes* Bergsteigen!«, sagte ich zu Dad.

Wir kamen an einigen unserer Träger vorbei, die am Wegrand eine Zigarettenpause einlegten. »*Jambo*!«, riefen sie lächelnd.

»Das heißt ›Hallo‹ auf Suaheli«, erklärte Samuel.

»*Jambo*!«, rief ich zurück.

Ein paar Minuten später überholten sie uns wieder auf ihren Flipflops und mit den Lasten auf dem Kopf. Ich versuchte, ihr Tempo zu halten, schaffte es aber nicht lange.

»*Pole, pole*«, rief mir Samuel hinterher. »Das heißt auf Suaheli ›langsam, langsam‹. Über die Hälfte der Kilimandscharo-Besteiger müssen ihre Aufstieg wegen Höhenkrankheit abbrechen.«

»Uns geht es gut«, erwiderte Dad. »Wir gehen in unserem Tempo.«

Und das stimmte, auch wenn es sich zeigen sollte, dass unser langsames Tempo schneller war als das normale der meisten anderen Wanderer. Ich ging am liebsten voraus. Faiz und Nikki waren anfangs nur ein bisschen langsamer, blieben aber später, als wir klettern mussten, immer weiter zurück.

Ich fühlte mich großartig. Endlich war ich zum Gipfel des ersten meiner Seven Summits unterwegs, und außerdem war die Landschaft anders als alles, was ich zuvor gesehen hatte. Der letzte Wegabschnitt bis zu unserem Camp war einfach fantastisch: Wir gingen auf einem schmalen Pfad bergauf, mussten uns zwischen dicken Bäumen und Lianen hindurch einen Weg bahnen und kletterten über hohe Wurzelstränge und Felsen.

Ich freute mich auch darüber, dass ich Samuel gezeigt hatte, dass er falschlag: Wir brauchten nur vier Stunden anstatt der von ihm eingeplanten sechs, um das in 2854 Metern Höhe inmitten dichten Regenwalds gelegene Umbwe Cave Camp zu erreichen. Samuel meinte lächelnd, ich wäre so schnell hier oben angekommen, dass die Träger dachten, ich besäße Zauberkraft und wäre hinaufgeflogen.

Immer noch durchdrang der Regen das dichte Blätterdach über uns und alles war kalt und nass. Vorgesehen war, dass wir die Nacht hier im Camp verbrachten und dann, am nächsten Morgen, zum Gipfel weitergingen. Doch nach einigen Bechern heißem Tee und dem besten Popcorn meines Lebens war ich wieder vollkommen fit.

»Wie wäre es, wenn wir jetzt gleich weitergehen?«, schlug ich vor.

Mit seinem üblichen freundlichen Lächeln antwortete

Samuel: »Es ist besser, wenn ihr heute Nacht hierbleibt. Zum Barranco Camp sind es ganze sechs Stunden.«

Karen stellte ihren Teebecher ab. »Samuel hat recht. Lasst uns erst mal sehen, wie es uns allen morgen früh geht.«

Als sie das hörten, waren Faiz und Nikki sichtlich erleichtert. Erst jetzt merkte ich, wie fertig beide aussahen, obwohl sie sonst über eine sehr gute Kondition verfügten. Sobald ich mit Dad und Karen alleine war, fragte ich, was mit den beiden los sei.

»Wahrscheinlich sind sie ein bisschen höhenkrank«, erklärte Dad.

Und da begriff ich. Dad, Karen und ich lebten auf 2100 Metern Höhe und waren die dünne Hochgebirgsluft besser gewöhnt. Faiz und Nikki wohnten tiefer gelegen und fühlten sich nun in der auf dieser Höhe viel dünneren Luft unwohl.

Es ist schwer, sich *dünne* Luft vorzustellen. Wir leben unter einer mehrere Kilometer hohen Schicht von Gasen, der Atmosphäre. Auf Höhe des Meeresspiegels drückt ihr Gewicht nach unten und dadurch ist der Luftdruck hoch. In größerer Höhe hat man weniger Luft über sich und dementsprechend niedriger ist der Luftdruck. Die Luftmoleküle dehnen sich aus, sodass man bei jedem Atemzug weniger von ihnen abbekommt. Das kann zu Kopfschmerzen, Übelkeit und Kurzatmigkeit führen und man wird sehr müde und möchte nur noch schlafen.

Jeder reagiert auf Höhe anders, und eigentlich weiß man gar nicht wirklich, warum das so ist. Allerdings atmen wir in größerer Höhe alle schneller, um mehr Luft in die Lunge zu holen. Nach einer Weile passt sich der Körper an die neuen Verhältnisse an, indem er mehr rote Blutkörperchen produziert, die vermehrt Sauerstoff speichern. Trotzdem darf man nicht zu schnell auf hohe Berge steigen, denn das könnte tödlich sein.

»Wird das wieder besser?«, fragte ich.

»Sie brauchen einfach mehr Zeit«, sagte Karen. »Und wenn es ihnen trotzdem schlechter geht, müssen Sie nur auf eine niedrigere Höhe zurückzukehren.«

Jetzt fand ich es doch gut, dass wir im Umbwe Camp geblieben waren. Um endlich dem Regen zu entkommen, krabbelte ich in mein Zelt. Meine Jacke, Mütze, Schuhe und Socken waren nass und schwer, und es gab keine Möglichkeit, sie zu trocknen. Das war ätzend, doch zum Glück war mein Schlafsack warm und trocken, und so kroch ich hinein. Man konnte hier ohnehin nichts anderes tun.

Zwei der Träger sahen aus, als wären sie nur wenig älter als ich. Sie alberten miteinander genauso rum wie meine Freunde und ich zu Hause. Es wäre nett gewesen, mit ihnen zusammen abzuhängen, aber es schien ein ungeschriebenes Gesetz zu sein, dass die Träger unter sich blieben und sich nicht mit den Bergsteigern zusammensetzten. Sie liefen voraus und bemühten sich, ein bequemes Camp für uns aufzuschlagen, und bauten dann ihr eigenes Lager auf.

Am nächsten Morgen, nach einem Frühstück mit heißem Porridge und Tee, ging es Faiz und Nikki besser, und wir machten uns für den Aufbruch bereit.

Nachdem wir ein kurzes Stück gegangen waren, wurde der Wald allmählich weniger dicht und die Bäume waren nicht mehr so hoch. Der Kilimandscharo liegt nur 2° südlich des Äquators, aber beim Aufstieg durchquert man fünf Vegetationszonen. Zuerst kommt der Regenwald, dessen Blätterdach so dicht ist, dass die Sonnenstrahlen es kaum durchdringen. Durch ihn waren wir gestern gewandert. Inzwischen befanden wir uns über der Baumzone: Ringsherum wuchsen hohe Heidekrautbüsche und sehr robust wirkende Sträucher. In den folgenden drei Stunden mussten wir oft auf allen vieren über die auf unserem Weg liegenden Felsen klettern. Ich fragte mich, wie die Träger in ihren Flipflops sie bewältigten. Mir taten die Füße weh. Ich war mir ziemlich sicher, dass sich an meinem rechten Fuß eine Blase bildete, und versuchte, ihn beim Gehen zu schonen.

Karen, die hinter mir war, fiel mein komischer Gang auf, und sie fragte mich, was los sei.

»Hey, Jordan, setz dich mal auf den Stein hier, damit ich mir deinen Fuß ansehen kann«, sagte sie.

Ich zog Schuhe und Strümpfe aus und streckte die Zehen. »Meine Schuhe fühlen sich ein bisschen eng an«, gestand ich.

»Deine Füße müssen im letzten Monat um eine halbe Größe gewachsen sein«, vermutete sie.

Bevor ich merkte, was sie vorhatte, tauschte Karen mit mir die Schuhe. Es war gut, mehr Platz für die Zehen zu haben, aber ich wusste, dass ihr meine Schuhe zu klein sein mussten. Doch sie verlor kein Wort darüber.

»Wird es gehen, Super K?«, fragte Dad.

Sie lächelte. »Lasst uns weitergehen. Ich komme schon klar.«

Bald veränderte sich die Landschaft abermals. Wir waren nun auf Höhe der Wolken und in einer dritten Zone, die man Moorlands nennt. Sträucher mit spärlichen, drei Meter hohen Zweigen, auf denen ganz oben rosenförmige Büschel breiter, wachsiger Blätter wuchsen, säumten den Pfad.

Wir wanderten einen Grat entlang, der immer schmaler und schmaler wurde. Zum Glück lichtete sich der Nebel, denn zu beiden Seiten ging es tief hinunter. Ich vermied es, zu oft nach unten zu sehen, und konzentrierte mich auf den vor mir liegenden Pfad.

Als wir das Ende des Grats erreichten und der Pfad wieder etwas breiter wurde, berührte Samuel meine Schulter und zeigte auf den Gipfel.

»Kilimandscharo«, sagte er und lächelte. »In zwei oder drei Tagen sind wir dort oben.«

Das sagte derjenige, der anfangs gedacht hatte, ich würde sieben Tage oder länger brauchen, um den Gipfel zu erreichen. In diesem Augenblick wurden mir zwei Dinge klar: Ich hatte Samuels Vertrauen gewonnen und ich würde es auf den Gipfel schaffen!

Faiz und Nikki holten uns endlich ein. Sie atmeten schnell und keuchend.

»Diese Höhe ist wirklich mörderisch«, sagte Faiz, nachdem er ein paar Minuten lang verschnauft hatte.

Ich fand es furchtbar, dass es Nikki und ihm so schlecht ging. Ich zeigte zum Gipfel, wie Samuel es vorhin getan hatte, und sagte: »Schaut nur, da ist der Gipfel. Er sieht toll aus!«

Faiz legte seinen Arm um meine Schultern. »Ja, das tut

er«, erwiderte er. »Das tut er wirklich. Ich hoffe nur, ich schaffe es da hinauf.«

Barraco Camp lag in 3960 Metern Höhe auf einer ebenen Stelle und war mit den bunten Zelten der Leute vollgestellt, die auf dem einfacheren Machame Trail heraufgekommen waren. Als wir es erreichten, regnete es. Mit Flechten überwachsene Felsen und kleine Sträucher bedeckten den Boden. Ein feiner Nebel hing in der Luft.

»Wie geht es dir?«, fragte Dad, als wir uns zum Mittagessen setzten.

»Ich bin nass, und ich friere ein bisschen, aber sonst geht es mir gut«, antwortete ich.

»Sollen wir zum nächsten Camp weiterlaufen?«, fragte Karen.

Ich starrte die gewaltige vulkanische Felsformation vor uns an. »Müssen wir *da* drüber?«

Samuel nickte. »Es sieht steil und gefährlich aus, aber du wirst es nicht schwierig finden.«

Sein Vertrauen in mich gab mir das Gefühl, es schaffen zu können. Dann sagte er etwas, das mir noch mehr Selbstsicherheit gab: »Die Träger nennen dich ›Kleiner Löwe‹. In Afrika ist ›Löwe‹ ein Ehrentitel für einen König.«

Ich fand diesen Spitznamen großartig.

Der Regen ging in ein zartes Nieseln über und wir gingen weiter. Samuel führte unsere Gruppe an. Ich kam gleich hinter ihm, gefolgt von Karen, die mir ständig etwas Ermunterndes zurief. Dad ging als Letzter, hinter Nikki und Faiz. Wir kletterten hintereinander die steile

Felswand hinauf. Nach uns kamen ungefähr 20 Bergsteiger aus anderen Gruppen.

Es machte mir Spaß, nach Griffen und Tritten für meine Finger und Zehen zu suchen, aber manchmal wünschte ich mir, meine Beine wären so lang wie die von Dad.

Wir kamen an eine sehr schmale Stelle des Wegs, neben der ein tiefer Abgrund klaffte. Samuel erzählte, man nenne die Stelle »Kissing Rock«.

»Der Grat ist so schmal, dass man sich ganz eng an die Wand drücken muss. Man küsst sie beinahe«, erklärte er.

»Schau nicht runter«, sagte Karen. »Konzentrier dich auf den Weg und alles geht gut.«

Ich schmiegte mich an die Wand und suchte nach Griffen für meine Finger. Wenn ich einen gefunden hatte, machte ich einen kleinen Schritt nach vorne und ließ mit der anderen Hand los. So machte ich weiter, bis ich am anderen Ende angelangt war, aber ich berührte den Felsen nie mit meinen Lippen. Die Vorstellung, ein Haufen fremder Leute hatte ihn bereits geküsst, fand ich ziemlich ekelig.

Die Mühe hatte sich gelohnt: Vom höchsten Punkt der Felsformation aus konnten wir die schneebedeckte Vorderseite des Kibo sehen, einen der drei Vulkane, aus denen das Kilimandscharo-Massiv besteht.

Dad gab Nikki und Faiz ein Medikament namens Diamox. Es bewirkt, dass man schneller atmet und dabei mehr Luft aufnimmt. Eigentlich ist es besser, man lässt dem Körper Zeit, sich an die höheren Lagen anzupassen. Aber unsere Freunde sahen aus, als hätten sie diese Hilfe bitter nötig.

Hinter den beiden waren noch fünf andere Kletterer, die ziemlich geschafft aussahen. Ein junger Mann mit einer Baseballmütze starrte mich an. »Wer ist dieses Kind, das so schnell hier raufgekommen ist?«

»Er heißt Jordan«, antwortete Karen. »Er ist erst zehn.«

»Sie machen wohl Witze«, meinte der Typ.

»Und er wird bis zum Gipfel hochsteigen«, fügte Karen hinzu.

Das verblüffte den Mann nur noch mehr. »Ich wusste gar nicht, dass sie Kinder überhaupt auf den Berg lassen. Das wird wohl so eine Art Rekord.«

»Ja, könnte sein«, antwortete Dad.

Samuel puffte mich freundschaftlich an und ich grinste. »*Jambo*!«

Alle Bergsteiger lachten. »*Jambo*!«, erwiderten sie.

»Ich wünsche euch Glück und hoffe, dass wir nachher alle zusammen auf dem Gipfel stehen werden«, sagte der Mann mit der Baseballmütze.

»Danke.« Ich lächelte ihn an. »Wir sehen uns dann da oben.«

Über die weniger steile Seite des Felsens stiegen wir hinunter zu unserem Pfad. Unsere Träger waren dicht hinter uns. Sie waren noch so jung, und es musste ganz schön hart sein, in ihrem Alter schon zu arbeiten, um die Familie zu unterstützen. Aber das schien hier ganz normal zu sein.

Am Morgen hatte ich wieder versucht, mit einigen der Jüngeren ins Gespräch zu kommen, doch sie starrten mich nur an. Ich fragte Samuel, warum.

»Weil du so jung bist. Sie verstehen nicht, warum du

hier bist«, erklärte er mir. »Lass ihnen Zeit, dich besser kennenzulernen.«

Bald ließen wir die Vegetation hinter uns und betraten die alpine Zone, die Zone oberhalb der Baumgrenze. Erde, Felsbrocken und vulkanisches Geröll beherrschten die Landschaft, Pflanzen konnte ich nirgends entdecken. Der Pfad zog sich durch ein scheinbar endloses graues Nichts. Ich konnte mich nicht mehr auf den Weg konzentrieren und merkte plötzlich, dass ich meine Mom und Makaela vermisste.

»Wie geht es dir?«, fragte Karen.

»Dieser Abschnitt hier macht überhaupt keinen Spaß«, gab ich zu. »Ich will endlich auf den Gipfel und dann nach Hause.«

Samuel musste das gehört haben, und er sagte darauf wieder etwas, das mir ungeheuer viel Selbstvertrauen gab: »Du gehst schneller als die meisten Erwachsenen. Ich weiß, dass du es schaffen wirst, und die Träger wissen es auch. Sie sind stolz darauf, für den Kleinen Löwen arbeiten zu können.«

Als wir unterwegs an anderen Bergsteigern vorbeikamen, fragten sie alle nach dem kleinen Jungen, der mit Samuel unterwegs war, und wie es ihm gehe.

Ich grüßte sie mit »*Jambo*!« und sie wünschten mir alle viel Glück. Das gab mir noch mehr Auftrieb. Ich hob meinen müden Kopf und ging ein bisschen stolzer und energischer vorwärts.

Am Ende des zweiten Tourtages erreichten wir Karanga, das in 3963 Meter Höhe gelegene dritte Camp. Die meisten Leute waren mittags im Barranco Camp geblieben und deshalb war Karanga nicht sehr voll. Die Träger hatten bereits unsere Zelte aufgestellt. Der Wind blies hier oben heftig und schneidend kalt. Nachdem ich den ganzen Tag lang gewandert und geklettert war, wollte ich nur noch in meinen Schlafsack kriechen und Musik hören.

Ich hatte mich gerade schön eingekuschelt, als Faiz rief: »Hey, Jordan, willst du einen Drachen steigen lassen?«

Meinte er das im Ernst? Ich riskierte einen Blick nach draußen und sah, dass er den unglaublich starken Wind nutzte, um einen großen Lenkdrachen steigen zu lassen, den er mit beiden Händen steuerte. »Wo hast du denn den her?«

»Den habe ich mitgebracht.«

»Irre!« Ich zog mir die Schuhe an und rannte zu ihm, um ihm zu helfen.

»Hier. Übernimm du!«

Ich packte mit all meiner Kraft die beiden Lenkschnüre, aber der Wind war so stark, dass mir der Drachen dreimal hintereinander abstürzte.

»Du kriegst schon noch den Bogen raus.« Faiz blieb bei mir und hielt mich am Rücken meiner Jacke fest. »Du bist so leicht, dass dich der Wind vom Berg hinunterwehen könnte«, sagte er, und er meinte es ernst.

Alle kamen aus ihren Zelten, um uns dabei zuzusehen, wie wir lachend mit dem Drachen herumrannten. Ich glaube, wir hoben die Stimmung im ganzen Camp.

Nach einigen weiteren Versuchen beugte sich Faiz schwer atmend vor, die Hände auf die Knie gestützt. »Tut mir leid, aber ich kann nicht mehr.«

Er sah furchtbar aus. Ich wusste, dass Höhenkrankheit in schlimmen Fällen bewirken kann, dass sich die Lunge mit Wasser füllt, was tödlich ist. »Dad!«, schrie ich.

Er kam schnell herbei. »He, Kumpel, bist du okay?«, fragte er und suchte Faiz' Gesicht nach Anzeichen der Krankheit ab.

Faiz richtete sich auf und nickte. »Mir ist nur die Puste ausgegangen. Ich hätte nicht so viel herumlaufen sollen.«

Er hatte den Drachen nur für mich den Berg hinaufgetragen und ihn fliegen lassen, obwohl es ihm nicht gut ging. »Vielen, vielen Dank«, sagte ich. »Du bist wirklich klasse.«

Dad half mir, den Drachen herunterzuholen. »Ganz schön cool, was?«, sagte er zu mir.

»Auf jeden Fall. Jetzt habe ich weniger Heimweh.«

Es war ein großartiger Tag gewesen. Ich hatte Mühe, beim Abendessen wach zu bleiben, aber ich war nicht zu müde, um den großartigen Anblick des Kilimandscharo zu bewundern, als sich die Wolken später an diesem Abend lichteten und er zum Vorschein kam. Der Schnee auf dem Berg glitzerte im Mondlicht. Am Himmel blitzten Sterne auf wie bei einer Lightshow, und ich betrachtete sie eine Weile, bevor ich mich in meinen warmen Schlafsack verzog. Etwas, das ich besser konnte als jeder andere, war schlafen. Egal ob auf Felsen, auf Eis oder unebenem Boden: Ich legte mich hin und war weg.

7. Kapitel

Am nächsten Morgen steckte Dad seinen Kopf in mein Zelt und fragte: »Na, Kleiner, bist du bereit für den Gipfel?«

Jetzt war er also da, der wichtigste Tag meines bisherigen Lebens, der Tag, auf den ich fast ein Jahr lang hingearbeitet hatte: der Tag, an dem ich den ersten meiner Seven Summits besteigen würde.

Nach einem Frühstück aus Porridge, Omeletts, heißem Kakao und Toast brachen wir kurz vor Sonnenaufgang auf. Jetzt gab es kein Zurück mehr.

Wir gingen einen schmalen Pfad hinauf, dessen Boden von flachen, schieferähnlichen Steinen bedeckt war. Wenn ich mit den Spitzen meiner Wanderstöcke dagegen stieß, erklang ein Klirren, fast wie von Glas. Über einen kahlen Hang, der mit grauer Vulkanasche bedeckt war, ging es weiter zu einem Grat, an dem unser Pfad mit dem einer anderen, leichteren Route verschmolz. Die nächste Station war das höchste Camp am Kilimandscharo. Es heißt Barafu, was auf Suaheli »Eiscamp« bedeutet.

Wir näherten uns der höchsten der fünf Klimazonen des Kilimandscharo: der Gipfelzone. Wegen der kalten Winde lagen die Temperaturen hier unter null. Die Klimaveränderung, die wir auf unserer Wanderung durchmachten, war so radikal, als wären wir vom Äquator zu einem der Pole gewandert.

Karen hielt ihr Gesicht in die warme Sonne. »Na, was sagt denn dein Höhenmesser, Little J?«

Ich schaute auf meine Uhr. »Wow! 4600 Meter! So hoch war ich noch nie!«

Camp Barafu war ein schartiger, unebener Felsvorsprung an einer dem Gipfel vorgelagerten Anhöhe. Es sah aus, als läge der höchste Gipfel des Kilimandscharo genau dahinter. Wir machten Rast, um etwas zu essen. Ich ließ mich auf einem Stein nieder und kaute Popcorn, ohne den Blick von dem Gipfel abzuwenden. Ich war schon fast oben.

Etwas lief über meinen Fuß. Erschrocken suchte ich den Boden ab. Dann musste ich lachen. Zwischen den Felsen flitzten Hörnchen herum. Eines stützte sich mit einer Pfote auf meinem Schuh ab und bettelte um Popcorn. Es war so niedlich, dass ich ihm gerne etwas gegeben hätte, aber eigentlich soll man das nicht tun, und deshalb ließ ich es. Es ist falsch, wild lebenden Tieren unsere Lebensmittel zu geben.

Faiz und Nikki hatten mit der Höhe sichtlich zu kämpfen.

»Meine Kopfschmerzen bringen mich um und Nikki hat sich heute Vormittag schon zweimal erbrochen«, sagte Faiz.

Ich begann, mir um die beiden wirklich Sorgen zu machen. »Wir können hier warten, bis es euch besser geht.«

Faiz schüttelte den Kopf. »Nein, ihr müsst weiter.«

Ich sah Dad und Karen an. »Es macht doch nichts, wenn wir den Gipfel einen Tag später erreichen«, sagte ich.

Nikkis Gesicht war so grau wie die kahlen Felsen ringsum. »Ich will jetzt sofort wieder runtergehen. Ich hatte schon geahnt, dass ich es nicht bis zum Gipfel schaffen würde«, erklärte sie.

Samuel schaltete sich ein und seine freundliche Art und seine sanfte Stimme schienen Nikki zu beruhigen. »Zwei der Träger können sofort mit Ihnen hinunter zum Mweka Camp gehen. Es liegt auf 3000 Metern Höhe. Sie werden sich gleich besser fühlen.«

»Ich gehe mit ihr mit«, sagte Faiz und schulterte seinen Rucksack. »Wir warten dort auf euch, um eure Gipfelbesteigung zu feiern, wenn ihr wieder runterkommt.«

»Werden sie wirklich wieder gesund?«, fragte ich Samuel.

Er nickte. »Ja, es wird ihnen wieder gut gehen.«

Zum Abschied umarmte ich sie beide.

»Besteig ihn für uns mit, Jordan«, sagte Faiz.

Wir schauten ihnen eine Weile nach. Dann drehte Samuel sich zu mir um. »Wie fühlst du dich?«, fragte er mich.

»Ein bisschen müde, aber gut. Ich habe keine Kopfschmerzen oder so.«

»Willst du immer noch rauf?«

»Ja«, antwortete ich.

Ich war bereit für den letzten Sprint zum Gipfel. Auf YouTube hatte ich mir Clips von Bergsteigern angeschaut, die auf dem Weg zum Gipfel des Everest mühsam einen

Schritt nach dem anderen gemacht hatten. Es hatte ausgesehen, als wären ihre Füße mit Ziegelsteinen beschwert und als hätten die Leute kaum noch die Kraft gehabt, sie zu heben. Ich versuchte, es ihnen nachzutun.

Karen musste lachen, als sie es sah. »Okay, Jordan, hör mit den Everestschritten auf. So wirst du es nie zum Gipfel schaffen.«

Wir gingen im Gänsemarsch einen Pfad entlang, der trotz seiner vielen Serpentinen steiler und steiler wurde und über loses Geröll führte. Als der Aufstieg schwieriger wurde, konzentrierte ich mich nur noch darauf, einen Fuß vor den anderen zu setzen. Je weiter wir kamen, desto vereister war der Pfad. Hier oben lag auch viel Schnee und aus dem anhaltenden Wind war ein Sturm geworden. Auf einmal war dieser sogenannte leichte Berg gar nicht mehr so leicht. Wir wurden immer langsamer, weil wir ständig Pausen einlegen mussten.

Ungefähr jede Viertelstunde fragte ich Dad: »Wie weit ist es denn noch? Sind wir bald da?«

Und er antwortete stets: »Geh weiter. Es sind nur noch ein paar Minuten.«

Die Luft wurde merklich dünner. Das Atmen fiel mir immer schwerer. Ich machte einen Schritt nach dem anderen und zwang mich, an nichts anderes zu denken.

In etwa 5400 Metern Höhe war mir plötzlich, als prallte ich gegen eine Wand.

Mir war kalt. Ich konnte nicht mehr gut atmen. Meine Beine und mein Rücken schmerzten und wir waren noch nicht einmal in der Nähe des Gipfels. Der Aufstieg war wesentlich schwieriger, als ich es mir vorgestellt hatte. Ich war vollkommen erschöpft, frustriert und hatte Heimweh. Ich versuchte, weiterzugehen, doch ohne, dass ich etwas dagegen tun konnte, liefen mir Tränen die Wangen herunter. Samuel drehte sich nach mir um und bemerkte, dass ich weinte.

Er stoppte, kam zu mir und umarmte mich. »Es ist okay«, beruhigte er mich. »Du bist das stärkste Kind, das ich je gesehen habe. Du hältst ein unglaubliches Tempo durch. Ich bin wahnsinnig stolz darauf, dein Bergführer zu sein.« Er lehnte sich zurück und sah mich mit seinen freundlichen Augen an. »Du hast großen Respekt gegenüber dem Kilimandscharo gezeigt. Der Berg will, dass du ihn erklimmst!«

Ich wusste, dass es Samuels Job war, seine Kunden auf den Gipfel zu bringen, doch ich merkte, dass er wirklich wollte, dass ich den Gipfel erreichte. Seine Ermutigung schenkte mir Selbstvertrauen.

»Er hat recht, Little J«, ergänzte Karen. »Der Berg will, dass du seinen Gipfel erreichst.«

Dad hockte sich neben mich. »Nichts ist die ganze Zeit über gut, Jordan. Wenn es zu 90 Prozent gut und zu zehn Prozent schlecht ist, musst du immer an die 90 Prozent denken. Es sind Momente wie diese, die Momente, in denen du das Gefühl hast, keinen einzigen Schritt mehr zu schaffen, die über Erfolg und Misserfolg entscheiden.« Er half mir beim Aufstehen und schenkte mir das aufmunternde Lächeln, das ich immer bei ihm sah, wenn er zu Adventure Races aufbrach. »Zeit, sich zusammenzureißen und weiterzuklettern, Kumpel.«

Ich verstand. Ich schluckte meine Tränen hinunter und

ging weiter. Die letzten Serpentinenkurven waren extrem steil und sehr schwierig zu gehen. Wir kamen an anderen Bergsteigern vorbei, die am Wegrand saßen oder lagen und sich den Kopf hielten. Aber aus irgendeinem Grund fühlte ich mich allmählich stärker, je höher wir kamen. Ich hatte Herzklopfen, aber nicht wegen der dünnen Luft. Ich wusste, dass der Gipfel in greifbare Nähe gerückt war.

Ich erreichte das, was ich für die Spitze des Kilimandscharo hielt und rief: »Wir haben es geschafft!«

Samuel biss sich auf die Lippen, um nicht zu grinsen, und schüttelte bedauernd den Kopf. »Der Kilimandscharo hat oben drei Vulkankegel. Wir sind jetzt am Stella Point auf Kibo, dem höchsten der drei Vulkane, doch bis zum offiziellen Gipfel, Kibos Uhuru Peak, sind es noch 40 Minuten.«

Ich wollte meinen Ohren nicht trauen. Nicht genug, dass ich total erschöpft war, ich kam mir jetzt auch noch wie ein Dummkopf vor, weil ich mich von einem falschen Gipfel hatte täuschen lassen. Trotzdem: Ich hatte noch niemals ein Ziel aufgegeben und wollte nicht ausgerechnet jetzt damit anfangen. So ging ich weiter hinter Samuel her und versuchte, mit ihm Schritt zu halten.

Und endlich kam sie in Sichtweite: die Holztafel am Gipfel, die ich auf so vielen gegoogelten Fotos gesehen hatte. Plötzlich waren meine Beine nicht mehr müde, meine Füße taten mir nicht mehr weh und ich spürte auch nicht mehr den beißend kalten Wind im Gesicht. Hier oben lag Schnee, und ich trat in die Fußstapfen der Leute, die vor uns hier oben gewesen waren, aber ich achtete nicht darauf. Ich hielt einfach nur auf die Tafel zu.

Karen lief voraus, um mich dabei zu fotografieren, wie ich den Gipfel erreichte. Ich war vor Dad und Samuel beim Schild.

Als wir es alle geschafft hatten, war ich außer mir vor Glück und Dad und Karen ging es ebenso. Wir umarmten uns weinend.

Wir standen in 5895 Metern Höhe auf dem Dach von Afrika. Unter uns lag ein endloser Ozean aus weichen weißen Wolken. Der Tag, an dem ich Dad gesagt hatte, ich wolle den Kilimandscharo besteigen, war noch nicht mal ein Jahr her. Und jetzt hatte ich es geschafft – über die schwerste Route und schneller, als alle angenommen hatten. Nachdem wir uns lange genug umarmt hatten, brach die Aufregung über unsere Leistung durch, und wir hüpften lachend herum. Es war das verrückteste Gefühl, das ich je hatte.

8. Kapitel

Auf dem Gipfel des Kilimandscharo war es unglaublich windig und kalt: –21 °C. Solange wir uns noch bewegt hatten, war es uns gar nicht so schlimm vorgekommen, aber nachdem wir stehen geblieben waren, merkten wir es deutlich. Zitternd setzten wir unsere Mützen auf und zogen die Jackenreißverschlüsse bis oben hin zu. Samuel machte ein Foto von uns vor der schönen Holztafel, auf der auf Englisch geschrieben stand:

Herzlichen Glückwunsch!
Sie befinden sich auf dem Uhuru Peak, Tansania,
5895 m, dem höchsten Punkt von Afrika.
Auf dem höchsten frei stehenden Berg der Welt.
Auf einem der größten Vulkane der Welt.
Willkommen!

»Okay, Jordan«, meinte Karen. »Zeit für die Sponsorenfotos.«

Als Gegenleistung für die gratis zur Verfügung gestellte Bergausrüstung und die finanzielle Unterstützung unserer Sponsoren erlaubten wir ihnen, Fotos von uns mit ihren Artikeln für ihre Werbung zu nutzen. Ich hielt ein paar

Banner hoch, und auch einen meiner Salomon-Schuhe, und Karen knipste ein Foto nach dem anderen. Als wir damit fertig waren, machten wir uns an den Abstieg. Wir gingen zum Camp Barafu hinunter und legten dort eine kurze Mittagspause ein.

Der Abstieg machte mir nicht so viel Spaß, wie ich eigentlich gedacht hatte, und dauerte ewig. Nach dem Mittagessen lief und schlitterte ich auf dem losen Geröll hinunter. Dad und Karen kamen kaum nach. Es war schon dunkel, als uns die Träger mit den für uns in Camp Barafu aufgestellten und dann wieder abgebrochenen Zelten überholten. Sie gingen gleich weiter. Sie waren wirklich unglaublich fit! Mit 25 Kilo schweren Lasten auf dem Kopf, in Flipflops und ohne Stirnlampen rannten sie durch ein Labyrinth aus Felsbrocken und vulkanischem Gestein. Obwohl sie selbst Adventure Races laufen, waren Dad und Karen erstaunt darüber, wie geschickt und ausdauernd die Träger durch die Dunkelheit liefen.

Beim Abstieg kamen wir wieder durch die verschiedenen Vegetationszonen, allerdings in umgekehrter Richtung und in wesentlich schnellerem Tempo. Wir mussten auch keine längeren Pausen mehr einlegen, um uns an die Höhe anzupassen. Vom Reich der Gipfelgletscher stiegen wir durch die so gut wie pflanzenlose alpine Zone, die Hochgebirgsmoore und die Heidelandschaft und erreichten endlich den Regenwald.

Die von uns in kürzester Zeit zurückgelegten 3000 Höhenmeter forderten ihren Preis: Als wir das Camp Mweka erreichten, vor dem Nikki und Faiz auf uns gewartet hatten, war ich vollkommen ausgepumpt.

»Hast du es geschafft?«, war Nikkis erste Frage.

Mein Lächeln war Antwort genug.

»Jordan hat mich wirklich beeindruckt«, sagte Dad. »Er war so müde und hätte einmal am liebsten aufgegeben, aber dann hat er doch etwas in sich gefunden, was ihm ermöglicht hat, durchzuhalten.«

»Ich hatte mir ein Ziel gesetzt, und ich wollte es auch erreichen, um jeden Preis«, sagte ich.

Karen lachte. »Ab dem Augenblick, in dem er die Tafel am Gipfel gesehen hat, war er nicht mehr zu bremsen. Wir sind kaum nachgekommen.«

Wir gingen in das Camp und Faiz legte mir einen Arm um die Schultern. »Ich wusste, dass du für große Dinge bestimmt bist.«

»Und was ist mit euch?«, fragte ich. »Wie geht es euch beiden?«

»Samuel hatte recht«, antwortete Nikki. »Sobald wir niedriger waren, ging es uns wieder gut.«

Darüber war ich sehr erleichtert – genauso wie darüber, dass die Träger nicht nur unsere Zelte aufgestellt hatten, sondern auch mit einer Mahlzeit auf uns warteten. Es gab Popcorn und heiße Suppe. Ich war ganz verrückt nach ihrem Popcorn, obwohl es weder gesalzen noch gebuttert war.

Kauend saß ich da und schaute dem geschäftigen Treiben im Camp Mweka zu. Bergsteiger, Träger und Bergführer waren in beiden Richtungen unterwegs. Ich war schockiert, als ich feststellte, dass die Leute wussten, wer ich war. Die Nachricht von einem Zehnjährigen, der fitter und schneller als die meisten Erwachsenen war, hatte sich wie ein Lauffeuer am ganzen Kilimandscharo ausgebreitet. Die Leute fanden es unglaublich, dass ich es in nur drei Tagen bis zum Gipfel und wieder zurück zum Camp Mweka geschafft hatte, wo für die Umbwe-Route doch gewöhnlich sechs bis sieben Tage veranschlagt wurden. Jeder wollte mit mir zusammen fotografiert werden. Ich fand es schon irgendwie cool, dass andere Leute meine Leistung bewunderten.

Noch toller aber war, dass die unsichtbare Schranke, die mich von den Trägern getrennt hatte, verschwunden war. An dem Abend saßen wir zusammen und redeten über die Unterschiede zwischen Afrika und Amerika. Es war klasse. Ich erfuhr, dass sie, obwohl sie nichts hatten, was mit meinem Leben in Big Bear vergleichbar wäre, glücklich waren und das Gefühl hatten, ein gutes Leben zu leben. Ich werde diesen einmaligen Abend wohl niemals vergessen.

Am nächsten Morgen gingen wir in zwei Stunden durch den üppigen Regenwald zurück zum Haupttor des Nationalparks. Nach der nackten, unwirtlichen Felslandschaft der Gipfelregion erfreute ich mich am Anblick des dichten grünen Walds mehr als noch vor drei Tagen.

Im Anmeldebüro checkten wir aus und bekamen Dokumente überreicht, die belegten, dass wir den Berg erfolgreich bestiegen hatten. Alle, die bis auf den Uhuru Peak kamen, erhielten goldene Urkunden. Wer es nur bis Stella Point geschafft hatte, bekam eine grüne. Unsere Namen wurden außerdem in ein Buch eingetragen.

»Schau nur, Little J«, flüsterte Karen. »Sie haben hier geschrieben, dass du mit deinen zehn Jahren den Weltrekord für den jüngsten Bezwinger des Bergs hältst.«

Ich hatte gar nicht vorgehabt, einen Weltrekord aufzustellen, und ich vermutete, dass irgendein jüngerer afrikanischer Junge zusammen mit seinem Vater vor mir auf dem Gipfel gewesen war. Aber trotzdem fühlte ich mich geschmeichelt.

Sobald wir wieder in dem Hotel in Arusha waren, rief ich Mom an. Ich erzählte ihr alles über den Aufstieg, ich sagte ihr, dass ich sie vermisste und dass ich bald wieder zu Hause sein würde. Allerdings hatten wir noch etwas vor, bevor wir Afrika wieder verließen: Wir wollten den Ngorongoro-Krater besuchen.

Der Ngorongoro-Krater zählt zu den sieben Naturwundern Afrikas. Beinahe alle in Ostafrika heimischen Tierarten kommen hier vor. In dem ungefähr 260 Quadratkilometer großen Nationalpark leben annähernd 30 000 Tiere. Ich hatte ihn unbedingt besuchen wollen.

Wir mieteten einen Safari-Bus mit offenem Dach und einem Fahrer und fuhren auf einer gut 600 Meter langen Straße in den größten Vulkankrater der Welt hinunter. Ich beugte mich zum Fahrer vor: »Es gibt gar keine Zäune und Tore. Laufen die Tiere denn nicht weg?«

»Sie könnten weglaufen, aber warum sollten sie? Sie haben hier alles, was sie brauchen.«

»Jordan, schau nur!«, sagte Karen aufgeregt. »Zebras!«

»Oh, Wahnsinn!«

»Die Streifen sind bei jedem Tier anders, genau wie die Fingerabdrücke bei uns«, erklärte der Fahrer.

Immer wieder begegneten wir Herden – Elefanten, Gnus, Kapbüffel, Flusspferde oder Warzenschweine. Es war wie eine Wildbeobachtung im Paradies. Ich fühlte mich ein bisschen wie mein Held, wie der Krokodiljäger Steve Irwin, und hielt nach Nashörnern Ausschau. Sie sind bedroht und manche Unterarten von Breitmaulnashörnern sind bereits ausgestorben. Der Bestand an wild lebenden Spitzmaulnashörnern wächst allmählich wieder, aber selten sind diese Tiere immer noch. Ich wollte unbedingt eines sehen – und ich hatte mehr Erfolg, als ich zu träumen gewagt hatte: Ich sah fünf!

Der Bus hielt an, damit wir ein Rudel Löwen beobachten konnten, das unweit der Straße faul in der Sonne lag. Zwei Männchen mit sichtlich vollen Bäuchen kamen zu uns herüber und ließen sich im Schatten des Busses nieder. Ich hätte die Hand aus dem Fenster strecken können, um sie zu streicheln, aber ich wollte meine Finger gerne behalten.

»Was machen wir denn jetzt?«, fragte ich.

»Wir warten, bis sie sich entschließen, woanders hinzugehen«, erwiderte der Fahrer.

Es machte mir nichts aus, zu warten. Schließlich hatte ich das Glück gehabt, die »Big Five« der ostafrikanischen Tierwelt – Löwe, Leopard, Kapbüffel, Elefant und Nashorn – an einem einzigen Tag zu sehen.

Während wir warteten, begann ich, über meinen nächsten Berg nachzudenken. Ich wollte nach Australien, aber nicht nur, um den höchsten Berg des Kontinents zu besteigen, sondern auch, um Krokodile, Kängurus und Koalas zu sehen. Vielleicht würde ich dort sogar Steve Irwin treffen!

9. Kapitel

Nachdem wir den Krater besucht hatten, flogen wir nach Hause zurück und fuhren vom Flughafen direkt zum Krankenhaus. Wir hatten erfahren, dass Dads Vater, Papa Zona, einen Herzinfarkt gehabt und einen dreifachen Bypass bekommen hatte, während wir in Afrika waren.

Der Arzt meinte, es sei alles in Ordnung und Papa Zona erhole sich gut. Aber ich fand es trotzdem schlimm, meinen Großvater mit einem Schlauch in der Nase im Krankenhaus liegen zu sehen. Er war immer sehr aktiv und fit gewesen, und Dad hat von ihm das Bewusstsein geerbt, dass seelische und körperliche Gesundheit das Wichtigste sind.

Ich erzählte ihm von meinen Abenteuern in Afrika. Er war schon immer an meinen sportlichen Leistungen sehr interessiert gewesen und jedes Mal stolz auf mich. Ich war froh, dass er gesund werden würde.

Sobald wir uns vergewissert hatten, dass es Papa Zona besser ging, brachen wir nach Big Bear auf. In meiner Heimatstadt erwartete mich ein herzlicher Empfang. Plötzlich war ich berühmt geworden. Alle interessierten sich für mich, und Judi Bowers, die Herausgeberin der Lokalzeitung *The Big Bear Grizzly*, schrieb einen Artikel über mich.

Der Radiosender KBHR brachte ein Interview mit mir und ein weiteres Interview sendete Channel 6 TV in seinen Nachrichten. All meine Freunde sahen mich im Fernsehen, und das war echt cool. Mit am tollsten war, dass ich für ein anderes Radiointerview nach Los Angeles eingeladen wurde. Sogar Bergsteigerzeitungen berichteten über mich.

Natürlich war die Besteigung des Kilimandscharo auch in meinen Augen eine große Leistung, aber ich war nicht darauf vorbereitet gewesen, dass so viele Menschen davon beeindruckt waren. Es kam mir alles ziemlich unwirklich vor.

Dann passierte etwas echt Verrücktes. Die bekannte amerikanische Talkshow-Moderatorin Martha Stewart hatte erfahren, dass ich der jüngste Bezwinger des Kilimandscharo war. Sie hatte den Berg selbst einmal bestiegen und lud mich in ihre Show ein, damit ich von meinem Abenteuer erzählte.

Wir flogen für die Aufnahme nach New York. Normalerweise kann ich überall schlafen, aber in der Nacht vor der Aufnahme lag ich wach im Bett und ging immer wieder die Liste der Camps, ihre jeweiligen Höhenlagen, die Vegetationszonen des Bergs und Einzelheiten über Samuel und die unglaublichen Träger durch. Ich wollte auf meinen ersten landesweiten Fernsehauftritt gut vorbereitet sein.

Am nächsten Tag fuhren wir zum Studio und bevor ich so richtig wusste, was mit mir geschah, saß ich hinter den Kulissen und wartete auf meinen Auftritt. Was, wenn ich etwas Dummes tat oder sagte? Wenn ich mich vor laufender Kamera total blamierte?

Ich hörte Martha meinen Namen sagen und holte tief Luft.

Die Frau, die mich geschminkt hatte, stand neben mir. »Winke dem Publikum zu, während du auf Martha zugehst. Versuche, nicht in die Kameras zu schauen. Stell dir einfach vor, du würdest zu Hause am Küchentisch sitzen und einer Bekannten etwas erzählen.«

Natürlich würde es nicht im Geringsten so sein, aber ich atmete langsam aus und schlenderte auf Marthas Tisch zu. Aus den Augenwinkeln sah ich eine direkt auf mich gerichtete Kamera. Als ich lächelnd »Hallo!«, sagte, lief mir vor Nervosität der Schweiß die Schläfen hinunter.

Martha stellte mir schnell zwei Fragen zu dem Aufstieg, und es gelang mir, ihr darauf vernünftige Antworten zu geben. Dadurch entspannte ich mich, und hörte zu, wie sie von ihrer Kilimandscharo-Besteigung erzählte. Zuletzt schenkte sie mir ein Allwetterzelt. Klar war es cool gewesen, Martha kennenzulernen. Aber es gab einige Berühmtheiten, die ich noch lieber treffen wollte. Natürlich dachte ich dabei wieder an Steve Irwin. Doch keine zwei Monate nach meiner Kilimandscharo-Besteigung und lange bevor wir beginnen konnten, unsere Australienreise zu planen, starb der Krokodiljäger. Ich war am Boden zerstört. Mein Held hatte Begegnungen mit Giftschlangen, Krokodilen und Tigern überlebt, nur um beim Schnorcheln am Great Barrier Reef von einem Stechrochen getötet zu werden.

Auch wenn ich ihn nicht mehr in Australien besuchen konnte, wollte ich trotzdem als Nächstes den Mount Kosciuszko besteigen.

Eines Morgens, nicht lange nach unserer Rückkehr aus

Afrika, saß ich an unserer Frühstückstheke, während Dad seine fantastischen Waffeln machte.

»Ich habe über den Kosciuszko nachgedacht«, sagte ich. »Da möchte ich als Nächstes hin.«

Er goss Teig in das Waffeleisen. »Oookaaay«, erwiderte er gedehnt. »Und warum denkst du, dass wir da nicht hinwollen?«

»Es ist eine ziemlich weite Reise, nur um auf einen Hügel zu steigen, mit dem so gut wie jeder fertig wird.«

Der Aufstieg zum höchsten Gipfel Australiens war nicht so anspruchsvoll wie der auf den Kilimandscharo, sondern mehr so etwas wie ein Sonntagsspaziergang. Mit 2228 Metern lag der Gipfel nur unwesentlich höher als Big Bear. Wenn man wollte, konnte man sogar den größten Teil des Weges mit dem Auto zurücklegen und nur die letzten acht Kilometer laufen – was ich natürlich auf keinen Fall vorhatte.

Dad klappte das Waffeleisen zu, lehnte sich über die Theke und sah mir in die Augen. »Hör mal, es ist dein Traum und es ist ein herrliches Abenteuer. Super K und ich werden alles tun, damit dieser Traum wahr wird.«

»Aber was ist mit euren Adventure Races?«, fragte ich. »Werdet ihr nicht wichtige Rennen versäumen, wenn wir in Australien sind?«

»Das jetzt sind deine Jahre«, antwortete Dad.

Dad und Karen waren beide bereit, ihre eigenen Ziele hintanzustellen, damit ich meinen Traum verwirklichen konnte. Ich wusste, dass nicht viele Kinder solch ein Glück hatten.

Bevor ich es so richtig mitbekam, hatten wir unsere

Reise zu dem Kontinent auf der anderen Seite der Erde für die Frühjahrsferien gebucht. Und dank der Unterstützung unserer Sponsoren, des Verkaufs der Seven-Summits-T-Shirts und eines neuen Kosciuszko-T-Shirts besaßen wir die Mittel, um diese Reise zu finanzieren.

Australien, dachte ich, *ich komme!*

Der kürzeste Aufstieg:

Mount Kosciuszko in Australien

Höhe: 2228 Meter

Durchschnittliche Anzahl der Ersteigungen pro Jahr: 10 000

5. April 2007
im Alter von zehn Jahren

10. Kapitel

Im folgenden April flogen wir nach Sydney und von da aus nach Canberra, zum dem Mount Kosciuszko nächstgelegenen Flughafen. Dort trafen wir uns mit Jorge Elage, einem Freund und Sportkamerad von Dad und Karen, der den Berg zusammen mit uns besteigen wollte. Ich kannte Jorge seit Jahren und er war für mich schon fast wie ein Bruder.

Wir fuhren nachts zum Kosciuszko-Nationalpark. Es war Vollmond und dadurch so hell, dass wir keine Stirnlampen brauchten. Wir planten eine Bergbesteigung bei Mondlicht, was echt cool war. Trotzdem hatten wir alles dabei, um die Nacht notfalls auf dem Berg verbringen zu können.

Die Ersten, die den Kosciuszko bestiegen hatten, waren vermutlich Aborigines, australische Ureinwohner. 1824 schrieb zum ersten Mal ein Weißer, er habe den Berg gesichtet. 16 Jahre später bestieg ein polnischer Forschungsreisender den Gipfel und benannte ihn nach seinem berühmten Landsmann Tadeusz Kosciuszko, einem polnischen Freiheitsheld, der auch im Amerikanischen Unabhängigkeitskampf auf amerikanischer Seite gegen die Briten gekämpft hatte.

Wir folgten dem Gipfelweg, der auch für Autos befahrbar war. Als wir jenseits der Baumgrenze angelangt waren, setzten Nebel, Regen und ein eiskalter Wind ein.

Es wurde ziemlich ungemütlich. »Lasst uns zum Hotel zurückkehren und es morgen noch mal versuchen«, schlug ich vor.

Jorge zog sich die Jacke über den Kopf. »Gute Idee. Lasst uns von hier verschwinden!«

Wir wollten gerade umkehren, als inmitten des Nebels wie durch Zauberei eine Hütte auftauchte. Sie war aus Steinen gemauert und hatte auf jeder Seite ein Fenster und ein rotes Blechdach. Dad schaltete seine Stirnlampe ein und leuchtete auf ein Schild neben der Tür:

Seaman's Hut.
Bitte nur als Unterstand und im Notfall
für Übernachtungen nutzen.

Dad sah mich an. »Können wir davon ausgehen, dass das hier ein Notfall ist?«

Im Grunde war es das nicht, aber wir wollten alle so schnell wie möglich dem Nebel und dem Regen entkommen. Niemals hätten wir auf diesem scheinbar so leicht zu besteigenden Berg ein derartig schlechtes Wetter vermutet.

Grinsend öffnete Dad die Tür. Die Hütte verfügte über zwei kleine Räume und einen offenen Kamin mit einem Holzvorrat. Außerdem gab es noch einen Bollerofen.

»Jordan, zieh dir trockene Sachen an. Ich mache jetzt erst mal Feuer«, sagte Dad.

Ich war froh, meine nassen Sachen loszuwerden. Jorge ging es genauso. Als wir umgezogen waren, hatte das Feuer das Innere der Hütte noch nicht vollständig erwärmt, aber wir fühlten uns schon viel wohler.

Es gab auch eine Notration getrockneter Lebensmittel, aber wir hatten ja selbst Proviant dabei und ließen die Sachen unberührt. Andere würden sie vielleicht dringender brauchen als wir.

Karen füllte Tortillas mit Putenbrust und Käse und legte sie auf die Heizplatte des Ofens, damit der Käse schmolz. Noch nie hatte mir etwas so gut geschmeckt. Zum Nachtisch aßen wir Obst, und Karen las vor, was auf einer Plakette an der Wand stand:

»In Erinnerung an W. Laurie Seaman, der hier gemeinsam mit Evan Hayes im August 1928 in einem Schneesturm ums Leben kam.«

Offenbar wurde Laurie Seaman am 9. September in der Nähe der Stelle gefunden, an der die Hütte heute steht. Er hatte hier auf Hayes gewartet, der aber zu dem Zeitpunkt bereits erfroren war. Hayes' Leiche wurde oberhalb des nur 792 Meter vom Gipfel entfernten Gletschersees Cootapatamba entdeckt. Die Familie Seaman ließ die Hütte als Zufluchtsort für Wanderer erbauen, um derartige Unglücksfälle zu verhindern.

In meinen Daunenschlafsack eingekuschelt, freute ich mich darüber, im Warmen zu sitzen, während draußen der eisige Wind um die Hütte blies.

Am nächsten Morgen weckte Dad mich, indem er an meinem Fuß zupfte. »Zeit, aufzustehen!«

Ich verkroch mich ganz tief in meinem Schlafsack. »Da draußen ist es so kalt. Ich bleibe hier drin, bis es wärmer geworden ist.«

»Das Wetter könnte aber auch schlimmer werden«, meinte Karen. »Und wir bleiben gar nicht so lange in Australien. Außerdem willst du doch Steve Irwins Zoo sehen, oder?«

Dieser australische Zoo hieß »Heimat des Krokodiljägers«. Steve Irwin hatte alles getan, um eines der besten Tierreservate der Welt zu schaffen. Gerade jetzt, wo er nicht mehr lebte, wollte ich unbedingt sehen, was mit seiner Hilfe entstanden war.

Die Vorstellung, die Bergbesteigung abzuschließen, damit wir danach noch zu dem Zoo fahren konnten, motivierte mich. Ich öffnete den Reißverschluss meines Schlafsacks und setzte mich auf, blieb aber während des ganzen Frühstücks in dem warmen Daunending eingewickelt.

Nachdem wir unseren Porridge gegessen hatten, brachen wir auf. Der Regen war eisig und der Wind so heftig, dass er mich beinahe umwarf. Nach zwei Stunden, die mir endlos lang vorkamen, erreichten wir den Gipfel des Kosciuszko.

Es war nicht wirklich so, wie ich es mir ausgemalt hatte.

Ich hatte mir vorgestellt, von hier aus Hunderte von Kilometern weit über Australien schauen zu können. Jetzt aber standen wir mitten in dichtestem Nebel und sahen so gut wie nichts.

Trotz der enttäuschenden Aussicht war ich stolz darauf, den zweiten Gipfel erklommen zu haben! Hier oben stand eine ungefähr anderthalb Meter hohe Steinpyramide, die oben flach auslief. Ich stieg darauf und Karen fotografierte, wie ich mich gegen den Wind lehnte, der so stark war, dass er mich hielt und ich nicht umfiel.

Sobald wir mit dem Fotografieren fertig waren, schlug Dad vor, wir sollten in die Stadt zurückkehren und etwas Warmes essen.

Um etwas Abwechslung zu haben, gingen wir auf einer anderen Route hinunter, auf der wir den Snowy River überqueren mussten.

»Nimm meine Hand«, sagte Dad.

»Ich kann das alleine«, protestierte ich. Ich sprang von Stein zu Stein. Sie waren glitschig, aber das waren die Steine, die in Kalifornien aus Flüssen und Bächen herausragten, auch. Nach einem Sprung aber fanden meine Füße keinen Halt und ich fiel ins kalte Wasser. Ich hätte doch Dads Hand nehmen sollen!

Im Auto zog ich mich um und wir fuhren in die nächste Stadt. Als wir uns mit heißer Suppe und Pizza gestärkt hatten, hörte es zu regnen auf. Wir machten einen Erkundungsgang durch die Stadt und besuchten – natürlich – das einzige Geschäft für Skiausrüstungen und Bergsteigerbedarf.

»Hey, dich kenne ich«, sagte der Besitzer. »Du bist der Junge, der auf den Kilimandscharo geklettert ist.«

»Was?« Wie war es möglich, dass jemand auf der anderen Seite der Erde wusste, wer ich bin?

Der Mann lachte. »Na, ich besitze einen Outdoor-Laden. Du bist in allen Bergsteiger-Zeitschriften drin.«

Ich hätte eigentlich gar nicht überrascht sein müssen.

Mit meiner Kilimandscharo-Besteigung hatte ich die Medien auf mich aufmerksam gemacht. Aber dass mich ein vollkommen fremder Mensch mitten in Australien wiedererkannte, war eine völlig neue Erfahrung.

Am folgenden Tag fuhren wir mit dem Zug zum Australia Zoo. Als Erstes rannte ich zu den Elefanten. Hier durfte man sie sogar füttern! Der Pfleger zeigte mir, wie ich den Tieren die Banane entgegenhalten sollte. Der Rüssel der Elefantenkuh reckte sich meiner Hand entgegen, und ich hörte, wie sie daran schnüffelte. Dann zog sie mir rasch die Banane aus der Hand, steckte sie sich ins Maul und fraß sie mitsamt der Schale.

Als Nächstes gingen wir zu den Kängurus, die einfach nur auf einer offenen Wiese herumlagen.

»Denk daran, was man uns gesagt hat. Man darf Kängurus nicht das Gefühl geben, sie seien in die Enge getrieben«, erinnerte mich Karen. »Sie können auch rückwärtsspringen, wenn sie Gefahr wittern.«

Ich kniete mich neben eines der Tiere und tätschelte seinen Hals. Dann kraulte ich es hinter seinen großen Ohren. Das Fell war ganz weich, und das Känguru hatte die längsten Wimpern, die ich je gesehen hatte.

Ganz in der Nähe waren Koalas. Sie schliefen in einem Baum. Genau wie ich können sie überall schlafen. Allerdings tun sie das fast 20 Stunden pro Tag, und *das* schaffe ich beim besten Willen nicht.

Nachdem wir alle Tiere im Zoo besucht hatten, schlenderten wir zum Ausgang. Da entdeckte ich an der Wand des Zoo-Shops ein Wandbild, auf dem Steve Irwin hoch in die Luft sprang. Darunter stand: »Hey Mann! Wie hoch kommst du hinauf?«

Ich hatte zwei Gipfel bezwungen, sechs warteten noch auf mich. Die Antwort auf die Frage würde sich also noch zeigen.

Der Himmelsberg:

Elbrus
in Europa

Höhe: 5642 m

Durchschnittliche Anzahl der
Ersteigungen pro Jahr: 500

11. Juli 2007
Weltrekord:
Erster Zehnjähriger
auf dem Gipfel

11. Kapitel

Zwei Wochen nach unserer Besteigung des Mount Kosciuszko kamen Dad und Karen von einer 80-Kilometer-Mountainbiketour zurück, und anstatt gleich als Erstes seinen Durst zu löschen oder unter die Dusche zu gehen, schnappte sich Dad den Weltatlas und knallte ihn neben mein Hausaufgabenheft auf die Küchentheke.

»Aaalsooo …«, begann er. »Ich glaube nicht, dass du schon so weit bist, den Mount McKinley, den Aconcagua oder den Everest zu besteigen«, sagte er, über eine Weltkarte gebeugt. »Und die Antarktis und Neuguinea sind im Moment noch zu teuer.«

»Und was ist mit dem Elbrus?«, fragte ich. »Das ist einer der leichtesten Berge.«

Der Elbrus, Teil des Kaukasusgebirges, liegt im äußersten Süden Russlands, an der Grenze zu Georgien. Ebenso wie der Kilimandscharo ist er ein erloschener Vulkan. Eine Wissenschaftsexpedition der kaiserlichen russischen Armee schaffte es 1829 auf den niedrigeren der zwei Gipfel des Elbrus, doch die Besteigung des zweiten, höheren Gipfels erfolgte erst 45 Jahre später, im Jahr 1874, durch eine englische Expedition.

Als Russland Teil der Sowjetunion war, wurde Bergsteigen im Kaukasus zu einem beliebten Sport. Man erbaute sogar eine Seilbahn, die Besucher des Elbrus auf 3505 Meter Höhe brachte. Von dort aus musste man dann laufen.

Ich klappte meinen Laptop auf und suchte nach Fotos des Elbrus. Ich wusste schon, dass das Wetter dort ziemlich gemein und unberechenbar war, aber der Berg an sich sah nicht sehr schwierig aus. »Für mich wirkt er wie ein überdimensionaler Skihügel. Viel klettern braucht man da wohl nicht.«

»Genau«, bestätigte Dad. »Wenn du immer noch weitermachen willst, müsste das ein leichter dritter Gipfel werden. Aber du entscheidest!«

Ich brauchte nicht lange darüber nachzudenken. »Natürlich will ich da rauf. Du weißt doch, dass ich meine Pläne nicht einfach so aufgebe.«

»Wie wäre es, wenn wir es in den Sommerferien machen, Super K?«

Karen nickte. »Okay. Ich werde ein neues T-Shirt entwerfen.«

Ich weiß nicht, wie viel Geld wir durch Karens T-Shirts einnahmen, aber auf jeden Fall erregten wir damit in Big Bear viel Aufsehen. Die Leute waren gespannt auf mein nächstes Abenteuer. Rick Herrick, der Besitzer des lokalen Radiosenders und früherer Bürgermeister von Big Bear, kaufte ein paar T-Shirts, und auch Skigeschäfte, Fitnesscenter, Restaurants und Unmengen unserer Freunde nahmen uns welche ab.

Für eine Besteigung des Elbrus braucht man keine Bergführer und Träger anzuheuern, und Dad und Karen hatten durch ihre Adventure Races viel Erfahrung darin, sich im Ausland zurechtzufinden. Karen buchte einfach den Flug und die Unterkunft für unsere erste Nacht in Moskau und von dort aus würden wir weitersehen. Karen war sich sicher, dass wir alles Notwendige selbstständig und vor Ort organisieren konnten. »Bisher hat es ja auch immer funktioniert«, meinte sie.

Wir setzten unser Training in den folgenden vier bis fünf Monaten fort – da waren Dad und Karen eisern. Wir liefen, wanderten und fuhren Rad. Und weil mein nächstes Ziel der Elbrus war, übte ich den Umgang mit Steigeisen und Eispickel. Wir waren mit unseren Vorbereitungen so beschäftigt, dass die Zeit wie im Flug verging. Und eines Tages ging es tatsächlich los. Wir packten und flogen nach Russland, wo ich meinen elften Geburtstag feiern würde. Was für ein tolles Geburtstagsgeschenk!

Bei der Ankunft in Moskau bestand die erste Hürde darin, ein Flugzeug zu finden, dass uns nach Mineralnyje Wody brachte, die Stadt, deren Flughafen dem Elbrus am nächsten lag.

Wir fragten uns zum betreffenden Airline-Schalter durch und kauften die Tickets. Als wir zu dem sehr kleinen und sehr alten Flugzeug gingen, machte ich mir Sorgen über unsere Sicherheit.

Die Metalltreppe quietschte und wackelte unter meinem Gewicht. »Wie in aller Welt soll dieses Ding bloß abheben?«, flüsterte ich. »Ich glaube, es wird nur noch mit Klebeband zusammengehalten.«

Dad und Karen waren ebenfalls beunruhigt, aber dies war die einzige Möglichkeit, den Elbrus zu erreichen.

Die meisten Sitze waren kaputt. Die Stewardess sprach kein Englisch, aber ich nahm an, dass sie vor dem Start die üblichen Sicherheitsvorschriften erklärte. Keiner, der ihre Sprache verstand, schenkte ihr Beachtung. Die Leute spazierten während des Starts und der Landung im Gang herum und die Klappen der Handgepäckboxen über unseren Köpfen sprangen ständig auf. Als wir endlich in Mineralnyje Wody landeten, waren die Luftbremsen so laut, dass sie sich wie Raketendüsen anhörten. Zum Glück hatte ich keine Flugangst, sonst wären es für mich entsetzliche zwei Stunden geworden.

Auf dem Flughafen der kleinen Stadt standen überall Maschinen herum, die ebenso alt und abgenutzt aussahen wie unser Flieger. Ein ausrangierter, von einem Traktor gezogener Schulbus brachte uns in eine Lagerhalle, in der sich nur ein Gepäckförderband befand. Die Anzeigetafeln für Abflüge und Ankünfte funktionierten nicht, und es war kalt, drinnen wie draußen.

Während Karen auf unser Gepäck wartete, zog Dad mit mir los, um ein Auto zu mieten. Wir mussten nach Naltschick, das knapp 100 Kilometer von Mineralnyje Wody entfernt lag und Ausgangspunkt für die Elbrus-Besteigungen war.

Verwirrt starrte ich auf all die mit russischen Schriftzeichen versehenen Schilder rings um mich herum. Im Flugzeug hatte ich niemanden außer uns Englisch sprechen hören, und ich machte mir keine großen Hoffnungen, dass es in Mineralnyje Wody jemanden gab, der uns verstand. »Wie willst du denn ein Auto mieten?«, fragte ich Dad. »Wir sprechen doch gar kein Russisch.«

Dad legte mir einen Arm um die Schultern. »Du solltest keine Angst davor haben, Fragen zu stellen, nur weil du die Sprache nicht sprichst. Die Menschen versuchen immer zu helfen.«

Ich folgte ihm nach draußen. Mir kam es vor, als stünden wir verloren mitten im Nirgendwo, doch Dad ging mit einem selbstsicheren Lächeln auf einen Mann zu, der bei der Tür stand, und teilte ihm mit Händen und Füßen mit, dass wir ein Taxi brauchten.

Der Typ verstand und rief mit seinem Handy jemanden an, dann nickte er lächelnd. Das sollte wahrscheinlich heißen, dass ein Auto unterwegs war.

Uns blieb nichts anderes übrig, als zu warten und zu hoffen. Dad ging vor dem Flughafengebäude auf und ab, aber er war nicht nervös, er bewegte sich einfach nur gerne. Karen blätterte in einem Russisch-Wörterbuch und versuchte, sich einige Sätze zusammenzusuchen. Ich hörte auf meinem iPod Musik und die Leute sahen uns zu. Nach 40 Minuten traf das Taxi ein.

Dad zeigte auf einer Karte auf Naltschik. Der Fahrer nickte und lächelte und wir stiegen ein. Unterwegs teilte Dad dem Taxifahrer durch Zeichensprache mit, dass wir irgendwo Mittagspause machen wollten und er eingeladen war, mit uns zu essen.

Wir hielten beim nächsten Restaurant an. Unter der Decke hingen Rauchschwaden und an einem Tisch saß eine Gruppe laut redender und lachender Männer. Dad ging zur Toilette und kam kopfschüttelnd zurück.

»Ihr werdet mir nicht glauben, was draußen auf dem Gang liegt! Um zur Toilette zu kommen, musste ich einem blutenden Rinderkopf ausweichen.« Er setzte sich. »Ich glaube, ich werde Vegetarier, zumindest solange ich in diesem Restaurant bin.«

Als wir das hörten, wurden wir alle zu Vegetariern. Nach dem Essen fuhren wir hinaus aufs Land, wobei wir an unzähligen Rindern vorbeikamen, die scheinbar frei herumliefen, und an verlassen wirkenden Betongebäuden.

An der Straße gab es immer wieder Polizeikontrollen. Unser Fahrer kam uns ein bisschen nervös vor, besonders als ein Polizist unser gesamtes Gepäck aus dem Auto holte und alles gründlich durchsuchte.

Jetzt wurde auch mir mulmig. »Wonach suchen die denn?«

»Keine Ahnung«, sagte Dad.

Dann holten sie Dad in eines dieser Betongebäude. Durch das Fenster konnte ich hören, wie sie ihm auf Russisch Fragen entgegenschrien und wie er jedes Mal ganz ruhig antwortete. Was er sagte, verstand ich nicht, aber ich wusste, dass er ihnen klarzumachen versuchte, dass wir einfach nur Touristen waren, die auf den Elbrus steigen wollten.

Die Russen schrien immer weiter.

Meine Hände begannen zu zittern und mir brach der Schweiß aus. Jedes Mal, wenn einer der russischen Polizisten Dad anschrie, zuckte ich zusammen. »Was wollen sie von ihm?«, fragte ich Karen. Ich hätte gerne so ruhig wie Dad geklungen, doch meine Stimme hörte sich hoch und schrill an.

»Mach dir keine Sorgen«, beruhigte mich Karen und atmete tief durch. »Es ist alles in Ordnung.«

Durch das Fenster konnte ich sehen, wie die Russen unsere Pässe auf den Tisch knallten, als sei mit ihnen etwas nicht in Ordnung.

Karen erklärte, dass hier höchste Sicherheitsstufe gelte, weil es zwischen Russland und dem nahen Tschetschenien Krieg gegeben habe.

»Aber das hat doch nichts mit uns zu tun«, warf ich ein. »Wir sind doch nur wegen dem Elbrus hier.«

»Ich weiß, aber die russische Polizei verdächtigt im Moment jeden.«

Vor Angst bekam ich Magenkrämpfe und presste die Arme gegen den schmerzenden Bauch.

Nach einer gefühlten Ewigkeit kam Dad endlich zurück, öffnete die Wagentür und stieg ein.

»Was wollten sie?«, fragte Karen.

»Keine Ahnung, ich habe kein Wort verstanden«, antwortete er schulterzuckend.

»Warum haben sie unsere Pässe auf den Tisch geknallt?«, wollte ich wissen.

»Ich habe keinen Schimmer. Ich glaube, sie sind zu dem Schluss gekommen, dass wir vollkommen harmlos sind und sie mich gehen lassen können.«

Einschüchterungsversuche funktionierten bei Dad einfach nicht. Er sah der Gefahr ins Auge, überwand sie und ging weiter. Ich wollte auch so sein wie er, aber es gelang mir nicht. Jedes Mal, wenn wir an einen Polizeiposten kamen, hielt ich die Luft an.

Endlich erreichten wir Naltschik. Der Taxifahrer brachte uns zu dem Amt, das die Genehmigungen für die Elbrus-Besteigung erteilte, und versprach, zu warten.

Innen waren eine Handvoll Leute, und Karen fragte, ob jemand Englisch spreche.

»Ja, ein bisschen«, antwortete ein hübsches, ungefähr 20-jähriges Mädchen.

»Wie können wir all die Formalitäten erledigen?«

»Jeder von Ihnen muss sechs Formulare ausfüllen, aber das Amt schließt in fünf Minuten«, erklärte das Mädchen.

»Wir müssen es heute noch schaffen«, meinte Dad mit einem gewinnenden Lächeln. »Könnten Sie uns dabei helfen?«

»Ich bin eine Touristenführerin und muss mich zuerst um meine Kunden kümmern. Hat Ihr Veranstalter das nicht für Sie erledigt?«

»Wir sind auf eigene Faust hergekommen«, sagte Karen.

Die junge Frau zog erstaunt die Brauen hoch. »Wirklich? Das macht so gut wie niemand, vor allem niemand, der so ein kleines Kind dabeihat. Der Junge will doch nicht etwa auf den Elbrus steigen, oder?«

Dad blieb gelassen, obwohl er sich immer über solche Fragen ärgerte. »Doch. Und er wird es schaffen.«

Sie lächelte. »Ich werde mein Bestes tun.«

Sie ging in ein anderes Zimmer und sprach auf Russisch mit einem Mann, der darin arbeitete. Er sah zu uns herüber und nickte.

Ein paar Minuten später kam die junge Frau zurück. »Er wird nach Büroschluss dableiben, um Ihre Formulare zu bearbeiten. Füllen Sie sie in dreifacher Ausführung aus.«

Als alles erledigt war, war es beinahe schon Zeit für das Abendessen. Es war ein langer, anstrengender Nachmittag gewesen. Wir bedankten uns bei unserer Helferin und setzten uns wieder in das Taxi.

»Siehst du«, meinte Dad zu mir, »wir brauchten gar nicht Russisch zu können. Vertraue darauf, dass alles gut geht, und alles wird gut gehen. Die meisten Menschen sind freundlich, wenn man ihnen die Chance dazu gibt.«

Wir fuhren durch zahlreiche kleine Dörfer das Tal hinauf zu der Stadt am Fuß des Elbrus. Unterwegs kamen wir an vielen der verlassenen grauen Zementgebäude vorbei. Ringsherum war es vollkommen still und wir sahen keine Lichter. Ich nickte ein und schlief, bis das Taxi vor einem Hotel unterhalb des Skigebiets anhielt.

»Offenbar gibt es in der Stadt nur wenige Hotels«, sagte Dad.

»Das Mädchen in dem Amt vorhin hat uns gewarnt, dass vielleicht keine Zimmer mehr frei sind«, erinnerte Karen ihn.

»Fragen kostet nichts«, erwiderte Dad, der ewige Optimist. »Los, alle raus!«

Ich wollte jetzt nur noch essen und dann in ein warmes Bett kriechen. Ich schleppte mich in die kleine Lobby. Über dem offenen Kamin hingen ausgestopfte Tierköpfe an den holzgetäfelten Wänden. Alle hatten Hörner oder Geweihe – Rehe, Elche, Hirsche und Steinböcke –, und es sah so aus, als würden sie uns anstarren. Ich fand es ziemlich gruselig.

Der Taxifahrer half uns, das Gepäck hereinzutragen, und sprach mit der Frau an der Rezeption. Doch sie schaute an ihm vorbei und sprach uns auf Englisch an. Nachdem wir, außer von der jungen Frau in dem Amt, den ganzen Tag nur Russisch gehört hatten, war das eine ziemliche Überraschung.

Die Frau beugte sich über den Tresen und sah mich an. »Hi, ich heiße Sweetie. Und was möchtest du hier?«

»Wir sind schon den ganzen Tag unterwegs«, sagte Karen, »und brauchen dringend ein Zimmer.«

Sweetie lächelte mich an. Sie war sehr hübsch. »Zufällig habe ich gerade noch eines für Sie übrig.«

Ich war unglaublich dankbar. Dad gab unserem Taxifahrer ein gutes Trinkgeld, weil er so nett gewesen war. Wir verabschiedeten uns und gingen in unser Zimmer.

Der Raum war kalt und zugig und roch nach Mottenkugeln. Der Fußboden knarzte bei jedem Schritt. Aber ich war wahnsinnig froh, ein Bett zu haben, und konnte es kaum erwarten, hineinzukriechen. Die Decken waren so knapp bemessen, dass wir unsere Schlafsäcke benutzen mussten, und Dads Füße hingen über das Fußende seiner Matratze. Trotz allem schlief ich ein, sobald mein Kopf das Kissen berührte.

Am nächsten Morgen erkundeten wir die Stadt. Bevor wir uns an den Aufstieg machen konnten, mussten wir unsere Ausrüstung ordnen und Wasser kaufen. Wir würden also mindestens noch eine weitere Nacht im Hotel verbringen.

Nachdem Sweetie herausgefunden hatte, dass ich gekommen war, um den Elbrus zu besteigen und dass ich mir vorgenommen hatte, auf alle Seven Summits zu gehen, war sie sehr interessiert an meinem Projekt.

»Jordan, wenn du zur Feier deiner Elbrus-Besteigung jedes beliebige Essen haben könntest, was würdest du dann wählen?«, fragte sie mich am zweiten Abend beim Abendessen.

Da musste ich nicht lange überlegen. »Spaghetti!«

Sweetie versprach, dafür zu sorgen, dass ich nach meiner Tour welche bekam, und ich freute mich schon auf einen Teller mit einem hohen Berg warmer Nudeln mit Tomatensoße und Käse.

Allerdings bekam meine Vorfreude gleich darauf einen Dämpfer: Ebenso wie Karen war mir aufgefallen, dass sich Dad mit beiden Händen den Kopf hielt.

»Was ist denn?«, erkundigte sich Karen.

»Es fühlt sich an, als würden meine Nebenhöhlen gleich explodieren.«

Es kam nicht oft vor, dass Dad sich beklagte, und deshalb begann ich, mir Sorgen zu machen.

Karen beugte sich zu Dad vor. »Wann hat es angefangen?«

»Vor zwei Tagen. Ich dachte, es geht wieder vorbei, aber es wird schlimmer. Ich fühle mich elend«, gab er zu.

Einen Augenblick lang befürchtete ich, wir müssten den Aufstieg absagen. Doch ich hätte wissen müssen, dass mein Dad nicht so leicht aufgab.

»Lasst uns unsere Strategie überdenken«, schlug er vor.

»Es ist kein wirklich langer Aufstieg«, sagte Karen zu ihm. »Lasst es uns gemütlich angehen. Du gibst das Tempo vor. Dann sehen wir, wie es dir geht, und entscheiden, was wir tun.«

Dad nickte, aber ich konnte sehen, dass er große Schmerzen hatte. »Glaubst du wirklich, dass du trotzdem den Berg besteigen kannst?«, fragte ich ihn.

»Lasst es uns versuchen«, antwortete Dad. »Dann sehen wir schon, wie es läuft.«

Wir waren von Anfang an ein Team gewesen. Wenn Dad es nicht zum Gipfel schaffte, würde es keinem von uns gelingen.

12. Kapitel

In der Nacht grübelte ich noch lange darüber nach, ob es Dad am nächsten Morgen besser gehen würde oder nicht und ob wir den Aufstieg schaffen würden, wegen dem wir diese weite Reise unternommen hatten. Aber als ich am nächsten Morgen aufwachte, stand Dad am Fenster unseres Hotelzimmers und sah hinaus. Er hörte wohl das Rascheln meines Schlafsacks, denn er drehte sich zu mir um.

»Hey, Little J«, sagte er und klang überraschend munter. »Willst du heute auf den Berg klettern?«

Ich freute mich so sehr, dass es ihm besser ging und dass unsere Mühen, herzukommen, nicht umsonst gewesen waren. Ich sprang aus dem Bett. »Ich bin bereit!«

Auch Karen war schon wach. »Aber, Paul, geht es dir denn besser?«

Er winkte ab. »Das Wetter ist gut, aber das kann sich schnell ändern. Wir sollten sofort aufbrechen.«

Ich wusste, dass Dad es für mich tat. Aber als er sagte, er fühle sich gut genug, um auf den Berg zu gehen, glaubte ich ihm das. Ich schlüpfte in meine Thermounterwäsche und zog meine übrigen Sachen an.

Nach einem russischen Frühstück mit Brot, Käse,

Rühreiern, Haferflocken und Tee brachen wir zum Elbrus auf. An seinem Fuß lag ein älterer Skiort im sowjetischen Stil. Ski- und Snowboardfahrer konnten mit einer alten Seilbahn den Hang hinauffahren.

Wir stiegen ein und fuhren von 2347 Meter auf 3505 Meter Höhe hinauf. Niemand legte diese Strecke zu Fuß zurück. Es war Tradition, dass Besteigungen des Elbrus bei der Bergstation der Seilbahn begannen.

Nachdem wir ausgestiegen waren, schaute Karen auf die Karte. »Von hier aus ist es ein 366 Meter hoher Aufstieg zu den Tonnenhütten.« Die Tonnenhütten, auch Botschkis genannt, waren das Basislager, von dem aus wir zum Gipfel aufsteigen wollten. Hier konnten wir unsere Ausrüstung ordnen, unseren Proviant überprüfen, uns an die Höhe gewöhnen und ganz allgemein unseren Aufstieg vorbereiten.

»Da ist ein Sessellift«, sagte Dad plötzlich.

Die meisten Leute, die mit uns in der Seilbahn gefahren waren, gingen schnurstracks zum Sessellift weiter. Aber sie alle waren entweder Touristen oder Skifahrer. Bergsteiger benutzten den Sessellift nicht.

Aufgeregt schnallte ich mir die Steigeisen unter und vergewisserte mich, dass mein Eispickel griffbereit war.

»Die brauchst du wahrscheinlich noch nicht«, meinte Karen kichernd.

»Ich will nicht einer dieser unvorsichtigen Bergtouristen sein«, erwiderte ich ernst.

»Dann geh voraus«, sagte Dad und wies mit der Hand nach vorne.

Ungefähr anderthalb Stunden später erreichten wir die

Tonnenhütten. Ich wunderte mich über den Namen des Camps – so lange, bis ich es sah. Es bestand tatsächlich aus Tonnen, riesigen, rot angemalten, auf der Seite liegenden alten Ölfässern aus Metall, die zu Wohncontainern umgebaut worden waren. Jede Tonne war ein bisschen länger als ein Güterwaggon und die Decke mochte an der höchsten Stelle drei Meter hoch sein

»Hey, das muss ich mir ansehen!« Ich betrat eine der Tonnen. Sie hatte Fenster, sechs Stockbetten mit Matratzen und Kissen, einen Elektroofen, eine Toilette und elektrisches Licht.

Wir hätten uns eine Tonne für die Nacht mieten können, aber unser Plan war, uns das Geld zu sparen und selbst ein Lager aufzuschlagen. Außerdem war es noch früh genug am Tag, um weiterzugehen.

Als wir das Camp verließen, sah ich Kinder mit Snowboards aus dem Sessellift klettern und in Schneeraupen einsteigen.

»Vielleicht ist hier ja auch so etwas wie ein Ferienheim«, vermutete Karen. »Der Elbrus ist ein Ganzjahres-Skigebiet.«

Die Vorstellung, den Berg herunterzurasen, hatte einiges für sich. »Ich würde hier *so* gerne Ski fahren. Warum haben wir unsere Skier nicht mitgebracht?«

»Du weißt, warum«, erwiderte Dad. »Wir sind hergekommen, um einen Berg zu besteigen, und nicht, um Ski zu fahren. Wir reisen schnell und mit leichtem Gepäck.«

»Wir hätten in den Tonnen schlafen und anstelle unserer Campingausrüstung die Skier mitnehmen können«, sagte ich.

»Tut mir leid, Jordan. Vielleicht auf einem anderen Berg«, entgegnete er.

»Auf welchem? Auf dem Everest? Das wäre total cool!«, rief ich begeistert. »Ich habe von einem Typen gelesen, der auf Skiern den Everest hinuntergefahren ist.« Bei dem Gedanken wurde ich immer aufgeregter. »Oder vielleicht auf dem Mount Vinson auf Antarktika – da gibt es jede Menge Schnee. Oder auf dem Mount McKinley in Alaska …«

»Mach mal langsam«, unterbrach mich Karen. »Lass uns jetzt erst einmal auf diesen Berg steigen.«

Als ich aufhörte, vom Skifahren zu schwärmen, merkte ich, dass es Dad immer noch schlecht ging. Sein Lächeln war verschwunden und er hatte dunkle Schatten unter den Augen. Aber er war keiner, der ohne Weiteres aufgab.

Wir gingen weiter. Ich lief wieder voraus. Wenigstens würden wir uns auf dem Elbrus nicht verirren können. Es war ein breiter, offener, schneebedeckter Berg. Wir brauchten uns nicht den Weg durch einen Regenwald zu bahnen wie am Anfang unseres Aufstiegs auf den Kilimandscharo. Der Elbrus war ungefähr 250 Meter niedriger als der Kilimandscharo, doch die besondere Herausforderung stellten die Schneemengen dar, die ihn bedeckten. Außerdem konnte das Wetter ziemlich schnell ziemlich gemein werden.

Weil ich vorausging, hatte ich für ein gleichmäßiges Tempo zu sorgen, aber es war schnell. Wegen der Höhenluft war ich ein bisschen kurzatmig, aber das machte mir nicht viel aus. Plötzlich entdeckte ich seitlich am Hang etwas, das Licht reflektierte.

Ich schaute genauer hin und erkannte das Metalldach eines zweistöckigen Gebäudes. Als wir näher kamen, stellte ich fest, dass es eine große Berghütte war. Sie schien Platz für 30 bis 40 Leute zu bieten und auch eine Küche zu haben.

Wir legten eine Pause ein, um zu überlegen, was wir tun sollten. Wir könnten hier die Nacht verbringen, aber wir hatten auch noch genügend Kraft, um weiterzugehen. Dad sah auf der Karte nach.

»Offenbar gehen viele Bergsteiger von den Pastuchow-Felsen aus auf den Gipfel«, sagte er. »Lasst uns dort übernachten.«

Die Pastuchow-Felsen waren die höchsten felsigen Erhebungen eines Lavagrats, der entlang des Berghangs verlief, und eine wichtige Orientierungshilfe für Bergsteiger.

Karen fuhr die Route auf der Karte mit dem Finger nach. »Die Felsen sind auf 4572 Meter Höhe. Wir sind erst auf 3810 Meter. Wir sollten uns zunächst mal akklimatisieren, besonders du, Paul.«

Die Höhe übte zusätzlichen Druck auf Dads Nebenhöhlen aus. Inzwischen tat ihm außerdem auch noch ein Backenzahn weh.

»Ich komme schon klar. Aber es bleibt nicht mehr lange hell. Ich würde gerne zu den Felsen gehen. Dann können wir ja schauen, wie es uns geht«, sagte er.

Ich ging zwei Schritte weiter. »Mir fällt das Atmen nicht allzu schwer. Lasst uns gehen.«

»Keine Kopfschmerzen und schlecht ist dir auch nicht?«, fragte Karen.

»Nein, ich spür nichts.«

Karen runzelte die Stirn. Sie war nicht wirklich davon überzeugt, dass Dad fit genug war. »Okay. Wir können weitergehen, aber unter der Bedingung, dass wir wieder umkehren, wenn einer von uns Probleme mit der Höhe bekommt. Einverstanden?«

Dad und ich nickten und wir liefen los.

Weil er heute langsamer als gewöhnlich ging, ließen wir ihn das Tempo bestimmen. Wir legten auch mehr Pausen ein, damit er sich zwischendurch ausruhen konnte.

Der Weg verlief in Serpentinen. Wir gingen ein paar Hundert Meter weit nach rechts, dann wieder ein paar Hundert Meter nach links. Ich konnte mir nicht vorstellen, wie Dad den Aufstieg trotz seiner starken Schmerzen durchhielt. Deswegen war ich mehr um seinetwillen als um meinetwillen sehr erleichtert, als ich endlich eine Reihe von Felsen aus dem Schnee ragen sah. Es waren die Pastuchow-Felsen, und sie lagen so verstreut, als wären sie einem Riesen aus der Tasche gefallen.

Dad setzte sich auf einen flachen Stein, stützte die Ellbogen auf die Knie auf und legte den Kopf in seine Hände. Ich nahm ihm behutsam den Rucksack ab und holte seine Wasserflasche heraus.

Als ich sie ihm reichte, sah er auf. »Danke, J-Man.«

Anstatt mich wie sonst Little J zu nennen, hatte er mir einen neuen Spitznamen gegeben. Vielleicht hatte er gemerkt, dass ich erwachsener geworden war.

Der neue Spitzname gab mir das Gefühl, mehr Verantwortung übernehmen zu können. »Ruh dich aus«, sagte ich zu ihm. »Karen und ich werden das Lager aufschlagen und was zu essen machen.«

Zwischen den Felsen fanden wir eine Stelle, die einigermaßen eben und schneefrei war, sodass wir nicht auf Schnee oder Felsen campieren mussten. Ich war gespannt darauf, das neue Zelt auszuprobieren, das mir Martha Stewart geschenkt hatte. Als es aufgestellt war, blies ich Dads Thermarest-Isomatte auf und rollte eine Jacke zu einem Kopfkissen zusammen. Er kroch ins Zelt, legte sich auf die Matte und ich deckte ihn mit seinem Schlafsack zu. Es war eine nette Abwechslung, mich um ihn zu kümmern, anstatt immer derjenige zu sein, für den die anderen sorgten. Karen kochte Tee und Suppe und machte Sandwiches.

Sobald die Sonne untergegangen war, reichte meine Jacke nicht mehr, um mich vor der Kälte zu schützen. Ich krabbelte in meinen Schlafsack, zog den Reißverschluss bis ganz nach oben zu und stülpte mir die Kapuze über den Kopf. Ich hatte zu Hause auch schon im Schnee kampiert, aber nicht in 4690 Metern Höhe. Je höher man steigt und je niedriger der Luftdruck ist, desto kälter wird es. Je 300 zurückgelegte Höhenmeter sinkt die Temperatur um zwei bis drei Grad Celsius. Doch obwohl es auch im Zelt eisig kalt war, gelang es mir, einzuschlafen. Karen bereitete vor dem Schlafengehen noch alles vor, sodass wir am nächsten Morgen mit fertig gepackten Rucksäcken aufbrechen konnten.

Genauer gesagt: um drei Uhr morgens. Um diese Uhrzeit wachten wir nämlich durch Motorenlärm auf, der so laut war, als würde das Fahrzeug gleich durch unser Zelt fahren.

Dad robbte zum Zelteingang. »He, was ist da draußen los?«

Ich spähte durch die offene Eingangsklappe und sah eine Gruppe von ungefähr zehn japanischen Bergsteigern aus einer Schneeraupe aussteigen. Sofort schnallten sich alle Steigeisen an. Sie sagten, dass sie zum Gipfel wollten.

Dad kehrte ins Zelt zurück. »Na, sind inzwischen alle wach?«

»Oh ja«, antwortete Karen.

Ich nickte gähnend.

»Dann könnten wir ja jetzt auch losgehen«, schlug Dad vor.

»Wie geht es deinem Zahn?«, erkundigte sich Karen.

»Ich werde es überleben.«

Ich versuchte, beim Anziehen möglichst im warmen Schlafsack zu bleiben, aber mit eiskalten Händen war das gar nicht so leicht. Unser Wasser war über Nacht gefroren, und Karen musste es erst mit dem Campingkocher auftauen, bevor sie heißen Kakao und Porridge machen konnte. Ich wärmte meine halb erfrorenen Finger an der Kakaotasse.

Um vier Uhr morgens schalteten wir unsere Stirnlampen an und brachen zum Gipfel auf.

Die Lufttemperatur lag um –18 °C und der Schnee war hart gefroren. Ich musste sehr fest auftreten, damit die Dornen meiner Steigeisen einsanken und ich auf der glatten Oberfläche nicht ausrutschte.

Wir waren in flottem Tempo drei oder vier Stunden lang gegangen, als Dad plötzlich stehen blieb, sich vorbeugte und sich schwer auf seine Wanderstöcke stützte. »Mein Kopf bringt mich um!«, stöhnte er.

Ich machte mir richtig Sorgen um ihn. »Kannst du überhaupt weiter?«, fragte ich.

»Es wird schon gehen«, antwortete er. »Ich brauche nur ein paar Minuten Pause.«

Wir waren schon so nahe am Ziel, dass ich es furchtbar gefunden hätte, umkehren zu müssen. Trotzdem hätte ich es für meinen Dad ohne Zögern getan, wenn es das Beste für ihn gewesen wäre.

»Wir sind schon so weit gekommen«, sagte Karen. »Ich weiß, dass du es schaffen wirst. Du bestimmst wieder das Tempo. Wir haben jede Menge Zeit.«

Vor uns ging eine Gruppe Bergsteiger. »Sind das die Japaner?«, fragte ich.

»Ja, und sie sind eine Stunde vor uns losgegangen«, erwiderte Karen.

»Sie brechen ja nicht gerade Geschwindigkeitsrekorde.« Dad trank aus der Flasche, die er unter seiner Daunenjacke bei sich trug, damit das Wasser nicht gefror, und allmählich ging es ihm wieder besser.

Das erste Licht der Morgendämmerung begann die Farben des Berges zu verändern. Wenige Augenblicke später kam die Sonne hinter den Bergkämmen hervor, und der Elbrus warf einen Schatten, der die ganze Landschaft bedeckte. Alles ringsherum war weiß, so als stünden wir inmitten eines riesigen Schneefelds.

Bunte Fähnchen markierten den Pfad, der sich in monotonen Serpentinen zum Gipfel hinaufschlängelte. Wir stapften weiter und weiter durch den Schnee. Je höher wir kamen, desto weiter schien der Gipfel entfernt zu sein. Als uns nur noch knapp 50 Meter von den Japanern trennten, erreichten wir den Sattel zwischen den beiden Gipfeln des Elbrus. Unser Ziel war der höhere der beiden.

»Wir machen mal Pause. Trink so viel Wasser, wie du kannst«, sagte Dad.

Ich nahm ein paar Schlucke, wollte mir den Rest aber für später aufheben.

»Trink. Dehydrierung kann schlimmere Folgen haben als Sauerstoffmangel.«

Skeptisch runzelte ich die Stirn. »Das glaube ich nicht.«

Dad sah mich streng an. »Geringerer Luftdruck bedeutet geringere Luftfeuchtigkeit und höhere Verdunstung von Wasser aus Haut und Lunge. Du musst hier mehr trinken, damit dein Körper funktionieren kann.«

»Und wir müssen etwas essen.« Karen holte drei Energieriegel, drei Äpfel und ihre berühmten Erdnussbutterkekse aus dem Rucksack. Wir hatten sie beim Wandern immer dabei, weil sie reich an Eiweiß und Zucker und abgesehen davon total lecker waren.

Ich aß meinen Apfel im Schnee liegend und genoss dabei die warmen Sonnenstrahlen. Einer der Japaner war umgekehrt und ging jetzt wieder bergab.

»Komisch, dass sie ihn alleine gehen lassen«, wunderte sich Dad.

»Das ist eben kein so starkes Team wie unseres«, sagte ich zwischen zwei Apfelbissen.

Nach der Rast ging es auf einem steilen, eisigen und sehr schmalen Grad weiter zum westlichen Gipfel. Dabei machte mir der geringe Luftdruck allmählich zu schaffen. Ich bemühte mich, tief einzuatmen, damit mehr Luft in meine Lunge und dadurch mehr Sauerstoff in meine Beine kam. Meine Füße fühlten sich wie Betonklötze an. Ich hob den einen, schob ihn ein paar Zentimeter vor, ließ ihn fallen und wartete mehrere Sekunden lang, bis ich diesen Bewegungsablauf mit dem anderen wiederholte.

»Jordan, du wirst es nicht schaffen, wenn du so schwere Schritte machst«, ermahnte mich Karen.

Dad griff nach meiner Hand. »Komm schon, J-Man. Das hier ist ernst. Wenn du dich nicht bewegst, bringt die Kälte dich um. Das nennt man Unterkühlung.«

»Du kannst doch nicht so etwas Furchtbares zu ihm sagen!«, schimpfte Karen.

»Er muss begreifen, worauf er sich einlässt. Das hier ist kein Kinderspiel.«

»Hey, ich bekomme alles mit, was ihr sagt«, erinnerte ich sie.

»Das sollst du auch«, erwiderte Dad.

Ich bemühte mich, schneller zu gehen. Wir überholten die japanische Gruppe sowie andere Bergsteiger, die auf dem Pfad unterwegs waren. Einige von ihnen sahen aus wie Faiz und Nikki, kurz bevor sie auf dem Kilimandscharo aufgegeben hatten und umgekehrt waren.

Karen trat hinter mich und sagte leise: »Das passiert, wenn man nicht die richtigen Sachen isst und nicht so hart trainiert wie wir.«

Eine Stunde, nachdem wir den Sattel erreicht hatten, holten wir ein russisches Team ein. Sie hatten sich in ungefähr fünf Lagen Kleidung gezwängt. Ein Mädchen saß vorgebeugt im Schnee und hielt sich den Kopf. Ein Mann erbrach sich neben den Pfad. Irgendwo zwischen diesen beiden bedauernswerten Leuten und ihren Kameraden stand der Bergführer. Er beherrschte unsere Sprache – leider, müsste man in diesem Fall sagen, denn er schrie uns aggressiv an: »Sie wissen nicht, was Sie tun. Das Wetter kann sich hier jeden Moment ändern.«

Dad sah ihn fragend an.

»Sie haben nicht die richtigen Schuhe für diesen Berg. Sie sind ihm gegenüber respektlos«, schimpfte der Bergführer weiter.

Ich sah mir ihre hohen Bergstiefel und die schweren Steigeisen an. Wir trugen Trailrunning-Schuhe, an die wir ultraleichte Steigeisen geschnallt hatten. Mir war zwar ein bisschen kalt, aber sonst ging es mir gut.

»Viel Glück!«, sagte Dad mit einem gezwungenen Lächeln. Als wir sie hinter uns gelassen hatten, schien es ihm besser zu gehen. »Wir können uns wenigstens bewegen. All das Gewicht, das sie mit sich rumschleppen, bremst sie nur.«

Niemand war so schnell und so leicht unterwegs wie wir. Trotzdem fiel mir das Weitergehen super schwer, und es war, als kämpfte jede Zelle meines Körpers dagegen an. Am liebsten hätte ich mich einfach hingesetzt und geweint, wie ich es auf dem Kilimandscharo getan hatte. Um mich davon abzuhalten, dachte ich an unseren Bergführer Samuel, der mit seinem angenehmen tansanischen Akzent zu mir gesagt hatte: »Du hältst ein unglaubliches Tempo durch. Du hast großen Respekt gegenüber dem Kilimandscharo gezeigt. Der Berg will, dass du ihn erklimmst!« Und dann erinnerte ich mich auch an Dads Worte von damals: »Zeit, sich zusammenzureißen und weiterzuklettern, Kumpel!« Und das tat ich dann auch. Nachdem ich sechs Stunden lang in der dünnen Luft einen schweren Fuß nach dem anderen vorwärtsgeschoben hatte, war ich völlig am Ende und überzeugt davon, dass ich keinen einzigen Schritt mehr machen könne. Dann aber fiel mir ein, dass Dad denselben Aufstieg mit schlimmen Zahnschmerzen zu bewältigen versuchte.

Mir wurde ein bisschen schwindelig. Ich blieb stehen, um zu verschnaufen. *Konzentrier dich!*, ermahnte ich mich. *Heb deine Füße und beweg dich!*

Nach hundert weiteren elenden, zermürbenden Metern war ich am Ziel. Ich wurde von denselben Gefühlen überwältigt, die ich bereits auf dem Gipfel des Kilimandscharo empfunden hatte. Es war unglaublich! Ich war so glücklich, dass ich mich schluchzend zu Boden fallen ließ. »Wir haben es geschafft! Wir haben es wirklich geschafft!«

Dad und Karen knieten sich hin und umarmten mich. »Ich bin so stolz auf dich, J-Man.«

»Ich auch!« Karen liefen Tränen über die Wangen.

Es war zehnmal härter gewesen, als ich es mir vorgestellt hatte, aber ich hatte es geschafft! Ich hatte nicht aufgegeben.

Die Luft hier oben am Gipfel war grausam kalt. Wohin ich mich auch wendete: Von allen Seiten bliesen mir Windböen entgegen, die mich beinahe umwarfen. Als ich vor dem Gipfelzeichen – einem meterhohen Felsen, auf den jemand rote Linien gesprüht hatte – die einzelnen Sponsorenflaggen hochhielt, wehte mir der Wind ständig das Haar unter der Kapuze hervor, sodass es mir vor den Augen hing.

Der Ausblick, den wir vom 5642 Meter hohen Dach Europas genossen, war sensationell. Wir waren von der schneebedeckten russischen Seite her gekommen und blickten nun an den Kaukasusbergen in das üppig grüne Georgien hinunter. Es war eine vollkommen andere Landschaft.

Die glücklichen Momente auf dem Gipfel sind kurz. Man erlebt sie an genau jenem Punkt des Berges, der dem Wetter am stärksten ausgesetzt ist, und häufig stehen hinter einem schon viele andere Leute und warten auf *ihr* Gipfelerlebnis. Ich wusste, dass noch viele Mühen vor uns lagen, aber der Gedanke, von dem Berg herunter und zu meinem Teller Spaghetti zu kommen, setzte sich in meinem Kopf ebenso hartnäckig fest wie die Gedanken an meine Mutter, meine kleine Schwester, an meine Freunde und mein Zuhause.

Ein ungefähr 20-jähriger Spanier hatte sein Snowboard mit auf den Gipfel genommen. Er sprach ein bisschen Englisch und fragte mich das, was mich alle fragen, wenn sie mich auf einem Berg sehen: »Wie alt bist du?«

»Ich werde morgen elf.«

Er tauschte mit mir einen Fauststoß aus. »Gratuliere, und herzlichen Glückwunsch zum Geburtstag!«

Als er sein Snowboard rausholte, wurde ich neidisch. Ich wäre am liebsten auch hinuntergefahren, doch weil ich weder Skier noch Snowboard dabeihatte, beschloss ich, das Zweitbeste zu versuchen. »Ich glaube, ich mache eine Glissade, um runterzukommen!«, verkündete ich. Eine Glissade ist, wenn man auf den Füßen oder dem Po einen Hang hinunterrutscht. Ich hatte es zu Hause mit meinem zuverlässigen Eispickel geübt, aber es niemals auf einem so hohen Berg versucht. Aber wenn es mir half, schneller von diesem Berg hinunterzukommen, war es den Versuch wert.

Dads große Hand packte mich an der Schulter. »Nein, das wirst du nicht tun. Schau es dir lieber mal richtig an. Siehst du die steile Wand da rechts? Es wäre wirklich nicht gut, wenn du dagegen knallst.«

»Ich setze den Eispickel ein und stoppe damit immer wieder.«

»Erst, wenn du bewiesen hast, dass du das tatsächlich kannst.« Er ging etwa 20 Schritt weit bergab und wartete dort auf mich, um mich notfalls aufzufangen. »Schlittere ein kurzes Stück hier runter und versuche dann, anzuhalten.«

Ich hatte das Stoppen mit dem Eispickel zwar geübt, aber dieser Hang war viel steiler und eisiger als der in Big Bear. Ich schlitterte ein paar Meter weit auf dem Po, wobei ich den Eispickel mit der spitzen Seite in Richtung Hang hielt. Dann drehte ich mich auf den Bauch um, mit talwärts gerichteten Füßen und gespreizten Knien, damit ich nicht von einer Seite auf die andere rollte. Mit einer Hand hielt ich den Eispickel oben, mit der anderen Hand am Stiel fest und rammte ihn in den Schnee. Um möglichst viel Körpergewicht auf den Eispickel zu übertragen, bog ich den Rücken und die Beine durch. Ich wurde langsamer und hielt schließlich an.

Wenn man den Kniff nicht draufhat, ist es ziemlich gefährlich. Aber ich hatte ihn drauf.

»Du hast jetzt aber noch einiges vor dir!«, rief Karen.

»Sehr beeindruckend«, gab Dad zu.

»Darf ich jetzt mit der Glissade weitermachen?«

»Okay, aber entferne dich nie allzu weit von uns und pass immer auf, wo du hinrutschst.« Er blieb stehen, und Karen suchte sich oben am Hang eine Stelle, von der aus sie mich gut fotografieren konnte.

Ich rutschte auf meinem Po weiter. Der Hang war uneben und ich tat mir weh. Ein guter Grund für einen weiteren Stopp mithilfe meines treuen Eispickels. Ich drehte mich gekonnt auf den Bauch und rammte den Eispickel in den Schnee.

»Los, bleib in Bewegung!«, mahnte Dad.

Ich stand wieder auf, rutschte ein paar Meter weiter und hielt wieder an. Das Stoppen machte mir eigentlich am meisten Spaß.

»Wenn du so weitermachst, kommen wir nie unten an!«, rief Karen.

Wieder eine kleine Rutschpartie auf dem Po. Ich fragte Dad: »Darf ich es jetzt machen?«

»Ja, Jordan, weiter!«, stimmte Dad zu.

Wieder ein Stopp. Die Sonne brach zwischen den Wolken durch. Ich fror nicht mehr und fand es absolut super, auf meinem Po den Hang hinunterzurutschen und immer wieder mittels des Eispickels anzuhalten. Es machte wirklich Spaß. Vorbeikommende Bergsteiger winkten mir zu und feuerten mich an.

Gegen eins erreichten wir unser Camp bei den Pastuchow-Felsen. Die letzte Gondel der Seilbahn fuhr um drei Uhr nachmittags ins Tal. »Die meisten, die auf dem Gipfel waren, verbringen die Nacht danach entweder hier oder in der Hütte, an der wir vorbeigekommen sind«, erklärte Karen. »Sie sind viel zu abgekämpft, um weiterzugehen.«

»Es macht keinen Sinn, hier oben noch eine kalte Nacht zu verbringen. Was haltet ihr davon, wenn wir uns beeilen, damit wir die letzte Seilbahn erwischen?«, fragte Dad grinsend und warf mir einen verschwörerischen Blick zu. »Schließlich wartet im Restaurant ein Teller Spaghetti auf dich.«

Das hörte sich eindeutig besser an als die Aussicht auf ein gefriergetrocknetes, auf dem Campingkocher erwärmtes Essen in einem eiskalten Zelt, auch wenn wir den Berg wirklich sehr schnell hinunterlaufen mussten. »Ja, ich bin dafür!«, rief ich.

Wir packten alles zusammen und liefen und schlitterten dann den Berg hinunter. Nach dem Aufstieg und all meinen Eispickel-Stopps war ich ziemlich erschöpft.

»Jordan«, spornte mich Karen immer wieder an, »du musst das Tempo halten oder wir schaffen es nicht!«

Ich wusste: Wenn wir es nicht schafften, würden wir noch zwei weitere Stunden lang bergab gehen müssen, um das Dorf zu erreichen. Aber meine Beine schrien immer wieder nach einer Pause.

Ich hatte auf dem bisherigen Abstieg nur zwei von Karens Erdnussbutterkeksen, etwas Studentenfutter und einen Energieriegel gegessen. Ich war entsetzlich hungrig und der Gedanke an die Spaghetti mobilisierte meine letzten Kräfte. Plötzlich lief Dad voraus und gab zu meiner großen Überraschung dem Fahrer einer Schneeraupe Zeichen, anzuhalten. Er redete mit dem Mann, sah dann Karen an und schüttelte den Kopf. Mit der Schneeraupe würden wir nicht rechtzeitig an der Bergstation ankommen, um die letzte Gondel abzupassen.

Dad rannte noch schneller bergab.

Karen und ich sprinteten hinterher.

Wir erwischten die Seilbahngondel eine Sekunde vor der Abfahrt. Wir hatten die Tickets im Glauben gekauft, dass sie auch für die Rückfahrt galten, und uns blieb ohnehin keine Zeit mehr, zum Schalter zu gehen. Der junge Mann an der Bergstation wollte uns jedoch nicht einsteigen lassen und schrie irgendetwas auf Russisch.

Ein junges Mädchen, das ein wenig Englisch sprach, lehnte sich aus der Tür. »Steigt einfach ein!«

Wir nahmen sie beim Wort und sprangen in die Gondel.

Spaghetti, Spaghetti, Spaghetti. Ich konnte es nicht mehr erwarten, ins Hotel zu kommen und das zu essen, was Sweetie mir versprochen hatte.

»Sind Sie schon wieder zurück?«, fragte sie, als wir durch die Eingangstür kamen. »Haben Sie es nicht auf den Gipfel geschafft?«

»Doch, haben wir!« Karen zeigte ihr auf dem Display ihrer Kamera ein Foto von mir am Gipfelzeichen.

»Das ist unmöglich.« Sweetie sah mich von oben bis unten an. »Sie sind mit der Schneeraupe hochgefahren.«

Ich schüttelte den Kopf. »Nein, nein. Wir sind sogar gestern zu Fuß von der Seilbahnstation zu dem Camp mit den Tonnenhütten gegangen.«

»Und heute sind Sie schon wieder da? Das muss ich allen erzählen!«

»Jordan hatte es eilig, zu Ihren Spaghetti zurückzukehren«, erwiderte Karen.

Sweetie lächelte. »Dann werde ich sofort zum Koch gehen und sie für ihn bestellen.«

Ich verschränkte die Arme auf dem Rezeptionstresen und legte den Kopf darauf. »Wie geht es deinem Zahn, Dad?«

Er fuhr mir mit der Hand durchs Haar. »Ich werde es schon irgendwie aushalten, bis wir wieder zu Hause sind.«

Ich hätte dort an Ort und Stelle einschlafen können, aber wegen der Spaghetti zwang ich mich, wach zu bleiben. Mühsam setzte ich mich auf meinem Stuhl gerader hin.

Ein Salat half mir, die Wartezeit zu verkürzen. Endlich kam Sweetie mit meiner Lieblingsspeise an unseren Tisch, und der Teller mit dem dampfenden Berg Spaghetti in Tomatensoße sah genauso aus, wie ich ihn mir vorgestellt hatte.

Lächelnd sah ich zu Sweetie auf. »Vielen, vielen Dank. Ich habe mich die ganze Zeit darauf gefreut.«

»Das ist gut, sehr gut. Ich hoffe, sie schmecken dir!«

»Ja, klar, auf jeden Fall«, versicherte ich.

Dann nahm ich die erste Gabel voll. Die Nudeln waren so zerkocht, dass sie sich im Mund wie Brei anfühlten. Und die Tomatensoße schmeckte eher wie Tomatensaft.

»Was mache ich jetzt bloß?«, flüsterte ich. »Ich will sie nicht verletzen. Sie ist so furchtbar nett.«

Karen sah sich um, ob uns auch niemand beobachtete, bevor sie ihre Gabel in meinen Pastamus steckte. »Wir helfen dir. Nicht wahr, Paul?«

»Klar«, versicherte Dad.

Zu dritt gelang es uns, den Teller leer zu essen. Nie wieder werde ich in Russland Spaghetti bestellen!

Das ganze Abendessen hindurch glühte mir das Gesicht. Dads und Karens Gesichter waren dunkelrot und ihre Wangen und Lippen geschwollen. Als wir wieder auf unserem Zimmer waren und ich in den Spiegel sah, blickte mir ein ebenfalls geschwollenes Gesicht entgegen.

Karen cremte meine Wangen ein. »Irgendwie haben wir vergessen, die Sonnencreme einzupacken. Aber wir haben eine wichtige Lektion gelernt. Wenn man sich in derartigen Höhen bewegt, und noch dazu damit rechnen muss, dass der Schnee die Sonne reflektiert, muss man unbedingt rechtzeitig etwas gegen Sonnenbrand tun. Es wird nie wieder passieren, das verspreche ich.«

»Wir müssen eben einen Sonnencreme-Sponsor finden«, scherzte Dad. Es ging ihm wieder besser. Zwar hatte er immer noch Zahnschmerzen, doch in der geringeren Höhe quälten ihn seine Nebenhöhlen nicht mehr so.

Wir bleiben noch zwei Tage, besuchten ein anderes kleines Skigebiet in der näheren Umgebung und gingen in ein paar der seltsamen, altmodischen Restaurants. Draußen musste ich mir an beiden Tagen einen Schal vor das Gesicht wickeln und die Mütze bis zu den Augen hinunterziehen, damit meine Haut nicht noch mehr Sonne abbekam. Oft sah ich Menschen in langen Schlangen vor Lastwagen anstehen, um sich mit den nötigsten Lebensmitteln zu versorgen. Das Leben hier war hart und ich fand das furchtbar traurig.

Schließlich fuhren wir mit einem Taxi wieder nach Mineralnyje Wody zurück und flogen von dort aus nach

Moskau – mit demselben klapprigen Flugzeug, mit dem wir gekommen waren. In Russlands Hauptstadt ging es wesentlich internationaler zu als oben in den Bergen. Viele Leute sprachen Englisch, aber die kyrillisch beschrifteten Tafeln und Zeichen machten es uns alles andere als leicht, uns zu orientieren.

Die Moskauer U-Bahn-Stationen waren unglaublich edel: Sie hatten hohe Deckengewölbe, waren mit Malereien geschmückt und Musiker spielten in ihnen auf Klavieren oder Cellos. In den Waggons gab es Tischchen und Vorhänge wie in einem James-Bond-Film. Unsere Mitreisenden trugen einfache Jacken und dicke Schals und wirkten am Ende ihres langen Arbeitstags sehr distanziert und müde.

Wir besichtigten das Grab des Unbekannten Soldaten und sahen beim Wachwechsel zu. Die Soldaten marschierten im Gleichschritt, schwangen den rechten Arm bis zur Brust hinauf und hoben abwechselnd ein Bein, bis es parallel zum Boden in der Luft hing. Vom Grabmal gingen wir weiter zur Rüstkammer, dem bekanntesten Museum im Kreml, und bewunderten uralte Kutschen, die mit Gold, Diamanten und Rubinen verziert waren.

Der berühmte Rote Platz war riesig. Von hier aus sahen wir den Kreml, die ehemalige Festung des Zaren ebenso wie die Basilius-Kathedrale, deren bunte, von Kuppeln gekrönte Türme wie Flammen zum Himmel emporragen. Rings um die Hauptkirche waren acht etwas kleinere Kirchen erbaut worden, jede mit ihrem eigenen, farbenfrohen Kirchturm. Ich glaube, das ist eines der erstaunlichsten Gebäude der Welt.

Russland war wirklich faszinierend. Ich wäre gerne noch zwei Wochen geblieben, aber auch nur ein paar Tage dort gewesen sein zu dürfen war toll. Ich war erst vor zwei Tagen elf Jahre alt geworden und hatte bereits die höchsten Gipfel dreier Kontinente bezwungen, hatte in Afrika wild lebende Tiere gesehen, in Australien Steve Irwins Zoo besucht und stand nun auf dem Roten Platz. Aber auf den Elbrus zu steigen war mit Sicherheit das allerbeste Geburtstagsgeschenk aller Zeiten.

Man könnte meinen, dass ich nun damit – und auch mit mir – zufrieden sein sollte, und das war ich auch. Trotzdem dachte ich bereits über meinen nächsten Berg nach. Ich hatte noch fünf Gipfel vor mir.

Der hohe Aufstieg:

Cerro Aconcagua in Südamerika

Höhe: 6962 Meter

Durchschnittliche Anzahl der Ersteigungen pro Jahr: 5000

30. Dezember 2007
Weltrekord:
Erster Elfjähriger
auf dem Gipfel

13. Kapitel

Nach unserem Abenteuer in Russland freute ich mich auch wieder auf zu Hause. Leider war bei unserer Rückkehr erneut jemand aus der Familie krank. Dieses Mal war es Grandma Mary Lu, die Mutter meiner Mom. Ich war ihr erstes Enkelkind und bin vier Tage nach dem Tod ihres ältesten Sohns zur Welt gekommen, und deshalb standen wir uns immer sehr nah. Sie verfügte über ein umfangreiches Wissen und konnte fast jede meiner Fragen beantworten. Wir blätterten gemeinsam in Nachschlagewerken und sie sang mich in den Schlaf. Wir wären beinahe nicht nach Russland geflogen, weil es ihr vor unserer Abreise schon nicht gut ging, aber sie bestand darauf, dass wir trotzdem flogen, und wollte dann alles über mein großes Abenteuer hören.

Ich saß jeden Vormittag zwei Stunden lang an ihrem Bett und erzählte ihr vom Elbrus und dass es für mich der bisher schwerste Aufstieg gewesen war. Ich berichtete auch von den Orten in Russland, die wir besichtigt, und von den Leuten, die wir dort kennengelernt hatten. Sie war nicht die ganze Zeit über bei Bewusstsein, und ich wusste nicht, wie viel sie mitbekam. Zwei Wochen nach unserer Rückkehr starb sie im Alter von 65 Jahren an Leukämie. Ihr Tod zerriss mir das Herz, aber ich hatte gute Freunde, die mir halfen, den schweren Verlust zu verarbeiten.

An meinem ersten Nachmittag zu Hause rief mein Schulkamerad Cameron an. Er und sein Bruder Casey waren meine besten Freunde. »Wie war es?«, wollte Cameron wissen.

»Oben am Gipfel waren Snowboarder, mitten im Juli!«, berichtete ich.

»Irre! Hast du es auf den Gipfel geschafft?«

»Yep, und dann bin ich den ganzen Berg hinuntergeschlittert, in Glissade, und habe zwischendurch immer wieder mit meinem Eispickel gestoppt.«

»Cool. Als du weg warst, haben Casey und ich einen Typen gesehen, der auf einer Slackline balanciert hat. Das wollen wir jetzt auch versuchen.«

Eine Slackline ist ein breites Band, das man aufspannt, um darauf zu balancieren. Man kann besser darauf laufen als auf einem runden Seil, und es wird auch nicht so straff gespannt wie ein Hochseil und wesentlich niedriger aufgehängt. Darauf zu balancieren ist, als würde man auf einem furchtbar langen und schmalen Trampolin gehen und springen. Ich musste es unbedingt auch versuchen.

Mit Dads und Karens Hilfe banden Cameron und ich im Garten ein zweieinhalb Zentimeter schmales Nylonband an zwei ungefähr siebeneinhalb Meter voneinander entfernten Bäumen fest und spannten es mithilfe einer Ratsche. Wir verbrachten den Rest des Sommers und auch den Herbst damit, unsere Slackline-Technik zu verbessern und mit unseren Mountainbikes in den Hügeln rings um Big Bear herumzufahren. Sobald die Skisaison begann, waren wir auf den Pisten.

Big Bear erwies sich als perfektes Trainingsgelände für meinen nächsten Gipfel. Denn welcher es auch sein würde: Es würde auf ihm sehr kalt sein und sehr viel Schnee geben.

Ich hatte meinen Traum nicht vergessen. Und Dad und Karen auch nicht.

»Von den fünf Gipfeln, die noch übrig sind«, sagte Dad eines Abends vor dem Essen, »sind der auf Antarktika und der in Neuguinea sehr schwer zu erreichen. Somit blieben also Aconcagua, Mount McKinley und Everest.«

Karen schob das Brathähnchen in den Backofen, schloss die Tür und drehte sich zu mir um. »Du bist für den Everest noch nicht bereit, Jordan.«

»Ich weiß«, stimmte ich ihr zu. Der Everest würde die allergrößte Herausforderung sein. Ich musste erst noch mit ein paar anderen Gipfeln fertigwerden, bevor ich mich an ihn wagen konnte.

»Ein weiterer Faktor ist das Wetter«, fuhr Dad fort. »Wir müssen dann raufgehen, wenn es dort am wärmsten ist, damit wir nicht erfrieren.«

»Wenn bei uns Winter ist, ist in Südamerika Sommer«, meinte Karen. »Wie wäre es mit dem Aconcagua in den Weihnachtsferien?«

»Mir erscheint das machbar.« Dad sah mich an. »Wie ist es mit dir, J-Man?«

»Wenn wir nicht jetzt gehen, müssen wir ein ganzes Jahr warten, bis dort wieder Sommer ist, nicht wahr?«

Dad nickte. »Wenn wir auf deine Schulferien Rücksicht nehmen, ja.«

Also sah es so aus, als würde ich Weihnachten in den südamerikanischen Anden verbringen.

Am folgenden Abend übernachtete Cameron bei uns, das heißt in meinem Zimmer, das Dad gerne »Reptilienzoo« nannte, weil ich darin so viele Echsen und Schlangen hielt.

»Wir steigen in den Weihnachtsferien auf den Aconcagua«, sagte ich.

»Wo ist der denn?«

»In Argentinien, auf der Südhalbkugel.«

»Du verpasst das Beste von der Skisaison«, erwiderte er.

»Ich weiß.« Ich holte mein Bartagamen-Männchen aus seinem Terrarium und ließ eine Grille frei, damit er sie jagen konnte. Jetzt, wo ich mit Cameron zusammen war, musste ich an all den Spaß denken, den ich versäumte, wenn ich irgendwo beim Bergsteigen war. Und Skifahren machte mir wirklich am meisten Spaß. Ich wusste, dass die übrigen Berge noch wesentlich schwieriger sein würden als der Elbrus. So langsam bekam ich Zweifel an meinem Plan.

»Auf dem Elbrus wurde manchen Leuten wegen der Höhe schlecht und der Aconcagua ist noch 1320 Meter höher. Es ist der höchste Berg der Erde außerhalb des Himalajas. Wenn man dort höhenkrank wird, kann sich einem die Lunge mit Flüssigkeit füllen, oder das Hirn schwillt an, und von beidem kann man sterben«, erklärte ich.

»Hört sich grauenhaft an.«

Ich nahm eine weitere Grille heraus. Ihre Füße kitzelten meine Handfläche. »Bitte sag es niemandem, aber manchmal weiß ich nicht, ob ich Lust habe, noch mehr Gipfel zu besteigen«, vertraute ich meinem Freund an.

»Dann lass es doch. Niemand zwingt dich.«

Ich seufzte. Ich wünschte, es wäre tatsächlich so leicht. Aber Dad und Karen hatten buchstäblich ihr Leben verändert, um mir dabei zu helfen, meine Ziele zu erreichen. Sponsoren beteiligten sich und die ganze Stadt Big Bear war stolz auf meine Leistungen. Ich hatte Angst davor, alle zu enttäuschen.

»Niemand würde deshalb schlecht von dir denken«, fuhr Cameron fort.

Ich dachte eine Weile darüber nach. Natürlich hätte ich das Verständnis von denen, die mich liebten, aber mir ging auf, dass ich von mir selbst enttäuscht sein würde.

»*Ich* würde schlecht von mir denken, wenn ich aufhöre, anstatt weiter mein Ziel zu verfolgen«, versuchte ich Cameron zu erklären. Ich ließ mich aufs Bett fallen. »Ich weiß nicht, was ich tun soll.«

Der Plan, über Weihnachten den Aconcagua zu besteigen, hatte einen Haken: mein Alter. Niemand unter 14 durfte ihn ohne Sondergenehmigung betreten. Und ich war elf Jahre alt.

Ich wusste nicht, ob ich erleichtert sein oder mich ärgern sollte.

»Wir bringen dich auf den Berg«, versicherte mir Dad, »mit allen Genehmigungen und Empfehlungen, die dafür nötig sind.«

Eines Nachmittags erzählte uns Karen, dass sie vielleicht einen Weg gefunden habe. »Schaut mal, was ich im Internet entdeckt habe. Ein 13-Jähriger und sein Vater haben versucht, den Aconcagua ohne Genehmigung zu besteigen. Die Ranger haben sie aus dem Park vertrieben. Sie mussten die Genehmigung vor Gericht erstreiten.«

»Wie ging das denn?«

»Ich habe dem Vater bereits eine Mail geschrieben, und von ihm die Adresse eines argentinischen Anwalts namens Arturo bekommen, der ihnen eine Sondergenehmigung besorgt hat«, erklärte Karen.

In den folgenden Wochen tauschten Karen und dieser Anwalt zahlreiche Mails aus, und allmählich sah es ganz danach aus, als würde unsere Reise möglich werden. Das einzige Problem bestand darin, dass ich mir immer noch nicht sicher war, ob ich wirklich ausgerechnet jetzt auf den Aconcagua wollte. Die Vorstellung, die beste Zeit der Skisaison in Big Bear zu verpassen, dämpfte meine Begeisterung ziemlich.

»Ich fliege ein paar Tage früher nach Argentinien, um gemeinsam mit dem Anwalt alles Notwendige vorzubereiten«, sagte Karen eines Tages. »Wir sollen unser Anliegen einem Richter schildern.«

Wir mussten dem Richter unter anderem eine Erlaubnis meiner Mom vorlegen. Als es wieder Zeit wurde, für die kommende Woche zu ihr umzuziehen, fuhr Dad mich hin und bat mich, auf mein Zimmer zu gehen, damit sie unter vier Augen darüber reden konnten. Weil ich sie nicht unabsichtlich belauschen wollte, setzte ich meinen Kopfhörer auf. Man konnte nicht wissen, wie das Gespräch verlief, sie hatten sich nicht gerade freundschaftlich getrennt.

Später, beim Abendessen, griff Mom das Thema auf.

»Jordan, das ist das erste Mal, dass ich etwas unterschreiben soll, damit du auf einen Berg steigen kannst«, begann sie.

Ich rührte mit der Gabel in meinem Kartoffelbrei herum. »Es ist kein besonders schwieriger Berg. Er ist nur sehr hoch.«

»Ich habe mir gerade ein Dutzend Websites angeschaut. Der Aconcagua ist nur knapp 130 Kilometer vom Pazifischen Ozean entfernt. Er wird von extrem heftigen Winden und Stürmen buchstäblich gepeitscht. Aufgrund der Kälte des Windes liegen die gefühlten Temperaturen um die –60 °C.«

Mich fröstelte. Mann, das hörte sich ganz schön kalt an!

»El Viento Blanco – der Weiße Wind – hat Bergsteiger in den Tod gerissen. Es reicht also nicht, toll in Form zu sein.« Sie beugte sich über den Tisch und berührte meinen Arm. »Es wird eine sehr lange, extrem anstrengende Expedition. Der höchste, steilste und windigste Aufstieg, den du jemals bewältigt hast.« Sie sah mich traurig an. »Der Tod meiner Mutter diesen Sommer war schlimm für mich. Ich will einfach nicht, dass dir etwas zustößt.«

»Dad und Karen werden dafür sorgen, dass ich für den Berg bereit bin«, sagte ich. Kurz kam mir der Gedanke, dass ich Moms Besorgnis als Vorwand dafür nutzen könnte, den Aconcagua dieses Jahr nicht in Angriff nehmen zu müssen. Doch das kam mir nicht richtig vor, und es würde nur zu Ärger zwischen Mom und Dad führen. Ich war mir nicht mehr sicher, ob ich wirklich auf den Gipfel wollte, aber ich wollte ihr auch keine Sorgen bereiten.

Ich überlegte immer noch, was ich tun sollte, als mir Karens kleiner Neffe Britton einen Flat Stanley mailte und mich bat, ihn auf dem Gipfel des Aconcagua zu fotografieren. Flat Stanley ist eine Figur aus einem Bilderbuch: ein Junge, auf den ein Buchregal gefallen ist. Durch diesen Unfall ist er ganz dünn und flach und kann von nun an die Welt bereisen, indem er sich in einem Umschlag überallhin schicken lässt. Kinder zeichnen oder kopieren sich einen Flat Stanley, malen ihn aus und schicken ihn an Verwandte und Freunde, damit diese ihn an den verschiedensten Orten der Welt fotografieren. Ich konnte Britton auf keinen Fall im Stich lassen. Wir laminierten seinen Flat Stanley, damit er den Aufstieg in meinem Rucksack unbeschadet überstand.

Eines Tages verkündete Karen, sie habe unsere Flüge gebucht, und ich dachte: Okay, es geht also los. Ein Freund lieh uns zwei Spezialzelte, genannt Höhenkammern, die uns helfen sollten, uns an die Luft in großer Höhe zu gewöhnen.

Ungefähr einen Monat lang schlief ich nachts in dem luftdicht verschlossenen Zelt mit Plastikfenstern. Ein Hypoxie-Generator pumpte in dieses Zelt Luft mit niedrigerem Sauerstoffgehalt. Dadurch sollte mein Körper mehr rote Blutkörperchen bilden, die wiederum dafür sorgen würden, dass er beim Bergsteigen mit genügend Sauerstoff versorgt wurde. Tagsüber trainierte ich in der sauerstoffreichen Luft niedriger Höhenlagen. Der Generator war ziemlich laut, aber ich konnte trotzdem gut schlafen. Karen stellte den Generator nach und nach auf die Luftverhältnisse immer höherer Lagen ein, sodass ich schließlich für Höhen von über 4500 Meter akklimatisiert war. Das war so ziemlich der Höchstwert, den man mit diesen Zelten erreichen konnte.

Ein paar Tage vor unserem Abflug rief Dad mich zu sich und legte ein Notizbuch auf die Küchentheke. »Du wirst das hier zweimal am Tag für uns alle ausfüllen. Es ist extrem wichtig, und ich vertraue darauf, dass du es sehr sorgfältig tust.«

Ich setzte mich auf den Hocker neben ihm und hörte zu, während er mir eine von Medizinern entwickelte Tabelle der Symptome akuter Höhenkrankheit erklärte.

»Es ist lebenswichtig, dass wir uns selbst auf dem Weg zum Gipfel genau beobachten«, sagte Dad. »An akuter Höhenkrankheit kann man sterben.«

Auf jedem Formular wurde nach Kopfschmerzen, Übelkeit, Mattigkeit, Schwindel und Schlafproblemen gefragt, und es wurden jeweils vier Antwortmöglichkeiten geboten. Jede Antwort hatte einen Punktwert zwischen null (keine Beschwerden) und drei (sehr schlimm).

»Alles klar so weit?«, fragte Dad nach einer Weile.

Ich nickte. »Wie finden wir denn heraus, dass wir Probleme haben?«

»Man zählt die Punktzahlen aller Fragen zusammen. Drei bis fünf bedeutet leichte Höhenkrankheit. Ab sechs Punkten wird es gefährlich bis tödlich.«

Oje, das klang ziemlich ernst. Wegen dem, was Mom

mir über Leute erzählt hatte, die vom Wind den Berg heruntergerissen worden waren, und weil ich inzwischen auch über andere Unfälle am Aconcagua gelesen hatte, bekam ich allmählich wirklich Angst. Aber das hielt ich vor Dad und Karen geheim.

Sie hatten überlegt, für uns einen Bergführer zu engagieren, doch nach einigen Recherchen beschlossen sie, dass wir auch alleine zurechtkommen würden. Sie beauftragten einen Freund namens Pablo, die Logistik zu organisieren. Pablo lebte in Buenos Aires und hatte ihnen schon einmal bei einem Adventure Race in Südamerika geholfen. Er war auch schon auf dem Aconcagua gewesen. Er erklärte sich bereit, Maultiere anzumieten, die unsere Ausrüstung zum Basiscamp brachten, und dafür zu sorgen, dass wir einen guten Platz für unser Zelt bekamen und mit warmen Mahlzeiten versorgt wurden.

Wir hatten einiges Geld durch den Verkauf von Karens Aconcagua-T-Shirts eingenommen und auch dadurch, dass wir im Stadttheater von Big Bear einen Skifilm von Warren Miller gezeigt hatten. Warren Miller ist wegen seiner fantastischen Ski- und Snowboardfilme berühmt, und deshalb kamen viele Leute, um sich den Film anzuschauen. Außerdem meldeten sich neue Sponsoren bei uns. Ich weiß nicht, wie wir es ohne sie geschafft hätten. Die meisten stifteten Ausrüstungsgegenstände, wofür sie als Gegenleistung nur ein Video vom Aufstieg und Fotos von mir mit ihren Kleidungsstücken oder anderen Produkten haben wollten. Wir arbeiteten allerdings nur mit Sponsoren zusammen, deren Produkten wir vertrauten.

Dann begannen die Weihnachtsferien, und Dad und

ich fuhren zum Flughafen von Los Angeles, um in den Flieger nach Südamerika zu steigen.

Karen war wie vereinbart schon vorausgeflogen. Fünf Tage nach ihr erreichten wir Mendoza in Argentinien. Mendoza war cool – so etwas wie ein sonniges Zentrum von Hippies und Künstlern und gleichzeitig eine Stadt mit mehreren Universitäten. Wir waren uns alle einig, dass wir gerne noch mal dort hinfahren würden.

Unsere erste Aufgabe bestand darin, die Genehmigung einzuholen, die ich für das Besteigen des Bergs brauchte. Wir trafen uns vor dem Gericht mit Arturo, dem Anwalt, mit dem Karen in den letzten Wochen so häufig korrespondiert hatte. Karen hatte alles, was sie im Laufe der letzten Zeit zu Hause und hier gemeinsam mit Arturo zusammengetragen hatte, in einer dicken Mappe dabei: zwei ärztliche Gutachten, die Erlaubnis meiner Mom sowie Beurteilungen von Freunden und anderen Adventure Racern, Gesundheitsbescheinigungen, Kopien unserer Pässe, Belege für Dads und Karens Erfahrungen mit anspruchsvollen Adventure Races und Dokumente zu Dads Tätigkeit als Sanitäter im Rettungshubschrauber.

»Wenn wir damit keine Genehmigung bekommen, dann weiß ich auch nicht mehr weiter«, sagte Dad.

Im Gerichtsgebäude legten Karen und Arturo einer Angestellten die Mappe vor. Ohne die Unterlagen überhaupt anzuschauen, wies sie uns an, zur ärztlichen Untersuchung zu gehen.

Als wir den Flur entlanggingen, rollte Dad mit den Augen. »Jordan ist gesünder als 90 Prozent der Bevölkerung.«

Ein Arzt maß meinen Puls, schaute mir in die Augen und Ohren, klopfte gegen meine Knie und sah sich meine Zunge an. »Alles in Ordnung, ich kann nichts finden.«

Unsere nächste Station war das Büro der Richterin Elsa Lidia Galera. Sie saß unter einem sich langsam drehenden Deckenventilator, hinter einem breiten Eichenschreibtisch und wollte von mir persönlich meine Meinung zu der geplanten Bergtour hören. Ich hatte meine Rede auf dem Weg hierher immer wieder geübt.

»Mein Dad und Karen sind mit mir auf den Kilimandscharo und den Elbrus gestiegen. Wir sind ein Team und jeder achtet ständig auf die anderen. Wir haben viele Leute gesehen, die ernsthaft an Höhenkrankheit litten und aufgeben mussten, aber uns ist das nie passiert. Wir sind einfach in unserem Tempo bis zum Gipfel gegangen und konnten danach jedes Mal unsere sichere Rückkehr ins Basiscamp feiern.«

Sie beugte sich über ihren Schreibtisch und sah mir aufmerksam ins Gesicht. »Jordan, sag mir, warum du das überhaupt machen willst.«

Ich wusste: Was ich jetzt sagte, konnte über das Gelingen oder Scheitern unseres Plans entscheiden. Ich bekam Herzklopfen und atmete viel zu schnell. Ich drehte mich zu Karen um, die mir aufmunternd zunickte, riss mich zusammen und beantwortete die Frage.

»Als ich neun war, sah ich in meiner Schule ein Wandbild der Seven Summits. Ich wünschte mir, auf jedem einzelnen ihrer Gipfel zu stehen, um auf die Welt hinunterzuschauen. Seither ist das mein Traum, und ich habe wirklich hart gearbeitet, um herzukommen. Der Aconcagua soll mein vierter Berg werden. Ich hoffe wirklich, dass Sie für meinen Traum Verständnis haben und mir die Genehmigung erteilen, ihn zu verwirklichen.«

Die Richterin sah mich eine Weile schweigend an, was bei mir erneutes Herzklopfen auslöste. Auf meiner Oberlippe bildeten sich kleine Schweißtropfen. Wir hatten es schon so weit geschafft, wir durften jetzt einfach nicht scheitern. Sie stand auf, ging um ihren Schreibtisch herum und umarmte mich so herzlich, als wäre ich ihr Enkel.

Dann schaute sie mir tief in die Augen und hielt mich an den Händen. »Du musst mir versprechen, unsere neue Freundschaft zu ehren, indem du nichts tust, was dir schaden könnte. Steig langsam höher, trink viel Wasser und geh sofort wieder bergab, wenn dir auch nur ein bisschen schlecht wird.« Jetzt lächelte sie. »Und du musst mir auch ein signiertes Foto von dir auf dem Gipfel schicken. Wirst du das alles für mich tun, Jordan?«

»Ja, das verspreche ich.«

Sie umarmte mich nochmals. »Dann freue ich mich, dir mitzuteilen, dass du eine Sondergenehmigung zur Besteigung des Aconcagua erhältst. Ich wünsche Ihnen allen viel Glück bei Ihrer Bergtour.«

Innerlich war ich aufgewühlt, aber ich bemühte mich, ruhig und gelassen aus dem Zimmer zu gehen. Draußen aber hüpften Karen, Dad und ich vor Freude auf und ab, beglückwünschten uns gegenseitig und bedankten uns bei Arturo. In Hochstimmung begaben wir uns zu dem Amt, das die Genehmigungen erteilte.

Als wir dort das Dokument abholen wollten, erwartete uns ein säuerlich dreinblickender Beamter.

»Wir haben Sie erwartet«, sagte er knapp. »Aber wir werden Ihnen keine Genehmigung erteilen. Wir sind nicht dem Gericht unterstellt und lassen nicht zu, dass jemand unter 14 den Aconcagua besteigt.«

Aber wie konnten sie das, nachdem die Richterin es erlaubt hatte? Dad versuchte, unser Anliegen in seinem besten Spanisch darzulegen, aber es half nichts. Karen rief Arturo an, der so schnell er konnte zum Amt kam, aber auch er konnte den leitenden Beamten nicht umstimmen.

Bald traf auch der Anwalt des Provinzialparks ein. Er trug eine steif wirkende Rangeruniform und einen riesigen Schnurrbart, der für sein Gesicht viel zu buschig war. Ebenso wie der Beamte war er entschlossen, uns nicht in den Provinzialpark zu lassen. Er und Arturo diskutierten, als ginge es um etwas Persönliches. Schließlich verschwanden Arturo, der Provinzialpark-Anwalt und Dad in einem anderen Raum. Sie stritten so laut, dass man es trotz geschlossener Tür hören konnte, und ich bekam vor Anspannung Bauchschmerzen. Ich setzte die Kopfhörer meines iPods auf, um mich auszuklinken.

Nach einer Stunde holte der Provinzialpark-Anwalt Karen und mich dazu. Unsere Unterlagen waren auf einem Tisch ausgebreitet. »Ich werde Ihnen die Genehmigung erteilen, aber unter der Bedingung, dass Sie einen Haftungsausschluss unterschreiben, der im Falle einer Verletzung den Provinzialpark von der Verantwortung ausschließt«, sagte der Anwalt.

Wir willigten ein, und Arturo und der Anwalt – die beide gerade noch so gewirkt hatten, als wollten sie einander an die Kehle gehen – schüttelten sich die Hände, als wäre nichts gewesen.

»Wozu das ganze Theater?«, fragte ich, als wir unsere Ausrüstung in Pablos Van luden. »Das kapiere ich einfach nicht.«

»Da bist du nicht der Einzige«, meinte Dad.

Als wir endlich in Richung Aconcagua-Provinzialpark fuhren, war ich ziemlich erleichtert. Ich hatte immer noch Angst gehabt, der Beamte oder der Anwalt würden uns die Genehmigung wieder wegnehmen.

Der Provinzialpark liegt nahe der Grenze zu Chile. Nach einer dreistündigen Fahrt durch eine schöne Landschaft erreichten wir einen staubigen Parkplatz, der von den gelben Felswänden einer Schlucht wie von einer Mauer eingefasst war. Alle Bergsteiger mussten ihre Genehmigungen vor dem Beginn ihrer Tour den Parkrangern vorlegen. Erst dann durften sie den Pfad betreten, der bei einem steinernen Tor begann, das so hart und kalt aussah wie der Ranger, der erst mich, dann meine Genehmigung und schließlich wieder mich anschaute.

»Wir wurden informiert, dass Sie kommen«, erklärte er. »Diese Genehmigung ist ungültig. Das Kind ist zu jung für den Aufstieg.«

Ich sah die Venen an Dads Schläfen pochen. Er rief Arturo an, der sich seinerseits mit der Parkaufsicht in Mendoza in Verbindung setzte. Nach längeren telefonischen Diskussionen verkündete der Ranger: »Sie dürfen nicht weitergehen, bevor der vom Park anerkannte Arzt Jordan untersucht hat.«

»Und wann soll das sein?«, fragte Dad gepresst.

»Er kommt aus Mendoza und wird in drei Stunden hier sein.«

»Wir haben bereits mindestens einen halben Tag verloren, und werden von den übrigen Mitgliedern unseres Teams erwartet«, entgegnete Dad. Er klang ruhig, obwohl ich wusste, dass er den Typen am liebsten erwürgt hätte.

Was Dad über unser Team gesagt hatte, war nicht gelogen. Nicht nur Pablo und seine Freundin Ali würden mit uns mitgehen, sondern auch drei weitere Adventure-Race-Kameraden von Dad und Karen: Ryan, Claire und Mike. Mit dabei war auch ein Sportfotograf namens John Grieber, den unser Schuhsponsor SOLE Custom Footbeds engagiert hatte, damit er die Expedition dokumentierte. Er kam gerade von Filmarbeiten auf dem Mount Everest zurück und war ganz wild darauf, mit uns mitzugehen, weil er bei zwei früheren Aconcagua-Besteigungen gescheitert war.

Nachdem ich auf dem Elbrus nur mit Dad und Karen unterwegs gewesen war, freute ich mich darauf, Teil eines neunköpfigen Teams zu sein – vorausgesetzt, der Ranger ließ uns endlich weitergehen.

Ich versuchte, mich in Geduld zu üben, aber diese Genehmigungsgeschichte wurde allmählich wirklich nervig und kam mir ein bisschen wie ein schlechtes Omen vor. Meine Zweifel darüber, ob es wirklich richtig war, die Sache durchzuziehen, wurden wieder stärker. Aber nach all dem Ärger, den Dad und Karen bereits auf sich genommen hatten, wollte ich nicht einmal darüber nachdenken.

Wir saßen an eine Wand gelehnt auf unseren Rucksäcken, bis um halb vier Uhr nachmittags der Arzt eintraf.

Er schien darüber verärgert, dass man ihn hatte hierherkommen lassen. Er führte mich in einen Raum und ich sollte mich auf die Untersuchungsliege setzen. Der Arzt klopfte meinen Rücken ab, nahm meinen Puls und bat mich zu husten.

»Es ist alles in Ordnung«, sagte er dann. »Sie können gehen. Aber Sie müssen sich in jedem Camp unterwegs melden.« Er unterzeichnete die Genehmigung und sah den Ranger, der ihn gerufen hatte, böse an.

Der Ranger händigte jedem von uns einen nummerierten Abfallbeutel aus und trug die Nummern der Beutel in unseren Genehmigungen ein. Auf unserer Bergtour sollten wir sämtlichen Abfall in die Beutel werfen, die wir dann nach dem Aufstieg beim Verlassen des Parks abgeben mussten, um zu beweisen, dass wir all unseren Müll mitgenommen hatten. Es gab auch noch spezielle, mit Katzenstreu gefüllte Kackebeutel. Mit diesen Maßnahmen sorgte man hier dafür, dass der Berg nicht zugemüllt wurde.

Dad sah auf die Uhr. »Vier Uhr. Unfassbar! Lasst uns von hier verschwinden, bevor unsere Freunde das Warten aufgeben und ohne uns losziehen.«

Um in den Park zu gelangen, mussten wir über eine Holzbrücke gehen. Auf einer Holztafel an der Brücke stand: »Betreten Sie den Park nicht ohne Eintrittskarte.«

Als ob das so einfach wäre!

Wir wanderten auf einem wunderschönen Weg, der an Flüssen entlang und durch Schluchten führte. Über uns thronten die beeindruckenden Gipfel der Anden. Ich hatte nachgesehen, welche Tiere ich hier antreffen könnte, und hoffte, einen Andenfuchs oder ein Guanaco zu sehen. Guanacos sind wilde Lamas, die nur selten in Zoos gehalten werden.

Nach ein paar Stunden erreichten wir das Camp Confluencia in 3353 Metern Höhe. Es sah sogar noch zivilisierter aus als das Tonnencamp auf dem Elbrus. Zwischen den verstreut umherliegenden Felsbrocken standen bunte Zelte. Es gab auch Toiletten und eine Ambulanz, man konnte Maultiere mieten und etwas zu essen kaufen.

Pablo und seine Freundin Ali kamen auf uns zugelaufen.

»Ich dachte, ihr kommt nicht mehr!«, sagte Pablo.

»Wir hatten ein kleines Problem mit den Genehmigungen«, erklärte Dad.

Ryan, Claire und Mike, die einen Tag früher gekommen waren, um sich zu akklimatisieren und kleinere Wandertouren zu unternehmen, gesellten sich bald zu uns. Und wir lernten John kennen. Jetzt, wo wir alle zusammen waren, wurde ich langsam aufgeregt.

John machte gerade Fotos von unserem Team, als ein Ranger auf uns zukam. »Sie müssen mit Ihren Genehmigungen zur Ambulanz kommen«, befahl er, ohne sich lange mit Freundlichkeiten aufzuhalten.

Oh nein! Hatten sie sich irgendeine neue Strategie ausgedacht, um mich wieder vom Berg runterzubekommen?

»Das ist wirklich lästig«, raunte ich Karen zu.

»Da hast du recht«, erwiderte sie.

In leicht gedämpfter Stimmung folgten wir dem Ranger zur Ambulanz, wo ein Arzt den Sauerstoffgehalt meines Bluts maß und mein Herz abhörte.

»Trink sehr viel Wasser«, sagte er.

Ich nickte und er ließ mich gehen.

Nach unserer Wanderung zum Confluencia Camp fühlten sich meine Beine ziemlich müde an, und ich war froh, einfach nur noch in meinen Schlafsack zu krabbeln.

Am nächsten Morgen standen wir früh auf und gelangten nach sieben Stunden zum Basiscamp bei der Plaza de Mulas, dem Maultierplatz. Unterwegs trotteten immer wieder hoch bepackte Maultiere an uns vorbei und wirbelten Staub auf. Pablo erklärte, die Maultiere müssten einen Tag arbeiten und danach zwei Tage freihaben, das sei Vorschrift. Ich lachte mich kaputt, als ich ein Maultier sah, das aus seiner Gruppe weggelaufen war und sich nun mitsamt Gepäck auf dem Boden wälzte. *Wenigstens gönnen sie sich bei der Arbeit ein bisschen Spaß,* dachte ich.

Das Basiscamp lag auf einer flachen, kahlen Ebene auf 4300 Metern Höhe. John behauptete, es sei das weltweit zweitgrößte Basislager nach dem Basecamp am Mount Everest. Es gab hier Hunderte von Zelten jeder Größe, Farbe und Form, Toiletten, eine Satellitenschüssel, Internet, Telefon und sogar warme Duschen. Wenn man genug Geld hatte, konnte man sich Bier, Pizza und Wein kaufen. Eine Cola kostete 6 US-Dollar und ein Telefonat 2 US-Dollar pro Minute. In der Bergsteigersaison kamen Argentinier her, um Geld zu verdienen. Und die Geschäfte liefen gut, vor allem die Maultiervermietung.

Pablo und Ali holten unsere Ausrüstung und schlugen das Lager auf, während wir uns in der Ambulanz meldeten, wo sich alle Bergsteiger eintragen und von einem

Medizinerteam untersuchen lassen mussten. Wer nicht fit genug war, durfte nicht höher hinaufgehen.

Oberschwester Veronica war schlecht gelaunt und richtiggehend gemein. Sie maß bei uns allen den Blutdruck, den Puls, den Sauerstoffgehalt des Bluts und hörte unsere Lungen ab. »Warum wollen Sie alle unbedingt zum Gipfel hinauf? Für mich macht das gar keinen Sinn«, fragte sie mit gerunzelter Stirn.

Dad lächelte nur. »Sind wir fit genug?«

»Ja.« Es schien sie zu ärgern, dass meine Werte besser waren als die der meisten Erwachsenen.

Grinsend verließen wir das Ambulanz-Zelt. Karen klatschte mich ab. »Hey, wir haben jetzt 24 Stunden überstanden, ohne dass deine Genehmigung beschlagnahmt wurde!«

Als wir zu den Zelten gingen, zeigte uns Pablo, wo man Betten mieten konnte, damit man nicht auf dem harten Boden schlafen musste. Karen schüttelte den Kopf. »Nein, nichts für mich. Ich halte mich lieber von Bettwanzen fern.«

Ryan, Claire und Mike entschieden sich für Betten und mussten dafür teuer bezahlen – nicht mit Geld, sondern mit extrem juckenden roten Pusteln am ganzen Körper. Die arme Claire bekam die meisten Wanzenbisse ab.

Das Basislager war sehr lebendig und wahnsinnig cool. Ständig kamen und gingen Bergsteiger und die Maultiere schienen so gut wie alles nur Denkbare herbeizuschleppen. Es gab sogar einen Kickertisch, der mitten im Lager stand und von allen benutzt werden durfte.

Am meisten aber freute ich mich über eine Slackline.

Ich sah zu, wie mehrere Leute mit wild herumfuchtelnden Armen versuchten, ihr Gleichgewicht zu halten, nur um schließlich doch auf dem Hintern zu landen. Ich konnte nicht anders, ich musste einfach grinsen. Ein Typ stand vom Boden auf, klopfte sich den Staub ab und forderte mich auf, es besser zu machen.

Ich stieg auf die Slackline, ging bis zur Mitte, ohne dass sie sich nennenswert bewegte, und machte fünf Sprünge, bevor ich rückwärts zu meinem Ausgangspunkt zurücklief. Es waren immer mehr Leute stehen geblieben, um mir zuzuschauen, und jetzt jubelten sie und pfiffen. Sogar mein Herausforderer nickte anerkennend.

Nachdem Dad, Karen und ich zehn Nächte lang in Höhenkammern geschlafen hatten, bereitete uns die Höhe des Basiscamps keine Probleme. Die anderen sechs Mitglieder unseres Teams mussten sich jedoch erst noch akklimatisieren und hatten vor, tagsüber in höhere Lagen mit dünnerer Luft zu steigen, und dann nachts weiter unten in dickerer Luft zu schlafen, um sich zu erholen. Aber das war nicht unser Stil. Sich Zeit lassen bedeutete in Dads und Karens Welt, dass man riskierte, das Rennen zu verlieren. Wir waren bereit, zum Gipfel aufzusteigen.

14. Kapitel

Ich hatte Dad und Karen bewiesen, dass ich in der Lage war, bei dieser Bergtour mehr Verantwortung zu übernehmen. Ich war nicht länger einfach nur jemand, der mitging, sondern ein vollwertiges Teammitglied mit eigenen Aufgaben: Ich hielt uns über unsere jeweilige Höhe auf dem Laufenden, stellte die Wecker, damit wir morgens rechtzeitig aufwachten, und verfolgte im Radio die Wetterberichte.

Meine wichtigste Aufgabe aber bestand darin, die Tabelle der Symptome akuter Höhenkrankheit auszufüllen. Wie schon gesagt, waren die Punktzahlen wichtige Hinweise auf den gesundheitlichen Zustand von Bergsteigern und konnten helfen, lebensbedrohliche Situationen zu vermeiden. Ich hielt nach Warnzeichen Ausschau. Bevor wir am zweiten Morgen das Basiscamp verließen, zählte ich unsere Punkte zusammen. Bei allen waren die Ergebnisse so, dass ein Weitergehen unbedenklich erschien. Allerdings fühlten sich Ryan, Claire und Mike nicht allzu gut.

Die Maultiere gingen nicht höher als zur Plaza de Mulas, und deshalb mussten wir an Heiligabend unsere schweren Rucksäcke selbst zu dem in 5050 Metern Höhe gelegenen Camp Canada hochschleppen. Am Vortag waren wir nur ein Tal hochgegangen, die Valle de las Vacas, das »Tal der Kühe«. Aber heute hatten wir das Basiscamp verlassen und waren nun tatsächlich am Berg. Der Pfad war steil und felsig mit vielen losen Steinen.

Als wir Camp Canada erreichten, mussten wir uns als Erstes in der Ranger-Station melden. Der Arzt dort war nicht ganz so unfreundlich wie Oberschwester Veronica.

»Ihr Sohn ist in sehr guter Verfassung«, sagte er zu Dad. »Von nun an dürfen Sie seine Vitalzeichen selbst kontrollieren und sie dem Basislager über Funk übermitteln.«

Ich sah Dad an, wie erleichtert er war. Eine Formalität weniger.

John kehrte zur Plaza de Mulas zurück, um sich zu akklimatisieren, während wir Übrigen uns in Dads, Karens und mein Dreimannzelt zwängten, um Weihnachten zu feiern. Obwohl wir uns in 5050 Metern Höhe befanden, froren wir nicht – dank der von uns allen ausstrahlenden Körperwärme und den Stirnlampen, die ein Übriges taten. Außerdem saßen wir Schulter an Schulter, Karen auf Dads Schoß und Ali auf dem von Pablo.

Zeit für Weihnachtsrituale. Wir hatten schon vorab die Regeln für die Geschenke vereinbart. Es sollte etwas sein, das nicht mehr als 20 US-Dollar kosten und nicht mehr als 200 Gramm wiegen durfte. Dad reichte eine Schüssel mit zusammengefalteten, nummerierten Zettelchen herum. Ich zog die Nummer vier.

Ali zog die Eins und suchte sich ein in silbernes Papier eingewickeltes Päckchen aus, in dem sie einen Zauberwürfel fand. Erstaunt besah sie ihn von allen Seiten. »Was ist das denn?«, fragte sie.

Selbst nach ausführlichen Erklärungen und Vorführungen sah sie immer noch nicht ein, wozu ein Zauberwürfel beim Bergsteigen gut sein sollte.

Ryan, der Los Nummer zwei zog, hatte die Wahl, ob er Alis Würfel nehmen oder sich lieber ein anderes Päckchen aussuchen wollte. Er ließ Ali ihr Geschenk und entschied sich für eine grüne Schachtel, in der ein Campingkissen mit Daunenfüllung war.

»Cool!«, sagte Claire, die Los Nummer drei hatte. »Ich hätte gerne das Kissen. Vielen Dank.«

Als Nächster war ich dran. Ali wedelte mir mit ihrem Würfel vor dem Gesicht herum und versuchte, mich dafür zu begeistern. »Jordan, nimm meinen Zauberwürfel. Nimm diesen hübschen Würfel!«

»Nein danke. Ich versuche es lieber mit diesem violetten Päckchen.« Vielleicht hätte ich doch das Geduldsspiel nehmen sollen. Denn als ich auspackte, kam ein ultraleichtes Handtuchset zum Vorschein, was ich hier kaum gebrauchen konnte. Draußen war es viel zu kalt, um sich gründlich zu waschen.

Wir feierten stundenlang ausgelassen mit heißem Kakao und Karens Erdnussbutterkeksen. Es mag manchen Leuten komisch vorkommen, aber das hier war für mich mein zweitschönstes Weihnachten, fast so schön wie das vor zwei Jahren, bei dem ich meinen Eispickel bekommen hatte.

Am Ersten Feiertag blieben sechs von uns im Camp Canada zurück, um sich auszuruhen, während Dad zur

Plaza de Mulas runterging, um weitere Teile unserer Ausrüstung hochzuholen, und Karen alleine Vorräte zum Camp Nido hinaufbrachte. Sie kehrte am Nachmittag zurück, beinahe gleichzeitig mit Dad und John.

Als wir am 26. Dezember Camp Canada verließen, bestand unser erstes Problem darin, einen Weg durch ein Feld voller scharfkantiger, aufrecht stehender Eiszapfen zu finden. Man nennt sie Los Penitentes, »die Büßenden«, und sie waren beinahe so hoch wie Dad. Es wäre cool gewesen, einen abzubrechen und so zu tun, als wäre er ein Jedi-Schwert, aber ich würde niemals auf diese Weise die Umwelt schädigen.

Wir brauchten vier Stunden für den Aufstieg zum Camp Nido, kurz für Nido de Condores, das »Kondornest«. Hier oben lag viel Schnee. Im Camp Plaza de Mulas hatte es Maultiere gegeben, und hier oben in Nido hoffte ich, Kondore zu sehen, aber ich wurde enttäuscht. Das Camp lag auf einem breiten, von ungewöhnlich geformten Felsspitzen umgebenen Plateau. Von hier aus erblickte ich zum ersten Mal den Gipfel und die hohen, von Gletschern bedeckten Berge rings um ihn herum. Ich konnte fast den gesamten Weg sehen, der zum Gipfel hinaufführte, und erkannte darauf tatsächlich fünf winzige Punkte: Bergsteiger, die auf einem langen, quer zum Hang verlaufenden Pfad unterwegs waren. In ein paar Tagen würde ich auch dort oben sein.

Obwohl uns noch viele Höhenmeter vom Gipfel trennten, war die Luft hier in 5486 Metern Höhe bereits sehr dünn. Vielleicht war es das, oder weil wir auf diesem Berg die Schneezone erreicht hatten, oder vielleicht auch weil ich für die Gesundheitschecks des Teams verantwortlich war, aber ich fühlte mich erst jetzt wirklich wie ein richtiger Bergsteiger.

John, Pablo und Ali trafen eine halbe Stunde nach Dad, Karen und mir ein. Ryan, Claire und Mike folgten etwa dreißig Minuten später. Schwer atmend ließen die drei Adventure Racer ihre Rucksäcke zu Boden fallen. Ryan hatte die Augen geschlossen und hielt sich den Kopf.

»Jordan«, flüsterte Karen. »Deine Checkliste.«

Ich holte den Block mit den Formularen heraus und begann, alle nach Kopfschmerzen, Übelkeit und Schwindel zu fragen. Ryan winkte ab. »Du brauchst nichts einzutragen. Ich habe genug. Ich gehe wieder runter.«

»Ruh dich ein paar Tage in Camp Canada aus und mach ein paar kleinere Touren«, schlug Dad vor. »Du wirst dich bald besser fühlen und kannst es dann noch mal versuchen.«

Ryan schüttelte den Kopf. »Ich bin ein Langstreckenläufer, kein Bergsteiger. Diese Höhe bringt mich um.«

»Ich gehe mit ihm mit«, verkündete Mike.

Claire hockte mit angezogenen Knien auf dem Boden, und hatte ihre Stirn auf die verschränkten Arme gelegt. »Ich auch«, sagte sie. »Es war großartig, ehrlich. Ich hätte den Aconcagua sonst nie gesehen.« Sie stand auf und schulterte wieder ihren Rucksack.

»Ich auch«, sagte John. »Ich kehre zur Plaza de Mulas zurück, um mich zu akklimatisieren, aber beim Aufstieg zum Gipfel bin ich wieder dabei.«

Wir umarmten uns alle zum Abschied und ich sah ihnen lange nach. Dabei fragte ich mich, wie ich, ein knapp anderthalb Meter großer Junge, eigentlich hier sein konnte, wenn erwachsene, durchtrainierte Leistungssportler wie sie aufgeben mussten. Wie würde es erst am Everest sein? Er war fast 2000 Meter höher als der Aconcagua. Ich bekam mit, wie sich jemand aus einen anderen Team erbrechen musste, und mein Magen wurde unruhig. Eigentlich war das hier vollkommen irre.

Wie um alles noch schlimmer zu machen, zupfte einer der Ranger, die im Camp patrouillierten, an der Eingangsklappe des Zelts. »Ist das hier das Zelt von Jordan Romero?«

»Ja«, antwortete Dad. Er lächelte, aber ich wusste, dass er nur darauf wartete, dass es erneut Schwierigkeiten gab.

Der Ranger fragte, ob ich ausreichend aß und trank und bestand darauf, die Sauerstoffsättigung meines Bluts zu testen. Vor unserer Abreise hatte sie bei mir bei 100 Prozent gelegen. Wenn man in höhere Lagen kommt und dort dünnere Luft atmet, sinkt sie für gewöhnlich.

Der Ranger steckte mir den Clip eines Sauerstoffmessgeräts auf den Finger. »Du darfst nur dann weitergehen, wenn dein Sauerstoffwert mindestens bei 80 Prozent liegt.«

Er lag bei 85 Prozent.

Der Mann schien sich ein bisschen darüber zu ärgern, dass es mir nicht schlecht ging. Als er die Ergebnisse dem Basislager funkte, behaupteten die Ärzte dort, er lüge. Niemand wollte glauben, dass ein Junge wie ich ein derart gut trainierter Bergsteiger sein konnte.

Dad steckte mir den Clip wieder auf den Finger und

machte ein Foto vom Display des Geräts. »Mailen Sie das da dem Basislager.«

Später erfuhren wir, dass an jenem Vormittag im Camp Nido das Mitglied einer anderen Gruppe ernsthaft an Höhenlungenödem erkrankt war: Die Lunge des Mannes hatte sich mit Flüssigkeit gefüllt und er hatte nicht mehr atmen können. Ohne Behandlung wäre er gestorben, und deshalb hatten sie ihn so schnell wie möglich runtergebracht. Ich nehme an, dass dies der Grund war, warum sie bei mir extra vorsichtig waren.

All diese Übelkeitsanfälle und überstürzten Aufbrüche ins Tal rings um mich herum zehrten ganz schön an meinen Nerven. Außerdem vermisste ich Mom und Makaela. Ich war zu Weihnachten noch nie so weit weg von ihnen gewesen. Einer unserer Sponsoren, hatte uns ein BGAN-Gerät geliehen, mittels dessen man über Satellit telefonieren und ins Internet gehen konnte. Der Aufbau des Geräts war ziemlich kompliziert, aber ich sagte Karen, dass ich mit meiner Mom sprechen wolle, und sie setzte es für mich in Gang.

Als ich den Hörer ans Ohr legte und wusste, dass ich jetzt mit meiner Mutter sprechen konnte, fühlte ich mich sofort besser. »Hi, Mom, ich bin's! Ich rufe dich vom Aconcagua aus an, aus 5550 Metern Höhe.«

»Oh Jordan! Jordan, geht es dir gut? Du bist hoffentlich nicht krank?«

Ich muss zugeben, dass mir Tränen in die Augen traten, als ich ihre Stimme hörte. Ich atmete tief durch und riss mich zusammen. »Nein, mir geht es gut. Besser als Leuten, die doppelt so groß und alt wie ich sind.« Unsere Verbindung war nicht besonders gut, und deshalb legte ich die Hände um den Lautsprecher des Hörers. Ich wollte sichergehen, dass sie das, was ich gleich sagen würde, auch wirklich hörte. »Ich vermisse dich so!«

»Ich vermisse dich auch, Liebling. Alle vermissen dich!«

Die statischen Geräusche wurden schlimmer, doch ich wollte noch nicht auflegen. »Ich bin bald wieder zu Hause. Vermutlich beginnen wir in drei Tagen mit dem Aufstieg zum Gipfel. Mom? Bist du noch dran? Es geht mir gut!«

Lange hörte ich nur Rauschen, bis endlich wieder ein Satz von ihr durchkam. »Versprich mir, vorsichtig zu sein, und ruf mich an, wenn du wieder unten bist.« Die Verbindung wurde immer schlechter, aber ich glaube, ich hörte sie noch sagen: »Ich liebe dich«, bevor die Verbindung abbrach.

Als ich Karen den Hörer zurückgab, damit sie das Gerät korrekt ausschalten konnte, war mir, als hätte sich in mir ein großes Loch aufgetan. Karen lächelte mir zu, als könnte sie nachempfinden, wie ich mich gerade fühlte. Es war schön, so viel Liebe und Unterstützung zu erfahren.

Der folgende Tag war ziemlich langweilig. Es war sehr kalt, und wir konnten nichts anderes tun, als herumzusitzen und darauf zu warten, dass sich unsere Körper an die Höhe gewöhnten. Ich sah fast die ganze Zeit den Berg an und spürte, welche Herausforderung es war, höher zu steigen als jemals zuvor. Um den Gipfel herum bildete sich eine knotig wirkende Wolke und ich dachte: Oh, das sieht aber gar nicht gut aus! Eine Stunde später verdunkelte sich der Himmel und ein mörderischer Wind raste den Hang des Aconcagua hinunter und auf uns zu. Er wirbelte einen regelrechten Vorhang aus grauem Staub auf, der so dick war, dass er den Berg beinahe ganz verdeckte. Eine Böe riss ein benachbartes Zelt hoch und rollte es vor sich her. Es sah wie ein großer roter Papierbeutel aus, der über den Gehsteig geweht wurde. Wo waren seine Bewohner? Ich erinnerte mich an Moms Worte: »El Viento Blanco hat Bergsteiger in den Tod gerissen.« Würde mich der Sturm früher oder später auch wie einen Papierbeutel vor sich herrollen?

Dad und Karen waren bei neuen Bekannten zum Teetrinken eingeladen. Es kam mir sicherer vor, mich in unserem Zelt zu verkriechen, anstatt draußen herumzulaufen, um sie zu suchen. Ich verschloss den Reißverschluss der Eingangsklappe und saß mit angezogenen Knien in der Mitte des Zelts. Ich konnte nur hoffen, dass ich schwer genug war, um den Wind am Fortreißen des Zelts zu hindern.

Endlich ging die Türklappe auf und Dad und Karen krochen herein.

»Was für ein ekeliges Wetter«, sagte Dad. »Alles klar, Kumpel?«

Ich nickte.

Er schenkte mir ein beruhigendes Lächeln. »Das Gewicht von uns dreien reicht, um das Zelt zu beschweren.«

Bald darauf setzte ein Schneesturm ein. Der Wind hatte inzwischen die Lautstärke eines landenden Hubschraubers erreicht. Ich rettete mich in meinen Schlafsack und zog mir die Kapuze über den Kopf. Der Wind heulte die ganze Nacht hindurch und wehte Schnee auf unser Zelt, bis die eine Seite durchhing und gegen meinen Rücken drückte. Dad ging hinaus, um den Schnee herunterzuschütteln, und ich hielt die Luft an, bis er wohlbehalten zurück war. Der Wasserdampf unserer Atemluft kondensierte und gefror innen am Zeltdach zu kleinen Eiszapfen, die ständig auf uns hinunterregneten. In dieser Nacht fiel sogar mir das Einschlafen schwer.

Aber wir müssen trotzdem alle eingenickt sein, denn am nächsten Morgen wachten wir in einem herrlichen Winterwunderland auf. Über Nacht waren 60 Zentimeter Schnee gefallen und manche Schneewehen waren anderthalb Meter hoch oder höher.

»Wir müssen versuchen, bis Camp Berlin vorzudringen, bevor uns das Wetter wieder überrascht«, stellte Dad fest. Er ging zu John, Pablo und Ali im Nachbarzelt hinüber. Mit staunenden Gesichtern krabbelten sie hinaus ins Freie. Die Versuchung war einfach zu groß: Ich bückte mich und machte einen Schneeball.

»Oh nein! Nicht!«, rief Pablo. Blitzschnell hatte er ebenfalls einen Schneeball geformt und kam meinem Wurf zuvor. Er traf mich nicht, aber ein Teil seines Schneeballs landete auf Karens Jacke.

»Jordan, Verstärkung!«, rief sie.

Bald war eine wilde Schneeballschlacht im Gang. Die Geschosse flogen in alle Richtungen. Ich erwischte John mitten auf der Brust und duckte mich rasch, um seinem Gegenschuss zu entgehen. Als ich mich bückte, um mir neue Munition zu beschaffen, traf mich ein dicker, nasser Schneeball am Po. Platsch! Ich landete mit dem Gesicht im Schnee.

In 5550 Metern Höhe reichten unsere Kräfte nur für eine kurze Schneeballschlacht aus. Das Formen und Werfen der Schneebälle, das Ausweichen, Hinfallen und Lachen ließ uns alle kurzatmig werden. Aber trotzdem war es klasse!

Jedenfalls trugen wir sehr zur Unterhaltung von Bergsteigern aus Großbritannien, Polen und Italien bei, die, von unserem Lärm angelockt, alle aus ihren Zelten kamen. Sie klatschten laut Beifall, boten aber nicht an, uns zu helfen, den Weg zum nächsten Camp zu bahnen. Denn natürlich war er von hohem Schnee bedeckt.

»Okaaay, Team, sind wir bereit, zum Camp Berlin weiterzugehen?«, fragte Dad.

Auf dem Aconcagua war das Wetter unberechenbar, aber wir wussten, dass mehrere Stürme kommen würden, zwischen denen es kurze Zeitfenster für das Weitergehen gab. Es war wichtig, dass wir gingen, wann immer wir konnten.

Doch Pablo und Ali waren von dieser Kombination aus Höhe und frischem Tiefschnee überfordert. »Wir werden ein paar Tage hierbleiben, und dann sehen wir, wie wir uns fühlen«, erklärte Pablo.

Schon wieder zwei Teammitglieder weniger! Ich fand es entmutigend. Die meisten Expeditionsteams, denen wir begegnet waren, bestanden aus acht bis zehn Leuten, aber es sah ganz so aus, als wären Dad, Karen und ich dazu bestimmt, ein Dreierteam zu bleiben. Niemand konnte mit uns Schritt halten: Die meisten Bergsteiger benötigten für ihre Akklimatisierung mehr Zeit als wir.

Wir packten alles in unsere Rucksäcke und brachen auf. Dad ging als Erster. Bei jedem Schritt sank er beinahe knietief in den Schnee ein. Er schlurfte absichtlich hindurch und trat so fest auf, wie er konnte, um eine Spur zu schaffen, in der Karen und ich gehen konnten. Seine Beine waren so viel länger als unsere, dass wir ihn bitten mussten, kleinere Schritte zu machen.

Es muss für ihn sehr anstrengend gewesen sein, aber er hielt ein gleichmäßiges Tempo ein und blieb nur stehen, um zu sehen, wie ich vorankam. Jedes Mal, wenn er sich zu mir umdrehte, schenkte er mir ein warmes, aufmunterndes Lächeln. Allmählich ging mir auf, dass die freundliche Entschlossenheit meines Vaters etwas Kostbares und Seltenes war.

Dad schaffte es, den ganzen Tag lang dynamisch und optimistisch zu bleiben und uns damit anzustecken, obwohl es immer wieder schneite. John war irgendwann sehr weit zurückgefallen, hatte uns aber aufgefordert, weiterzugehen. Er war ein erfahrener Bergsteiger, und wir wussten, dass er zurechtkommen würde.

Neben der eisigen Kälte war der Aufstieg auch wirklich hart. Ich hielt kurz an, um zu verschnaufen, und stützte mich auf meine Wanderstöcke.

»Jordan, wie hoch sind wir?«, rief Karen mir zu.

Ich sah auf meinen Höhenmesser. »Wir sind auf 5640 Metern.«

»Stell dir vor, Jordan: Noch gut 250 Meter höher, und du wärst auf dem Gipfel des Kilimandscharo!«

Aber das hier war nicht der Kilimandscharo, das war der Aconcagua, und der war über 1000 Meter höher als der Kili. Der Schnee war tief, und der Wind kam mir so stark vor, als könne er mich von einer Sekunde zur nächsten den Berg hinunterrollen lassen wie gestern das rote Zelt. Mein Rucksack war superschwer, und Karen und ich mussten uns doppelt so sehr anstrengen wie Dad, um in seine Fußstapfen hinein- und wieder herauszukommen. Ich fiel auf die Knie. Das war's – ich konnte keinen Schritt mehr weitergehen!

Karen schob sich durch den Schnee zu mir zurück und zog ihre Fäustlinge aus, um ein Päckchen Käseriegel zu öffnen. »Hier, iss das und danach einen Energieriegel. Es wird dir gleich besser gehen.«

Sie hatte recht. Ich brauchte einen Energieschub. Ich biss in den Käse und stellte mir vor, ich wäre zu Hause und äße eine große, heiße Pizza, auf der eine dicke Schicht geschmolzener Mozzarella schwamm.

»Du kannst es schaffen, Jordan«, spornte Karen mich an. »Gib jetzt nicht auf!«

Nach einer zehnminütigen Pause und zwei erträumten Pizzen stand ich auf und marschierte weiter. Ich versuchte, mir einzureden, dass nichts leicht ist und dass man einfach nicht aufgeben darf. Eine halbe Stunde lang hielt ich durch, indem ich einfach immer nur einen Fuß vor den anderen setzte. Ich fühlte mich benommen. Welche Punktezahl würde ich für mich auf dem Höhenkrankheit-Formular ankreuzen? Waren das, was ich hatte, schon richtige Kopfschmerzen?

Mittlerweile war ich ziemlich erschöpft, und es fiel mir immer schwerer, in Bewegung zu bleiben. Zum ersten Mal waren meine Everest-Schritte nicht gespielt. Schließlich kam der Moment, in dem ich meinen Fuß nicht mehr heben konnte.

Karen gab mir ein paar M&Ms und sie halfen. Es war so kalt, dass sie tatsächlich in meinem Mund und nicht schon in meinen Händen schmolzen, die vor Kälte gefühllos geworden waren. Ich ging auf dem steilen Serpentinenweg eine Stunde lang weiter, bis die Wirkung der Schokolade nachließ. Meine Beine fühlten sich so breiig an, wie damals jene russischen Spaghetti, und ich schwankte.

»Jordan!«, rief Karen. »Alles in Ordnung?«

Ich drehte mich zu ihr um. Die Tränen auf meinen Wangen waren zu Eis gefroren.

Dad blieb sofort stehen und kam zu mir zurück und auch Karen eilte durch den Schnee auf mich zu. Sie umarmten mich beide und dann setzte Dad sich im Schneidersitz in den Schnee und nahm mich auf den Schoß.

»Was ist los, kleiner Kumpel?«, fragte er.

»Was mache ich hier bloß?« Ich konnte nicht aufhören zu weinen.

Dad drückte mich an sich. »Du lässt deinen Traum wahr werden.«

Ich war so kraftlos, dass ich kaum noch sprechen konnte. »Ich schaffe es nicht mehr. Mir tut alles weh und ich bin so müde.« Immer noch flossen mir Tränen die Wangen hinunter und gefroren an der Luft sofort. »Ich habe Angst und ich vermisse Grandma und Mom so sehr. Ich will nach Hause.«

»Es wird alles gut, J-Man«, flüsterte Dad. »Denk an deine Grandma, das wird dir Kraft geben. Denk daran, wie sehr sie dich geliebt hat.«

Schluchzend holte ich tief Luft. Dad hatte mich wieder

»J-Man« genannt, und nicht mehr »Little J«, und das bewirkte, dass ich wieder stärker weinen musste. Aber jetzt waren es Glückstränen. In seinen Armen fühlte ich mich geborgen und warm. Ich wusste, mein Dad liebte mich und würde niemals zulassen, dass mir etwas Schlimmes geschah. Ich zog einen Fäustling aus und wischte mir mit dem Handrücken über die Augen. Doch meine Tränen flossen immer weiter, ich konnte nichts dagegen tun.

»Es ist in Ordnung, Zweifel zu haben«, sagte Karen leise. »Die haben wir alle. Es passiert mir immer wieder, dass ich stehen bleibe und mich frage, warum in aller Welt habe ich mich für dieses Rennen angemeldet? Was tue ich hier eigentlich?«

Ich zog die Nase hoch und sah sie an.

»Ehrlich. Das habe ich mich wirklich schon so oft gefragt. Und die Antwort ist immer dieselbe«, sagte sie.

Ich schniefte erneut und bemühte mich, ruhiger zu atmen. »Und die wäre?«

»Dass es sich gut anfühlt, weiterzumachen. Der beste Teil des Rennens kommt, nachdem man den Schmerz besiegt hat und dadurch stärker geworden ist.« Sie wischte Tränen von meinem Gesicht, bevor sie gefroren. »Das hast du auf deinem allerersten Berg geschafft. Und du kannst es auch auf diesem schaffen. Wir helfen dir dabei.«

Ich stellte mir vor, wie Samuel zu mir sagte: »Es ist in Ordnung, Angst zu haben. Das zeigt, dass du vor dem Berg Respekt hast. Er will, dass du ihn besteigst.«

Karen öffnete meine Jacke, um meine Wasserflasche herauszuholen. »Trink ein bisschen und iss noch einen Energieriegel.«

Dad hielt mich immer noch im Arm. »Es ist deine Entscheidung. Wir können bergauf oder bergab gehen, aber je schneller wir weitergehen, desto schneller sind wir im Camp und können uns aufwärmen.«

Ich hob den Kopf. Nun hatte ich zu entscheiden, zwischen höher gehen und aufgeben, zwischen Höhe und Sicherheit.

Ich beschloss, weiterzumachen.

Der Aconcagua war ein wirklich hoher Berg. Von den Seven Summits war nur der Everest noch höher. Diesen Berg zu besiegen würde eine wichtige Vorbereitung auf den höchsten aller Gipfel sein.

Ich versuchte, die Nase freizubekommen, und schluckte die letzten Tränen hinunter. »Lasst uns gehen! Ich bin so weit«, sagte ich.

Wir waren gerade wieder losgegangen, als wir einem Australier begegneten, der von Camp Berlin herunterkam. Der Wind hatte in der Nacht sein Zelt zerstört und ein Zelt eines spanischen Teams aus den Verankerungen gerissen. Die Spanier hatten ihr Zelt reparieren können, aber seines war nicht mehr zu retten gewesen.

Sofort drängte sich mir wieder das Bild des roten Zelts auf, das den Berg hinunterrollte. Aber ich verbot mir, daran zu denken, und ging weiter. Noch anderthalb Stunden lang mussten wir uns dem Wind entgegenstemmen, dann hatten wir Camp Berlin erreicht, die letzte Raststelle vor dem Gipfel.

Ich glaubte, aufgrund von Sauerstoffmangel Halluzinationen zu haben, als uns Bergsteiger polnischer, italienischer und spanischer Teams klatschend und jubelnd empfingen. Sie bestürmten mich mit Fragen, wollten wissen, wie alt ich war, wo ich herkam und warum ich den Aconcagua besteigen wollte.

Meine Stimme hatte versagt und deshalb ließ ich Dad für mich antworten. Er strahlte. Es war das breiteste Lächeln, das ich je bei ihm gesehen habe.

»Sie haben irgendwie mitbekommen, dass du auf dem Berg bist, J-Man«, sagte er. »Die Geschichte von dem starken Jungen, der seinen Traum verwirklicht, muss sich wie ein Lauffeuer verbreitet haben.«

Seine Worte gaben mir Kraft. Plötzlich wusste ich, dass ich es auf den Gipfel schaffen würde.

»Darf ich mich mit dir fotografieren lassen?«, fragte eine sehr dünne polnische Bergsteigerin. In großer Höhe hat man oft nicht viel Appetit und schläft schlecht. Sie und ihr Team waren schon fast drei Wochen auf dem Berg und würden in Kürze ihre dritte Gipfelbesteigung versuchen. Das war echte Hartnäckigkeit. Ich musste grinsen. Ich besaß diese Eigenschaft ebenfalls.

Selbst der Ranger vom Camp Berlin begrüßte mich lächelnd.

»Ich glaube, inzwischen stehen sie auf deiner Seite«, flüsterte Karen mir zu.

Nachdem die Mitglieder des Begrüßungskomitees in ihre Zelte zurückgekehrt waren, steckten mich Dad und Karen in meinen Schlafsack. Ich war so todmüde, dass ich befürchtete, nicht rechtzeitig für den abendlichen Wetterbericht aufzuwachen. Ich stellte meinen Wecker auf sieben Uhr abends, und nachdem er mich geweckt hatte, hörten wir uns gemeinsam die Wetteraussichten an.

Sie waren nicht gut. Die Parkaufsicht empfahl, am folgenden Tag keine Gipfelbesteigungen zu versuchen. In den nächsten 24 Stunden würde sich das Wetter laufend verschlechtern. Mit einer Besserung war erst um die Mittagszeit des 30. Dezembers zu rechnen. Enttäuscht teilten Dad und Karen John und Pablo über Funk mit, dass wir erst dann zum Gipfel aufsteigen würden.

15. Kapitel

Für das schlechte Wetter war ich richtiggehend dankbar. Es bedeutete, dass ich einen Tag lang im Zelt ausruhen, Musik hören und heißen Kakao trinken durfte. Karen und ich spielten die kleine Reisevariante von Monopoly, während Dad ein Nickerchen machte. Weil in dem Zelt nicht genügend Platz für Dad *und* das Spiel war, breiteten wir das Spielbrett und das Spielgeld auf ihm aus. Jedes Mal, wenn er sich umdrehte, brachte er unsere finanziellen Transaktionen ganz schön durcheinander. Anschließend kochte Karen auf unserem Campingkocher den Inhalt einer Packung gefriergetrockneter Spaghetti Bolognese. Diese Fertiggerichte waren für Bergsteiger entwickelt worden, die wie wir gerne schnell und leicht reisten.

Am nächsten Morgen kamen Pablo und Ali vom Camp Nido hoch. John traf erst am Nachmittag ein und sah total erschöpft aus.

»Ich dachte, du bist zur Plaza de Mulas hinuntergegangen, um dich zu akklimatisieren«, sagte Dad.

John nickte. »Wir sind heute früh aufgebrochen, nachdem ich gehört hatte, dass ihr morgen auf den Gipfel geht, sobald sich das Wetter bessert. Das wollte ich auf keinen Fall verpassen.«

Nachdem wir ihnen geholfen hatten, ihre Zelte aufzuschlagen, gingen wir alle hinein, um dem Wind zu entkommen.

Der Wetterbericht versprach, das Wetter würde am Vormittag des folgenden Tages besser werden, und wir beschlossen, einen Aufstieg zum Gipfel zu versuchen. Die anderen Teams, mit denen wir uns unterhielten, hatten dasselbe vor.

Mehrmals rief Dad an diesem Abend den polnischen, italienischen und spanischen Teams durch die Zeltwände hindurch zu: »Wollt ihr morgen immer noch vor Sonnenaufgang zum Gipfel aufbrechen?«

»Ja«, antwortete John.

»*Sí*«, klang es vom spanischen Lager herüber.

»*Si*«, echoten die Italiener.

»*Tak*«, riefen die hartnäckigen Polen.

»Ja«, sagten Pablo und Ali.

Unser gemeinsamer Vorstoß zum Gipfel schien beschlossene Sache zu sein.

In der Nacht konnte ich nicht schlafen, weil mir der Wind ständig die Zeltwand gegen den Kopf klatschte. Ich kuschelte mich tief in meinen Schlafsack, wie ein Eichhörnchen in sein Winternest, und flüsterte meiner Grandma Mary Lu zu: »Soll ich wirklich hier sein? Soll es so sein oder soll ich lieber umkehren? Bitte hilf mir!«

Am 30. Dezember klingelte mein Wecker um vier Uhr morgens. Draußen hatte der Sturm 96,5 km/h erreicht. Die Lufttemperatur betrug –40 °C und es waren weitere 30 Zentimeter Schnee gefallen. Ich zog zwei Schichten Thermounterwäsche an und darüber zwei Schichten

Fleece sowie winddichte Kleidung, zwei Paar Socken, Fingerhandschuhe, über die dann später Fausthandschuhe kommen würden, und zum Schluss meine dicke Daunenjacke.

Karen goss mir heißen Kakao in einen Becher. Ich sog den Dampf ein und versuchte, ihn mit meinem Atem zu Rauchringen zu formen. Nachdem wir in unsere alles andere als aufnahmewilligen Mägen Essen gestopft hatten, füllten wir die Flaschen mit heißem Wasser und verstauten sie in Innentaschen unserer Jacken, damit das Wasser nicht gefror. Ich zog mir Fäustlinge, Sturmhaube und Gletscherbrille über und kroch hinaus in die Dunkelheit.

Trotz all der freundlichen Unterhaltungen und großen Pläne des Vorabends zeigte sich draußen kein anderes Team. Dad zupfte an ihren Eingangsklappen. Nacheinander erklärten uns die Spanier, die Italiener und die Polen, dass sie nicht die Absicht hätten, ins Freie zu kommen, solange dieser eisige Wind wehte. Sie wollten warten, bis sich das Wetter ein bisschen beruhigt hatte. Pablo und Ali hatten sich dafür entschieden, mindestens noch einen Tag zu warten.

John kam aus seinem Zelt und schlug die Handflächen gegeneinander, um sie zu wärmen. »Nur wir vier?«

Dad nickte. »Yep.«

»Aber warum wollt ihr los, wenn alle anderen nicht gehen wollen?«, fragte John.

»Es ist nur noch das Nachwehen des Sturms«, antwortete Karen optimistisch. »Er wird sich legen.«

»Wenn es schlimmer werden sollte, können wir ja immer noch zurückgehen«, fügte Dad hinzu. »Und wenn wir keine anderen Teams überholen müssen, kommen wir schneller voran.«

John hatte seine Lippen fest zusammengepresst. Ich sah ihm an, dass er am liebsten zurück ins Zelt gekrabbelt wäre. Er schien es nicht besonders toll zu finden, dass wir alleine aufbrechen wollten. »Ich mache ein Video von euch, wie ihr losgeht.«

Mit nur den allerwichtigsten Dingen im Gepäck verließen wir um fünf Uhr morgens inmitten eines heulenden, bitterkalten Blizzards unsere schneebedeckten Zelte. Ich hatte Schmetterlinge im Bauch, panische Schmetterlinge, die vor lauter Angst ständig gegen meine Magenwände stießen. Aber ich sagte mir, das sei normal. Ich vertraute Karens und Dads Entscheidungen.

In dem weißen Schneewirbel konnten wir unsere Karte kaum lesen, und der Schnee hatte die meisten der kleinen bunten Flaggen bedeckt, die den Weg markierten. John versuchte, uns dabei zu filmen, wie wir um eine Felsformation herumgingen und dann auf einem unglaublich steilen Serpentinenpfad im Zickzack den Berg hinaufstiegen. Als ich quer zum Hang eine große vereiste Stelle überquerte, rutschte ich aus. Instinktiv drehte ich mich dabei hangwärts, aber ich hätte genauso gut abstürzen können. Wie hatte das passieren können?

»Jordan, was war das denn?«, fragte Karen.

»Keine Ahnung.«

Sie kam zu mir und besah sich meinen Schuh. »Du hast dein Steigeisen verloren.«

»Was?« Ich schaute zu meinem Schuh hinunter und stellte fest, dass sich das Steigeisen gelöst hatte. Das war seltsam. Ich hatte beide korrekt angeschnallt und Karen hatte ihren Sitz geprüft. Zum Glück lag das Steigeisen neben mir im Schnee und war nicht verloren gegangen.

Karen rief Dad etwas zu, und die beiden knieten sich unterhalb von mir in den Schnee, für den Fall, dass ich wieder abrutschte.

Karen sah sich das Steigeisen genauer an. »Keine Ahnung, was da passiert ist. Vielleicht hat sich das Steigeisen gelockert, weil der obere Schuh zu stark belastet war. Bleib einfach sitzen und entspann dich. Ich brauche eine Weile, um es mit diesen dicken Fäustlingen wieder anzuschnallen.«

Dad holte Käseriegel aus seinem Rucksack. »Iss und trink inzwischen etwas.«

Weil wir auf Eis und Schnee saßen, kroch uns die Kälte förmlich durch den Körper. Sobald Karen das Steigeisen wieder an meinem Schuh befestigt hatte, gingen wir weiter. Stundenlang – zumindest kam es mir so lang vor – schoben wir uns durch knapp meterhohe Schneewehen. Der Wind war grausam. Ich stellte ihn mir als ein Monster mit riesigem Kopf, gehässigem Blick und geblähten Backen vor, der mich mit eisigem Atem anblies. Er war erbarmungslos. Manchmal musste ich meine Wanderstöcke tief in den Schnee rammen und mich an ihnen festhalten, um nicht von einer heftigen Böe umgeworfen zu werden. Karen ging immer direkt hinter mir und packte mich gelegentlich an der Jacke, um zu verhindern, dass der Wind uns beide mitriss.

Wir waren sechs Stunden lang gegangen, als wir die Überreste einer kleinen, A-förmigen Hütte entdeckten.

Ich hatte etwas über diesen Ort gelesen. Es war der Independence Refuge in 6380 Metern Höhe. Er war zu niedrig, als dass man darin aufrecht hätte stehen können, aber im Notfall konnte man sich darin verkriechen. Wir machten Rast, weil wir dringend trinken mussten, und jeder aß einen Energieriegel. Aber uns war klar, dass wir uns nicht zu lange ausruhen durften, um nicht auszukühlen und keine Zeit zu vergeuden.

Ich befand mich hier fast 500 Meter höher, als ich jemals zuvor gewesen war.

Wir erreichten den Sattel, auf dem sich die normale Route – die, auf der wir unterwegs waren – mit der Polnischen Gletscherroute vereinigt. Ich wollte meinen Augen kaum trauen, als eine Gruppe von fünf Bergsteigern uns auf dem Weg *bergab* entgegenkam. Wie konnte das sein? Niemand hatte uns überholt!

Über das Brüllen des Windes hinweg riefen sie uns zu: »Kommen vom Polnischen Gletscher. Heftiger Wind, viel Schnee. Haben es nicht zum Gipfel geschafft. Mussten umkehren.«

»Viel Glück«, rief Dad ihnen nach, als sie ihren Abstieg fortsetzten.

Hinter einem Felsen fanden wir ein windgeschütztes Plätzchen. John, der die ganze Zeit über hinter uns gegangen war und gefilmt hatte, holte uns ein. Ich merkte, dass unser Tempo für ihn zu schnell war. Er atmete viel hastiger als wir.

Karen studierte die Karte. »Der schwierigste Teil des Aufstiegs liegt direkt vor uns, in 6650 Metern Höhe. Da ist die Canaleta, eine tiefe, mit Geröll und Sand gefüllte

Schlucht. Sie ist wirklich sehr, sehr tief. Es wird hart werden, ihr habt gehört, was die Jungs gesagt haben, die an uns vorbeigekommen sind. Sie mussten umdrehen und sie sahen nicht wie Amateure aus. Sie waren top ausgerüstet und es waren alles Sponsorensachen.«

Dad und Karen besprachen, ob wir umkehren sollten oder nicht. Ich wusste, wofür John stimmen würde: Er war ohnehin der Ansicht gewesen, wir hätten heute nicht losgehen sollen. Ich glaube, ich hätte ebenfalls für den Abstieg gestimmt – doch da entdeckte ich plötzlich am Himmel einen schmalen blauen Riss in der grauen Wolkendecke.

Ich tippte Dad auf den Arm und zeigte darauf: »Sieh mal!«

»Unglaublich!«, staunte er. »Die Sonne versucht, durchzukommen.«

Karen faltete die Karte zusammen. »Sollen wir ein bisschen weitergehen und schauen, wie es wird?«

In der vergangenen Nacht hatte ich meine verstorbene Grandma Mary Lu gefragt, ob es für mich richtig sei, den Berg zu besteigen. Und nun riss der Himmel genau im richtigen Moment auf! Ich war mir 100-prozentig sicher, dass dies Grandmas Antwort auf meine Frage war. Sie wollte, dass ich mein Ziel erreichte. »Lasst uns weitergehen!«, sagte ich.

»John?«, fragte Karen.

»Ich mache mit.«

Jedes Mal, wenn wir stehen blieben und in den Himmel schauten, hatte sich das Wetter gebessert, genau, wie es vorhergesagt worden war. Der Wind ließ ein wenig nach und die Wolken verzogen sich allmählich.

Wir erreichten den unteren Einstieg in die Schlucht Canaleta und stellten fest, dass uns der Schnee helfen würde, in ihr besser voranzukommen. Anstatt über loses Geröll kriechen zu müssen, konnten wir dank unserer Steigeisen relativ sicher hinaufklettern. Allerdings kostete jeder Schritt enorme Anstrengung. John fiel immer wieder zurück.

Wir machten halt, um auf ihn zu warten. »Was glaubst du, was mit ihm los ist?«, fragte Karen.

Dad stützte sich auf seine Stöcke. »Keine Ahnung. Er geht einfach nur sehr langsam, nehme ich an.«

John holte uns ein, ohne viel zu sagen. Wir warteten, bis er ein wenig verschnauft und Wasser getrunken hatte, dann setzten wir den Aufstieg fort.

Ich hatte keine durch die Höhe verursachten Kopfschmerzen, und mir war auch nicht schlecht, aber die dünne Luft bekam mir trotzdem nicht gut, das war offensichtlich. Selbst kleinste Bewegungen konnte ich nur wie in Zeitlupe ausführen. Als John wieder zurückblieb und wir auf ihn warteten, freute ich mich über die kleine Pause.

Ein kanadisches Team holte uns schwer atmend ein. Einer der Jüngeren, der vielleicht um die 20 war, fragte mich: »Wie alt bist du?«

»Elf.«

»Und du bist so nahe am Gipfel?«

Stolz meldete sich Dad zu Wort: »Jordan besteigt die Seven Summits, und dieser hier ist sein vierter Gipfel.«

»Dürfen wir ein Foto von dir machen? Sonst glaubt uns das nämlich keiner«, sagte ein anderer aus der Gruppe.

Ich war gerne dazu bereit, wenn es nur nicht zu lange dauerte. Mir wurde vom Herumstehen langsam kalt.

Nachdem uns John abermals eingeholt hatte, begegneten wir zwei weiteren Teams, die zum Gipfel unterwegs waren, eines aus der Ukraine und eines aus den USA. Sie waren auf der Polnischen Gletscherroute aufgestiegen und hatten schon von mir gehört. Auch sie wollten Fotos machen. Ich war an all die Aufmerksamkeit von Fremden nicht gewöhnt, aber es gefiel mir, von der internationalen Gemeinschaft der Bergsteiger so viel Unterstützung zu erfahren.

Ich hatte mich gerade für ein Foto mit dem letzten Team in Pose geworfen, als John verkündete: »Ich kann nicht mehr weiter.«

»Aber wir sind doch nur noch eine Stunde vom Gipfel entfernt«, sagte Karen.

»Wenn du willst, kannst du meine Kamera mitnehmen. Ich zeige dir schnell, wie sie funktioniert.«

»Bist du sicher?«, fragte sie.

Er nickte. »Ich bin völlig erledigt.«

Das zu hören machte mich richtig traurig. Jetzt waren sechs von neun weg. Ich hatte mir ausgemalt, wie wir gemeinsam auf dem Dach Südamerikas stehen würden. All unsere Freunde waren beim Aufstieg krank geworden. Mein Kinn begann zu zittern.

»Es ist okay«, sagte Dad. »Sobald er in etwas tiefere Lagen kommt, geht es ihm wieder besser. Ich glaube, er hat sich gestern mit dem Aufstieg vom Basislager zum Camp Berlin einfach übernommen. Es war zu anstrengend und zu schnell.«

»Bis bald, John«, sagte ich zum Abschied. »Werd bitte wieder gesund.«

Wir stapften weiter. 40 Minuten später erreichten wir das obere Ende der Canaleta und hatten nach einer steilen Kurve den Gipfel direkt vor uns. Ich würde es schaffen! Als ich mit wild klopfendem Herzen da stand, riss plötzlich die Wolkendecke noch weiter auf, so als täte sie es extra für mich. Sofort vergaß ich all die gruseligen Szenen aus Bergsteigervideos und all die Gedanken an Leute, die auf dem Berg krank geworden oder gestorben waren. Wie schon beim Kilimandscharo war der beste Teil des Aufstiegs der Sprint zum Gipfel. Ich nahm die Schultern zurück und holte tief Luft.

»Ich schaffe es!«, rief ich laut. Jetzt ging es mir wieder gut, und nichts konnte mich davon abhalten, auf den Gipfel dieses riesigen Bergs zu klettern. Ich stürmte los. Um 15 Uhr 15 war ich oben, und die Bergsteiger, die den Gipfel vor mir erreicht hatten, standen vom Schnee auf, begrüßten mich mit Applaus, und gaben mir High Fives.

Allmählich begriff ich, wie enorm die Leistung war, die ich vollbracht hatte: Ich hatte nicht nur den Aconcagua bestiegen, sondern die Gipfel von *vier* der Seven Summits. Jeder wollte mit mir zusammen vor dem kleinen Gipfelkreuz fotografiert werden.

Der Kanadier meinte: »Ich musste mich schwer anstrengen, um nicht von einem Elfjährigen überholt zu werden. Junge, du bist echt fantastisch!«

All die Zweifel, all die qualvollen Schritte, all die Böen, die versucht hatten, mich mit sich zu reißen, waren wie aus meiner Erinnerung verschwunden. All die Monate harten Trainings waren die Mühe wert gewesen, denn der Ausblick vom Gipfel war sensationell. Das hier war das schönste Gebirge, das ich bisher gesehen hatte. Man konnte über Gipfel und Täler hinweg bis zum Pazifik schauen.

Vermutlich waren wir im Augenblick die am höchsten stehenden Menschen der Welt, denn auf der Nordhalbkugel war es Winter, und im Winter geht niemand im Himalaja bergsteigen. Karen benutzte Johns Kamera, um mich mit einer US-Fahne abzulichten.

»Und jetzt machen wir eins von dir mit Flat Stanley. Britton wird begeistert sein«, sagte sie.

Ich dachte über die irre Geschichte nach, die ich zu erzählen hatte, wenn unsere Lehrer uns fragen würden, was wir in den Weihnachtsferien erlebt hatten. Aber der Mensch, dem ich am allerliebsten von meinem Bergabenteuer erzählt hätte, war nicht mehr da.

Ich beschloss, diesen Aufstieg Grandma Mary Lu Drake zu widmen. Ich wusste, sie hatte dafür gesorgt, dass sich die Wolken verzogen, als wir dem Gipfel näher kamen, und dass sie mir auf diese Weise geholfen hatte, ihn zu erreichen. Und als wir über die Canaleta wieder hinabstiegen, bewölkte sich der Himmel tatsächlich wieder stärker.

Danke, Grandma!, dachte ich.

Die meisten Bergsteiger verbringen die Nacht nach der Gipfelbesteigung im Camp Berlin. Dann bringen sie einen Teil ihrer Ausrüstung ins nächstniedrige Camp, gehen für den Rest noch einmal hoch, und übernachten dann wieder weiter unten. Und diese Routine wiederholen sie, bis sie mit all ihren Sachen unten am Fuße des Berges angekommen sind.

Abgesehen davon, dass Dad vom ersten Camp einmal ins Basislager zurückkehrt war, um noch einiges hochzuholen, waren wir niemals abgestiegen, um uns zu akklimatisieren. Unser Plan hatte stets darin bestanden, weiter nach oben zu kommen. Deshalb wollten wir uns auch nicht auf diese Routine des Bergauf- und Bergabgehens einlassen, um die Ausrüstung zu transportieren. Ich hatte den Berg insgesamt einmal bestiegen, und wenn man die Strecken zusammenrechnete, die Karen filmend voraus- oder zurückgelaufen war, war sie zwei- bis dreimal auf dem Gipfel gewesen. Wir packten so viel wie möglich in unsere Rucksäcke oder hängten die Sachen außen dran, und was nicht mehr hineinpasste, trugen wir in der Hand. Mit all dem Kram sahen wir wohl eher wie Landstreicher als wie Bergsteiger aus. Der Pfad fiel stark ab, und unterhalb von Camp Nido lag kein Schnee mehr, sodass wir auf losem Geröll steil hinuntergehen mussten. Durch das schwere Gepäck fiel ich immer wieder wie eine Schildkröte auf den Rücken und musste mich mühsam aufrichten.

In jedem Camp riefen die Ranger, die uns auf dem Weg nach oben gestoppt hatten, um meinen Zustand zu kontrollieren: »Wartet! Wartet! Wir wollen ein Foto mit Jordan machen!« Natürlich war ich immer gerne dazu bereit.

Nach einem kräftezehrenden 16-Stunden-Tag erreichten wir in der Abenddämmerung Plaza de Mulas. John, Pablo und Ali standen inmitten der jubelnden Menge, und ich erfuhr, dass ich einen weiteren Weltrekord aufgestellt hatte. Das war toll, aber wichtiger war natürlich, dass Dad, Karen und ich es gemeinsam auf den Gipfel geschafft hatten und wohlbehalten wieder zurückgekehrt waren.

»Siehst du, J-Man«, sagte Dad. »All die Leute, die uns kritisiert haben und nicht wollten, dass du auf den Berg gehst, freuen sich jetzt, dass du es geschafft hast.«

Mein Grinsen reichte von einem Ohr zum anderen. Der Aufstieg war nicht so schlimm gewesen, wie ich befürchtet hatte. Es hatte entmutigende Momente gegeben, ja, aber ich hatte weniger als erwartet kämpfen müssen. Ich hatte es geschafft und die Erfüllung meines Traums war um einen Gipfel näher gerückt.

Am folgenden Tag wanderten wir zum Ausgang des Provinzialparks und ließen unsere Ausrüstung von Maultieren schleppen. Wir kamen an Bergsteigern vorbei, die das Tal hinauf und ihrer Begegnung mit dem Berg entgegengingen. »Ob sie wohl ahnen, was ihnen bevorsteht?«, überlegte ich laut.

Karen zuckte mit den Schultern. »Es hängt immer vom Wetter ab.«

Wir kletterten in Pablos Van und fuhren nach Mendoza zurück, wo wir mit unseren übrigen Freunden zusammen Pizza essen gehen und das neue Jahr feiern wollten. Auf der Fahrt konnte ich nur noch an Pizza denken, aber bevor wir uns in der Öffentlichkeit zeigten, galt es noch etwas zu beseitigen: unseren Körpergeruch. Am Berg machen sich Gerüche nicht so bemerkbar. Der Schweiß friert ein und außerdem haben alle dasselbe Problem. Aber so, wie wir jetzt rochen, konnten wir uns unmöglich in ein Restaurant wagen.

Pablo fuhr uns zum Hotel, damit wir duschen konnten. »Wir brauchen dringend saubere Kleidung«, sagte Dad zu ihm. »Alles, was wir dabeihaben, ist schmutzig.«

Wir fuhren durch die ganze Stadt, um *irgendetwas* Sauberes zum Anziehen zu finden, aber es war der Neujahrstag, und alle Geschäfte hatten geschlossen. Schließlich trug ich eines von Karens Tops, und sie behauptete, es sehe an mir überhaupt nicht mädchenhaft aus.

John ließ die Kamera laufen, als wir unter Beifallsklatschen und anerkennenden Pfiffen ein Gartenrestaurant betraten. Ich war so erleichtert, zu sehen, dass Ryan, Mike und Claire fröhlich und gesund waren.

Ryan hielt eine Ausgabe der Zeitung *Buenos Aires Herald* hoch. »Schau dir das mal an, Mann. Du hast es auf die erste Seite geschafft und wir haben dich sogar in den internationalen Nachrichten im Fernsehen gesehen.«

Was? Das war doch völlig verrückt! Im Grunde hatte ich nichts wirklich Wichtiges getan. Vielleicht sehnte sich die Welt ja so sehr nach guten Nachrichten, dass ein lockiges Kind auf einem Berggipfel in die Schlagzeilen kam. Ich muss zugeben, dass ich es total cool fand, es auf die erste Seite von Zeitungen aus aller Welt geschafft zu haben. Und auch wenn meine Bergbesteigung die Welt nicht ändern würde, war sie trotzdem eine gewaltige Leistung: Nur ungefähr 60 Prozent der Bergsteiger, die auf den Gipfel des Aconcagua wollen, schaffen es tatsächlich – und ich war einer von ihnen.

Bevor wir aus Mendoza abreisten, ließ Karen einen

Farbabzug von mir auf dem Gipfel machen. Ich signierte das Foto und brachte es, wie versprochen, ins Büro der Richterin Elsa Lidia Galera. Leider war sie über die Feiertage verreist und ich konnte es ihr nicht persönlich übergeben. Ich hoffe, sie war stolz auf mich, als sie es sah.

Und dann kam der Moment, nach Hause zurückzukehren, um meine Mom und meine Freunde wiederzusehen und um über meinen nächsten Berg nachzudenken.

Der kalte Aufstieg:

Mount McKinley in Nordamerika

Höhe: 6194 Meter

Durchschnittliche Anzahl der Ersteigungen pro Jahr: 1200

21. Juni 2008

im Alter von elf Jahren,
aber vier Monate älter
als der Weltrekordhalter.

16. Kapitel

Die erfolgreiche Besteigung des Aconcagua spornte mich regelrecht dazu an, die übrigen Seven Summits in Angriff zu nehmen. Der Aconcagua war ein harter Brocken gewesen, aber ich hatte ihn bezwungen. Der Mount McKinley ist zwar 768 Meter niedriger, doch das macht seine Besteigung nicht leichter. Der Aufstieg würde außerdem technischer verlaufen müssen als bei unseren vorherigen Bergen: Schnee, Eis und steile Hänge würden den Einsatz von Seilen und Kletterausrüstung erforderlich machen.

Der Mount McKinley, auch Denali genannt, ist ein riesiger, launischer, eingefrorener Bär. Er liegt nur wenige Grad südlich des Nordpolarkreises und, ebenso wie der Aconcagua, nahe am Pazifischen Ozean. Das bedeutet, dort herrschen extrem problematische Wetterverhältnisse – schlimmer noch als am Aconcagua. Die Frage würde nicht sein, *ob* wir beim Aufstieg in ein Unwetter geraten würden, sondern *wann*.

Außerdem ist die Luft im Gipfelbereich des Mount McKinley dünner als normalerweise in diesem Breitengrad, und deshalb kommt es einem dort 700 bis 1000 Meter höher vor, als es tatsächlich ist.

Dazu kommt noch, dass die Strecke des Aufstiegs, vom Fuß bis zum Gipfel gemessen, länger als bei jedem anderen Berg der Welt ist. Der Mount McKinley erhebt sich 5486 Meter hoch aus der Tundra von Alaska, während der Gipfel des Everest »nur« 3658 Meter höher liegt als das umgebende Tibetische Hochland. Zum Everestgipfel startet man also von weiter oben.

Die Besteigung des Mount McKinley würde die bisher schwierigste werden.

Bei den anderen Gipfeln waren es gut vorbereitete deutsche und britische Expeditionen, die als Erste den Gipfel erreichten, doch am Mount McKinley waren es totale Amateure. Ihre Abenteuer der Erstbesteigung lesen sich sehr amüsant.

1910 versuchten vier Bewohner von Alaska, die sich zur sogenannten Sourdough Expedition (»Sauerteig-Expedition«) zusammenschlossen, den Gipfel zu erreichen, ausgerüstet mit selbst gebastelten Steigeisen, Overalls und Parkas. Auslöser für das Unternehmen war eine Wette mit einem Kneipenwirt. Zwei der vier Männer schafften es auf den North Summit, den niedrigeren der beiden Gipfel des Mount McKinley. Sie trugen Donuts, Thermosflaschen mit heißem Kakao und einen dreieinhalb Meter langen Mast mit der US-Flagge bei sich. Niemand wollte glauben, dass sie tatsächlich auf dem Gipfel gewesen waren, bis Mitglieder der ersten dokumentierten Besteigung 1913 den Fahnenmast fanden.

Eine coole Story – aber ich wusste auch, dass der Berg über die Jahre mehr als hundert Bergsteigern das Leben gekostet hatte und dass nur 58 Prozent der Besteigungsversuche erfolgreich verliefen – also weniger als beim Aconcagua.

Wir drei hatten noch gar nicht so viel über den Mount McKinley gesprochen, als mir Karen eines Nachmittags nach der Schule sagte, ich solle mit ihr hinaus in den Garten kommen.

»Jordan, zieh deine Wanderschuhe an und bring unsere Steigeisen mit. Ich will dir etwas zeigen.«

Warum in aller Welt die Steigeisen?

»Zeit für eine Lektion«, verkündete sie. »Am Mount McKinley werden wir Seile, Karabinerhaken und Klettergurte verwenden. Du musst lernen, sie einzusetzen und schnell und instinktiv zu reagieren.«

Ich prüfte die Karabinerhaken, mit deren Hilfe wir uns am Berg mit Seilen festmachen würden. Ich fand es schwer, mir vorzustellen, dass unser Leben von so einem kleinen Metallteil abhängen konnte.

Karen hatte ein Seil gespannt, das von der Haustür zur Garage und am Hang hinauf zur Garage des Nachbarn verlief – durch Autos, über die Terrassen beider Häuser, um Bäume herum und bis zur Haustür.

»Hey, Karen, das sieht toll aus, aber wofür zum Teufel ist das?«

Karen schnallte mir den Klettergurt um Taille und beide Oberschenkel, dann befestigte sie mit Karabinern zwei Nylonschlingen daran.

»Das hier sind selbstschließende Karabiner. Sie lassen sich etwas schwerer öffnen als normale Karabiner, aber wenn du müde bist und vergisst, sie zu schließen, machen sie das automatisch«, erklärte sie.

Ich hatte all diese Ausrüstungsteile schon irgendwo im Haus gesehen. Dad und Karen hatten sie bei verschiedenen Adventure Races dabeigehabt, aber ich hatte noch nie etwas davon benutzt. »Wozu ist das denn alles?«, wollte ich wissen.

»An den steilen Stellen am Mount McKinley sind Drahtseile gespannt, die uns helfen, auf- und abzusteigen, ohne zu stürzen. Du wirst dich dort selbst in das Drahtseil einhaken müssen, denn Dad und ich werden es nicht für dich tun können. Das hier ist ein Übungsparcours.«

Mein Blick wanderte an dem gespannten Seil entlang. »Ist das dein Ernst?«

»Oh ja. Dein Leben und auch meines werden von der Verbindung mit dem Drahtseil abhängen. Es wird deine Rettungsleine sein«, erklärte sie. »Öffne die Karabiner, hänge sie in das Seil ein und lasse sie zuschnappen, um dich zu sichern.«

Es lagen ungefähr 20 Zentimeter Schnee. Nachdem ich meine Steigeisen angelegt hatte, hängte ich die Karabiner in das Seil ein. Was daran sollte so schwierig sein? Dann kam ich zu der Stelle, an der Karen das Seil um den Griff des Garagentors geschlungen hatte.

»Wie gleiten meine Karabiner denn da herum?«, fragte ich.

»Gar nicht. Wenn du zu einer Verankerung kommst, rufst du ›Umhängen!‹, damit wir wissen, dass du stehen bleibst und dich um eine Verankerung herumbewegst. Hänge einen Karabiner aus und hänge ihn auf der anderen Seite der Verankerung wieder ein. Dabei bleibst du mit einem Haken gesichert. Wenn der erste Haken korrekt eingeklinkt ist, wiederholst du das Aus- und Einhängen mit dem zweiten. Wenn du das alles gemacht hast, rufst du ›Fertig!‹, damit wir wissen, dass du weitergehen kannst.«

Wir übten es stundenlang – rauf, runter und rundherum, zuerst mit bloßen Händen und dann mit Handschuhen. Anfangs fiel es mir schwer, die Karabiner mit Handschuhen an den Händen zu öffnen und zu schließen, doch allmählich bekam ich den Bogen raus.

»Jetzt sehen wir mal, wie schnell du es kannst.« Karen stellte an ihrer Uhr die Stoppuhr ein. »Achtung, fertig, los!«

Ich übte und wurde tatsächlich immer schneller. Von nun an wartete vor dem Haus oft ein gespanntes Seil auf mich, wenn ich von der Schule kam. Ich mochte diese Herausforderung, und das Öffnen, Schließen und Umhängen der Karabiner ging mir in Fleisch und Blut über, bis ich schließlich sogar in der Lage war, sie mit einer Hand zu betätigen.

»Perfekt«, meinte Karen eines Nachmittags, nachdem sie mich gestoppt hatte. »Fordere deinen Vater zu einem Karabinerhaken-Wettkampf heraus und ich werde auf dich setzen.«

Das Wissen, dass ich inzwischen mit Karabiner und dem am Fels angebrachten Drahtseil würde umgehen können, schenkte mir Zuversicht. Dennoch beunruhigte mich immer noch die Vorstellung, den Mount McKinley tatsächlich zu besteigen. Eines Nachmittags fiel mir plötzlich etwas Wichtiges ein.

»Wie hindert man die Karabiner daran, einfach hinunterzurutschen, wenn der Hang sehr steil ist?«, fragte ich Karen.

Sie grinste. »Ich habe darauf gewartet, dass du das fragst. Das kommt in der nächsten Lektion dran. Du wirst nämlich zusammen mit den Karabinern eine Steigklemme verwenden.«

Verwirrt zog ich die Augenbrauen hoch.

Sie ging ins Haus, um eine zu holen, und zeigte sie mir. Es war ein Metallteil mit einem Griff.

»Der Name verrät, wozu sie da ist. Sie hilft dir, an einem Steil *hinaufzusteigen.*« Sie befestigte die Steigklemme mittels einer weiteren Nylonschlinge an meinem Klettergurt und klinkte die Klemme dann ins Seil ein. »Lass sie ein Stück weit das Seil hinaufgleiten und zieh sie dann runter.«

Ich versuchte, zu tun, was sie gesagt hatte, aber nachdem ich die Steigklemme am Seil hochgeschoben hatte, ließ sie sich nicht mehr zurück nach unten ziehen. »Sie klemmt.«

»Genau. Die Zähne graben sich in das Seil ein und verhindern ein Zurückrutschen. Wenn du dich damit gesichert hast, kannst du am Fixseil auf gar keinen Fall nach unten rutschen. Du kannst dann nur noch hochgehen. Schiebe die Klemme am Seil hoch, halte dich am Griff fest, um dich hochzuziehen, und schiebe sie dann wieder weiter.«

»Cool.«

Im Frühjahr hatten Dad und Karen einmal beim Abendessen über die Expedition gesprochen. Alle drei hatten wir Informationen über den Berg und die besten Routen zum Gipfel recherchiert. Bei der Besteigung des Mount

McKinley würden wir vollständig auf uns gestellt sein: Es würde weder Träger wie am Kilimandscharo noch Maultiere wie am Aconcagua geben. Wir mussten all unsere Sachen selbst zu den Camps tragen. Und da wir mit den schlimmsten Wetterverhältnissen zu rechnen hatten, sollten wir auf alles vorbereitet sein. Das bedeutete, dass ich nicht nur einen schweren Rucksack schleppen, sondern auch noch einen Schlitten über die Gletscher würde ziehen müssen.

Bei Karens Seillektionen war ich inzwischen ziemlich gut, aber das war noch keine Vorbereitung auf das Ziehen eines schweren Schlittens. »Wie trainiere ich das denn?«, wollte ich wissen.

Wenn man Karen eine Frage stellt, kann es sein, dass sie schon im nächsten Moment einen perfekten Plan ausgearbeitet hat. Eines Tages, als ich von der Schule nach Hause kam, zeigte sie mir ein zweieinhalb Meter langes Seil, an dem ein SUV-Reifen hing.

»Wofür ist das denn?«, fragte ich.

»Für Ausdauer und Kraft. Leg deinen Klettergurt an und klinke dich in das Seil ein.«

Klick. Erledigt.

»Jetzt lauf den Hügel hinunter!«

»Mit diesem Reifen? Er wird mich überrollen.«

»Komm schon, J! Achte darauf, dass er flach auf dem Boden aufliegt, dann rollt er nicht.«

»Oookaaay«, imitierte ich Dad. Ich schleppte den verflixten Reifen den Hügel hinunter. Unten angekommen, beugte ich mich keuchend vor. Es war unglaublich anstrengend gewesen. »Reicht das jetzt? Sind wir fertig?«

Sie runzelte die Stirn. »Die eigentliche Aufgabe besteht darin, wieder raufzugehen.«

Das konnte wohl nicht ihr Ernst sein! Ich sollte einen schweren Reifen einen steilen, unebenen Pfad hochziehen? Wütend starrte ich sie an.

»Du schaffst es!«, sagte sie.

Ich biss die Zähne zusammen und beschloss, es ihr zu zeigen. Ich stemmte mich dem Hang entgegen und setzte einen Fuß vor den anderen. Rauf, rauf, rauf. Als ich das Haus erreicht hatte, schlug mein Herz so heftig, dass ich dachte, gleich bricht es eine Rippe entzwei.

»Das machst du toll!«, rief Karen.

Ja, klasse.

Wir brauchten eine Weile, um diese Übung zu perfektionieren. Zuerst hatte Karen das Seil um den Reifen herumgewickelt. Doch nach ein paar Zugmanövern scheuerte sich das Seil durch. Manchmal kippte der Reifen um und rollte auf seiner Lauffläche an mir vorbei den Hang hinunter und ich musste mitrennen.

Nachdem wir alle auftretenden Probleme gelöst hatten, ging ich nach der Schule den Hang hinauf nach Hause, holte mir meinen iPod und lief acht oder zehn Runden mit dem Reifen rauf und runter, bevor ich loszog, um mit Cameron und seinem Bruder Casey Mountainbike zu fahren oder irgendetwas am See zu machen.

Sobald ich mich an das Gewicht des Reifens gewöhnt hatte, steigerten Dad und Karen das Training, indem sie einen Rucksack mit knapp zehn Kilo Lebensmitteldosen und Wasserflaschen vollpackten, und immer wenn ich den Reifen zog, sollte ich von nun an auch den Rucksack tragen. *Auf gar keinen Fall,* dachte ich. Ich war so frustriert und hätte ihnen am liebsten gesagt, dass ich keine Lust dazu hatte. Doch stattdessen rollte ich nur mit den Augen und sagte mir: *Los, Jordan, du kannst es schaffen! Einen Schritt nach dem anderen.* Beim ersten Mal schaffte ich es tatsächlich gleich auf Anhieb den Hügel hinauf.

»Wunderbar, J-Man, komm, gib mir ein High Five!«, rief Dad.

Ich hob meinen Arm so hoch, wie der schwere Rucksack es zuließ, und klatschte Dads Hand ab. Auf seinem Gesicht breitete sich dieses irre, absolut breite Lächeln aus.

Das Training für den Mount McKinley war furchtbar anstrengend. Ständig versuchte ich, weniger Hügelrunden auszuhandeln. Doch ich merkte, dass ich von den Übungen immer stärker wurde. Dad zwang mich praktisch dazu, mir darüber klar zu werden, wozu ich imstande war. Und ich wusste, dass ich so viel Kraft wie nur möglich brauchte, um mit dem Mount McKinley fertigzuwerden.

Ich trainierte, und unsere Ausrüstung war so weit vollständig, aber uns fehlten noch die Schlitten, auf denen wir unser Gepäck den Berg hinauf transportieren wollten. Ein Freund, den wir immer »King Richard« nannten, kam uns bereitwillig zu Hilfe. Er war sehr groß und kräftig und war bereits zweimal auf dem Mount McKinley gewesen. Auf den Gipfel hatte er es zwar nicht geschafft, aber er hatte ein paar gute Ideen.

»Ich werde für euch die Schlitten genauso ausstatten wie damals für mein Team«, sagte er, und in seiner

Stimme schwang Stolz mit. »Die Bergführer fanden sie genial. Anstelle von Seilen verwendete ich PVC, damit die Schlitten, besonders auf schiefen Hängen, tatsächlich hinter uns blieben.«

»Ja, das hat die Schlitten vermutlich auf Abstand gehalten«, meinte Karen. »Sodass sie bergab nicht immer schneller geworden und euch zwischen die Beine gerutscht sind.«

»Meine Schlitten sind die besten!«, verkündete King Richard.

Sie waren auf jeden Fall alles, was uns noch gefehlt hatte. Schneller als ich gedacht hatte ging mein sechstes Schuljahr zu Ende, und wir packten unsere Sachen. Ich wusste nicht so ganz, ob ich tatsächlich schon für unser nächstes Abenteuer bereit war. Aber so oder so: Wir würden auf den Mount McKinley steigen.

17. Kapitel

In manchen Punkten war die Besteigung des Mount McKinley weniger stressig als die des Aconcagua, zum Beispiel hinsichtlich der Anmeldung unserer Bergtour. Allerdings mussten wir uns mindestens 60 Tage im Voraus registrieren lassen, um ein Zeitfenster zu bekommen, weil die Zahl der alljährlichen Besteigungen beschränkt war. Die Saison ging nur von Ende April bis einschließlich Juli. Der Juni war die beste Zeit. Ich war für den letzten Schultag vor den Ferien entschuldigt und es ging los.

Wir flogen nach Anchorage und trafen dort Jacques, einen alten Freund. Er war ein Adventure Racer, der gemeinsam mit Dad und Karen das Argentina Eco Challenge gelaufen war. Er war auch schon auf dem Mount McKinley gewesen und gab uns während der drei Tage, die wir bei ihm wohnten, viele wertvolle Tipps.

Schließlich fuhr Jacques uns zu der drei Stunden von Anchorage entfernten Rangerstation in Talkeetna, wo man sich vor Antritt der Bergtour zu melden hatte.

Ein Ranger begrüßte uns. »Willkommen, Jordan!«

»Woher weiß er, wer ich bin?«, fragte ich Karen flüsternd.

»Durch unsere Anmeldung, nehme ich an. Wahrscheinlich kommen nicht allzu viele Elfjährige hierher«, sagte sie.

Der Ranger kam hinter dem Empfangstresen vor und schüttelte Dad die Hand. »Wir sind begeistert, einer Familie zu begegnen, die etwas gemeinsam unternimmt. Normalerweise würde ich Ihnen jetzt jede Menge Warnungen mit auf den Weg geben, aber ich habe in Ihrem Anmeldeschreiben gelesen, dass Sie schon den Kilimandscharo, den Elbrus und den Aconcagua bezwungen haben.« Jetzt schaute er mich direkt an. »Unserer ist allerdings ein größerer und aggressiverer Berg. Glaubst du, du wirst zurechtkommen?«

Es war genau die Frage, die ich mir schon seit Monaten stellte. Beantworten konnte ich sie ihm jedoch nicht. Wir waren hier. Besser vorbereiten konnte ich mich nicht mehr. Und überhaupt war es jetzt zu spät, einen Rückzieher zu machen. Ich erzählte ihm, wie ich für den Mount McKinley trainiert hatte.

»Okay.« Während er mit uns all die vorgeschriebenen Vorsichtsmaßnahmen durchging und über Mittel gegen die Höhenkrankheit sprach, ließ er mich nicht aus den Augen. Anschließend mussten wir uns ein Video über Abfallvermeidung anschauen und darüber, was uns am Berg erwartete. Wir erhielten Müllbeutel und einen Behälter für unsere Exkremente, die nach der Bergtour ausgeflogen werden mussten. Ebenso wie Argentinien achtete auch Alaska in den Bergen sehr auf die Umwelt.

Karen hatte überlegt, ob wir uns einer Expedition anschließen sollten. Aber eigentlich hatten wir keine Lust, unser Tempo an das fremder Leute anzupassen. Wir hatten ja schon in der Vergangenheit festgestellt, dass andere Bergsteiger nicht gut mit unserer Art zurechtkamen, schnell und mit leichtem Gepäck zu wandern. Wohin wir auch gekommen waren – stets hatten wir erstaunte Blicke geerntet. »Ihr macht *was*? Und seid so schnell unterwegs?«

Das Basislager am Mount McKinley lag inmitten der Tundra und ungefähr 95 Kilometer von der nächsten richtigen Straße entfernt. Man erreichte es nur mittels eines kleinen Flugzeugs, welches so ausgerüstet war, dass es auf dem Gletscher landen konnte. Karen hatte für uns eine Maschine für vier Personen gebucht – ein Sitz war für den Piloten reserviert. Die Fluggesellschaft war die älteste, bekannteste und auch billigste, die den Berg anflog. Unser Pilot, der ebenfalls Jacques hieß, war ein mürrischer alter Mann, der sich nicht gerade darüber zu freuen schien, uns zu sehen.

»Was hat er für ein Problem?«, raunte uns Dad leise zu.

Karen gab ihm einen Klaps. »Sei bloß still. Er ist der einzige Pilot, den wir haben.«

Die Ranger hatten uns das Gefühl gegeben, hier willkommen zu sein, doch dieser dürre, bärtige Kerl in seinem abgewetzten Flanellhemd strahlte das Gegenteil aus. Wir halfen ihm beim Wiegen unseres Gepäcks und schleppten alles an Bord, während er Kaffee trank. Anschließend leierte er die Sicherheitshinweise herunter und wir durften Platz nehmen. Wegen der kalten Bergluft erwartete ich einen turbulenten Flug und setzte den Kopfhörer meines iPods auf, um mich davon abzulenken.

Normalerweise hätte ich während des gesamten Flugs

Musik gehört, doch Karen bedeutete mir, meine Ohrstöpsel herauszunehmen. Ich tat es und merkte, dass sich unser kauziger Pilot in einen kenntnisreichen Touristenführer verwandelt hatte. Während des Flugs lieferte er uns hervorragende Beschreibungen der Landschaft, die wir gerade überflogen. Er erzählte uns, wie sich die Alaska-Gebirgskette gebildet hatte, machte uns auf Flüsse und Wälder aufmerksam sowie auf die bunten Felsen mit roten und weißen Streifen und berichtete von der Tierwelt. Er entdeckte sogar einen Bär und einen Elch, die unter uns im Wasser eines Flusses liefen.

Der Ausblick über die Tundra und die Alaskakette war wirklich beeindruckend. Je näher wir den schroffen, felsigen Gipfeln kamen, desto höher wurden sie. Als wir durch enge Pässe flogen, in denen zwischen Felswand und Flügelende nur etwa drei Meter Abstand waren, hielt ich die Luft an.

Bevor wir zur Landung ansetzten, fuhr der Pilot die Skikufen des Flugzeugs aus, denn auf dem Gletscher würde es für eine Landung auf Rädern zu wenig Reibung geben. Das Mount McKinley Basislager, Camp Kahiltna, auf etwa 2200 Metern Höhe war ein verrückter internationaler Campingplatz. Ungefähr ein Dutzend Zelte waren parallel zur Landebahn aufgestellt. Überall waren Bergsteiger dabei, ihre Ausrüstung zu sortieren oder sich auf andere Weise auf die bevorstehende Besteigung vorzubereiten. Als wir landeten, schauten sie kaum auf.

Ich musste grinsen. Ebenso wie alle anderen hier hatten wir die ersten 2200 der insgesamt 6194 Höhenmeter mit dem Flugzeug zurückgelegt. *Yeah!*

Karen holte die Karte heraus. »Wir können heute Nacht hierbleiben oder aber knapp neun Kilometer zu dem Camp in Ski Hill weitergehen. Was meint ihr?«

»Weitergehen«, sagte Dad.

»Genau«, stimmte ich ihm zu. Hier im Basislager zu bleiben kam mir wesentlich langweiliger vor, als loszumarschieren.

Wir gruben ein tiefes Loch und versteckten darin Lebensmittel und Brennstoff für mehrere Tage. Dieser Notvorrat war für den Fall gedacht, dass die Wetterverhältnisse unseren Rückflug verzögerten. Das Basislager wurde von Unmengen großer Raben bewacht. Wenn man irgendwo etwas Essbares liegen ließ, machten sie sich augenblicklich darüber her. Einer der Ranger erzählte mir, dass man früher die Verstecke mit einer einzelnen kleinen Fahne markiert hatte. Doch die Raben waren bald dahintergekommen, dass unter den Fähnchen Essen versteckt war, und hatten sich mit Schnabel und Krallen durch den Schnee gearbeitet, bis es freigelegt war. Seither steckten die Bergsteiger um jedes Versteck herum drei Fähnchen im Dreieck. Die Raben waren mit dieser Markierung bis jetzt noch nicht zurechtgekommen und fanden nichts mehr. Offenbar waren sie in Geometrie noch schlechter als ich.

Wir beluden unsere von King Richard umgebauten Schlitten mit allem, was nicht in die Rucksäcke passte. Dad half mir, meine Sachen auf dem Schlitten festzuzurren, und verband ihn mittels einiger Karabiner mit meinem Rucksack. Er vergewisserte sich, dass das Gewicht des Schlittens meine Hüfte und nicht meinen Rücken belastete, weil Letzteres meine Bewegungsfreiheit eingeschränkt hätte. Außerdem stellte er die Zugleine so ein, dass sie zwar so kurz wie möglich war, aber doch lang genug, dass der Schlitten nicht über meine Schneeschuhe rutschte, die wir beim Schlittenziehen würden tragen müssen.

Nun waren Dad, Karen und ich bereit, loszugehen. Insgesamt hatten wir 168 Kilo Gepäck dabei. All das eingerechnet, was wir im Basislager vergraben hatten, besaßen wir genügend Proviant, um im Notfall einen Monat lang zu überleben. Der Notfall würde eintreten, wenn Unwetter jegliches Weiterkommen verhinderten – was meiner Meinung nach das Schlimmste wäre, was uns auf dieser Expedition passieren könnte.

Wir gingen gerade zum Ende des Basislagers, als wir ein unglaublich lautes, grollendes Donnern hörten: Es war, als würde ein Düsenjet genau auf uns landen.

In der Erwartung, irgendeine eintreffende Katastrophe zu entdecken, sah ich mich um, doch die Leute im Camp machten ungerührt mit dem weiter, womit sie gerade beschäftigt waren.

»Was war das?«, fragte ich.

»Eine Lawine auf Mount Hunter«, antwortete jemand.

Ich wusste, dass der Mount Hunter etwa 130 Kilometer von uns entfernt war. Wenn etwas, das so weit weg passierte, auch hier noch so laut war, konnte ich mir ungefähr vorstellen, wie es sein musste, es aus nächster Nähe zu erleben.

»Gewöhn dich besser an das Geräusch«, riet Dad. »Lawinen gibt es hier in den Bergen ziemlich häufig.«

Seit die Forstverwaltung im Jahr 1976 mit den Aufzeichnungen begonnen hatte, waren fast 40 Menschen im Mount McKinley National Park durch Lawinen ums Leben gekommen. Als ich im Internet darüber gelesen hatte, war mir das unwirklich und unvorstellbar vorgekommen. Jetzt aber, wo ich nur knapp 130 Kilometer von Stellen entfernt war, an denen gewaltige Schnee- und Eismengen krachend den Berg hinunterstürzten, fühlte sich die tödliche Gefahr sehr real an.

Andererseits würde mir die Tour keinen Spaß mehr machen, wenn ich dabei die ganze Zeit über nur an Lawinen dachte, und deshalb verbannte ich sie aus meinem Kopf. Ich befand mich auf einem Gletscher, der Tausende von Kilometern von meinem Zuhause und von der Straße entfernt war, auf der ich trainiert hatte. Das Schleppen des Reifens hatte ich damals ziemlich ätzend gefunden. Doch mir war immer klar gewesen, dass ich dadurch Körper und Geist auf das vorbereitete, was mir die Natur hier anbieten würde. Das kleine Flugzeug hatte uns in ein gefrorenes Paradies gebracht, und nun war ich dabei, all meine Sachen den Berg hinaufzubringen. Es war Wirklichkeit geworden. Sichtbare, fühlbare Wirklichkeit.

»Es wird Zeit, sich anzuseilen«, verkündete Dad. »Überall auf dem Gletscher gibt es riesige, Menschen fressende Spalten.«

Das war kein Witz. Wenn man in eine solche tiefe Gletscherspalte fällt, hat man keine Chance mehr herauszukommen. Bei dieser Tour würden wir von Anfang an in Lebensgefahr schweben. Am Fuß des Berges sicherten wir uns gegenseitig, indem wir uns aneinander anseilten. An steileren Stellen, wo Fixseile gespannt waren, würden wir uns in diese Drahtseile einklinken.

Dad verband seinen und meinen Klettergurt durch ein Seil. Das andere Ende des Seils hängte Karen in ihren Gurt ein. Wenn einer von uns ausrutschte, konnten die anderen beiden seinen Sturz verhindern. Der Trick bestand darin, das Seil möglichst gespannt zu halten, aber nicht so straff, dass man den Nächsten beim Gehen mitzog. Wir hielten gerade so viel Abstand, dass wir noch miteinander kommunizieren konnten, aber waren auch weit genug voneinander entfernt, um nicht alle gleichzeitig an derselben gefährlichen Stelle zu sein.

Wir hatten es zu Hause Dutzende von Malen geübt, aber hier, wo man tatsächlich in einen Spalt fallen und Hilfe brauchen konnte, fühlte es sich doch ganz anders an. Auf einmal war alles ganz schnell bitterer Ernst geworden.

Vom Basislager aus folgten wir einem Weg, der vom Heartbreak Hill hinunterführte, bevor wir mit dem eigentlichen Anstieg beginnen konnten. »Ich glaube, der heißt so, weil es einem das Herz bricht, *runter*gehen zu müssen, wenn man eigentlich *auf* den Berg hinaufwill«, erklärte ich Dad und Karen.

Dad nickte lachend. »Genau so wird es sein, J-Man.«

Unten am Fuß des Hügels mussten wir einen weiten Bogen über den Kahiltna-Hauptgletscher beschreiben, um die breiten, mit Fähnchen markierten Spalten an den Seiten zu umgehen. Vor uns war nur noch Schnee. Die hohen Berge, die sich rings um uns erhoben, waren wirklich eindrucksvoll. Bei ihrem Anblick fühlte ich mich sehr klein,

ein Gefühl, das sich jedes Mal verstärkte, wenn sich irgendwo eine Lawine löste und brüllend den Hang hinunterraste. Der Weg führte über die massive Gletschermitte, und ich wusste, dass wir hier vor Lawinen sicher waren. Trotzdem fiel es mir schwer, mich an diese schrecklichen Geräusche zu gewöhnen.

Es wurde ein anstrengender Tourtag. Während unserer Wanderung konnten wir den Gipfel nicht sehen, was ich ziemlich blöd fand – der Anblick des Gipfels gab mir immer Kraft. Außerdem musste ich ständig die Gurte des Rucksacks und das Zugseil des Schlittens justieren. Jetzt war ich doch froh, dass ich so viel trainiert hatte, denn sonst wäre diese Expedition zu einer ziemlichen Quälerei ausgeartet.

»Nächstes Mal engagiere ich einen Yeti als Lastenträger«, rief ich den anderen zu.

Karen lachte. »Ich wüsste auch gerne, wie das geht!« Sie war wieder die bezaubernde Super K: zuverlässig, fröhlich und stark. Allein ihre Gegenwart half mir, durchzuhalten, und sie machte mich unterwegs immer wieder auf kleine, interessante Besonderheiten aufmerksam und fragte mich, was ich davon hielt.

Dad war mehr so etwas wie ein wandelndes Abenteuerbuch, das ständig wichtige Überlebenstipps parat hatte. »Sei froh, dass wir Schlitten haben«, meinte er. »Sonst müssten wir den ganzen Kram auf dem Rücken den Berg hinaufschleppen. Überleg mal, wie oft wir dann hin- und hergehen müssten.«

Wir gingen sieben Stunden lang ohne größere Zwischenfälle und erreichten das Camp Ski Hill gegen 19 Uhr.

Es lag nur 180 Meter höher als die Landebahn und ungefähr 300 Meter höher als Big Bear. Für so einen geringen Höhenunterschied hatten wir ganz schön lange gehen müssen.

Nachdem wir unser Lager aufgeschlagen hatten, vergrub Dad Vorräte und steckte drei Fähnchen in den Schnee, auf denen mein Name stand.

Um 22 Uhr war ich fix und fertig und bereit, in meinem Schlafsack zu verschwinden, doch draußen war es immer noch hell. Während unserer gesamten Mount McKinley-Tour ging die Sonne kein einziges Mal richtig unter. Kurz nach Mitternacht berührte sie den Horizont, aber anstatt unterzugehen, blieb sie dort, bis sie gegen 2 Uhr morgens wieder den Himmel hinaufzuklettern begann.

Weil es nie wirklich dunkel wurde, hatten wir es am nächsten Morgen nicht so eilig, unser Lager abzubrechen. Wir beschlossen, so lange zu warten, bis die Sonne über uns stand und die Luft ein wenig aufgewärmt hatte. Ich versuchte, mich zu erinnern, wie genau Dad meinen Schlitten gestern befestigt hatte, damit ich es heute selber machen konnte. Ich verband das Seil mit meinem Karabiner und bat dann Dad und Karen, nachzusehen, ob es so richtig war. Sie waren ziemlich beeindruckt, zu sehen, dass ich es hinbekommen hatte.

Wir gingen los und der Weg wurde steiler und steiler. Doch ich hatte das ja geübt, und der Schlitten blieb, wo er hingehörte.

Karen zeigte auf ein paar Leute, die vor uns gingen. Sie kletterten denselben rutschigen Hang wie wir hinauf, aber an ihren Schlitten waren keine PVC-Stabilisatoren, wes-

Mit 9 Jahren vor dem Gemälde, das mich dazu inspirierte,
die Seven Summits zu besteigen

Vor dem Kilimandscharo nach unserem Abstieg,
am untersten Camp

In Bergsteigerpose auf dem Gipfelstein des Kosciuszko,
mit Karen (links) und meinem Dad (rechts)

Zeltlager auf dem Weg zum Elbrus-Gipfel

Mit einem Maultier auf dem Weg zum Gipfel des Aconcagua

Auf einem Grat des Buttress Headwall beim Aufstieg
auf den Mount McKinley

Unterwegs zum Gipfel der Carstensz-Pyramide

Karen, ich und Dad (von links) bei einer Tageswanderung während einer Akklimatisierungsphase auf dem Weg zum Base Camp des Mount Everest

Ich, Karen und Dad (von links) bei einem Halt auf dem Weg zum Base Camp des Mount Everest. Das Schild über der Strasse ist mit Gebetsfahnen geschmückt

Während einer Rast auf dem Weg zum Advanced Base Camp des Everest überholt uns eine Yak-Karawane.

Am Base Camp des Mount Everest hielten wir eine Buddhistische Zeremonie namens Puja ab, bei der wir um Erlaubnis für die Besteigung des Bergs baten.

Karen, Dad und ich mit dem chinesischen Team auf dem Mount Everest, nachdem sie mich in einem Interview zu meiner Mission, die Bergbesteigungen und meinen Erfahrungen befragt hatten.

Dad, ich und Karen (von links) auf dem Gipfel
des Mount Everest

Im Union Glacier Camp des Mount Vinson während
ich ein paar Tricks auf den Skier ausprobierte,
links im Bild ist Karen.

Dad, Scott, Karen und ich (von links) beim Aufstieg zum mittleren Camp des Mount Vinson. Mit dem Schlitten transportierten wir unsere Ausrüstung.

Auf dem Fixseil-Abschnitt unterhalb des High Camp am Mount Vinson

halb die Schlitten, die mit ihnen durch Seile verbunden waren, sie ständig aus dem Gleichgewicht brachten und sie seitlich den Hang hinunterzogen.

Danke, King Richard, dafür dass du uns so tolle Schlitten gebaut hast!, dachte ich. Doch meine Laune verschlechterte sich schlagartig, als vier Skifahrer an uns vorbeiglitten. Und ich hatte wieder keine Skier dabei!

Wir überholten die Leute mit den rebellischen Schlitten und erreichten in weniger als vier Stunden den Fuß des Motorcycle Hill. Ich nahm meinen Rucksack ab und ließ mich erschöpft in den Schnee fallen.

Am Motorcycle Hill, einem besonders steilen Vorberg des Mount McKinley, war es unglaublich windig, und nördlich von uns drohten Lawinen niederzugehen. Bergsteiger hatten rings um ihre Zeltlager Schutzwälle aus dicken Schneeblöcken errichtet. Der Anblick all der bunten, von riesigen Eiswürfeln umgebenen Zelte war ziemlich eigenartig. Es sah ein bisschen so aus wie eine moderne Inuit-Stadt.

Wir schlugen unsere Zelte innerhalb einer unbesetzten Schneemauer auf, und ich kam mir vor wie ein Vogel, der ein fremdes Nest in Besitz nimmt. Dad und Karen schnitten mit einer Schneesäge noch mehr Blöcke aus, um unseren Lawinenschutz auszubauen.

Die Leute mit den Problemschlitten erreichten das Camp ungefähr eine Dreiviertelstunde nach uns.

Einer von ihnen nahm seine Gletscherbrille ab und sah mich aufmerksam an. »Wie alt bist du?«

»Elf.« Ich war es inzwischen gewohnt, auf Bergtouren diese Frage zu beantworten.

»Ihr seid vorhin so richtig an uns vorbeigezischt«, stellte er fest.

»Das war nur wegen eurer Schlitten«, erklärte ich.

Er nickte. »Ja. Eure sind ziemlich beeindruckend.« Er hatte im Gesicht einen schlimmen Sonnenbrand, nur die Haut um die Augen herum war durch die Gletscherbrille weiß geblieben, sodass er ein bisschen wie ein Waschbär aussah. Wir hatten auf dem Elbrus gelernt, wie wichtig Sonnenschutz in hohen Lagen ist, und würden nie wieder vergessen, uns regelmäßig einzucremen.

Bald nachdem der Mann zu seinem Team zurückgekehrt war, ging ein Typ um die 30 an uns vorbei, der eine Mütze mit dem Aufdruck eines von Dads und Karens Adventure Races trug.

»Haben Sie bei dem Rennen mitgemacht?«, fragte ihn Karen.

»Ich habe da nur gefilmt und fotografiert. Ich bin eher ein Bergsteiger als ein Läufer«, antwortete er.

Dad beugte sich über einen fast 50 Zentimeter hohen Eisblock, den er gerade in unsere Lawinenwand eingefügt hatte. »Die beiden Disziplinen stellen vollkommen verschiedene Anforderungen«, sagte er. »Bei den Rennen geht es um Schnelligkeit, während man hier langsamer werden muss.«

»Außerdem geht es bei den Rennen vor allem um körperliche Ausdauer«, fügte Karen hinzu. »Hier ist die geistige Verfassung beinahe ebenso wichtig. Es geht die ganze Zeit darum, gute Entscheidungen zu treffen.«

»Ja«, bestätigte der Typ. »Und manche davon können das Leben verändern.«

Mir war aufgefallen, dass er anstelle der rechten Hand eine Prothese hatte. Das machte mich neugierig, aber ich hätte niemals etwas gesagt oder gefragt, das ihm unangenehm sein könnte.

»Viel Glück beim Aufstieg!«, sagte er.

Nachdem wir uns von ihm verabschiedet hatten, drehte sich Dad zu mir um. »Weißt du, wer das war?«, fragte er.

Ich schüttelte den Kopf.

»Aron Ralston.«

Ich hatte immer noch keine Ahnung.

»Kannst du dich an den Mann erinnern, der in Utah gewandert ist, und dem ein Felsbrocken den rechten Arm eingeklemmt hat?«

»Nein.«

»Das ist vor fünf Jahren passiert«, sagte Karen. »Vermutlich war Jason damals noch zu jung, um es mitzubekommen.«

Ich konnte mich wirklich nicht daran erinnern, aber ich wollte unbedingt mehr darüber erfahren. »Was ist mit seinem Arm passiert?«

»Er hat auf jede erdenkliche Art versucht, freizukommen, aber er konnte den Felsbrocken nicht bewegen. Am fünften Tag ging ihm das Wasser aus und er musste seinen eigenen Urin trinken.«

Ich verzog das Gesicht. »Iih, ist das ekelig!«

»Entweder das oder sterben. Der Körper kann kein Wasser speichern. Man muss ihm ständig welches zuführen«, erklärte Dad.

Mich schüttelte es, wenn ich auch nur daran dachte.

»Du hast gehört, dass er über eine das Leben verändernde Entscheidung sprach«, sagte Karen.

Ich nickte und ahnte schon, dass ich eigentlich gar nicht hören wollte, was jetzt kam. Dem Typen fehlte immerhin eine Hand.

»Seine einzige Chance zu überleben bestand darin, sich eine Hand abzuschneiden. Er hat sie mit einem Taschenmesser abgetrennt.«

»O mein Gott!«, rief ich aus. »Ist das dein Ernst? Ich will mir gar nicht vorstellen, wie weh das tut!«

Dad nickte. »Ich habe schon einiges durchgemacht, aber das war nicht annähernd so schlimm wie das, was er erlebte. Er musste aus der Stelle herausklettern und 13 Kilometer weiterlaufen, bevor ihn andere Wanderer bemerkten.«

»Ich habe ihn wiedererkannt, weil ich ihn in Fernseh-Talkshows gesehen habe«, meinte Karen, »aber ich wollte ihn nicht darauf ansprechen. Ich bin mir sicher, dass er keine Lust hat, ständig daran denken zu müssen.«

Ich hatte von Tieren gelesen, die sich ein Bein abbissen, um sich aus einer Falle zu befreien, aber ich fragte mich, ob ich den Mut hätte, das zu tun, was Aron Ralston getan hatte. Seine Geschichte erinnerte mich auch daran, dass man durch eine falsche Einschätzung in eine Situation geraten kann, in der man sich gezwungen sieht, eine schwerwiegende Entscheidung zu treffen. Noch eine Minute zuvor hatte ich mich über Blasen an den Füßen beklagen wollen.

Jetzt ließ ich das bleiben, wollte die Blasen aber auch nicht ignorieren, denn das wäre keine gute Idee gewesen.

Nach dem Abendessen gestand ich Dad, dass ich seine Hilfe brauchte.

Nach all den Jahren, in denen er an Adventure Races teilgenommen hatte, besaß Dad viel Erfahrung mit Fußproblemen. Manchmal, wenn er wieder nach Hause kam, sahen seine Füße wie Hackfleisch aus. Jetzt wühlte er – so, wie er es schon oft wegen seiner eigenen Füße getan hatte – in unserer Reiseapotheke herum, um nach einer sterilisierten Nadel zu suchen. Mit ihr stach er meine Blasen auf und drückte die Flüssigkeit heraus.

»Du musst deine Schuhe fester zuschnüren«, sagte er, als er meine Füße mit Tape verband. »Sonst schaffst du es nicht auf den Gipfel.«

Ich hatte das Gefühl, meine Schuhe nicht fachgerecht angezogen zu haben, und wollte beweisen, dass ich in der Lage war, Verantwortung zu übernehmen. Deshalb kümmerte ich mich sofort um meine allabendlichen Aufgaben. Zuerst füllte ich die Tabelle der Symptome akuter Höhenkrankheit aus. Dann, um fünf Minuten nach 19 Uhr, schaltete ich das Radio ein, damit wir die Wettervorhersage um 19 Uhr 10 nicht verpassten. Eigentlich hörte sie sich für den kommenden Tag ziemlich gut an.

Jemand zupfte an der Eingangsklappe unseres Zelts. »Bist du derjenige, der versucht, mir meinen Rekord abzujagen?«

Was?

Dad schaute hinaus. Dann hielt er die Klappe hoch, damit wir hinausgehen und zwei Männer begrüßen konnten, die wie Vater und Sohn aussahen.

»Jordan, das hier ist Johnny Strange«, sagte Dad, als er

mir den jüngeren der beiden vorstellte. »Ich kenne seine Eltern seit Jahren.«

Johnny sah aus, als wäre er ungefähr fünf Jahre älter als ich.

»Johnny will den Rekord der jüngsten Besteigerin der Seven Summits brechen. Samantha Larson stellte ihn auf, als sie 18 Jahre alt war«, erklärte Dad.

Ich wollte niemandem seinen Rekord nehmen. Darüber hatte ich überhaupt nicht nachgedacht. Viel mehr interessierte mich, dass Johnny dasselbe Ziel hatte wie ich: die Besteigung aller Seven Summits.

»Wie viele hast du denn schon geschafft?«, fragte ich.

»Mount McKinley ist mein vierter. Ich war auf dem Mount Vinson, als ich zwölf war. Dann kamen der Kilimandscharo und der Aconcagua dran.«

»Der hier ist mein fünfter«, erwiderte ich. »Ich schätze, wir heben uns beide den Everest für später auf.«

»Nein, ich nicht. Ich werde den Elbrus noch dieses Jahr abhaken und den Everest nächstes Frühjahr. Und dann vielleicht zwei Wochen danach den Kosciuszko.«

»Und wie alt wirst du sein, wenn du fertig bist?«, erkundigte ich mich.

»17.«

Ich nickte. Sein Selbstvertrauen war verblüffend. »Beeindruckend, wirklich. Ich wünsche dir viel Glück.«

Ebenso wie alle anderen wunderte auch er sich darüber, dass wir ohne Bergführer unterwegs waren. »Scott Woolums ist unser Führer«, sagte Johnnys Vater Brian. »Er ist der Beste.«

Johnny und ich verglichen Aufzeichnungen, die wir

während unserer Touren gemacht hatten. Wir lernten dann auch noch ihren Bergführer Scott Woolums kennen. Nachdem sie wieder gegangen waren, kochte Karen noch einmal Kakao. Mit einem dampfenden Becher in der Hand sagte ich: »Er hat die Carstensz-Pyramide nicht erwähnt. Die will ich als Nächstes in Angriff nehmen«, verkündete ich.

»Lass uns erst einmal diesen Berg besteigen, J-Man«, sagte Dad. »Und dann machen wir uns über die anderen Gedanken.«

Natürlich hatte er recht. Es wurde Zeit, schlafen zu gehen, damit wir für den nächsten Abschnitt unserer Tour fit waren.

Nach dem Aufstehen hatten wir eine Teambesprechung. Es ging darum, ob wir uns einen Tag lang ausruhen oder aber zum Advanced Base Camp in 4328 Metern Höhe weitergehen sollten.

Dad rührte seinen Tee um. »Wir sind schon für 5000 Meter akklimatisiert. Das Wetter ist hier viel zu unberechenbar. Warum sollten wir länger bleiben und riskieren, dass Wind und Schnee uns am Vorankommen hindern? Das haben wir am Aconcagua gemacht und es war alles andere als angenehm.«

Wir fühlten uns alle drei fit genug, um weiterzugehen. Weil der Hang so steil war, würden wir zweimal gehen müssen, um unsere gesamte Ausrüstung in das Advanced Base Camp zu bringen. Ich blieb im Camp, um meine Blasen ausheilen zu lassen, während Dad und Karen eine Ladung nach oben trugen.

Ich fühlte mich sicher und geborgen und freute mich

darüber, mich ausruhen zu können. Ich lag im Zelt und hörte Hip-Hop und Reggae. Weil die Sonne inzwischen auf das Zelt schien, wurde es mir darin irgendwann zu warm. Die Thermometerfunktion meiner Armbanduhr zeigte 26,6 °C an. Ich versuchte, meine Mom anzurufen, doch die Verbindung kam nicht zustande. Wir hatten dieses Mal nicht das BGAN dabei, das wir auf dem Aconcagua benutzt hatten, weil man uns gesagt hatte, hier in Alaska hätten auch Handys Empfang, aber mit unseren Geräten schien es nicht zu funktionieren. So ein Mist! Es wäre mir wichtig gewesen, ihr zu sagen, dass es mir gut ging.

Dad und Karen kehrten gegen 18 Uhr 30 mit leeren Schlitten zurück. Sie ruhten sich aus und aßen etwas. Dann begannen sie, für eine weitere Transporttour zum Advanced Base Camp zu packen.

»Aber es ist neun Uhr abends!«, protestierte ich.

»Und immer noch hell«, stellte Dad fest.

Das stimmte. In Alaska hatte man im Sommer fast 24 Stunden lang Tageslicht. Trotzdem kam es mir nicht richtig vor, jetzt aufzubrechen. »Ja, aber …«

»Du hast dich den ganzen Tag lang ausgeruht. Wir sind schon einmal hochgegangen«, sagte Karen.

Mir fielen keine schlagkräftigen Gegenargumente ein. Also machten wir uns fertig und stiegen den Motorcycle Hill hinauf. Ich war nicht wirklich der Schnellste: Anstatt energisch vorwärtszugehen, watschelte ich sozusagen den steilen Hang hinauf. Jedes Mal, wenn ich einen Fuß aufsetzte, tat mir die Ferse weh. Ich fühlte mich schlapp und blieb immer wieder stehen.

»Gib mal ein bisschen Gas, J-Man«, ermahnte mich mein Vater, »oder wir schaffen es nie bis zum Camp.«

Karen holte mich ein. »Nein, du machst es wirklich gut.« Sie ließ mich Wasser trinken und gab mir Studentenfutter, das sehr nährstoffreich ist. »Nur noch ein paar Meter, dann sind wir oben. Ich weiß, dass du es schaffen wirst!«

Ich fragte lieber nicht, wie viele Meter *ein paar* Meter in Wirklichkeit waren. Doch ihre Ermutigung half mir, Dad auf die Hügelkuppe zu folgen. Von dort aus begann eine lange Wanderung zum Windy Corner. Immer wieder packte mich Karen an der Jacke, damit ich nicht fortgeweht wurde wie damals jenes rote Zelt auf dem Aconcagua.

Hinter Windy Corner verlief die Route durch ein von tiefen Spalten durchsetztes Becken. Dad ging jetzt sehr langsam, sondierte den Schnee ständig mit seinem Wanderstock und setzte an vielen Stellen Warnflaggen. Mich überfiel die Vorstellung, der Boden könnte sich öffnen und mich mitsamt meiner Ausrüstung verschlingen.

Kurz vor dem Advanced Base Camp sammelten Dad und Karen die Ausrüstungsteile ein, die sie hier vorher deponiert hatten. Weil wir jetzt zusätzlich noch schwerere Lasten zu schleppen hatten, kamen wir nur quälend langsam voran. Um zwei Uhr morgens erreichten wir endlich das 4328 Meter hohe Advanced Base Camp.

Ich war vollkommen erledigt. Ich zitterte und vom Einatmen der kalten, trockenen Luft schmerzten mir Mund und Kehle. Ich wollte nur noch schlafen! Ich ließ mich und all mein Gepäck einfach fallen und blieb entkräftet liegen, während die anderen das Lager aufschlugen.

Karen machte Wasser heiß und bereitete einige Portionen gefriergetrockneter Menüs zu. Alle drei mussten wir uns zwingen, lang genug wach zu bleiben, um zu essen, denn wir brauchten unsere Kräfte und durften die Mahlzeit nicht ausfallen lassen. Nach dem Essen krochen wir sofort in die Schlafsäcke.

Als wir am nächsten Morgen das Radio einschalteten, war auf dem offenen Funkkanal die Hölle los.

»Der da spricht, ist Schwede«, stellte Karen fest. »Und er hört sich panisch an.«

Wir hielten das Radio ganz nah an unsere Ohren und lauschten konzentriert. Der Mann, der über Funk sprach, hatte sein Gepäck in fast 4900 Metern Höhe deponiert und war gerade im Buttress Headwall, der gefährlichsten Region des Mount McKinley, bergab gestiegen, als er einen russischen Bergsteiger entdeckt hatte, der immer wieder ohnmächtig wurde und vollkommen unfähig war, alleine abzusteigen. Der Schwede flehte die Ranger an, dem Russen zu Hilfe zu kommen, doch das Wetter hatte sich dramatisch verschlechtert, sodass die Bergrettung nicht ausrücken konnte.

»Sie sind nur 600 Meter höher als wir«, sagte ich. »Sollten wir nicht raufgehen? Der Mann stirbt, wenn ihm niemand hilft!«

»Für diese Höhe sind wir noch nicht bereit«, erwiderte Dad. »Wir würden ebenfalls zu Bergopfern werden und die Katastrophe nur verschlimmern. Sogar die Ranger des Nationalparks gehen nicht hin, weil es zu gefährlich ist.«

»Aber …«

Dad sah mich streng an. »Jordan, es ist wirklich sehr wichtig, dass du in Augenblicken wie diesem die Situation realistisch einschätzt und die richtigen Entscheidungen triffst. Eine unüberlegte Entscheidung könnte zur Folge haben, dass dir danach ein Arm fehlt, so, wie es Aron Ralston ergangen ist. Oder dass etwas noch Schlimmeres passiert.«

Ich konnte nicht anders – ich musste darüber nachdenken, wie es wäre, wenn mir so etwas zustieße, oder noch schlimmer: Dad oder Karen. Wegen meines Traums, die Seven Summits zu besteigen, waren wir drei hierhergekommen. Die Möglichkeit, dass einer von uns bei dieser Besteigung ums Leben kommen könnte, erschien mir auf einmal gar nicht mehr so unwahrscheinlich.

18. Kapitel

Das Advanced Base Camp lag auf einem weitläufigen Plateau, auf dem die Ranger etwas angelegt hatten, das wie ein kleines Dorf aussah. Es gab ein großes Ambulanzzelt, eine Rangerstation, die Wetterberichte sendete und in Notfällen Hilfe leisten konnte, und einen Landeplatz für einen Rettungshubschrauber. Es gab von Schneewällen eingefasste Löcher, die als Toiletten dienten.

Im Camp machten Gerüchte über den Russen die Runde. Er war hoch oben am Berg sehr krank geworden. Das schwedische Team führte unter Lebensgefahr eine mehrere Stunden dauernde Rettungsaktion durch. Wir waren gerade vor Ort, als sie im Camp eintrafen. Dem Russen ging es beinahe sofort besser, einfach nur, weil er sich wieder in geringerer Höhe befand. Er hatte vor, im Advanced Base Camp zu übernachten und am nächsten Morgen weiter bergab zu gehen. Auf den Gipfel würde er es nicht schaffen – jedenfalls nicht dieses Mal.

Dieser Zwischenfall bestätigte all die Sicherheitsvorkehrungen, die Dad und Karen ständig predigten. Der Russe war nicht nur ganz alleine gegangen – was nie eine gute Idee war –, sondern er hatte ganz offensichtlich versucht, sehr weit nach oben zu kommen, ohne sich ausreichend an diese Höhe akklimatisiert zu haben. Das war ein Fehler, den ich ganz bestimmt nicht machen wollte.

Nach diesem Drama wurde es im sogenannten ABC-Camp eigentlich ganz nett. Hier kamen Bergsteiger aus aller Welt zusammen, und es war interessant, sich mit ihnen zu unterhalten. Außerdem mussten Dad und Karen sich nach ihrer gestrigen doppelten Tour ohnehin ausruhen.

Als ich ins Zelt zurückkehrte, waren sie beide über die Karte gebeugt, und ich fragte, wie lange wir noch bis zum Gipfel brauchen würden.

Karen faltete die Karte wieder zusammen. »Das hängt vom Wetter ab und wie wir vorankommen.«

Am folgenden Tag war es klar und sonnig. »Das richtige Wetter, um zum High Camp umzuziehen«, sagte Dad. »Jordan, pack deine Sachen ein!«

Ich sammelte meine Steigeisen, den Klettergurt, die Steigklemme und die Karabinerhaken ein. Dann durchfuhr mich ein furchtbarer Schreck. Mein Eispickel! Wo war mein Eispickel? War er mir beim Aufstieg aus der Hand gefallen? Hatte ich ihn im niedriger gelegenen Camp vergessen? Ich traute mich nicht, Dad und Karen zu gestehen, dass ich ihn verloren hatte.

»Okay, J-Man«, sagte Dad. »Lasst uns gehen.«

Mir rutschte ein langer Seufzer raus, der beinahe schon ein Schluchzen war. Mein Eispickel stand nicht auf Dads Ausrüstungsliste. Vielleicht brauchte ich ihn ja auch gar nicht. Aber sollte ich nicht doch etwas sagen? Dies war der Augenblick einer Entscheidung und ich durfte nicht die falsche treffen.

»Moment. Ich suche noch meinen Eispickel.«

»Wo ist er denn?«, fragte Karen.

»Ich weiß es nicht«, gab ich zu.

»Dann such ihn. Du wirst ihn brauchen.«

Mein Herz klopfte bis zum Hals, als ich von einer Schneeblockwand zur nächsten hastete. »Haben Sie einen blauen Eispickel gesehen?«

»Leider nicht«, war die Antwort, die ich immer wieder zu hören bekam.

»Hat jemand einen blauen Eispickel gefunden?«

»Nein, aber wir lassen dich wissen, wenn wir ihn sehen.«

Beim sechsten Zelt entdeckte ich etwas, das wie mein blauer Eispickel aussah. Er war dafür verwendet worden, eine Schnur mit bunten Gebetsfahnen an einer Schneeblockwand zu verankern. Ich ging zu dem Bergsteiger, der mit seinem Morgenkaffee davor saß. »Entschuldigen Sie, ist das Ihr Eispickel? Er sieht so aus wie meiner.«

Er stand sofort auf und holte ihn mir. »Wir haben ihn im Schnee gefunden und alle in unserer Nähe gefragt, ob es ihrer ist, aber er gehörte niemandem. Hier hast du ihn.«

Mein Herz fand wieder zu einem langsameren Rhythmus zurück. »Vielen, vielen Dank!«

Als ich zu unserem Lagerplatz zurückkehrte, sahen Dad und Karen aus, als wollten sie mir gleich einen Vortrag über den Umgang mit wichtigen Ausrüstungsteilen halten.

»Ich glaube, dass er mir aus der Hand gefallen ist, weil ich so müde war«, erklärte ich.

»Es ist deine Aufgabe, *immer* zu wissen, wo *all* deine Sachen sind«, schimpfte Dad. »Einen Eispickel dabeizuhaben oder nicht kann über Leben und Tod entscheiden.«

»Das hätte jetzt das Ende unserer Bergtour sein können«, fügte Karen hinzu.

Ich wusste, dass sie recht hatten. Müde gewesen zu sein war keine Entschuldigung. Ich hatte einen sehr schweren Fehler gemacht – und wieder eine wichtige Lektion gelernt: Pass immer auf all deine Geräte auf.

Weil wir ab hier die Schlitten nicht weiter mitnehmen konnten, vergruben wir sie im Schnee, zusammen mit Lebensmitteln und all den Ausrüstungsteilen, die wir im höheren Camp und auf der letzten Etappe zum Gipfel nicht brauchen würden. Als wir zum Schluss unser Zelt zusammenlegten, fiel uns auf, dass sonst niemand aufbrach.

Wir gingen zum Ranger-Posten, um herauszufinden, was los war.

»Warum geht keiner rauf?«, fragte Dad.

»Der Wind oben auf dem Grat erreicht zurzeit um die 130 Stundenkilometer«, erklärte uns ein Ranger. »Es ist zu gefährlich. Der Pfad ist nur 30 Zentimeter breit und auf beiden Seiten geht es 700 bis 1000 Meter tief hinunter. Da hinuntergeweht zu werden, überlebt man nicht.«

»Wie lautet der aktuellste Wetterbericht?«, erkundigte sich Dad.

»Der Wind wird stärker«, war die Antwort des Rangers.

Wir erkundigten uns bei anderen Teams, was sie vorhatten. Alle wollten im Lager bleiben, bis sich der Wind legte.

»Okaaay, es sieht ganz so aus, als würden wir auch nirgendwo hingehen«, meinte Dad.

Wir stellten das Zelt wieder auf und Karen kochte Tee.

Drei Bergführer spielten mit einem Football und fragten uns, ob wir mitmachen wollten.

Einer von ihnen warf Dad den Ball zu. »Wie lange sind Sie schon auf dem Berg?«

Dad fing und warf den Ball zurück. »Das ist unser vierter Tag.«

Der Mann hielt den Ball mit beiden Händen, schwieg eine Weile und warf Dad einen komischen Blick zu. »Sie machen Witze, oder? Wir sind schon zehn Tage auf dem Mount McKinley und dachten, wir lägen gut in der Zeit.«

»Ich setze mich Unwettern nicht gerne länger als nötig aus«, entgegnete Dad.

Der Bergführer sah ihn ungläubig an. »Und wann wollen Sie auf den Gipfel gehen?«

»Sobald sich das Wetter beruhigt«, antwortete Dad.

Der Bergführer warf ihm wieder den Ball zu. »Verlassen Sie sich nicht darauf, dass das bald der Fall sein wird. Einige von uns warten schon seit einer Woche. Wir haben den Göttern sogar schon eine Schneestatue gebaut.« Er lachte. »Aber der Wind hat sie umgeschmissen.«

Es kamen noch mehr Bergsteiger hinzu, und bald waren wir genügend Leute, um Touch Rugby zu spielen. Als der gefrorene Football durch die Luft auf mich zuraste, schlug ich einen Haken nach links. Ich fing ihn, aber meine Finger waren so durchgefroren, dass ich Angst bekam, sie könnten abbrechen. Nach zwei weiteren Begegnungen mit dem Ball zog ich mich auf eine Schnee-Ersatzbank zurück und entschied mich eindeutig gegen eine Karriere in dieser Sportart.

Obwohl ich das Spiel verfolgte, sah ich immer wieder

zu dem Grat hinauf. Gegen drei Uhr nachmittags schien sich der Wind zu legen. Auch Dad bemerkte es und sprach mit den anderen Teams darüber. »Jetzt sieht es da oben eigentlich relativ ruhig aus«, meinte er.

»Ja, ruhiger als die ganzen letzten Tage«, stimmte ein australischer Bergführer zu. »Ich würde mein Team gerne dort hochbringen, aber bei zwölf Mann geht der Aufbruch einfach nicht schnell genug vonstatten. Hoffentlich hält sich das Wetter ein bisschen länger.«

Wieder ein Punkt für das kleine Team. Wir waren wesentlich flexibler als die großen Gruppen. Innerhalb von 20 Minuten war unser Zelt zusammengefaltet, alles eingepackt, und wir waren bereit, zu dem nächsten Camp hochzugehen. Wir trugen nur noch das, was wir in den nächsten Tagen brauchen würden, sowie einen Notvorrat an Lebensmitteln für den Fall, dass ein Unwetter aufkam und wir einen Tag länger oben bleiben müssten.

Am Fuß der 244 Meter hohen, senkrechten Felswand, Buttress Headwall, wartete Dad auf mich. Mein Blick wanderte höher und höher an der Wand hinauf, und um jede der Verankerungen herum, mit denen das Fixseil am Fels angebracht war. Bis jetzt waren Karen, Dad und ich aneinander angeseilt, aber nicht mit dem Berg verbunden gewesen. Gleich würde ich zum ersten Mal in meinem Leben eine Steigklemme benutzen, um entlang eines Fixseils hochzuklettern. Ich konnte es kaum erwarten, endlich das anzuwenden, was ich in unserem Seilparcours in Big Bear gelernt hatte.

»Klinke dich ein«, sagte Dad. »Konzentrier dich und mache alles genau so, wie du es eingeübt hast.«

Ich holte tief Luft und ging im Kopf alle Schritte meines Trainings durch, bemüht, keinen einzigen davon zu vergessen. Mit einer Schlinge verband ich die Steigklemme mit meinem Klettergurt. Dann hängte ich meinen Karabiner in das Fixseil ein und anschließend die Steigklemme. Die Klemme klickte zu, genau, wie es sein sollte. Ich wartete, bis Dad eine gewisse Höhe erreicht hatte, bevor ich ihm folgte.

Als der richtige Moment dazu gekommen war, zog ich mich hoch und verlagerte das Gewicht auf die nächste Stufe. Danach zog ich die Steigklemme hoch und wiederholte den Vorgang.

»Gut! Weiter so!«, rief Karen von unten.

Ich kletterte an der Wand zur ersten Seilverankerung hoch. Rechtzeitig fiel mir ein, dass ich die anderen informieren musste, dass ich mich um die Verankerung herumbewegte. »Umhängen!«, schrie ich laut.

Die Wand war steil und an ihr hinaufzuklettern war sehr anstrengend, aber ansonsten lief alles großartig. Ich konnte es! Dad und Karen ermutigten mich während des gesamten Aufstiegs.

Ich war an der letzten Verankerung angelangt. Ich öffnete einen Karabinerhaken und klinkte ihn jenseits der Verankerung wieder ein. Ich vergewisserte mich, dass er eingeschnappt war, bevor ich die Steigklemme löste. Aber als ich sie ebenfalls auf der anderen Seite einhängen wollte, konnte ich sie nicht in der richtigen Position einklinken.

»J, alles in Ordnung?«, fragte Karen.

Konzentrier dich, konzentrier dich, ermahnte ich mich. In den dicken Fäustlingen waren meine Hände furchtbar ungeschickt. Ich holte tief Luft und versuchte es nochmals. Dieses Mal rastete die Steigklemme ein.

Ich machte einen weiteren Schritt. Mein Steigeisen konnte nicht in das harte Eis eindringen und meine Füße glitten unter mir weg. Mein Herz klopfte so heftig, dass es mir in den Ohren dröhnte, doch meine Steigklemme hielt mich in meiner Position, während ich mit den Füßen nach Halt suchte.

Zu Hause war es leicht gewesen, aber das hier war die Wirklichkeit. Erst jetzt begriff ich, wie wichtig mein Klettergurt und jedes andere Teil meiner Ausrüstung war. Am Berg ist kein Platz für Fehler. Als ich die letzten Schritte hinter mich brachte und den oberen Rand der Wand erreichte, war ich glücklich und sehr stolz auf mich.

Dad erwartete mich mit einem breiten Grinsen. Wir gaben einander mit Fäustlingen ein High Five. Das Klatschen hallte wider und ich musste lachen. Jetzt war ich in Hochstimmung. Ich hatte es geschafft, ich hatte es tatsächlich geschafft!

»Ich bin Spider-Man auf dem Eis«, sagte ich.

»Ja, das bist du, J-Man.«

Ich schaute zu dem Camp hinunter, aus dem wir soeben gekommen waren. Es war so winzig! Die Zelte sahen wie die Fußstapfen von Mäusebabys im Schnee aus. Es war ein magischer Moment.

Als wir auf dem Grat der Buttress weitergingen, genossen wir den unglaublichen Ausblick, der sich uns von hier aus bot. Im Norden bedeckte ein riesiger Gletscher die Tundra und im Süden sahen wir Dutzende von Gipfeln der Alaskakette.

Der gefürchtete Grat oberhalb der Buttress Headwall war nicht so furchtbar steil, aber sehr, sehr schmal: An manchen Stellen war er nicht breiter als 30 Zentimeter. Im Flachland wäre das nicht so schlimm gewesen, aber hier ging es zu beiden Seiten mehrere Hundert Meter tief nach unten! Wir konnten auf keiner Seite die Talsohle sehen. Wenn man hier stürzte, hatte man keine Chance, seinen Fall aufzuhalten.

Jetzt wurde mir klar, warum bei dem heftigen Wind niemand hier hochgegangen war. Eine starke Böe konnte einen wie einen Zweig den Berg hinunterwehen. Hier gab es auch kein Fixseil, denn es war nichts da, an dem man es hätte befestigen können. Den einzigen Halt, den wir hier finden konnten, gaben wir uns gegenseitig: Wir waren aneinandergeseilt, und wenn einer ausrutschte, mussten die anderen beiden ihr Gewicht sofort auf die andere Seite verlagern.

Ich schluckte und versuchte, die Angst zu unterdrücken und mein Herz zu beruhigen. Aufregung konnte ich mir jetzt nicht leisten. Nur ein leichtes Herüberbeugen zu einer Seite konnte den sofortigen Tod zur Folge haben. Jede einzelne Bewegung musste so wohlüberlegt sein wie ein Zug bei einem entscheidenden Schachspiel. Als wir im schwachen Licht der Mitternachtssonne um ein Uhr morgens im 5250 Meter hohen High Camp eintrafen, gab ich mich geschlagen. Rasch schlugen wir im Windschatten eines verlassenen Schneewalls unser Zelt auf, aßen etwas, tranken Tee und krochen in unsere Schlafsäcke.

Ich schlief auf der Seite des Schneewalls und in der Nacht fiel der Wind förmlich über uns her und brachte die Zeltwände zum Knattern. Er war so heftig geworden, dass keiner von uns schlafen konnte. Dad stützte sich auf einen Ellbogen und hielt die Zeltwand mit dem anderen Arm auf Abstand, damit der Wind sie nicht auf mich drückte und ich unter ihr erstickte. In Augenblicken wie diesem erstaunte Dad mich am meisten. Er besaß mehr Ausdauer als jeder andere Mensch und dabei sah man es ihm überhaupt nicht an.

Am Morgen war der Wind schwächer geworden, und wir beschlossen, diese Phase der Beruhigung für einen Vorstoß zum Gipfel zu nutzen. Karen schmierte mir das Gesicht dick mit Sonnencreme ein, und Dad befestigte an meiner Gletscherbrille einen Sonnenschild, der wie ein Schnabel über meine Nase ragte. Die Luft war extrem kalt, bestimmt um die –18 °C, aber wir hatten die richtigen Sachen an, und uns war ausreichend warm. Trotzdem bildeten sich nach der ersten halben Stunde an meinen Locken, die aus der Kapuze des Parkas heraushingen, kleine Eiszapfen.

Wir hängten uns wieder in ein Fixseil ein und überquerten einen steilen, schräg verlaufenden Abschnitt. Man nannte ihn »Autobahn«, weil ein deutsches Team hier ausgerutscht und in den Tod gestürzt war. Die Parkverwaltung hatte hier Eisanker und Metallpfosten mit Karabinern anbringen lassen, in die wir während der Überquerung unser Teamseil einhängen konnten. Ein falscher Schritt, und man war weg – verschluckt von einem Hunderte von Metern tiefem Gletscherspalt.

»Häng dich ein und sichere dich bei jedem Schritt mit deinem Eispickel«, sagte Dad.

Der Hang war steil abfallend und endlos breit, und wir hatten einen großen Vorsprung vor den anderen Teams, die teilweise noch nicht vom High Camp aufgebrochen waren. Ich hörte nur das Heulen des Windes und das Knirschen, mit dem die Dornen meiner Steigeisen in den hart gefrorenen Schnee eindrangen. Ich stapfte immer weiter, und meine Daunenjacke und die mehrfachen Lagen Polarfleece, die ich darunter trug, hielten mich warm.

Einmal legte ich eine kurze Pause ein und dachte an meine Freunde und meine Familie. Ich machte diese Tour auch für sie. Ich schwang den einen Arm nach vorne und stützte mich auf meinen Eispickel wie auf einen Wanderstock. Die Spitze des Pickels traf auf einen Hohlraum unter dem Schnee. Sie sank nur ein paar Zentimeter tief ein, aber es genügte, um mich aus dem Gleichgewicht zu bringen. Nachdem ich die Glissade auf dem Elbrus fleißig geübt hatte, drehte ich mich instinktiv so auf den Bauch, dass meine Füße in Richtung Tal zeigten, und stoppte mit dem Eispickel.

Karen holte mich ein. »Jordan, was ist denn passiert?«

Ich war müde und frustriert. Tränen schossen mir in die Augen.

Karen half mir, aufzustehen. »Lass dir Zeit. Atme ein paarmal tief durch. Das hier ist wirklich anstrengend, J, und du machst deine Sache großartig!« Sie wischte mir den Schnee von der Jacke und vom Kopf. »Lass uns eine Weile langsamer vorangehen, um zu sehen, wie du dich dabei fühlst, okay?«

Karens Stimme tröstete mich. Ich nickte und ging bis zu einer Ecke weiter, an der wir hinter einem Felsen Schutz vor dem Wind fanden. Wir rasteten, und Karen versorgte mich mit Studentenfutter, Käse und Wasser, damit ich wieder genug Kraft für die kommende Stunde hatte.

Wir erreichten ein in 5910 Metern Höhe gelegenes, flaches Plateau, das sogenannte »Football Field«. Ich ließ mich zu Boden sinken und starrte die schier endlos scheinende Schneefläche an. Mein einziger Gedanke dabei war: *Okay, jetzt kommen wir!*

Vom Gipfel trennten uns nur noch knapp 300 Höhenmeter. Doch um ihn zu erreichen, mussten wir eine Eis- und Schneefläche hinaufklettern.

Dad ging voraus. Ich folgte, und Karen war die Letzte und schaffte es irgendwie, mit dem Seil zu hantieren und gleichzeitig zu filmen und mich laufend anzuspornen.

Ich glaubte die ganze Zeit, wir wären gleich da, doch die Perspektive täuschte, und wir brauchten wesentlich länger, als ich gedacht hatte. Als wir schließlich den Gipfelgrat erreichten, wurde der Aufstieg immer schwieriger. Außerdem waren wir hier dem Wind stärker ausgesetzt. Um Verankerungen zu erreichen oder neue zu setzen, musste Dad ein paar halsbrecherische Klettermanöver ausführen. Ich sah zu, wie er geschickt mit Seil und Eispickel hantierte, um neue Eisanker einzusetzen und den Aufstieg für mich sicherer zu machen. Mir klopfte das Herz, als ich ihm zusah, doch Karen, die hinter mir stand, sprach mir Mut zu, und das beruhigte mich wieder.

Kurz vor dem Gipfel blieben wir für einen Moment stehen. Karen ging mit der Videokamera vor, um mich beim Erreichen des Gipfels zu filmen. Wie auf den anderen Bergen löste auch hier der Anblick des Gipfels in mir einen

Energieschub aus. Eine plötzlich aufgekommene Begeisterung trieb mich höher und höher und höher. Und als es nicht mehr höher ging und ich am Gipfel stand, warf ich mich schluchzend zu Boden.

»O mein Gott! O mein Gott, ich habe es geschafft!«

Dad stand hinter mir. Auch er ließ sich zu Boden fallen und umarmte mich. Tränen liefen ihm über das Gesicht. »Ich liebe dich. Ich liebe dich so sehr!«

»Ich liebe dich auch.«

»Kein anderer Junge auf der ganzen Welt hätte es geschafft. Du bist so tapfer!«

Auch Karen weinte, als sie uns filmte.

Ich kann meine Gefühle beim Erreichen eines Gipfels kaum beschreiben. Es ist anders als alles andere. Wenn ich merke, dass ich auf dem Dach der Welt stehe, sind all die Mühen und Schmerzen des Aufstiegs plötzlich wie ausgelöscht. Ich hatte in die Besteigung des Mount McKinley so viel investiert. Es war das Anstrengendste, das ich bis dahin unternommen hatte. Und es war eindeutig der bisher kälteste Aufstieg.

Dieser Berg war ein zäher Brocken, aber an dem Tag war ich noch zäher gewesen. Und zudem hatte ich meine eigenen Ängste und Zweifel besiegt.

Dies war der bewegendste Moment meines bisherigen Lebens.

Ich stand wieder auf, um mich umzusehen und die Aussicht zu genießen. Ich riss beide Arme hoch und jubelte laut. Karen machte ein Foto, um diesen Augenblick für immer festzuhalten und auch als Beweis dafür, dass uns die Besteigung gelungen war. Ein Touristenflugzeug kreiste ein paarmal über uns, und ich fragte mich, ob eines Tages in irgendeinem Fotoalbum irgendwo auf der Welt ein Foto von uns auf dem Gipfel kleben würde.

Wir befanden uns bei herrlichstem Wetter in 6194 Metern Höhe und aus dem heftigen Wind war eine leichte Brise geworden. Ein anderes Team stieg gerade zum Gipfel empor, aber vorerst hatten wir ihn noch ganz für uns alleine. Ich stand auf einem hohen, schneebedeckten Berg und blickte auf ein Wolkenmeer, aus dem wie Inseln inmitten eines weißen Ozeans Gipfel herausragten.

Nachdem ich mich einmal um die eigene Achse gedreht hatte, blieb ich ruhig stehen und versank für einen Moment in Gedanken. Dads Bruder Tony war vor Kurzem gestorben. »Ich möchte diesen Aufstieg Onkel Tony widmen«, sagte ich zu Dad und Karen. »Ich vermisse ihn, und ich wünschte, ich hätte mehr Zeit gehabt, ihn besser kennenzulernen.«

Dad nickte. Ich wusste, dass ihm sein Bruder fehlte. »Wir müssen jetzt aber wieder runter.«

Ich sah mich ein letztes Mal um. Dann machten wir uns an den Abstieg.

Wir kamen rasch voran, doch unsere Stimmung veränderte sich. Auf dem Gipfel waren wir vor Begeisterung ganz außer uns gewesen. Jetzt aber machte sich die Erschöpfung bemerkbar und wir ließen unsere schlechte Laune aneinander aus. Beim Abstieg am Fixseil verhedderten sich meine Seile so stark ineinander, dass ich die Karabiner nicht aushaken konnte, um mich um eine Verankerung herumzubewegen. Karen musste alles wieder in Ordnung bringen.

»Überleg doch, was du tust, Jordan«, schimpfte sie.

Ich wusste, dass die meisten Unfälle beim Abstieg passieren, wenn die Bergsteiger müde sind, aber trotzdem verletzte mich ihr Ton. Ich schwor mir, diesen Fehler niemals wieder zu machen.

Nachdem wir das Football Field und den langen Hang überquert hatten, holten wir im High Camp unser Zelt ab und erreichten um 18 Uhr das Advanced Base Camp. Weil mein Handy hier keinen Empfang hatte, lieh ich mir schnell eins von jemand anderem aus, um meine Mom anzurufen und ihr zu sagen, dass ich es auf den Gipfel geschafft hatte und wohlbehalten zurück war. Es war toll, ihre Stimme zu hören.

Nach der wohlverdienten Nachtruhe im Advanced Base Camp brachen wir unser Lager wieder ab und gingen am Camp des Motorcycle Hill vorbei zum Windy Corner hinunter, den Heartbreak Hill hinauf und zur Landebahn. Über dem Versteck, das wir an unserem ersten Tag hier eingerichtet hatten, war der Schnee geschmolzen, sodass all unsere Sachen ganz offen dalagen. Allerdings waren wir schlauer als der Durchschnittsrabe gewesen und hatten alles in eine Sporttasche gepackt, sodass die Vögel nicht an unseren Proviant gekommen waren.

Wir waren reisefertig, mussten aber noch einen ganzen Tag lang warten, bis sich das Wetter beruhigt hatte und wir abfliegen konnten.

Der Flieger von Hudson Air holte uns am folgenden Tag um 22 Uhr ab. Ich hatte mich immer noch nicht daran gewöhnt, dass es so spätabends immer noch so hell war. In Talkeetna mussten wir uns wieder in der Ranger-

Station melden und Bescheid geben, dass wir den Gipfel erreicht hatten.

Während wir dort herumstanden und warteten, lernte ich eine Lehrerin aus der Gegend kennen. Sie erzählte mir, wie sie den Kindern hier deutlich mache, wie kalt es draußen sei. »Ich gehe mit einer Tasse kochendes Wasser nach draußen und schleudere das Wasser in die Luft. Sind es –45 °C oder weniger, gefriert das Wasser in der Luft.«

Ich wollte es selbst einmal probieren, aber bei uns in Big Bear war es dafür nie kalt genug.

Die Ranger führten Buch darüber, wer auf dem Gipfel gewesen war, und zeichneten auch Gründe auf, die zum Scheitern geführt hatten, sowie sämtliche Unfälle, Verletzungen und Erkrankungen. Zum Glück hatten wir nichts Derartiges zu berichten. Von ihnen erfuhren wir, dass ein Elfjähriger aus Talkeetna den Mount McKinley bestiegen hatte, als er ein paar Monate jünger gewesen war als ich. Also stellte ich dieses Mal keinen Weltrekord auf, aber das war mir egal. Mir war es darum gegangen, mit Dad und Karen auf den Gipfel zu gelangen und wieder heil vom Berg herunterzukommen – und um nichts anderes.

Allmählich wurde mir auch klar, dass ich die Kurve gekriegt hatte. Das Gefühl, das ich auf dem Gipfel vom Mount McKinley erlebt hatte, war einmalig gewesen und hatte meine Ängste und Zweifel darüber, ob ich mit dem Besteigen der Seven Summits weitermachen wollte, buchstäblich weggefegt. Ich dachte bereits über meinen nächsten Berg nach.

Der felsige Aufstieg:

Carstensz-Pyramide in Indonesien

Höhe: 4884 Meter

Durchschnittliche Anzahl der Ersteigungen pro Jahr: 500

2. September 2009
Weltrekord:
Erster 13-Jähriger
auf dem Gipfel

19. Kapitel

Als ich nach dem Mount McKinley zu meiner Mom zurückkehrte, strich sie mir die Locken aus der Stirn und sah mir in die Augen.

»Etwas ist anders geworden«, sagte sie. »In dir scheint ein Licht, das vorher noch nicht da war. Ich glaube, der Berg hat etwas von dem Mann in dir zum Vorschein gebracht.«

Was sie sagte, tat mir gut. Ich war froh, dass jemand anderes ebenfalls spürte, dass ich mich verändert hatte. Aber wie alle Mütter machte sie sich auch Sorgen.

»Du hast so viele Berge so schnell hintereinander bestiegen, fast wie ein Hamster im Laufrad«, meinte sie und nahm mich in den Arm. »Ich wünschte, du würdest mal eine Weile zu Hause bleiben und einfach nur ein Kind sein.«

Tatsächlich hatte ich das Gefühl, dass ich genau das brauchte. Bald würde ich in die siebte Klasse kommen, und ich sehnte mich danach, Teil von etwas zu sein. Es musste allerdings etwas Aktives und Gesundes sein und draußen stattfinden. Und bald fand sich auch etwas: Im Rahmen der Verabschiedung von Ryan Hall, einem hiesigen Marathonläufer, der in Peking an der Olympiade teilnahm, machten Dad, Karen und ich diesen Sommer gemeinsam mit Hunderten von Schülern der Mittelschule von Big Bear bei einem Dauerlauf mit. Ryan Hall war im Alter von 13 Jahren um den Big Bear Lake gelaufen. Ich war jetzt zwölf. Konnte ich das auch schaffen? Mit meinem Rad war ich schon x-mal um den See gefahren.

Dad und Karen liefen mit mir um den See, aber es machte mir nicht wirklich Spaß. Hinterher war ich fix und fertig. Ich war froh, dass ich es versucht hatte, aber ich hatte für die 25,7 Kilometer so lange gebraucht wie die meisten Leute für eine ganze Marathonstrecke. Offenbar hatte ich nicht die Schnelligkeit meines Vaters geerbt – seinen Drang, immer besser zu werden, dagegen schon.

Als das Schuljahr begann, schloss ich mich dem Crosslauf-Team an. Allerdings hatte ich nicht vor, bei Rennen zu starten. Ich hasste den Leistungsdruck, und noch viel mehr hasste ich es, zu verlieren. Ich trug mich ein, weil ich noch nie Mitglied eines Sportteams gewesen war und weil ich lernen wollte, besser zu laufen.

Bei dem Team machten fünfzig Schüler mit. Ich war einer der langsamsten Läufer, trainierte aber, um mein Tempo zu verbessern. Mit Dads Hilfe entwickelte ich mich zu einem von denen, die vorne liefen, aber der Schnellste wurde ich nie.

Von Dad und Karen lernte ich viel über die Bedeutung gesunder Ernährung. Mitglied des Teams zu sein bot mir die Möglichkeit, mich dagegen einzusetzen, dass an unserer Schule Fastfood und süße Limonaden erhältlich waren. Unsere Trainerin Tracy Tokanaga sagte, ich hätte sie dazu angeregt, sich für eine Reform der Schulkantine einzusetzen.

Aber trotz meines Engagements für die Schule und den Crosslauf verlor ich mein eigentliches Ziel nicht aus den Augen. Mom hatte recht gehabt: Der Mount McKinley hatte mich tatsächlich verändert. Ich war selbstsicherer geworden und hatte meine Angst vor dem Unbekannten verloren.

Ich dachte oft über meine Unterhaltung mit Johnny Strange auf dem Mount McKinley und über sein Ziel nach, ebenfalls alle Seven Summits zu besteigen. Er hatte die Carstensz-Pyramide nicht auf seiner Liste gehabt. Doch ausgerechnet das war der Berg, den ich als Nächsten besteigen wollte.

Eines Morgens sprach ich mit Dad darüber.

»Der Everest stellt die größte Herausforderung dar und der Mount Vinson ist am schwersten zu erreichen. Wir sollten uns als Nächstes die Carstensz-Pyramide vornehmen.«

Er grinste. »Wirklich? Dann fang schon mal mit der Recherche an.«

»Hab ich schon gemacht. Sie ist ein Felsenhaufen, der sich auf Neuguinea aus dem Dschungel erhebt. Von allen Seven Summits ist sie derjenige, der am stärksten technisches Klettern erfordert.«

»Dann musst du lernen, dich abzuseilen«, war Dads Kommentar.

Ich wusste, was abseilen war: der Abstieg an einer senkrechten Felswand mithilfe eines Seils. Ich hatte es noch nie gemacht, aber ich freute mich schon darauf, es auszuprobieren.

Es überraschte mich nicht, dass sich Dad und Karen, noch bevor der Tag vorbei war, ein neues Übungsprogramm für mich ausgedacht hatten. Anstatt einen Reifen den Hügel rauf- und runterzuziehen, um Kraft und Ausdauer zu stärken, sollte ich jetzt das Klettern üben und meinen Oberkörper trainieren.

Anstelle der Steigeisen trug ich jetzt Kletterschuhe, deren Sohlen aus Spezialgummi waren und meinen Füßen mehr Halt am Fels gaben. Ich war am Kilimandscharo voller Begeisterung über Felsen geklettert und konnte es kaum noch erwarten, mich auf der Carstensz-Pyramide zu bewähren.

Inzwischen hatte Karen begonnen, sich um die Logistik zu kümmern. »Das eigentliche Abenteuer besteht nicht darin, auf den Gipfel zu steigen, sondern darin, überhaupt erst einmal zu dem Berg zu kommen. Das ganze Gebiet war zehn Jahre lang gesperrt. Erst seit 2005 ist es wieder öffentlich zugänglich.«

Die auch unter dem Namen Puncak Jaya bekannte Carstensz-Pyramide liegt im westlichen, zu Indonesien gehörenden Teil der Insel Neuguinea. Indonesien besteht aus über 17000 Inseln. Separatistenbewegungen einzelner Inseln, die sich als unabhängige Staaten von Indonesien abspalten wollten, sowie militanter Islamismus führten zu politischen Unruhen und mitunter auch zu Terroranschlägen. Manchmal lässt die Regierung ganze Teile des Landes ohne Vorwarnung abriegeln.

Karen zeigte auf eine Karte auf ihrem Computermonitor, um mich auf eine weitere Quelle möglicher Probleme aufmerksam zu machen. »Die Carstensz-Pyramide liegt ganz in der Nähe der Grasberg-Mine. Das ist die größte Goldmine weltweit.«

»Ehrlich? Mitten im Dschungel?«

»Jepp. Sie ist so groß, dass man sie sogar vom Weltall aus sehen kann. Eine amerikanische Gesellschaft besitzt 90 Prozent der Mine. Niemand darf die Straße nutzen, die in dieses Gebiet führt. Sie wird streng bewacht.«

»Aber wenn wir die Straße nicht benutzen dürfen, wie sollen wir denn dann dort hinkommen?«, fragte ich.

»Wir könnten einen Hubschrauber mieten, der die Mine überfliegt. Oder wir wandern um die Mine herum durch den Regenwald. Aber er soll ziemlich sumpfig sein.« Karen lehnte sich auf ihrem Stuhl zurück und verschränkte die Arme.

Sumpfiger Regenwald? Mir erschien es vernünftiger, mit dem Hubschrauber hinzufliegen, aber es hätte mich nicht überrascht, wenn Dad und Karen lieber hingewandert wären. Bei ihnen ging es immer darum, neue Erfahrungen zu machen.

»Es ist natürlich auch ein Zeitproblem. Deswegen neigen wir eher zum Hubschrauber«, erklärte Karen.

Heimlich dachte ich erleichtert: *Puh!* Aber ich wusste, dass es noch andere Punkte zu bedenken gab. »Das ist doch sicher teurer.«

»Klar, aber dorthin zu wandern kommt auch teuer. Die lokalen Stämme könnten Schwierigkeiten machen. Jeder verlangt Geld dafür, dass man sein Territorium durchquert. Wir kommen da nur durch, wenn wir einen Expeditionsveranstalter engagieren und mit jedem einzelnen Stamm verhandeln.«

Die Verwirklichung meines Traums war nicht billig. Dad und Karen beklagten sich nie über die Kosten, aber ich bemühte mich, beim Sammeln von Spenden zu helfen, wo ich nur konnte. Das Tolle war, dass Big Bear geschlossen hinter uns stand. Drei Restaurants der Stadt – *Sonora Cantina*, *BLT's* und *Azteca Grill* – veranstalteten besondere Spendenabende und reichten alle Einnahmen aus dem Verkauf von Ein-Dollar-Tacos an uns weiter. Das Sportartikelgeschäft *Big Bear Sportswear* druckte Karens T-Shirts zu einem guten Preis und half uns beim Versand an Leute, die sie online bestellten. Wir veranstalteten noch weitere Vorführungen von Warren-Miller-Skifilmen, und Karen schickte unsere Bewerbung für das Sportlerstipendium *Polartec Challenge Grant* ab, von dem wir 5000 US-Dollar erhielten.

Das alles half, die Expedition zu finanzieren. Doch ab und zu hörte ich Dad und Karen darüber flüstern, dass sie das Limit ihrer Kreditkarten ausgeschöpft hatten.

Irgendwie hatten wir dann schließlich genug zusammen.

Karen beauftragte den in Bali ansässigen Reiseveranstalter Adventure Indonesia mit der Organisation unserer Reise und der Beantragung aller benötigten Genehmigungen. Trotzdem musste sie sehr vieles selbst erledigen und Unmengen von Dokumentenkopien liefern.

Als das alles geregelt war, waren wir aufbruchbereit und hatten einen Flug nach Jakarta gebucht. Doch an unserem Abreisetag gab es in Jakarta eine Reihe von Bombenanschlägen auf größere Hotels. US-Behörden warnten vor einer Reise nach Indonesien.

»Nach all deinen Mühen, Super K, stehen wir jetzt mit diesen extrem teuren Tickets da und können unser Geld nicht zurückfordern«, stellte Dad beim Frühstück fest.

»Vielleicht doch«, widersprach Karen. »Ich habe das Kleingedruckte gelesen. Ein Terroranschlag stellt eine Ausnahme dar.«

Dad trommelte mit seinen Fingern auf der Küchentheke herum. »Das klingt gut. Also bekommen wir unser Geld zurück und können einen anderen Flug buchen, wenn wir wissen, dass es dort wieder sicher ist?«

»Sieht ganz so aus«, antwortete Karen.

Am nächsten Morgen bereitete Dad eines seiner gesunden Lieblingsfrühstücks vor: papierdünn geschnittene Süßkartoffelchips, die er mit roter Paprika und vielen Gewürzen in der Pfanne briet. Ich liebte den Duft, der aus der Bratpfanne aufstieg. »Ich habe gestern Abend diesen Typen in Jakarta angerufen«, sagte er, »und der glaubt, dass sich die Lage so in zwei Wochen beruhigen wird.«

Karen dachte eine Weile darüber nach. »Wir werden ja nur auf der Durchreise in Jakarta sein und uns nicht länger dort aufhalten«, sagte sie dann. »Vielleicht könnten wir die Stadt ganz meiden, indem wir von Los Angeles über Hongkong nach Bali fliegen.«

Ich war ziemlich genervt von der Vorstellung, nun warten zu müssen, während Karen die neue Route ausarbeitete. Aber dann geschah etwas, das mir klarmachte, wie viel Glück ich eigentlich hatte. Ich wollte immer am liebsten in das nepalesische Himalayan Restaurant, wenn wir essen gingen. Es gehörte der Familie Bhandari, mit der wir gut befreundet waren. Kurz vor unserem Indonesientrip wurden Mrs Bhandari und ihre beiden Söhne beim Überqueren der Straße überfahren. Der Fahrer flüchtete. Der fünfjährige Kushan starb. Mrs Bhandari und der elfjährige Kushal wurden verletzt, aber sie überlebten den Unfall.

Die ganze Stadt versuchte, etwas für die Familie zu tun. Karen half ihnen, Formulare auszufüllen, um staatliche Unterstützung bei der Bezahlung der Arztrechnungen und der Bestattungskosten zu erhalten.

Meine Großmutter und mein Onkel waren vor Kurzem gestorben, aber Kushan war doch erst fünf gewesen! Ich dachte an das Motto, das Dad vorne an unserem Haus angebracht hatte: »Sei schnell. Versuche dein Glück.« Man konnte einfach nur beim Überqueren einer Straße an der Hand seiner Mutter sterben! Ich schnitt einen Artikel über Kushan aus und besorgte mir ein größeres Foto des Jungen. Ich wollte ihm meine nächste Besteigung widmen, denn Kushan würde niemals einen Gipfel bezwingen.

Ich hoffte, dass meine Erinnerung an Kushan mir helfen würde, den Gipfel zu erreichen. Die Carstensz-Pyramide stellt an Bergsteiger sehr hohe Anforderungen, und zwar nicht wegen der Wetterverhältnisse oder der Höhe, sondern weil man sehr gut klettern können muss, um auf den Gipfel zu kommen. Ich hatte mit Dad und Karen trainiert und die Muskeln meines Oberkörpers gekräftigt. Trotzdem: Ich war erst 13 Jahre alt.

Würde es mir gelingen, den höchsten Gipfel Indonesiens zu besteigen?

20. Kapitel

Karen brauchte nur ein paar Tage, um ein neues Reiseprogramm zusammenzustellen. Anstatt nach Jakarta auf der Insel Java flogen wir auf die indonesische Insel Bali. Hier würden wir uns unsere Genehmigungen abholen und ein paar Tage Urlaub machen, bevor wir nach Neuguinea reisten. Bali war fantastisch. Überall wuchsen Pflanzen und die vielen Blüten erfüllten die Luft mit ihrem süßen Duft. Wir besichtigten einige Touristenattraktionen und am besten gefielen mir natürlich die Tierparks.

Im Bird Park sagte eine Pflegerin zu mir, ich solle eine Hand mit der Handfläche nach oben ausstrecken. Sie setzte einen großen Gelbbrustara darauf ab und sagte zu ihm: »Stell dich tot!« Der Vogel ließ sich auf die Seite fallen, rollte auf den Rücken und lag mit den Füßen nach oben tatsächlich wie tot da. Er rührte keine Feder, bis die Pflegerin ihm ein Zeichen gab. Ich wollte natürlich sofort so einen Papagei haben.

Als Nächstes besichtigten wir den Affenwald von Ubud. Am Eingang standen mehrere Schilder, die die Besucher vor den Affen warnten. Besonders Schmuck und Brillen sollten vor den Tieren versteckt werden. Sofort nahm ich meine Sonnenbrille ab und steckte sie in die Hosentasche. Den im Wald gelegenen Tempel durften nur Hindus betreten, aber der Wald selbst war schon interessant genug. Doch plötzlich schnappte sich ein Affe tatsächlich die Brille eines Touristen, kletterte eine Steinmauer hoch und verschwand dahinter.

Schnell kam ein Balinese zu dem Touristen. »Es tut mir so leid. Seien Sie so freundlich, hier zu warten. Ich hole Ihnen Ihre Brille zurück.«

Der Tourist zitterte am ganzen Körper. »Ich kann ohne die Brille nichts sehen!«

Nach ein paar Minuten war der Balinese mit der Brille zurück. Der Tourist legte den Kopf in den Nacken und faltete die Hände, als bedanke er sich bei den Göttern. »Vielen, vielen Dank.«

»Und jetzt kommt's«, flüsterte Dad.

Der Balinese begann, um einen Finderlohn zu feilschen. Zuletzt ging es um 50 US-Dollar. Es war ziemlich eindeutig, dass die Affen und der Balinese unter einer Decke steckten. Ich fragte mich, was dabei wohl für die Affen heraussprang.

Am folgenden Tag erreichten wir nach vierstündigem Flug West-Neuguinea. Von meinem Fensterplatz aus schaute ich auf unerschlossenen, im Naturzustand belassenen Regenwald.

Als wir in Timika das Flugzeug verließen, schlug uns heiße, feuchte Luft entgegen. Mir gefiel gleich, dass hier alles so bunt war. Es erinnerte mich an Tansania, wo farbenfroh gekleidete Frauen vor dem Flughafen Obst und Gemüse verkauft hatten.

Wir wurden von Patrick abgeholt, einem Angestellten des Veranstalters Adventure Indonesia, der unsere Logistik organisieren würde. Patrick war ein rundlicher Mann, der ununterbrochen lächelte. Er ging mir nur bis zum Kinn, was aber auch daran lag, dass ich mit 13 Jahren schon 1,75 Meter groß war. Patrick hatte für uns zwei Bergführer organisiert. Meldy war jung, hatte lange Haare, ein sympathisches Lächeln und stammte von der Insel Java. Er sprach hervorragend Englisch und war sehr offen und mitteilsam. Poxy, der ebenfalls wie ein Rocker aussah, war wesentlich ruhiger. Er sagte nie viel, strahlte aber Gelassenheit und Selbstvertrauen aus.

Patrick hatte für uns einen Flug nach Nabire gebucht, ein kleines Fischerdorf am Pazifik mit weniger als tausend Einwohnern. Am Nachmittag ging es los. Nabire sah aus, als läge es in einer sehr abgelegenen Ecke der Welt, war aber erstaunlicherweise ans Internet angeschlossen. Unser Hotel war in U-Form angelegt, rings um einen Innenhof mit wunderschönen, blütenreichen Pflanzen. Mein Zimmer lag gegenüber dem von Dad und Karen und hatte eine kleine, auf den Innenhof hinausgehende Veranda. Dort wartete jeden Morgen mein Frühstück auf mich: Tee, Brot und Marmelade. Es gefiel mir gut, für mich sein zu können und mein eigenes Frühstück zu bekommen.

Wir mussten auf den Hubschrauber warten, der uns zum Basislager der Carstensz-Pyramide bringen sollte. Die Maschinen waren groß, konnten aber jeweils nur fünf Passagiere mit Gepäck aufnehmen, und vor dem Einsteigen musste alles sorgfältig gewogen werden. Vor uns war eine andere Gruppe dran, die schon seit einer Woche im

Hotel auf ihren Hubschrauber wartete. Einer von ihnen war ein berühmter Österreicher namens Andy Holzer. Er war blind geboren und wollte ebenfalls alle Seven Summits besteigen.

»Wie können Sie klettern, wenn Sie nichts sehen?«, fragte ich ihn.

Er berührte den neben ihm stehenden Mann am Arm und stellte ihn mir als Andreas Unterkreuter vor. »Mein Freund hier ist die ganze Zeit bei mir. Er sagt mir, wo genau ich meine Hände und Füße hinsetzen soll.« Holzer lachte. »Manchmal ist es ganz gut, wenn man nicht sieht, wie tief man fallen kann.«

Jeden Tag bekamen wir eine andere Begründung dafür zu hören, warum der Hubschrauber nicht gekommen war. Am ersten Tag hieß es, er sei kaputt. Am zweiten Tag lag es am schlechten Wetter.

Es regnete beinahe täglich. Im Grunde war die ganze Insel ein einziger, riesiger Regenwald.

Als der Hubschrauber viele Tage später endlich eintraf, stiegen Andy, Andreas, ihr Bergführer und Meldy ein. Jetzt mussten wir warten, bis die Österreicher den Berg bestiegen hatten und wieder zurückgekommen waren, bevor wir hinfliegen konnten. Allmählich begannen wir uns zu fragen, ob es nicht doch besser gewesen wäre, durch den Dschungel zur Carstensz-Pyramide zu wandern, doch Patrick bestätigte, was Karen im Internet herausgefunden hatte. Er hatte auch schon für Bergsteiger gearbeitet, die sich für den Marsch durch den Regenwald entschieden hatten.

»Die Dorfgemeinschaften in der Gegend leben sehr isoliert. Trotzdem sind sie draufgekommen, dass jeder, der durch ihr Gebiet will, dafür bezahlen muss«, erzählte er.

»Haben sie versucht, euch aufzuhalten?«, fragte ich.

»Bei jedem Dorf war eine Straßensperre. Die Bewohner eines Dorfs hatten Baumstämme quer über die Straße gelegt. Die eines anderen begrüßten uns mit Pfeil und Bogen. In wieder einem anderen Dorf trug ein Mann einen wild aussehenden Kopfschmuck und einen Speer. Durch seine Nasenscheidewand hatte er sich lange, gebogene Knochen gesteckt und sein Gesicht mit blutroten Linien verziert. Um uns davor zu warnen, einfach so weiterzugehen, klopfte er mit seinem Speer auf den Boden. Es gibt Dörfer, wo die Leute eher scheu sind und Fremden aus dem Weg gehen, aber viele versuchten uns so einzuschüchtern, dass wir bereit waren, hohe Summen zu zahlen.«

»Was wäre passiert, wenn ihr einfach um die Straßensperren herumgegangen wärt?«, wollte Karen wissen.

Allein die Vorstellung ließ Patrick schaudern. »Sie drohten, uns mit ihren Buschmessern in Stücke zu hacken. Zwei Wochen, nachdem wir dort gewesen waren, nahmen Dorfbewohner eine Gruppe von Bergsteigern als Geiseln und hielten sie zwei Wochen lang gefangen.«

»Okaaay«, sagte Dad, lehnte sich auf seinem Stuhl zurück und verschränkte die Arme hinter dem Kopf. »Warten wir lieber auf den Hubschrauber.«

All die Leute, die in dem Hotel und in den Restaurants arbeiteten, waren total nett zu uns, aber die Dorfbewohner sahen uns immer nur unfreundlich an. Ich fand das seltsam, denn in allen anderen Strandorten, an denen ich bisher gewesen war, waren die Leute immer sehr entspannt und freundlich gewesen. Ich hatte gedacht, dass Menschen, die in sonnigen Gegenden am Meer leben, immer friedlich sind.

»Hier herrscht eine sehr aggressive Stimmung«, stellte auch Dad fest.

Karen nickte. »Wahrscheinlich wegen dem, was den Minenarbeitern zugestoßen ist. In der Woche vor unserer Abreise haben Minengegner auf einen Bus geschossen, in dem Minenarbeiter saßen. Sieben Männer wurden getötet.«

Ich wusste, dass die Mine nicht sehr beliebt war. Sie schädigte die Umwelt und nutzte die Arbeiter aus, aber das war trotzdem kein Grund, auf Leute zu schießen, die dort arbeiteten, weil sie keinen anderen Job gefunden hatten.

Trotzdem gefiel mir Nabire. Der von Wellblechhütten mit Palmdächern gesäumte Strand kam mir endlos lang vor. Das Wasser war angenehm warm, aber wir waren die Einzigen, die schwimmen gingen. Die Einheimischen starrten uns an, als hielten sie uns für verrückt. Die Kinder waren besser drauf. Sie bastelten sich Bälle aus Müll, die sie fest mit Schnur umwickelten, und spielten damit Fußball. Wenn der Ball in meine Nähe kam, kickte ich ihn zurück und erntete dafür auch mal ein Lächeln.

Trotz der Armut waren sie doch so wie alle Kinder. Als wir uns für Fotos aufstellten, wollten sie mit mir auf dem Bild sein. Meine langen Locken faszinierten sie. Vermutlich war ich der erste weiße Junge, den sie je gesehen hatten. Die einzigen anderen Ausländer, denen sie begegneten, waren Bergsteiger, und von denen war keiner so jung wie ich.

In der Geschichte des Bergsports ist die Carstensz-Pyramide der letzte Berg der Seven Summits, der bestiegen wurde. Wegen des dichten Regenwalds, fehlender Karten und Informationen sowie aufgrund der lokalen Stämme, unter denen es Kopfjäger und Kannibalen gegeben haben soll, versuchte vor dem Zweiten Weltkrieg niemand, die Carstensz-Pyramide zu erklimmen. Unter den ersten Weißen, die 1962 ihren Gipfel erreichten, war der Österreicher Heinrich Harrer, der über seine Erlebnisse das Buch *Ich komme aus der Steinzeit* schrieb. Im Herzen des Regenwalds begegnete er Völkern, die zu dem Zeitpunkt noch nie mit der Außenwelt in Kontakt gekommen waren.

21. Kapitel

Endlich kam der Hubschrauber zurück, und wir waren an der Reihe, ins Basiscamp zu fliegen. Patrick blieb in Nabire und Poxy flog mit uns mit. Meldy wartete bereits im Basiscamp auf uns.

Es wurde ein langer Flug. Unter uns lag nur Regenwald, so weit das Auge reichte. Einmal flogen wir über einer Schlucht zwischen zwei Felswänden, die senkrecht aus dem Dschungel emporragten. Für mich sah es aus, als würden die Kanten der Rotorblätter jeden Moment die Felsen berühren oder aber die Wasserfälle, die von ihnen herunterstürzten.

Der Hubschrauber hatte einen Treibstoffvorrat für den Rückflug dabei, den die Piloten unterwegs absetzen wollten. Plötzlich tauchte unter uns mitten im Wald ein Hubschrauberlandeplatz auf. Daneben stand eine kleine Hütte mit einem Dach aus Palmwedeln. Der Hubschrauber landete, ohne den Motor abzustellen. Ich fragte mich, wie lange die Hütte dem starken, von den Rotorblättern verursachten Luftwirbel standhalten würde. Als der Pilot die Tür öffnete und ein Fass Treibstoff herausrollte, kamen aus der Hütte Kinder gelaufen, um zu helfen. Der Pilot tauschte mit ihnen ein paar Päckchen aus und wir flogen weiter.

»Wie fändest du es, hier zu leben?«, fragte mich Karen. »Hier, wo dein einziger Kontakt zur Zivilisation ein Hubschrauber wäre, der ab und zu vorbeikommt?«

»Ohne die Möglichkeit, Ski fahren zu gehen? Auf gar keinen Fall würde ich hier leben wollen«, antwortete ich.

Kaum waren wir wieder gestartet, kam dichter Nebel auf. Die Piloten sprachen zwar nicht besonders gutes Alltagsenglisch, beherrschten aber das internationale Fliegerenglisch, sodass Karen über ihren Kopfhörer einiges von dem mitbekam, was sie sagten. Der Nebel behinderte die Sicht so stark, dass sie höher fliegen mussten, um Kollisionen mit den Bergen zu vermeiden. Besorgt behielt Dad den Höhenmesser an seiner Uhr im Auge. Auch Karen und ich kontrollierten unsere Höhenmesser und stellten fest, dass wir uns in 6100 Metern Höhe befanden. Das ist weitaus höher, als Hubschrauber normalerweise fliegen.

Die Piloten setzten sich Sauerstoffmasken auf, hatten aber keine für uns übrig. Wir waren viel zu schnell vom Meeresspiegel auf diese Höhe aufgestiegen. Ich fühlte mich benommen.

»Als Sanitäter habe ich schon viele Notlandungen mit dem Rettungshubschrauber erlebt«, sagte Dad. »Aber hier, in diesem Gelände und ohne Sicht, wäre eine Notlandung unmöglich.«

Der Pilot rief irgendetwas über seine Schulter. Poxy übersetzte: »Normalerweise löst die von der Mine aufsteigende Wärme den Nebel über dem Basiscamp auf, weil sie sich auf gleicher Höhe befinden. Aber heute kann der Pilot den Landeplatz nicht sehen. Wir müssen umkehren.«

Ich war enttäuscht – und gleichzeitig erleichtert. Die Vorstellung einer Bruchlandung in einem Dschungel, in dem wir von feindseligen Einheimischen umgeben sein würden, kam mir viel zu sehr wie ein Videospiel vor, auf das ich keine Lust hatte.

Wegen des Wetters mussten wir noch einen weiteren Tag in Nabire ausharren. Inzwischen warteten Andy und Andreas im Basislager darauf, endlich nach Nabire zurückgebracht zu werden. Als wir dann am nächsten Tag wieder losflogen, spannte sich ein klarer blauer Himmel über den üppig grünen Dschungel.

Die tropischen Regenwälder Neuguineas und Brasiliens sind die größten dreischichtigen Regenwälder der Welt. Das bedeutet, dass die Pflanzen drei übereinanderliegende Laubdächer bilden, und auf jeder Ebene leben Tiere, die an diese besondere Umgebung angepasst sind.

Doch vom Hubschrauber aus sahen wir nicht nur Bäume.

»Schaut nur, wie verschmutzt die Flüsse sind!«, rief Karen aus.

Direkt unter uns floss der aus der Grasberg-Mine kommende Fluss mit einem anderen zusammen. Es sah aus, als würde man Kakao in klares Wasser gießen. Abwasser und andere Abfälle der Mine färbten das Flusswasser dunkelbraun.

Zwei Stunden nach dem Start erreichten wir das auf 4267 Meter gelegene Basiscamp. Bei laufendem Motor und drehenden Rotoren ließen uns die Piloten aussteigen und luden unser Gepäck aus. Andys Gruppe war aufbruchbereit.

»Wenn ihr zwei Tage früher gekommen wärt, hättet ihr im Schneesturm aufsteigen müssen«, meinte Andy.

Ich lachte. »Schneesturm am Äquator. Das ist wirklich verrückt!«

Obwohl sie so nahe am Äquator liegt, bewirkt die große Höhe, dass es auf der Carstensz-Pyramide jederzeit schneien kann. Der Gipfel selbst bleibt eisfrei, doch an den Hängen gibt es einige Gletscher.

Wir winkten Andys Gruppe zum Abschied zu und sahen uns das Basiscamp an, während Meldy und Poxy unser Lager aufschlugen.

Die Landschaft war spektakulär. Wir befanden uns mitten in einer mit grünem Gras bewachsenen Savanne – in dieser Höhe gibt es keinen Regenwald mehr –, die von schroffen, felsigen Gipfeln gesäumt wurde. Wir waren die einzigen Bergsteiger im Basislager und hatten den ganzen Berg für uns allein.

Dad, Karen und ich setzten uns auf einen Felsbrocken und betrachteten den türkisblauen See Danau Tage.

»Hier ist es so friedlich«, bemerkte ich. »So als ob wir in unserer eigenen, privaten Welt wären.«

Dad lachte. »Warum sagst du: ›So als ob‹? Wir sind in unserer eigenen, privaten Welt, Kumpel.«

Es war ein ganz besonderer Moment unserer Tour. »Ich bin für dies alles wirklich sehr dankbar«, sagte ich. »Ich darf Dinge erleben, von denen sogar die meisten Erwachsenen nicht einmal zu träumen wagen.«

Dad legte mir einen Arm um die Schultern. »Ich würde auf jeden Berg steigen, damit dein Traum Wirklichkeit wird.«

»Morgen wird ein fantastischer Tag. Ich werde auf einem nur vier Grad vom Äquator entfernten, von Dschungel umgebenen Berg stehen. Auf dem Mount McKinley waren wir von Eis und Schnee umgeben und nur drei Grad südlich des Nordpolarkreises. Es ist einfach unglaublich!«

»Ja, so langsam haben wir fast jede Ecke des Planeten bereist«, meinte Karen nickend.

Ich sah auf den strahlend blauen See, musste aber an die Flüsse denken, die wir überflogen hatten. »Es ärgert mich, wenn ich sehe, wie manche Leute mit unserem Planeten umgehen.«

»Ich weiß. Mich ärgert es auch«, sagte Dad.

Ich war dankbar dafür, dass ich mit Dad und Karen über solche Dinge reden konnte. Durch meinen Plan, die Seven Summits zu besteigen, verbrachte ich mit ihnen viel mehr Zeit als die meisten anderen Kinder mit ihren Eltern. Ich weiß nicht, wie viele meiner Altersgenossen es ertragen würden, tagelang mit ihren Eltern in einem Dreimannzelt zu leben und sich mit niemand anderem unterhalten zu können, oder aber zusammen mit ihnen in einer Seilschaft an einem steilen Berg zu klettern, an dem man jede Sekunde abstürzen kann. Ich jedenfalls hätte auf kein einziges unserer Erlebnisse verzichten wollen. Und ich wusste, dass es Dad und Karen ebenso ging. Wir blieben eine Stunde lang auf dem Felsbrocken sitzen. Dann gingen wir zu unseren Bergführern und besprachen die morgige Tour.

Die Vorbereitungen für den Aufstieg waren wesentlich einfacher als am Mount McKinley. Wir brauchten weder dicke Kleidung noch Steigeisen, Eispickel, Schneeschuhe, wasserdichte Bergstiefel oder einen Schlitten. Für den Fall, dass wir unterwegs übernachten müssten, hatten wir eine Notausrüstung dabei. Der Plan aber war, innerhalb eines Tages auf den Gipfel zu steigen und wieder zum Basiscamp zurückzukehren. Ich trug nur eine Polarfleece-Jacke, einen Helm, dünne Kletterhandschuhe und meine neuen Kletterschuhe mit den griffigen Sohlen. Außerdem schnallte ich mir einen Klettergurt um, an dem Karabinerhaken, eine Steigklemme und Seile hingen. Wir würden richtig klettern und ich musste alles dafür Notwendige zur Hand haben.

Auch die mentale Vorbereitung war wichtig. Auf dem Weg zum Gipfel waren überall Fixseile gespannt, und ich hatte nicht vor, beim Ein- oder Aushängen ähnlich leichtsinnige Fehler zu machen wie am Mount McKinley.

Wir verließen das Basiscamp um 9 Uhr 30. Karen lief voraus, um uns beim Hochgehen zu filmen. Ich ging in der Mitte, und hinter mir kam Dad, damit er mich im Auge behalten und aufpassen konnte, dass ich meine Karabiner an den richtigen Stellen einhängte und im Fels die richtigen Stellen für das Abstützen meiner Hände und Füße fand.

Poxy ging als Letzter. Meldy litt an Höhenkrankheit und blieb im Basiscamp zurück.

Den ersten Abschnitt mussten wir kletternd zurücklegen. Als ich entdeckte, wie scharf die Kanten des Kalkfelsens waren, war ich froh über meine guten Handschuhe. Wir gewannen rasch an Höhe, bis wir an ein Geröllfeld kamen. Danach führte die Route eine irre steile Wand hoch. Ich dachte daran, wie Dad mich am Mount McKinley ermahnt hatte, mich zu konzentrieren. Seither war ich ein Jahr älter und um einiges reifer geworden. Ich hatte an Selbstvertrauen gewonnen und wusste, dass auch Dad und Karen mir vertrauten.

Außerdem war ich zu einem erfahrenen Kletterer geworden und darin geübt, geeignete Spalten und Vorsprünge für meine Finger und Zehen zu finden. Das Klettern machte mir unglaublich Spaß und die Zeit verging wie im Flug.

Ziemlich bald wurde klar, dass Poxy bei unserem Tempo nicht mithalten konnte. Karen sah nach ihm und kletterte dann zu Dad und mir. »Er sagt, er habe Probleme mit der Höhe, aber ansonsten gehe es ihm gut. Sollen wir warten?«

Dad schüttelte den Kopf. »Wir können uns hier gar nicht verirren. Die Fixseile markieren den Weg zum Gipfel deutlich genug.«

»Ja, aber manche von denen sehen nicht besonders stabil aus«, bemerkte ich.

»Das liegt daran, dass sie die alten nicht wegnehmen, wenn sie neue anbringen«, erklärte Dad. »Ich werde jedes Seil und jede Verankerung prüfen, bevor wir uns einhängen.«

Also ging es wieder weiter. Jetzt führte Dad an und Karen ging als Letzte und filmte uns von hinten.

Die Besteigung der Carstensz-Pyramide war wie eine Übung in einer riesigen Dschungel-Kletterhalle. An manchen Stellen war es ganz schön schwierig, aber dafür langweilte ich mich keine Sekunde lang. Wir erreichten einen

Sims, von dem aus wir einen herrlichen Ausblick hatten. Allerdings war der Sims nicht breiter als mein Schuh. Zwar war ich mit den anderen durch ein Seil verbunden, aber wenn ich ausrutschte, würde ich sehr tief fallen, bevor das Seil meinen Sturz stoppte. Mir war extrem bewusst, *wie tief* es hier runterging, und ich hielt den Blick auf den Klettersteig gerichtet.

20 Minuten später erreichten wir eine Stelle, an der die Felswand senkrecht abfiel. Zwischen der Stelle, an der wir standen, und der Fortsetzung des Pfads klaffte eine Lücke. Es sah aus, als sei ein Stück herausgebrochen.

Dad und Karen sahen sich die Lücke genau an. »Runter- und dann wieder raufklettern wäre zu gefährlich und würde Stunden dauern«, meinte Karen.

Dad schaute mich mit hochgezogenen Brauen an. »Okaaay, sieht ganz so aus, als würdest du deine erste Tyrolienne kennenlernen.«

Als Tyrolienne bezeichnet man die Technik, mittels Seil einen Abgrund zwischen zwei Punkten zu überwinden. Mit anderen Worten: Ich würde an einem Seil über dem Nichts hängen!

Um auf die andere Seite zu gelangen, musste ich etliche Seile in meinen Klettergurt einhängen und mich 25 Meter weit am Seil entlang auf die andere Seite hangeln.

Während sich Dad darauf vorbereitete, als Erster rüberzuklettern, holte Poxy uns ein.

»Ihr kommt wesentlich schneller voran als die meisten anderen Gruppen«, sagte er. »Jordan, du machst das wirklich toll. Und hab wegen der Tyrolienne keine Angst. Ich habe das schon tausendmal gemacht.«

Mittlerweile war ich zuversichtlicher geworden. Dad prüfte das gespannte Seil und überquerte dann den Spalt. Ich prägte mir jede seiner Bewegungen ein, damit ich sie nachahmen konnte. Als Dad die andere Seite erreichte, machte er mir Zeichen nachzukommen. Karen half mir, einen großen, fest schließenden Karabiner in meinen Klettergurt einzuhängen. Dann klinkte sie meine Sicherheitsschlinge um drei oder vier der neuesten Seile. Es war ziemlich unangenehm und schwierig, denn ich sollte mein Becken so nahe wie möglich an die Seile bringen und mich nach oben drehen, sodass ich zum Himmel hinaufsah – und das alles, während ich ganz vorne am Rand einer Felswand hockte.

»Jetzt vertraue dem System«, sagte Karen. »Und verlagere dein Gewicht auf die Seile.«

Als ich den festen Boden unter den Füßen verlor und sich das Seil absenkte, bekam ich sofort Angst. Wenn die Seile rissen, war ich tot.

Aber sie hielten.

Mittendrin fiel mir wieder ein, wie atmen ging, aber mein Magen fühlte sich an, als hätte er sich verknotet. Ich hing über einem 300 Meter tiefen Abgrund und hatte zu viel Angst, um hinunterzuschauen.

Karens Zuspruch half mir, die andere Seite zu erreichen. »Lass dich nicht nur hängen. Du musst dich rüberhangeln. Setze beide Hände ein. Schwing die Arme abwechselnd nach vorne.«

Ich bemühte mich, zu tun, was sie mir sagte, aber es war furchtbar hart. Der große Karabiner schleifte am Seil, sodass Reibung entstand. Meine Arme und Bauchmuskeln schmerzten und waren entsetzlich müde. Ich konzentrierte mich darauf, eine Hand vor die andere zu setzen.

Einmal schaute ich kurz auf und stellte fest, dass ich fast schon die Hälfte geschafft hatte. Dad wartete auf der anderen Seite auf mich, und das gab mir den Mut, mich umzusehen. Ich blickte über meine Schulter und sah nur die harten, scharfkantigen Felsen. Der Anblick löste bei mir einen Adrenalinschub aus und ich verdoppelte meine Anstrengungen.

»Zieh dich noch zweimal vorwärts, und dann bist du bei mir«, sagte Dad.

Ich hatte Probleme im Umgang mit den Seilen, aber mit seiner Hilfe zog ich mich auf den Felsen. Ich hatte es geschafft, meine erste Tyrolienne!

Karen kam als Nächste. Nach ihr folgte Poxy.

»Wie weit ist es noch bis zum Gipfel?«, fragte ich ihn.

»Es wird noch ein bis zwei Stunden dauern«, antwortete er.

Nach der ersten Tyrolienne kamen wir an zwei weitere Stellen, die noch schwieriger und gefährlicher aussahen als die erste Seilbrücke. Der eine Spalt war ungefähr einen Meter breit und lag zwischen zwei glatten Felswänden, zwischen denen ein dicker Felsbrocken eingeklemmt war. Am Fixseil gesichert, mussten wir nacheinander mit einem großen Sprung die andere Seite erreichen und anschließend über seltsam geformte Felsbrocken hinüberklettern.

Die zweite Lücke war noch unheimlicher, denn ich konnte den Boden der Schlucht darunter nicht sehen. Um sie zu überwinden, musste ich mich am Fixseil abseilen.

Das Abseilen hatte ich zu Hause an Kletterwänden geübt und war darin ziemlich gut geworden. Unten angekommen, sprang ich über einen Spalt und kletterte auf der anderen Seite wieder hoch.

Der zum Gipfel hinaufführende Pfad war felsig und verlief in steilen Serpentinen. Wir gingen hintereinander und auf den letzten zehn Metern über Schnee. Dann hatten wir das Dach Ozeaniens erreicht, einen atemberaubenden Gipfel, der über dem Dschungel thront.

Karen fotografierte mich auf dem Gipfel in voller Montur, also mit Rucksack, Klettergurt, Karabinerhaken und Steigklemme, zur Erinnerung an meine erste technische Gipfelbesteigung.

Die Sonne schien an einem strahlend blauen Himmel. Wir konnten auf die Goldmine herunter und bis zum Meer sehen. Deutlich erkannten wir die hässlichen braunen, konzentrischen Kreise der Grasberg-Mine, die sich immer weiter in den Regenwald hineinfraß. Unendlich viele Pflanzen und Tiere waren ihr bereits geopfert worden, unendlich viele weitere würde dasselbe Schicksal ereilen. Kein Wunder, dass die Einheimischen die Mine hassten. Ich hasste sie auch.

Aus seinem Rucksack zog Poxy ein knapp anderthalb Meter langes Banner mit der Aufschrift »Jordan Alexander Romero, Weltrekordhalter der Carstensz-Besteiger«. Auch Karens und Dads Namen standen darauf. Es war ein gutes Gefühl, dass mir etwas gelungen war, das niemand in meinem Alter auch nur versucht hatte. Am wichtigsten aber war mir, dass wir drei gemeinsam hier oben standen.

Weil ich diesen Aufstieg Kushan widmen wollte, hatte

ich sein Foto und den Artikel über ihn in meinem Rucksack mitgenommen, aber als ich jetzt beides hervorholte, riss der Wind es mir aus der Hand und trug es mit sich fort. Zuerst war ich traurig darüber, doch dann begriff ich, dass es so richtig war. Er hatte mich auf den Gipfel begleitet und würde jetzt vielleicht hier seinen Frieden finden.

Wir machten uns an den Abstieg. Weil viele Stellen zum Hinunterklettern zu steil waren, mussten wir uns öfter abseilen. Die Tyroliennes fand ich jetzt auf dem Rückweg leichter. Kurz vor Einbruch der Dämmerung erreichten wir das Basiscamp. Auf Felsbrocken sitzend, sahen wir zu, wie die letzten Sonnenstrahlen jenseits des Sees verblassten. Es war ein Zehnstundentag gewesen, aber ich hatte beim Bergsteigen noch nie so viel Spaß gehabt. Die Carstensz-Pyramide war definitiv mein Lieblingsberg!

Am folgenden Morgen war das Wetter ebenfalls gut und wir konnten planmäßig abreisen. Auf dem Flug von Nabire nach Timika erzählte uns Patrick, dass es eigens für die leitenden Angestellten der Goldmine ein Viersternehotel gebe, komplett mit Swimmingpool und Sonnenterrasse.

»Erzähl mir mehr über die Mine«, bat Karen. »Ich habe gelesen, dass es viel Kritik an ihr gibt.«

»Die Welt kommt her, um uns unser Gold wegzunehmen und unser Land zu zerstören«, erwiderte Patrick. »Die Mine gehört einem der weltweit reichsten Unternehmen, aber die Menschen hier bleiben arm und haben keinerlei Bildungsmöglichkeiten, während die Profite anderswo hinfließen.«

Was er erzählte, machte mich sehr traurig. Meldy wusste,

dass sich die lokalen Stämme gegen die von der indonesischen Regierung unterstützten Eigentümer der Mine verbünden wollten. Ich fragte mich, was sie mit Speeren und Pfeilen gegen die modern ausgerüsteten Soldaten ausrichten könnten.

Ich nahm mir fest vor, zu Hause von der Goldmine in Indonesien zu berichten und die Leute darüber aufzuklären, welchen Schaden sie dem Land und den hier lebenden Menschen zufügte.

Noch bevor wir Timika verließen, hatte die internationale Gemeinschaft der Bergsteiger von unserem Aufstieg erfahren. Teilweise war das Patrick zu verdanken, denn wir hatten ihm das Passwort für meinen Blog gegeben, damit er etwas hineinschreiben konnte.

Seinen Eintrag beendete er mit den Worten: »Such weiter nach Gipfeln und sage den Menschen, dass es immer eine neue Herausforderung gibt, einen weiteren Gipfel, ein größeres Ziel. Man darf sein Leben nicht verschwenden, indem man nichts tut.«

Der höchste Aufstieg:

Mount Everest in Asien

Höhe: 8848 Meter

Durchschnittliche Anzahl der Ersteigungen pro Jahr: 600

22. Mai 2010
Weltrekord:
Erster 13-Jähriger
auf dem Gipfel

22. Kapitel

Bald nach der Besteigung der Carstensz-Pyramide begann das neue Schuljahr. Ich freute mich, wieder bei meinen Freunden zu sein, und konnte den Beginn der Skisaison kaum noch erwarten. Ich erzählte Cameron und jedem anderen, der mir zuhörte, wie cool es gewesen war, auf einen Gipfel mitten im Dschungel zu klettern. Diese Erinnerung blieb für mich den gesamten Herbst hindurch sehr lebendig. Doch irgendwo, in irgendeiner hinteren Ecke meines Kopfs, musste ich die ganze Zeit über das nachdenken, was Patrick in meinem Blog geschrieben hatte.

Ich stand so kurz vor der endgültigen Erfüllung meines Traums! Es blieben nur noch zwei Berge zu besteigen: der Everest, den ich »der Große« nannte, und Mount Vinson, »der Kalte«. Mit 13 Jahren fühlte ich mich wesentlich kräftiger und reifer als damals, als mich vor der Besteigung des Aconcagua und des Mount McKinley Ängste und Zweifel gequält hatten. Das Erreichen des Gipfels des Mount McKinley war der Wendepunkt gewesen. Ich hatte die Erfahrung gemacht, dass ich völlige Erschöpfung, bittere Kälte, grausame Stürme und große Höhen aushielt. Wenn Dad und Karen hinter mir standen, fühlte ich mich für den Mount Everest bereit.

Ich hatte mich informiert und wusste: Wenn wir ihn nicht im kommenden Frühjahr bestiegen, müssten wir damit ein weiteres Jahr warten. Zweimal im Jahr verschiebt sich der Jetstream so, dass die Luftmassen nördlich am Himalaja vorbeiziehen. In dieser Zeit sind Stürme und Niederschläge im Gipfelbereich schwächer. Gleichzeitig aber saugt der Jetstream die vom Golf von Bengalen aufsteigende Feuchtigkeit an. Dadurch entsteht ein Monsun.

Jedes Jahr im Mai öffnet sich zwischen diesen beiden meteorologischen Ereignissen ein sieben bis zehn Tage langes Zeitfenster. Ein ähnliches Fenster entsteht im Herbst, doch dann sind die Tage kürzer und die Wahrscheinlichkeit höher, dass es zu Unwettern kommt. Deshalb machten wir uns daran, die Besteigung für das Frühjahr 2010 zu planen.

Als Nächstes mussten wir entscheiden, an welcher Seite des Bergs wir aufsteigen wollten. Der Everest erhebt sich an der Grenze zwischen Nepal und Tibet. Ich hatte die Berichte der Erstbesteigungen über beide Seiten gelesen.

Nachdem im frühen 20. Jahrhundert der Nord- und der Südpol erkundet worden waren, suchten sich Abenteuerlustige neue Ziele – und fanden den Mount Everest, den manche auch den »dritten Pol« nannten.

Die Grenze zwischen Nepal und Tibet verläuft genau über seinen Gipfel. Lange Zeit blieben beide Staaten Ausländern verschlossen. Als Tibet 1921 die ersten Ausländer einließ, erforschte ein Engländer namens George Mallory die Nordseite. Im folgenden Jahr versuchte er, den Gipfel zu erreichen, indem er Einheimische, die sogenannten

Sherpas, als Bergführer engagierte. Sieben von ihnen kamen durch eine Lawine ums Leben. Es waren die ersten von vielen weiteren Menschenleben, die der Berg fordern sollte.

Ein Reporter fragte Mallory, warum er den Everest besteigen wolle, und Mallory gab ihm die inzwischen berühmte Antwort: »Weil er da ist.«

1924 versuchte es Mallory nochmals, gemeinsam mit seinem Landsmann Andrew Irvine. In gut 8500 Metern Höhe wurden die beiden Männer zuletzt gesehen. Dann verschwanden sie in den Wolken, die den Gipfel einhüllten. Niemand weiß, ob sie es bis nach ganz oben geschafft haben. 75 Jahre später entdeckte eine Suchexpedition Mallorys mumifizierten Körper, doch es lag kein Fotoapparat dabei. Irvine ist bis heute nicht gefunden worden.

Seither versuchte niemand mehr, den Everest ohne Unterstützung der Sherpas zu bezwingen. Im Laufe der folgenden 30 Jahre scheiterten zehn weitere Expeditionen mit ihrer Gipfelbesteigung und 13 Menschen kamen dabei ums Leben.

Nach 134 Jahren der Isolation öffnete Nepal 1951 seine Grenzen und erlaubte Ausländern, die Besteigung von der Südseite her zu versuchen. Zwei Jahre später wurden der neuseeländische Bienenzüchter und Forschungsreisende Edmund Hillary und der angesehene Sherpa Tenzing Norgay die ersten Menschen auf dem Dach der Welt. Die von ihnen gewählte Route ist auch heute noch die beliebteste, hat aber mindestens einen extrem gefährlichen Abschnitt: den Khumbu-Eisfall, denn hier gibt es zahllose Spalten und hohe Eistürme, die sich ständig bewegen und einstürzen.

Kurz vor unserer Besteigung der Carstensz-Pyramide waren Dad und Karen nach Nepal geflogen, um die Hillary-Route zu erkunden. Zuvor hatten sie sich die Genehmigung besorgt, den Nuptse zu besteigen – einen Gipfel neben dem Everest. Um ihn zu besteigen, geht man auf Hillarys Route durch den Khumbu-Eisfall und das Tal des Schweigens. In der Nähe eines hoch gelegenen Camps brachen sie ihren Besteigungsversuch ab und kehrten zurück. Dad ging beim Abstieg voran, als er Karen hinter sich rufen hörte. Er drehte sich um und stellte fest, dass er ihre Stirnlampe nicht mehr leuchten sah. Karen war knapp zwei Meter tief in einen Gletscherspalt gefallen. Die beiden Eispickel, die sie am Klettergurt, eingehängt an beiden Seiten der Hüften, trug, hatten sich in den Eiswänden verhakt und dadurch verhindert, dass sie tiefer gestürzt war.

Anschließend war es den beiden gelungen, wohlbehalten durch den Khumbu-Eisfall zu kommen, doch sie beschlossen, dass sie mit mir auf gar keinen Fall durch dieses gefährliche Gelände gehen wollten. Wir würden einen anderen Weg zum Gipfel einschlagen.

Ich musste ständig an den Everest denken und träumte davon, auf seinem Gipfel zu stehen. Endlich sagte Karen eines Tages: »Vor zwei Jahren hätte ich nie gedacht, dass du so bald für den Everest bereit sein würdest. Ich dachte immer, ein Versuch wäre frühestens mit 16 möglich.«

Ich kippelte auf meinem Hocker an der Küchentheke vor und zurück und wäre vor lauter Aufregung beinahe damit umgefallen. »Soll das heißen, dass wir hinfliegen?«

»Ja, Anfang April«, antwortete sie.

»Fantastisch!«

»Wir werden es von der Nordseite her versuchen«, fügte Dad hinzu. »Dieser Eisfall ist wirklich kein Ort, an den wir jemals zurückkehren wollen. Dort sterben mehr Menschen als in jedem anderen Bereich des Everest. Die Nordseite passt besser zu uns.«

»Von Tibet aus?«, fragte ich. »Toll, das ist so ein geheimnisvolles Land!«

Als ich es Mom erzählte, saß sie unglaublich lange einfach nur da und schwieg. Als sie etwas sagen wollte, brach ihre Stimme. »Wenn ich daran denke, dass du auf den Everest steigst, fallen mir all die Gefahren ein, und ich kann kaum mehr atmen.«

»Ich werde hart dafür trainieren und ich werde keine Fehler machen«, versicherte ich ihr. »Wenn irgendetwas nicht stimmt, kehren wir um und versuchen es ein andermal, das verspreche ich.«

Sie ließ die Schultern hängen. »Wie lange wirst du weg sein?«

»Ungefähr zwei Monate, glaube ich, damit wir uns an die Höhe gewöhnen.«

Sie seufzte. »Das ist wirklich sehr hart für mich.« Doch dann hob sich ein Mundwinkel zu einem halben Lächeln. »Aber du willst es unbedingt, nicht wahr?«

Ich nickte. »Ich will meinen Traum voll und ganz in Erfüllung gehen lassen.«

»Dann will ich es auch, für dich.« Sie zog mich an sich und umarmte mich.

Ein paar Tage später war ich gerade beim Skifahren, als sie mich auf meinem Handy anrief. »Komm zur Pistenwachthütte. Steve will dir etwas zeigen.«

Steve arbeitete in Teilzeit bei der Pistenwacht und kannte meinen Dad, Karen und meine Mom. 1995 hatte er den Everest von der Nordseite her bestiegen. An diesem Tag hatte er seinen Laptop mitgebracht, um uns die Fotos seiner Expedition zu zeigen. Es waren unglaubliche Aufnahmen. Außerdem wusste er aus eigener Erfahrung, was einem der Aufstieg zum Gipfel abverlangte.

»Wenn du ehrlich bist: Glaubst du wirklich, dass ich es schaffen kann?«, fragte ich ihn.

Er boxte mich scherzhaft. »Ja, tu es!«

Er kannte mich seit meiner Geburt. Wenn er glaubte, dass ich es schaffen konnte, dann würde ich es auch schaffen.

Steve unterstützte uns auch noch auf andere Art. »Mein Schwiegervater ist für die Wetterberichte für die US-Armee zuständig und kann euch helfen, wenn ihr auf dem Berg seid.«

Es war, als würden sich die einzelnen Teile eines Puzzles allmählich zusammenfügen. Nicht nur, dass wir jetzt Zugang zu sehr präzisen Wetterberichten haben würden, sondern es war auch ein neuer Sponsor hinzugekommen. Die Firma SPOT hatte ein Trackingsystem entwickelt, das zusammen mit einer von Karen und Freunden von ihr entwickelten Website-App meinen Freunden, Verwandten und besonders Mom ermöglichen würde, meinen Aufstieg zu verfolgen. Mom war darüber sehr erleichtert, und das beruhigte mich. Ich wusste, dass sie sich in jedem Fall

Sorgen machen würde, aber es ging ihr sicherlich besser, wenn sie immer auf dem Laufenden war.

Alle anderen Bergtouren hatten wir in eine Ferienzeit legen können, aber die Besteigung des Everest würde sehr viel Zeit erfordern. Im Januar wechselte ich zu einem unabhängigen Lernprogramm. Ich lernte denselben Stoff wie meine Klassenkameraden, aber nach meinem eigenen Zeitplan. Jede Woche gingen Karen und ich zu einem meiner Lehrer und besprachen, was ich durchgenommen hatte. Ich vermisste das Zusammensein mit meinen Schulfreunden, aber es war sehr wichtig, dass ich für den Everest ein umfassendes Trainingsprogramm absolvierte.

Im Grunde hatte ich schon mein gesamtes bisheriges Leben für den Everest trainiert – dadurch dass ich so viel Zeit im Freien und in großer Höhe verbracht hatte. Jetzt trainierte ich jeden Tag zusätzlich, indem ich Ski fuhr und auf Eis und Schnee wanderte.

Mein Schwerpunkt verlagerte sich vom Ausdauertraining zum Krafttraining, wobei ich durch Zirkeltraining den Aufbau meine für das Bergsteigen und Klettern wichtigsten Muskelgruppen unterstützte, und auch Krafttraining und extrem intensives Aerobic machte. Ich hatte das Gefühl, dass ich mich dadurch allmählich von einem Kind in einen starken Erwachsenen verwandelte. Mir war klar, dass die Besteigung des Everest das Härteste sein würde, das ich bisher unternommen hatte.

Auf einer unserer Wanderungen, die uns auf Kaliforniens höchsten Gipfel Mount Whitney führte, lernten wir einen Bergsteiger namens Garry Harrington kennen. Sein

Ziel war es, alle Gipfel der USA, die über 14 000 Fuß (also über 4200 Meter) hoch waren sowie den jeweils höchsten Punkt jedes der 50 Staaten zu erklimmen. Garry und ich verstanden uns auf Anhieb hervorragend und unterhielten uns darüber, wie lange er für sein Vorhaben brauchen würde und wie er seine Touren organisierte.

Durch diese Begegnung kam ich ins Grübeln. Ich stand verhältnismäßig kurz davor, ein großes Ziel zu erreichen. Aber was kam danach? Ich kannte mich selbst gut genug, um zu wissen, dass ich stets ein Ziel vor Augen haben wollte.

»Nach den Seven Summits will ich wieder etwas Großes machen – und so wie Garry auf den höchsten Punkt jedes Staats zu steigen, kommt mir wie ein gutes Ziel vor«, sagte ich auf dem Heimweg zu Dad und Karen. »Ich könnte in jedem Staat mit den Kindern und jungen Leuten darüber sprechen, was man tun sollte, um gesund zu bleiben, und wie man sich Ziele setzt und sie erreicht. Das ist mir wirklich wichtig.«

»Die Idee gefällt mir«, sagte Dad.

»Mir auch«, erklärte Karen. »Aber lass uns erst einmal dieses Ziel hier erreichen. Auch wenn wir so sparsam wie möglich reisen, müssen wir für unser Projekt mindestens 130 000 US-Dollar aufbringen.«

Wie schon zuvor kam uns die Stadt Big Bear zu Hilfe.

Wir sammelten in bewährter Manier Spenden – durch Taco Nights in den Restaurants der Stadt, durch den Verkauf von T-Shirts und durch Vorführungen von Warren Millers Skifilmen.

Die Nachricht, dass ein 13-Jähriger versuchen wollte,

den Gipfel des Everest zu besteigen, verbreitete sich in den Medien rasend schnell, und mindestens ein Dutzend neue Firmen wollten unsere Sponsoren werden. Manche spendeten ihre Produkte, andere die so dringend benötigten Geldsummen. Als Gegenleistung testeten wir Produkte, schrieben Berichte und stellten unsere Fotos für ihre Werbung zur Verfügung. Keiner von ihnen setzte mich unter Druck, den Gipfel tatsächlich zu erreichen, und dafür war ich ihnen dankbar. Sie alle betonten, dass ihnen meine Gesundheit und Sicherheit wichtiger waren. Trotzdem hoffte ich auch für sie, dass ich es schaffen würde, denn ohne ihre Hilfe hätten wir den Everest niemals in Angriff nehmen können.

Die Berichterstattung in den Medien löste aber auch eine Flut von Kritiken aus. All jene, die das Projekt verurteilten, wussten nichts über uns und darüber, wie hart wir trainierten. Alles, was sie sahen, war mein Alter. Wir hatten eine Firma in Kathmandu damit beauftragt, sich um unsere Infrastruktur im Basislager sowie die Versorgung mit Proviant und Sauerstoff zu kümmern, und für uns drei Sherpas zu engagieren. Kritiken wurden laut, Dad hätte einen westlichen Expeditionsveranstalter auswählen sollen, weil die angeblich sicherer waren.

Bei Interviews antwortete Dad immer sehr ruhig und gelassen auf die Fragen, doch ich wusste, dass ihm die kritischen Bemerkungen und Nachfragen mitunter schlaflose Nächte bereiteten.

»Wir haben alles, was wir haben und bekommen konnten, in die Vorbereitung dieses Projekts gesteckt. Wir haben drei erfahrene, mit der extremen Höhe vertraute, professionelle Sherpas aus Nepal angeheuert, die alle zusammen neun Gipfel bewältigt haben. Sie kennen den Berg und das Wetter besser als jeder Europäer oder Amerikaner. Ich vertraue ihnen genauso, wie ich meinem Team vertraue.«

Als Nächstes ging es darum, dass er mit mir von der Nordseite aus aufsteigen wollte. Sie war unter Bergsteigern weniger beliebt und machte technisches Klettern erforderlich.

»Wir haben gründlich darüber nachgedacht und das Für und Wider sorgfältig abgewägt. Wir tun das nicht aus einer Laune heraus«, erklärte Dad. »Ja, auf der Nordseite ist es wesentlich kälter und windiger, aber Karen und ich haben auf der Südseite eine Erkundungstour unternommen und würden es niemals riskieren, Jordan in den tödlichen Khumbu-Eisfall mitzunehmen.«

Ein paar Kletterexperten behaupteten, meine junge Lunge würde womöglich nicht mit der dünnen Luft der extremen Höhen zurechtkommen. Andere meinten, das Gehirn eines Teenagers sei nur zu 80 Prozent entwickelt, und es sei unverantwortlich, ein emotional unerfahrenes Kind auf einen der gefährlichsten Berge der Welt zu schicken. Dad erklärte, dass er ausgiebig recherchiert und keinerlei negative Informationen über Kinder und extreme Höhen gefunden habe.

Obwohl wir auf jede kritische Frage eine Antwort hatten, war mir bewusst, wie gefährlich es war, auf den Everest zu steigen. Aber jeden Tag ins Auto zu steigen war es auch. Ich fand, dass jemand, der mich nicht kannte, kein Recht hatte, unser Vorhaben zu kritisieren. Ich hatte alles gelesen, was ich über das Bergsteigen hatte finden können, und ich hatte vier Jahre lang körperlich und geistig für den Aufstieg trainiert. Vermutlich war ich besser vorbereitet als die Hälfte der Erwachsenen, die wir am Berg antreffen würden.

Ich versuchte, mich nicht um die Kritiken zu kümmern, und konzentrierte mich auf mein Ziel. Ich hatte auch nicht das Gefühl, übereilt zu handeln. Es war einfach so, dass die Möglichkeit, auf den Everest zu steigen, auftauchte, als ich 13 war.

Ich beschloss, die Zweifel anderer Leute zu nutzen, um durch sie stärker zu werden. Ich würde ihre negative Energie in positive Energie für mich verwandeln und ihnen beweisen, dass sie sich irrten.

Anders als beim Aconcagua musste man sich keinerlei medizinischen Untersuchungen unterziehen, um die Genehmigung zu erhalten. Trotzdem wollten Dad und Karen sichergehen, dass ich wirklich so weit war. Sie gingen mit mir zu Sky High Training, einem Trainingscenter für das Bergsteigen in großen Höhen, und ließen dort einige Untersuchungen vornehmen. Der Eigentümer, Bob Antonacci, nahm mir Blut ab, ließ es auf Eisen- und Mineralgehalt untersuchen und die roten und weißen Blutkörperchen auszählen. All meine Werte waren optimal.

Den ganzen Winter über trainierte ich hart, und als die Skisaison vorbei war, war ich bereit für den Aufbruch. Allerdings musste ich noch packen und das Packen für den Mount Everest war keine Kleinigkeit. Wir füllten 13 große Reisetaschen mit Ausrüstung, Medikamenten, gefriergetrockneten Mahlzeiten, proteinreicher Nahrungsergänzung, Kameras, zwei Satellitentelefonen, einem BGAN-

Gerät für die Kommunikation über Satellit und Internet sowie Solarpaneele, um die Geräte aufzuladen. Ich freute mich darüber, dass ich meine Mutter und meine Schwester auf der Tour jeden Tag anrufen konnte, und wusste, dass ich wesentlich weniger Heimweh haben würde, wenn ich regelmäßig ihre Stimmen hörte.

Auf Bergtouren nahm ich immer kleine Dinge mit, die mir so etwas wie moralische Unterstützung boten. Meine Glücksbringer für den Everest waren eine Hasenpfote, ein Kreuz von meinem Großvater, eine Halskette, die mir mein Freund Doug geschenkt hatte, und etwas ganz Besonderes, das ich von einem Jungen namens Nigel Holland bekommen hatte.

Meine Mom war einige Zeit lang mit Nigels Vater zusammen gewesen, sodass wir beide viel Zeit miteinander verbracht hatten. Nigels Bruder Lucas war in meinem Jahrgang und wir waren gut befreundet. Zwei Jahre zuvor war Nigel ein ganz gewöhnlicher Achtjähriger gewesen, der seine Zeit am liebsten mit mountainbiken, Ski fahren, Trampolin springen und schwimmen im See verbrachte. Dann wurde bei ihm eines Tages ein Gehirntumor festgestellt. Der Tumor wurde entfernt, doch nach der Operation konnte Nigel weder laufen noch sprechen. Er musste eine Chemotherapie über sich ergehen lassen und kämpfte um sein Leben. Während ich den Aconcagua und den Mount McKinley bestieg, träumte Nigel davon, wieder laufen zu können. Eine Woche vor unserer Abreise nach Nepal ging ich ihn besuchen. Nigel hatte durch die Chemotherapie all seine Haare verloren und saß im Rollstuhl. Er konnte keine ganzen Sätze sagen, aber er konnte lächeln und lachen. Er wollte wissen, ob ich für ihn ein Geschenk für den Berg mitnehmen würde.

»Klar, Mann«, sagte ich. »Ich würde alles für dich tun.«

Nigel kicherte, wechselte einen Blick mit seinem Vater und überreichte mir zwei ziemlich haarige Kugeln.

Sie sahen ein bisschen ekelig aus, aber ich lächelte höflich. Waren sie für einen Sport gedacht, von dem ich noch nie gehört hatte?

In nachgemachtem australischem Akzent verkündete Nigels Vater: »Kängurueier bringen Glück, wenn man sie gegeneinanderreibt.«

Nigel lachte sich schief und meinem Dad ging es genauso. *Was zum Henker war so lustig daran?*

Endlich hörte Dad lange genug mit dem Lachen auf, um mir zu erklären, was für Eier das waren. »Hoden.«

Hoden! Beinahe hätte ich sie fallen lassen, aber Nigel zuliebe gelang es mir, mich zu beherrschen. Denn nun lachte ich auch wie verrückt. »Super, Nigel. Ich verspreche dir, dass ich sie bis zum Gipfel hinauftragen werde.« *Wenn das keinen Eintrag im Guinnessbuch der Rekorde wert war: Ich würde der Erste sein, der Känguruhoden auf den Everest-Gipfel trug.*

Am Tag vor unserem Abflug kam die TV-Reporterin Ayla Brown von CBS-News nach Big Bear, um uns zu interviewen. Ein Mann namens Terry hatte mich auf den Medienrummel vorbereitet, der nach der Everest-Besteigung mit Sicherheit über uns hereinbrechen würde. Durch ihn hatte ich gelernt, vor der Kamera entspannter zu sein. Ich hatte herausgefunden, dass die meisten Reporter nett waren und sich wirklich für meine Geschichte interessierten. Sie stellten alle mehr oder weniger dieselben Fragen, und ich hatte die Antworten schon so oft wiederholt, dass sie inzwischen wie von selbst kamen.

Ayla wollte wissen, wie ich trainiert hatte, machte Aufnahmen von der Höhenkammer und sprach mit Dad und Karen über die negativen Kritiken an unserem Vorhaben.

An dem Abend sahen wir uns das Interview im Fernsehen an. Ayla hatte es mit der Bemerkung abgeschlossen, dass sie zuerst skeptisch gewesen sei, ob ein 13-Jähriger wirklich auf den Everest steigen sollte. Doch nachdem sie mich kennengelernt habe, glaube sie, dass es mir gelingen würde. Es tat gut, das zu hören.

Am nächsten Morgen fuhren wir auf dem Weg zum Flughafen bei Moms Büro vorbei, um uns zu verabschieden. Sie fing sofort an zu weinen.

»Bitte, komm gesund wieder nach Hause«, sagte sie.

»Das werde ich, Mom. Versprochen. Ich liebe dich, Mom.«

Als ich ihr mein Versprechen gab, meinte ich es ehrlich. Der Everest war der gefährlichste Berg der Welt, aber ich hatte fest vor, wohlbehalten nach Hause zurückzukommen.

23. Kapitel

King Richard, der uns die Schlitten für die Mount McKinley-Besteigung gebaut hatte, kam mit nach Tibet. Er hatte nicht vor, den Everest zu besteigen, sondern wollte uns unterstützen und uns alles bauen, was wir im Chinese Base Camp und im Advanced Base Camp brauchen würden. Ich freute mich, dass er mitkam, weil er gerne scherzte und lustig war.

Ungefähr 30 Stunden, nachdem wir unser Haus verlassen hatten, trafen wir am Tribhuvan International Airport ein.

»Hier ist es«, sagte Dad. »Kathmandu, wo alle Expeditionen anfangen und enden. Hillary kam hier durch.«

Kathmandu liegt in einem von schneebedeckten Gipfeln umgebenen Tal. Ich war furchtbar neugierig auf die neuen Geräusche, die neuen Gerüche, die vielen neuen Dinge, die ich hier sehen würde. Ich streckte den Kopf aus dem Autofenster und betrachtete das Chaos aus Fahrzeugen und Fußgängern. Fahrer hupten, Hunde bellten, Kinder weinten. Die Gerüche von Diesel, Weihrauch und Curry stiegen mir in die Nase. Wir fuhren schmale gepflasterte Straßen entlang und ständig kamen uns mit Gemüse, Obst oder Gewürzen beladene Karren entgegen.

Ein Mann radelte auf uns zu. Unter einen Arm hatte er ein gackerndes Huhn geklemmt. Der Mann fuhr unsicher, und in dem Sekundenbruchteil, bevor er plötzlich vor uns abschwenkte, starrten das Huhn und ich einander an. Ich könnte nicht sagen, wer erschrockener war – das Huhn oder ich.

Die Kunde von meiner Ankunft in Kathmandu hatte sich bereits in der Stadt verbreitet. Vertreter der lokalen und der internationalen Medien kamen zu uns ins Hotel und wollten unbedingt mit mir sprechen. Schließlich war Karen es leid und sagte dem nächsten Reporter, der an unsere Zimmertür klopfte: »Ich bedauere, aber wir haben jetzt keine Zeit mehr für Interviews. Wir müssen uns auf den Aufstieg konzentrieren. Nach unserer Rückkehr werden wir gerne bereit sein, mit Ihnen zu reden.«

Am folgenden Tag trafen wir unsere Sherpas Ang Pasang, Dawa und Karma, sowie Kumar den Koch. Alle drei Sherpas hatten glattes schwarzes Haar, dunkle Augen und hohe Wangenknochen. Ich hatte schon so viel über ihre Fähigkeit gelesen, in großer Höhe schwere Lasten zu tragen, dass ich überrascht war, als ich sah, wie klein sie waren – wahrscheinlich höchstens zwischen 1,63 und 1,65 Meter groß. Ich hatte einen Wachstumsschub gehabt und war jetzt 1,78 Meter groß und 72,5 Kilo schwer.

Ang Pasang war für die Logistik zuständig. Er stammte aus einem Bergdorf in der Nähe des Everest. Die folgenden drei Tage verbrachte er damit, die letzten, unseren Aufstieg betreffenden Details zu klären.

King Richard kaufte einen Stapel DVDs zu je einem US-Dollar das Stück, die wir mitnehmen durften.

Als alles andere erledigt war, hatte Ang Pasang eine letzte Aufgabe für uns: »Es wird Zeit, die Sauerstoffmasken auszuprobieren und zu lernen, mit ihnen umzugehen.«

Bei unseren bisherigen Gipfeltouren hatten wir keine Sauerstoffflaschen gebraucht, doch die meisten Bergsteiger setzen sie in der sogenannten Todeszone ein, der Region in über 7000 Metern Höhe. Nur einige wenige extrem erfahrene (manche sagen auch: verrückte) Bergsteiger versuchen, den Everest ohne Sauerstoffflaschen zu besteigen. Die Luft im Gipfelbereich enthält nur ungefähr 33 Prozent der Sauerstoffmenge, die die Luft auf Höhe des Meeresspiegels hat. Diese Gipfelluft zu atmen kann deshalb tödlich sein.

Trotz all der notwendigen Vorbereitungen nahmen wir uns die Zeit, Kathmandu zu erkunden. Die Mehrheit der nepalesischen Bevölkerung sind Hindus und die Stadt ist voll von den Schreinen für die zahlreichen Göttinnen und Götter. Wir kamen an Frauen in bunten Saris vorbei, die einem Gott mit menschlichem Körper, vier Armen und einem Elefantenkopf Ringelblumen und Reis opferten.

Karen sah in ihrem Reiseführer nach. »Das ist Ganesha, der in Nepal beliebteste Gott. Er bestimmt über Erfolg und beseitigt Hindernisse. Die Leute beten zu ihm, bevor sie etwas Neues anfangen und bitten ihn, ihnen den Weg freizumachen.«

»Könnten wir ihm auch etwas opfern?«

Karen suchte in ihrem Rucksack herum, bis sie einen Energieriegel fand. Ich brachte ihn Ganesha dar und bat ihn: »Bitte beseitige sämtliche Hindernisse und bringe uns alle wohlbehalten zurück.«

Als Nächstes stiegen wir in Fahrradrikschas ein. Sie waren an den Seiten und auf dem Dach mit leuchtend bunten Bildern von Göttern und Dämonen bemalt und mit Blumen geschmückt. Die jungen Leute, die uns in der Stadt herumfuhren, waren nicht älter als ich. Sie erinnerten mich an die Träger am Kilimandscharo, die ebenfalls bereits in jungen Jahren sehr hart arbeiteten, um ihre Familien zu unterstützten. Ich nahm mir vor, ihnen ein gutes Trinkgeld zu geben.

Wir fuhren durch schmale Seitenstraßen. Die Häuser waren aus Ziegeln gebaut und auf ihren Dachterrassen hingen bunte Saris zum Trocknen. Sie flatterten in der lauen Brise wie Fahnen. Plötzlich kamen wir an einem Schrein vorbei, der aussah, als gehöre er zur Ausstattung eines Horrorfilms. Die kleine Statue einer Göttin mit feuerroten Augen und zorniger Miene streckte uns die Zunge heraus. Sie trug eine Halskette aus Totenschädeln und einen Gürtel aus abgerissenen Armen. Sie selbst besaß zehn Arme, und in einer ihrer Hände hielt sie einen abgetrennten Kopf und in einer anderen Hand eine Schädeldecke, mit der sie das vom Kopf tropfende Blut auffing. Mit einem Fuß stand sie auf einem Mann, der tot dazuliegen schien.

»Oje!« Karen blätterte rasch ihren Reiseführer durch. »Das ist Kali, die Göttin der Zerstörung. Sie trinkt das Blut ihrer Feinde und tanzt auf ihren Leichen. Der unter ihrem Fuß ist ihr toter Ehemann, der Gott Shiva.«

Mir lief ein Schauder den Rücken hinunter. Ich konnte nur hoffen, dass sich Kali von mir und dem Berg fernhielt.

Es machte mir Spaß, Kathmandu zu besichtigen, aber ich war für den Aufstieg bereit. An unserem letzten Abend, bevor es losging, packten und wogen wir unsere Ausrüstung. Dann gingen wir Abendessen.

Am nächsten Morgen luden die Sherpas all unsere Sachen und den Proviant auf einen Lastwagen und wir stiegen in einen Mietwagen. Die eigentliche Reise begann. Unser nächstes Ziel war die Grenze zu Tibet.

Die Volksrepublik China besetzte Tibet 1950. Seither setzen sich Menschenrechtsorganisationen in aller Welt für die Unabhängigkeit Tibets ein, doch die chinesische Regierung kontrolliert immer noch das einst autonome Land.

Ang Pasang warnte uns, dass die Chinesen lächerlich hohe Gebühren für die Einfuhr bestimmter Geräte erhoben: Für ein Satellitentelefon müsse man 20 000 und für eine professionelle Videokamera 10 000 US-Dollar bezahlen. Auf diese Weise wollen sie verhindern, dass Ausländer in ihrem Herrschaftsbereich filmen oder Informationen über das Land nach außen tragen.

Das konnte ein Problem werden. Viele unabhängige Medienunternehmen wollten unseren Aufstieg verfolgen und wir hatten ihnen Interviews zugesagt.

»Wir haben Termine für Live-Übertragungen mit CNN und CBS über Skype vereinbart«, sagte Karen zu Ang Pasang. Wir besaßen keine Profi-Videokamera, hatten aber ein Satellitentelefon, einen Laptop und das BGAN-Gerät für Satellitenkommunikation dabei.

»Dann sollten wir dafür sorgen, dass nichts beschlagnahmt wird«, erwiderte er. Sorgfältig wickelte er unsere Kameras und Telefone in leere Reissäcke ein und steckte diese in die Fässer mit unseren Vorräten und Ausrüstungsteilen.

Ich machte mir ein bisschen Sorgen darüber, was passieren würde, wenn man uns erwischte. Die Chinesen konnten uns ausweisen oder uns eine hohe Geldstrafe aufbürden. Als Ang Pasang uns versicherte, dass wir nicht in einem chinesischen Gefängnis landen würden, war ich ziemlich erleichtert.

Für die Strecke von Kathmandu zur Freundschaftsbrücke zwischen Nepal und Tibet brauchten wir fünf Stunden. Nachdem wir die Stadt verlassen hatten, fuhren wir ein enges Tal mit üppiger Vegetation entlang. Auf dem Fluss, der dort hindurchfloss, schwammen Rafting-Flöße, und wir kamen durch zahlreiche kleine Dörfer.

Fahrzeuge jeglicher Art durften die Grenze nicht passieren. Alles musste abgeladen und zu Fuß über eine Brücke getragen werden. Es war eine unglaubliche Aktion: Noch bevor unsere Fahrzeuge richtig standen, stürmte eine Menschenmenge den Lastwagen und lud unsere Gepäckstücke ab. Männer, Frauen und Kinder stritten sich schreiend um die Reisetaschen, die wir so sorgfältig gepackt hatten. Unser Zeug verschwand in dem Gewimmel, während gleichzeitig auch andere Lastwagen auf dieselbe Weise entladen wurden.

»Wie bekommen wir unsere Sachen nur wieder?«, fragte ich Dad.

»Sie wissen, was sie tun«, antwortete er gelassen.

Ich sah zu, wie ein ungefähr acht Jahre alter Junge eine

Reisetasche auf seinen Rücken wuchtete. Wahrscheinlich wog sie mehr als er selbst. Auf seinen Flipflops marschierte er über die Brücke und lud die Tasche, auf einen Lohn für seine Dienste hoffend, neben unserem Gepäckstapel ab.

Die chinesischen Zöllner untersuchten jeden einzelnen Gegenstand in unseren Taschen. Sie waren alle jung, vielleicht so um die 20, sahen in ihren gestärkten Uniformen aber sehr düster und stoisch aus. In ihrer kalten Unfreundlichkeit erinnerten sie mich an die russischen Soldaten an den Straßensperren beim Elbrus. Kein einziger dieser Männer lächelte oder grüßte auch nur.

»Pah! Brücke der Freundschaft!«, lästerte King Richard laut. »Diese Typen verhalten sich alles andere als *freundschaftlich.*«

»Pst«, flüsterte Karen. »Mach sie nicht auf uns aufmerksam!«

Erstaunlicherweise landeten all unsere Ausrüstungs- und Proviantaschen an derselben Stelle und keine einzige verirrte sich auf die fremden Gepäckstapel. Auf der chinesischen Seite der Brücke wartete bereits ein Fahrer auf uns. Er kannte die Tarife für den Gepäcktransport und bezahlte die Leute für uns. Ich sah, wie der Achtjährige, der mir vorhin aufgefallen war, über die Brücke zurücksauste, um neue Lasten zu holen. Das, was wir für den Transport unserer Sachen bezahlt hatten, würde vermutlich reichen, um die Bewohner seines Dorfes eine ganze Weile zu ernähren.

Die Sherpas hatten sich um unsere Genehmigungen für die Besteigung des Everest gekümmert und wir konnten die Dokumente an der Grenze abholen. Ebenso wie alle Bergsteiger, die über die Nordseite zum Gipfel wollten, mussten wir einen Liaisonfunktionär dafür bezahlen, dass er über unsere Einhaltung sämtlicher Vorschriften wachte. Wir kamen für sein Gehalt, seine Transportkosten von der Grenze bis ins Basislager und seine Unterkunft und Verpflegung auf. Jedes Mal, wenn ich zu ihm hinschaute, erntete ich einen bösen Blick. Ich kam zu dem Schluss, dass der Mann seinen Job hasste.

Wir stiegen in einen Geländewagen ein und unser Gepäck folgte auf einem Lastwagen. Die Luft war warm und feucht und auf den steilen Hügeln zu beiden Seiten der löcherigen Schotterpiste wuchs tropisch wirkender Regenwald. Endlich erreichten wir das Dorf Zhangmu, in dem wir die Nacht verbringen wollten. Auf seiner gewundenen Hauptstraße stauten sich Lastwagen und Autos, zwischen denen sich Fußgänger hindurchquetschten. Jeder Fahrer, dem eine funktionierende Hupe zur Verfügung stand, setzte sie energisch ein. Dicht an dicht standen an den steilen Hügeln eckige Betonhäuser.

»Jetzt sind wir ganz eindeutig auf chinesischem Territorium«, stellte Dad fest. »Auf jedem Straßenschild steht, wie weit Beijing entfernt ist.«

Ich betrachtete die zahllosen Schnüre mit Gebetsfahnen, die entlang der Straße von Dach zu Dach gespannt waren. »Warum gibt es hier so viele davon?«

»Das hängt mit dem buddhistischen Glauben zusammen«, erklärte Karen. »Als die Chinesen in Tibet einmarschierten, zerstörten sie viele Klöster. Doch die Menschen hier praktizieren ihre Religion trotzdem bis heute.«

Wir verließen Zhangmu früh am nächsten Morgen. Jeep und Lastwagen kletterten mühsam eine Schotterpiste hinauf, die kaum breit genug für ein Fahrzeug war. Auf diese Weise überwanden wir mehr als 1500 Höhenmeter und erreichten das in 3749 Metern Höhe gelegene Nyalam, ein weiteres Straßendorf mit nichtssagenden Betongebäuden.

Wie alle anderen übernachteten auch wir zweimal in Nyalam, um uns an die Höhe zu gewöhnen. Gleichgültig, wie fit man war – man musste für die Everest-Besteigung einfach zwei Monate einplanen. Und die Zeit hatten wir und waren dadurch, dass ich meinen Schulstoff selbstständig durchnahm, wirklich unabhängig.

An unserem ersten sozusagen freien Tag wollte King Richard einfach nur im Hotel bleiben und faulenzen. Doch Karen, Dad und ich beschlossen, unsere Kommunikationssysteme in Betrieb zu nehmen. Hätten wir das im Ort getan, hätten die Chinesen es mitbekommen können. Deshalb sagte Dad unserem Fahrer, dass wir eine Wanderung machen wollten. Unser Liaisonfunktionär hatte keine Lust, uns zu begleiten, und blieb lieber im Hotel. Der Fahrer fuhr mit uns los, und ungefähr 15 Kilometer von Nyalam entfernt entdeckten wir eine Stelle, die uns geeignet schien, um unsere Geräte aufzustellen. Der Fahrer ließ uns aussteigen und versprach, in ein paar Stunden zurückzukommen.

Während Dad und Karen die Geräte so einzustellen versuchten, dass sie Signale empfingen, suchte ich unter Steinen nach Eidechsen, Schlangen, Spinnen und Insekten. Wir hatten mit CNN ein Liveinterview vereinbart und versuchten, eine Verbindung mit ihnen herzustellen und zu testen, wie wir unsere Kamera mit dem BGAN-Gerät synchronisieren konnten.

»Jordan«, rief mich Karen. »Schnell, wir haben ein Signal. Komm, sag etwas in die Kamera.«

»Cool.« Doch als ich den großen Stein zurücklegte, unter den ich gerade geschaut hatte, sah ich ein Polizeiauto, das genau dort anhielt, wo uns unser Fahrer hatte aussteigen lassen. Mein Herz setzte einen Schlag aus. Ich sah mich schon in einem chinesischen Gefängnis sitzen, noch bevor ich alt genug geworden war, um mich zu rasieren. »Versteckt euch! Die Cops!«

»Kommt hier rauf, zwischen die Felsen!«, rief Dad.

Zu dritt hockten wir hinter einem Felsbrocken und wechselten beunruhigte Blicke.

»Was wollen die hier?«, flüsterte Karen. »Es gibt keinen Grund, hier mitten im Nirgendwo anzuhalten, an genau *der* Stelle, an die wir uns haben bringen lassen.«

Man hatte uns ja gewarnt: Die Chinesen wollten auf keinen Fall, dass Ausländer Informationen nach außen übermittelten.

»Werden sie uns verhaften?«, fragte ich.

Dad hielt einen Finger vor seine Lippen. »Pst. Weiß ich nicht.«

Mein Herz klopfte so heftig, dass ich mir sicher war, dass auch die Polizisten es hörten. Doch dann gingen sie den Hang *hinunter*, anstatt zu uns raufzukommen.

Das Ganze war total mysteriös. Wir rührten uns nicht vom Fleck, bis die Polizisten wieder wegfuhren und unser chinesischer Fahrer zurückkam. Jetzt war dieses Erlebnis nur noch eine verrückte Geschichte, die ich zu Hause erzählen konnte.

Am nächsten Tag brachen wir zu dem über 4000 Meter hohen Tibetischen Hochland auf. Es war unglaublich, wie anders die Landschaft in dieser Höhe aussah. Nicht länger tropisch grün, sondern eine graue Wüste, die sich in alle Richtungen erstreckte, so weit das Auge reichte.

Ich wäre auf der Autofahrt beinahe eingeschlafen, als wir aus einer Kurve herauskamen und er plötzlich vor uns aufragte: der Mount Everest. Er flimmerte in der von der Wüste aufsteigenden heißen Luft.

Ich nahm meine Sonnenbrille ab, um ihn besser zu sehen. Ich sah auch die weiße Wolkensäule über dem Gipfel, dort, wo dieser den Jetstream zerschnitt. Der Berg, den ich auf so vielen Fotos bewundert hatte! Nachdem ich mich vier Jahre lang auf diesen Moment vorbereitet hatte und nach all dem, was wir unternommen hatten, um herzukommen, kamen in mir Empfindungen auf, die ich nicht beschreiben könnte. Ich sah mich dem Berg meiner Träume gegenüber!

Wir baten den Fahrer anzuhalten und stiegen aus.

»Nur noch zwei Tage, J-Man, und wir werden an seinem Fuß stehen«, sagte Dad.

Dem Berg so nah zu sein veränderte alles. Er war kein in großer Ferne liegendes Ziel mehr. Wir waren hier und sahen ihn vor uns.

Einfach nur hier in Sichtweite des gewaltigen Bergs zu stehen war die Erfüllung eines Traums.

Unsere Reise ging weiter, nach Tingri, dem letzten Dorf vor dem Basiscamp. So gut wie alle Bergsteiger blieben ein oder zwei Tage, um sich in knapp 4300 Metern Höhe zu akklimatisieren. Hier wuchsen keine Bäume mehr, die Brennholz hätten liefern können. Die Häuser waren aus fast meterdicken Lehmziegeln errichtet und weiß gekalkt. Ihre Türen waren nur ungefähr anderthalb Meter hoch. Ich vergaß ständig, mich zu ducken, und stieß mir den Kopf an.

»Die Türen wurden so niedrig gebaut, um böse Geister daran zu hindern, in die Häuser einzudringen«, erklärte Ang Pasang.

Und ich hatte gedacht, es läge daran, dass die Tibeter nicht sehr groß sind. Mit seinen 1,88 Metern hatte es Dad hier nicht gerade leicht und die Beule auf seiner Stirn war ungefähr so groß wie meine.

Tingri sah wie eine alte Stadt im Wilden Westen aus. Auf den ungeteerten Straßen ritten Tibeter umher – allerdings nicht auf Pferden, sondern auf seltsam aussehenden Lebewesen, die sie *dzos* nannten. Es waren die männlichen Nachkommen einer Kreuzung zwischen Yak, einer männlichen Rinderart in Asien, und Kuh.

Wir mieteten uns in einem der Gästehäuser ein. Die Lehmwände und Decken unserer Zimmer waren mit pinkfarbenem Stoff bezogen, damit es im Raum nicht so staubte und auch nicht nach den Yakmist-Feuern roch. Draußen fielen mir die unglaublich vielen streunenden Hunde auf. Ich gab Tingri den Spitznamen »Hundestadt« – und nahm an, dass sie hier größere Probleme mit Flöhen hatten.

Am Abend setzten wir uns auf die Terrasse, um den Everest zu bewundern und uns mit Teams aus Südafrika und Europa zu unterhalten.

Auf dem Weg zu ihnen hatte Dad mir zugeflüstert: »Bleib gegenüber anderen Bergsteigern bescheiden, das ist wichtig.«

Er hätte es mir nicht zu sagen brauchen. Ich wusste, dass ich großes Glück hatte, hier zu sein. Wie so oft drehte sich die Unterhaltung bald um mich und es kamen immer dieselben Fragen.

Ein Deutscher wollte wissen, wie alt ich war.

»Dreizehn.«

Alle waren verblüfft.

»*Mon Dieu!*«, sagte ein Franzose. »So jung!«

»Ich habe großartige Eltern, die mich unterstützen«, erklärte ich.

King Richard kam mir zu Hilfe. »Er besteigt die Seven Summits und hat nur noch Mount Everest und Mount Vinson vor sich.«

Ich warf ihm einen verstohlenen Blick zu. Offenbar hatte er das mit der Bescheidenheit nicht mitbekommen.

Der Franzose nickte mir anerkennend zu. »Dann bist du ein sehr guter, erfahrener Bergsteiger. Ich hoffe, dass wir uns auf dem Berg öfter mal treffen.«

Ich grinste. »Ich auch.«

Sich mit den Bergsteigern zu unterhalten war wirklich cool. Alle wunderten sich über mein Alter, doch niemand sagte etwas Abfälliges. Als ich ins Bett ging, hatte ich das Gefühl, in die internationale Gemeinschaft der Bergsteiger aufgenommen worden zu sein.

Unsere nächste Station war das Basislager, auch Chinese Base Camp genannt, in 5182 Metern Höhe.

Von morgen an würde ich die größte Herausforderung meines Lebens in Angriff nehmen: die Besteigung des höchsten Bergs der Welt.

24. Kapitel

Wir packten unsere Sachen und fuhren auf einer Schotterstraße aus der »Hundestadt« hinaus. Links und rechts gab es nichts als graue Erde und Felsen. Plötzlich aber tauchte vor uns ein Schild mit einer Zeichnung des Everest und einem großen, nach Süden weisenden Pfeil auf. Es sollte wohl bedeuten: »Zum Everest hier entlang!«

Wir näherten uns dem Ort, der für die kommenden sechs Wochen unser Zuhause sein sollte.

Die einzigen Farbkleckse, die wir im Verlauf mehrerer Stunden in der eintönigen Landschaft erblickten, waren die roten, blauen und grünen Kleidungstücke von zwei sechs- oder siebenjährigen Kinder, die ungefähr zweihundert Ziegen quer über die Straße trieben. Nirgendwo war auch nur ein Grashalm zu sehen. Ich wusste zwar, dass Ziegen so gut wie alles fressen, aber was um Himmels willen mochten sie hier oben finden?

Die massive Nordseite des Everest lag genau vor uns und ich konnte den Blick nicht davon abwenden. Als wir das Chinese Base Camp erreichten, bestaunte ich es andächtig. Ich zitterte, aber nicht vor Kälte, sondern vor Ehrfurcht, weil ich vor dem höchsten Berg der Welt stand. Der Gipfel wirkte so nah, dass man meinen könnte, man müsste nur eine Fleecejacke überziehen und ein paar Wasserflaschen einstecken und könnte einfach so hinaufgehen.

»Wir haben es geschafft!«, jubelte ich. »Wir sind hier!«

Dad und ich klatschten uns ab. »Ein Riesenschritt deinem Ziel entgegen!«

Wir betraten ein Zelt am Eingang des Base Camps und legten den diensthabenden chinesischen Beamten unsere Genehmigungen und Pässe vor. Sie sahen alles sorgfältig durch und sprachen miteinander, bevor sie unsere Dokumente abstempelten. Dann stiegen wir wieder ins Auto und fuhren zu der Stelle, an der wir unser Lager aufschlagen wollten.

Wir befanden uns in 5182 Metern Höhe. Es war kalt, windig und die Luft war extrem trocken. Nirgendwo waren Bäume zu sehen, nur Unmengen abgesplitterter Felsbrocken. Unsere erste Aufgabe bestand darin, auszupacken und uns hier wohnlich einzurichten.

Wir halfen Dawa und Karma, Steine beiseitezuräumen, um ebene Standflächen für unsere Zelte zu schaffen, während Ang Pasang, Kumar und ein Junge, den sie hier als Küchenhelfer angeheuert hatten, den Lastwagen abluden. Weil wir es einfach nicht schafften, den Namen dieses Jungen richtig auszusprechen, riefen wir ihn stattdessen Kevin. Genau wie die anderen war er sehr freundlich und fleißig.

Obwohl es so aussah, als hätten wir den gesamten Inhalt unseres Hauses eingepackt und hier im Base Camp abgeladen, war unsere Expedition eindeutig eine der kleinsten. Wie unsere Kritiker von Anfang an bemängelt hatten, waren wir auch eines der wenigen Teams mit nur einheimischen Bergführern. Unsere Gruppe bestand aus King Richard, drei Sherpas, Kumar, Kevin und uns dreien. Unser Ess- und Kommunikationszelt war schlicht und billig. Der Großteil unserer Ausrüstung und unseres Proviants fand darin keinen Platz, sondern lagerte draußen, in Plastikfässern, stabilen Taschen oder in mit Planen umwickelten Kartons.

Das Hauptzelt stellten wir zuerst auf. Jeder von uns besaß ein kleines Schlafzelt, während in dem Hauptzelt Kumars Küche, ein kleiner Tisch und Stühle sowie die Kommunikationsausrüstung untergebracht waren. Hier verbrachten wir die meiste Zeit, spielten Karten und bekamen Besuch von anderen Bergsteigern. Außerdem machte ich hier meine Hausaufgaben.

Als die Zelte standen, hängte Ang Pasang ein Schild mit folgendem Schriftzug auf: »Herzlich willkommen bei Jordan Romeros Mount-Everest-Expedition, Frühjahr 2010«.

Ich boxte mit beiden Fäusten in die Luft. »Yeah! Jetzt ist es richtig offiziell!«

Gleich nachdem das BGAN-Internet- und Telefonsystem aufgestellt war, fragte ich Karen, ob ich meine Mom anrufen könne, um ihr zu sagen, dass wir angekommen seien.

»Ich bekomme kein zuverlässiges Signal rein«, meinte sie.

»Können wir es irgendwo anders versuchen?«

»Nicht, solange dieser Liaisonfunktionär um uns herumschleicht.«

»Ich habe ihn noch nie lächeln sehen. Ich glaube, er mag mich nicht«, sagte ich.

Karen zuckte mit den Schultern. »Ich glaube, er will einfach nur sein Geld einstreichen und aufpassen, dass wir nichts Dummes machen, wie zum Beispiel versuchen, Satellitenkommunikation einzusetzen.«

Ich musste also mindestens noch einen Tag warten, bis ich mit Mom sprechen konnte – oder aber so lange, bis der Liaisonfunktionär irgendwie abgelenkt war.

In der ersten Nacht im Basiscamp hörte ich King Richard im benachbarten Zelt husten und herumrascheln. Er war noch nie so hoch gewesen, und die Höhe konnte einem ernsthafte Schwierigkeiten bereiten, bis man sich an sie gewöhnt hatte. Manchen Menschen fällt die Akklimatisierung schwerer als anderen. Teilweise hat das etwas mit Genetik zu tun. Ich verfügte über viele günstige Voraussetzungen: gute Gene und ein Wohnort in großer Höhe. Außerdem hatte ich vor unserer Abreise einen Monat lang in einer Höhenkammer geschlafen.

Das Chinese Base Camp erstreckte sich über ein weitläufiges Kiestal, und ich wollte nachsehen, wer sonst noch hier war. Die größte Bergsteigergruppe, ein chinesisches Team, zeltete in den Vorbergen des Everest. Unsere nächsten Nachbarn waren Briten. Doppelt so weit von uns entfernt wie sie, also jeweils um die 200 Meter weiter, wohnten auf der einen Seite Südafrikaner und auf der anderen Seite Russen.

Sie alle bildeten größere Expeditionen mit separaten Ess-, Wohn- und Schlafzelten. Die Russen hatten eine riesige weiße Kuppel aufgestellt. Sie war gut sechs Meter hoch, hatte knapp fünfzehn Meter Durchmesser und bettelte praktisch darum, besichtigt zu werden. Ich ging zum Eingang und steckte meinen Kopf herein. Als ich das Innere sah, stockte mir der Atem: Es war unglaublich luxuriös. Sie hatten da drin bequeme Sessel und ein Fernsehgerät – ein in dieser Höhe erstaunlicher Anblick. Es gab sogar eine Tischtennisplatte! Ich nahm an, sie hatten all dies von einem gemieteten Lastwagen hier hochbringen lassen.

Plötzlich stand ein junger Russe mit einem Schnurrbart hinter mir. »*Dobroye utro!*«, sagte er.

»*Hä?*«, brachte ich gepresst heraus. »Guten Morgen?«

Lächelnd machte er mir Zeichen, mit ins Zelt zu kommen. Er reichte mir einen Tischtennisschläger, nahm sich selbst auch einen und schlug rasant auf. Wir spielten zwei Partien, rannten lachend dem Ball hinterher und verstanden kein Wort von dem, was der andere sagte. Er besiegte mich in beiden Partien um jeweils fünf Punkte. Aber es würde eine Revanche geben, das nahm ich mir fest vor.

Wir verbrachten zwei Tage damit, uns zu akklimatisieren und die Ausrüstung und den Proviant einzuteilen, bis wir uns dafür bereit fühlten, auf der »Yak-Autobahn«, die aus dem Camp herausführte, auf den Berg zuzugehen. Die Tiere trugen alle unterschiedlich gestimmte Glocken und das ständige Klingeln ist für mich die Musik Tibets geblieben. Es war eine seltsame, beinahe hypnotische Melodie, die ein andauerndes Hintergrundgeräusch zum Leben im Basiscamp bildete. Wenn mal keine Yaks in der Nähe waren, fiel es mir sofort auf.

Die Jungen, die sie begleiteten, pfiffen und zischten

und riefen ständig: »*Eee-yak, eee-yak.*« Die Tiere grunzten und schnaubten. Um ihr Tempo beim Laufen zu halten, spannten sie die Rückenmuskeln an und trotteten mit gesenktem Kopf dahin. Wenn ein Tier die Karawane ausbremste, warf einer der Yak-Jungen mit einem Kieselstein nach dem Hinterteil. Diese Jungen hatten Wurfarme wie Profi-Baseballer und trafen auf 70 Meter Entfernung.

Ang Pasang erklärte uns, dass die Tibeter den Mount Everest *Chomolungma* nannten, »Mutter des Universums«. Sie betraten deren Wohnstätte nur, nachdem sie eine *Puja*-Zeremonie abgehalten hatten, bei der sie um die Erlaubnis ersuchten, auf den Berg steigen zu dürfen, und im Voraus um Verzeihung dafür baten, dass sie ihn mit Eispickeln und Steigeisen verletzten.

Eine der tollsten Sachen am Reisen in ferne Länder ist die Begegnung mit ihren Kulturen. Ich war nicht einer jener Bergsteiger, die ständig nur an den Gipfel denken. Ich wollte mehr über die Sherpas und ihre Welt erfahren. Zu Hause hatte ich gelesen, dass sie vor beinahe 600 Jahren von Tibet nach Nepal gewandert waren und ihren tibetischen Buddhismus mitgebracht hatten. Vor jedem Versuch einer Gipfelbesteigung errichteten sie einen Altar, und ich freute mich schon darauf, dieser Feierlichkeit beizuwohnen.

Dad, Karen, King Richard und ich sahen schweigend zu, wie unsere Sherpas Steine zu einem Altar aufschichteten, der beinahe so hoch wie ich war. Sie hängten leuchtend gelben Stoff und bunte Gebetsfahnen darüber, sodass er sich farbenfroh von der tristen grauen Landschaft abhob. Dawa und Karma formten aus Yakbutter und *tsampa* – Mehl aus gerösteter Gerste – kunstvolle Plastiken.

»Man nennt sie *torma*«, erklärte Ang Pasang, »und sie dienen als Opfergaben an die Götter, denn wir opfern keine Tiere, wie die Hindus es tun. Für einen Buddhisten ist es eine Sünde, einem Lebewesen Leid anzutun.«

Dawa stellte die *tormas* zu Füßen des Altars auf. Dazu kamen weitere Opfergaben wie Butter, Früchte, einige unserer Energieriegel und verschiedene Getränke. Sie hatten uns gebeten, Teile unserer Ausrüstung mitzubringen, wie zum Beispiel Stiefel, Eispickel und Kleidungsstücke, damit sie gesegnet werden konnten. Ich hängte auch ein Banner für das Team Duke der John-Wayne-Krebsstiftung auf, damit es ebenfalls gesegnet wurde. Kinder, die weniger Glück als ich hatten und an Krebs litten, hatten bunte Bilder gemalt und ihre Namen auf das Banner geschrieben. Ich hatte ihre Bilder mit im Gepäck, weil ich hoffte, auf diese Weise Interesse und Unterstützung für die Krebsforschung anzuregen.

Die Zeremonie begann damit, dass Dawa und Karma Gebete sangen. Es gehörte zum Ritual, dass sie dabei ab und zu eine Glocke oder ein kleines Holzinstrument schüttelten. Ang Pasang reichte einen Teller mit Reis herum, von dem wir in bestimmten Momenten etwas auf den Altar werfen sollten. Nach einer halben Stunde stellten wir uns im Kreis auf und bekamen eine Handvoll trockenes *tsampa*. Gleichzeitig hoben wir alle drei Mal den rechten Arm zum Himmel empor und senkten ihn wieder. Als Ang Pasang uns das Signal gab, warfen wir das Gerstenmehl hoch, sodass es auf uns herunterrieselte.

»*Tsampa* in der Luft steht für gutes Gelingen und das Überwinden aller Hindernisse«, sagte Ang Pasang.

Und dann wurde es richtig lustig. Die Sherpas rieben uns *tsampa* ins Gesicht und ins Haar.

Ang Pasang schmierte mir etwas auf die Wangen und auf den Kopf. »Hiermit wünsche ich dir ein langes Leben. Mögest du so alt werden, dass dein Haar so grau wird wie mit diesem *tsampa.*«

Ich fand diese Vorstellung sehr einleuchtend und verhalf allen anderen ebenfalls zu grauen Haaren.

Dawa segnete eine Handvoll Reis, die ich auf den Gipfel tragen sollte. Danach zog er Teile unserer Ausrüstung durch den Rauch brennender Wacholderzweige, um sie zu schützen. Die Sherpas gossen Bier in eine kleine Tasse, segneten es und reichten es herum, damit wir alle davon tranken. Als ich an der Reihe war, sah ich Karen und Dad fragend an, weil ich nicht wusste, was ich tun sollte. Sie sagten, es sei okay, und so trank ich von dem gesegneten Bier.

Sofort nach der *puja* brachten die Sherpas Essen und Getränke herbei. Ein paar Yak-Jungen kletterten den Hügel hoch und machten bei unserer Party mit. Alle lachten und unterhielten sich auf Nepalesisch und Tibetisch. Wir verstanden kein Wort, aber es war trotzdem ein wunderbarer Nachmittag.

Danach wurde es Zeit, Yaks zu mieten, mit denen wir zum Advanced Base Camp in 6400 Metern Höhe aufbrechen würden. Wir hatten viel zu viel Ausrüstung, als dass wir sie alleine hätten tragen können, selbst wenn wir mehrmals gingen. Die Yak-Besitzer hatten einen Tibeter geschickt, der mit uns den Preis für den Transport aushandeln sollte. Mit Taschenrechner und Notizbuch bewaffnet, ging er langsam zwischen unseren Plastikfässern, Kartons und Taschen herum. »Sie brauchen 50 Yaks«, stellte er schließlich fest.

Dad hatte sich bereits vor unserer Abreise mit der Yak-Logistik beschäftigt. Er verschränkte die Arme vor der Brust. »Zu Hause hat man uns gesagt, wir bräuchten 30.«

Der Tibeter schüttelte den Kopf. »Sie haben zu viel. Nach dem harten Winter sind die Yaks nicht sehr stark und können nur 40 Kilo pro Kopf tragen.«

»Ein Freund von uns war vor zwei Jahren hier. Ihm wurde gesagt, jedes Tier trüge 60 Kilo«, entgegnete Dad.

Der Tibeter gab nicht nach. »Im Herbst sind die Yaks kräftiger, weil sie sich während des Sommermonsuns Reserven angefressen haben.«

Aber Dad blieb ebenfalls hart. Es wurde hin und her gefeilscht, der Preis stieg und sank wie bei uns in den USA die Benzinpreise. Ich hörte nur noch »Yak, Yak, Yak«. Endlich schritt Karen ein und nahm das Angebot des Tibeters an.

»Fangen Sie einfach mit dem Beladen an«, sagte sie. »Wir wollen weiter.«

Ich hatte mich schon die ganze Zeit gefragt, wie sie vorgehen würden. Es gab keine Waage, auf die man die einzelnen Tiere stellen konnte, um das Gewicht ihrer Last zu bestimmen. Auf einmal waren mehrere Tibeter zur Stelle, die mit der Arbeit begannen. Zwei von ihnen stellten sich in einem kleinen Abstand nebeneinander auf und legten sich eine Stange über die Schultern, während ein Dritter ein Fass an einem Seil an die Mitte der Stange hängte und unsere Sachen mithilfe einer Waagenskala abwog.

Das Aufladen von knapp 2000 Kilo Ausrüstung und Vorräten war alles andere als einfach. Einer musste ein Yak am Horn festhalten, während die anderen beiden die Last so auf dem Tier befestigten, dass sie an beiden Seiten gleich schwer herunterhing. Ich streckte einen Arm aus, um eines der Yaks zu streicheln, erntete dafür aber einen wütenden Yak-Blick, der mir ganz deutlich sagte: »Wage es ja nicht, näher zu kommen.«

Als unser gesamtes Gepäck auf 40 Yaks verteilt war, dachten wir, Dad hätte bei den Verhandlungen vorhin gewonnen. Doch das war nicht der Fall.

»Sie brauchen noch zehn. Unterwegs werden sie nur sehr wenig zu fressen finden. Für je vier Yaks brauchen wir ein fünftes, das ihr Futter trägt.«

Dad warf die Arme hoch und stapfte davon.

»Wir geben hierfür schon doppelt so viel aus wie geplant«, sagte Karen. »Wir können wirklich nicht mehr zahlen.«

Der Tibeter blieb einfach mit seinem Taschenrechner in der Hand vor ihr stehen. Er wusste, dass er am längeren Hebel saß. Wir konnten unmöglich alleine zwei Tonnen Gepäck den Berg hochschleppen.

Schließlich einigte man sich auf einen Preis pro Yak und Tag – jeweils 50 US-Dollar. Ich fürchtete, Dad würde die Beherrschung verlieren, doch er blieb cool und machte sich Luft, indem er zu einem energischen Spaziergang rund ums Basiscamp aufbrach.

Am Nachmittag sah ich zu, wie 50 Yaks im Gänsemarsch unser Lager verließen. Sie waren mit bunten Bändern und in ihr Fell eingeflochtenen Wollfäden geschmückt und ihre Glocken klingelten. Am Vormittag hatten wir uns von unserem Liaisonfunktionär verabschiedet, der im Chinese Base Camp auf unsere Rückkehr warten würde. Als ich meinen Rucksack schulterte, fühlte ich mich der endgültigen Erfüllung meines Traums wieder etwas näher. Nachdem ich vier Jahre darauf gewartet hatte, würde ich jetzt meine ersten Schritte auf dem Everest machen.

Das Advanced Base Camp war zu weit, als dass wir es an einem Tag hätten erreichen können. Wir gingen bis zum Interim Camp in 5791 Metern Höhe und schlugen unser Lager für die Nacht auf. Dieses Interim Camp landete nicht auf der Liste der Orte, an die ich noch einmal zurückkehren möchte. Hier war es nur kalt, staubig und windig – so windig, dass wir das Zelt, in dem wir schlafen und essen würden, gemeinsam und mit vereinten Kräften aufstellen mussten. Außerdem war es darin eng und voller Yak-Mist.

Ang Pasang hatte mich gewarnt, dass Yaks ziemlich unfreundlich seien, doch bisher war ich mit Tieren immer gut ausgekommen. Die Yaks waren kleiner, als ich sie mir vorgestellt hatte, kleiner als eine Kuh, doch sie schafften es, in großer Höhe schwere Lasten zu tragen. Im Grunde waren sie ebenso unglaublich wie die Sherpas. Ich ging langsam auf eines der Tiere zu und ahmte dabei nicht besonders geschickt den Pfiff eines Yak-Jungen nach. Das Tier sah mich ebenso unfreundlich an wie das, das ich zu streicheln versucht hatte.

»Nimm das hier in die Hand und er wird sich mit dir anfreunden«, sagte Ang Pasang. Er gab mir ein Stück braunen Teig. »Wir tragen Kugeln aus *tsampa* bei uns, weil sie sehr energiereich sind. Die Yaks können gar nicht genug davon bekommen.«

Das Tier starrte mich ungefähr eine Minute lang an, bevor es an meiner Hand schnupperte. »Komm schon. Es wird dir schmecken!«, flüsterte ich.

Ich spürte den warmen Atem des Yaks, als es die Leckerei von meiner Hand nahm.

»In Tibet definiert sich Reichtum darüber, wie viele Yaks man besitzt«, erzählte Ang Pasang. »Wer Yaks hat, verwendet ihren getrockneten Mist als Brennstoff, spinnt und webt ihre Haare zu Stoffen für Kleidung und Decken und macht aus ihrem Leder Schuhe. Ihr Fleisch ist mager, aus der fetten Milch kann man Butter, Joghurt und Käse herstellen.«

Am Abend gelang es uns, mit dem BGAN eine Verbindung herzustellen, und ich gab der Sendung *Good Morning America* ein Liveinterview. Inzwischen hatte ich genügend Interviews gegeben, um dabei nicht mehr so nervös zu sein. »Ich habe eine gewisse Ehrfurcht«, erzählte ich den Zuschauern. »Damit will ich sagen, dass ich die Grenzen des Bergs respektiere. Wir halten auch sämtliche Vorsichtsmaßnahmen ein. Wir werden so vorsichtig wie möglich sein, aber wir haben dabei auch ein gutes Gefühl.«

Am nächsten Morgen wanderten wir auf einem Streifen aus flachen Steinen, der den Gletscher in zwei Hälften teilte. Während wir gingen, übte ich den Yak-Jungen-Pfiff.

Zu Hause würde ich damit punkten können, vielleicht sogar bei ein paar Mädchen. Ich fühlte mich großartig. Die Höhe machte mir überhaupt nichts aus.

King Richard aber ging es mies. Das kam sicherlich auch daher, dass er nicht in Form war und lauter falsche Sachen aß. Er prahlte damit, dass er kein Gemüse mochte und dass seine Lieblingsspeisen Käse, Hamburger und Burritos waren. Egal wie oft wir ihm erklärten, wie wichtig gesunde Ernährung und regelmäßige Bewegung waren – er kapierte es einfach nicht.

Nach vier Stunden erreichten wir das Advanced Base Camp. Es lag nur 550 Meter niedriger als der Gipfel des Aconcagua. Wir schlugen unser Lager auf dem unebenen Felsboden auf, gönnten uns allerdings ein größeres Hauptzelt, in dem wir aßen und uns ausruhten.

Das Advanced Base Camp war wesentlich kleiner als das Chinese Base Camp weiter unten. Hier gab es keine Tischtennisplatten, dafür aber eine große Zusammenkunft von Bergsteigern aus den verschiedensten Ländern, darunter auch ein sehr sympathisches chinesisches Team. Sie waren vollkommen anders drauf als die steifen Beamten, die wir bisher kennengelernt hatten. Einer der Chinesen sprach gut Englisch und interessierte sich sehr für Politik. Er fragte uns, was wir von der Gesetzesvorlage hielten, die das Repräsentantenhaus Präsident Obama vorgelegt habe. Dad, der ein absoluter Nachrichtenfreak ist, genoss die Unterhaltung mit ihm.

Wir übernachteten zweimal im Advanced Base Camp, um uns zu akklimatisieren und unsere Ausrüstung umzupacken. King Richard war als unser Ein-Mann-Unterstützungsteam mitgekommen. Er hatte nie vorgehabt, höher als bis zum Advanced Base Camp zu steigen, aber auch hier war er in so schlechter Verfassung, dass er uns überhaupt nicht helfen konnte. Er verließ sein Zelt nur, um zu essen, und hustete dann die ganze Mahlzeit hindurch. Er und Dawa, der ebenfalls krank war, blieben unten, als wir zu einer Akklimatisierungswanderung aufbrachen. Ziel war Camp 1 auf einem sattelartigen Kamm, dem North Col.

Ang Pasang und Karma waren die reinsten Mini-Yaks: Jeder der beiden trug über 30 Kilo Ausrüstung und Sauerstoffflaschen, die hinauf ins Camp 1 sollten. Der Weg verlief über unebenen, scharfkantigen Fels, und gelegentlich verloren wir ihn aus den Augen und mussten ihn erst wieder finden, um weitergehen zu können. Das eigentliche Klettern begann am sogenannten Crampon Point, dem »Steigeisenpunkt«.

Als ich meine Steigeisen anschnallte, fühlte ich mich wesentlich zuversichtlicher als damals auf dem Elbrus oder dem Mount McKinley. Karen brauchte mir nicht mehr den Reißverschluss der Jacke hochzuziehen und meine Bergschuhe oder den Sitz meines Rucksacks zu kontrollieren. Ich war ein kompetentes, verantwortungsvolles Mitglied des Teams – jeder von uns war jederzeit in der Lage, die anderen zu unterstützen.

Wir erreichten die vereisten Felsen von Crampon Point und kamen danach an eine sehr steile Kletterstelle, an der Fixseile gespannt waren. Es waren zwei Seile. Normalerweise war eines für den Aufstieg und das andere für den Abstieg gedacht, aber wenn keiner entgegenkam, durfte man auch beide benutzen. Gruppen von Sherpas mit schweren Lasten für Camp 1 kletterten erstaunlich schnell und geschickt an uns vorbei. Man sah sofort, dass sie schon oft an diesen Fixseilen geklettert waren.

Das Wetter war perfekt, die Sonne schien am blauen Himmel und der Weg war hier oben deutlich markiert. Überall am Berg waren Bergsteiger, die in der Entfernung wie kleine bunte Punkte auf dem Fels aussahen. Bei einem steilen 60°-Anstieg wurde die Steigklemme zu meinem besten Freund. Ich schob sie am Fixseil hinauf, klinkte sie ein und zog mich mit gleichmäßigen, kraftvollen Bewegungen hoch, die ich früher noch nicht in dieser Form beherrscht hatte.

Nun lag ein breiter Spalt vor uns, der sich zu weit erstreckte, als dass wir darum hätten herumlaufen können. Der chinesische Bergsteigerverein, der die Route jedes Jahr abgeht und Fixseile anbringt, hatte zwei Aluminiumleitern seitlich aneinander befestigt und sie über dem Spalt angebracht, der von oben wie eine blaue Eishöhle ohne Grund aussah. Auf beiden Seiten des Spalts waren die Leitern mit langen Eisankern befestigt. Außerdem waren Seile gespannt, sodass man sich beim Überqueren an beiden Seiten festhalten konnte.

Ang Pasang ging als Erster hinüber. Karen folgte. Ich sah aufmerksam zu, denn ich wollte keinen Fehler machen.

»Du bist dran«, sagte Dad. »Hänge einen Karabiner in ein Seil ein und halte dich an dem anderen Seil fest.« Die Seile waren nicht straff gespannt, sondern hingen durch. »Nutze die Seile als Hilfe, um das Gleichgewicht zu halten. Verlass dich in erster Linie auf deine Füße.«

»Verstanden«, erwiderte ich.

»Jetzt mach den ersten Schritt. Das ist immer der schwerste«, sagte Dad.

Ich versuchte, meinen Fuß aufzusetzen, doch die Stahlstifte der Steigeisen und die runden Alusprossen der Leiter passten schlecht zusammen.

»Versuche, die Sprossen zwischen deine Steigeisendornen zu klemmen«, riet Karen.

Metall traf auf Metall. Ich ließ meine Hände über die Seile gleiten, während ich versuchte, die Stifte vorne am Steigeisen des einen Fußes so über eine Sprosse zu stülpen, dass die hinteren Stifte über eine andere Sprosse passten. Es war eine Frage der Geschicklichkeit, aber ich war ihr gewachsen. Ich fand meine erste Leiterüberquerung sogar eher spannend als beängstigend.

»Bleib ruhig und konzentrier dich auf jeden einzelnen Schritt«, sagte Karen. »Du bekommst das schon hin.«

Ganz langsam bewegte ich mich vorwärts und machte immer nur einen Schritt auf einmal. Um konzentriert zu bleiben, heftete ich den Blick auf die Leiter. Dass ich auf der anderen Seite angekommen war, merkte ich erst am Knirschen des Schnees unter meinen Steigeisen.

Aber das sollte nicht die letzte Herausforderung dieses Tages bleiben. Nur wenige Minuten später kamen wir zu einem langen Quergang, der entlang eines steilen Hangs und unterhalb von zwei Seracs verlief. Seracs sind Eistürme, die aus dem Gletscher herausragen. Ang Pasang und Karen gingen als Erste, damit Karen uns im Quergang filmen konnte. Auf der anderen Seite angelangt, gab sie mir Zeichen, nachzukommen.

»Lass uns keine Zeit verlieren«, sagte Dad. »Ich habe hier kein gutes Gefühl.«

Ich hängte mich in das Fixseil ein und beeilte mich – nicht etwa, weil ich glaubte, dass etwas passieren würde, sondern weil Dad es gerne wollte. Unterhalb von uns wurde der Hang immer steiler und brach dann über einem Abgrund ab. Doch wir hatten ja das Fixseil und unsere Steigklemmen, uns konnte im Grunde nichts passieren. Inzwischen war mir der Rhythmus in Fleisch und Blut übergegangen: Gleitklemme weiterschieben, fixieren, Schritt. Weiterschieben, fixieren, Schritt.

Zwei Mitglieder eines anderen Teams kamen uns auf ihrem Abstieg von Camp 1 entgegen. Der erste war ein Spanier, dessen langes, lockiges Haar unter seiner Mütze hervorschaute.

»*Hola, ¿cómo éstas?*« Als er an mir vorbeikam, hob er die Hand zum Abklatschen. Wir hängten unsere Karabiner um, damit wir beide am Fixseil gesichert blieben, aber aneinander vorbeikamen.

Ein weiterer Bergsteiger folgte. Er war ungefähr 60 Meter von uns entfernt und trug einen sonnengelben Daunen-Skianzug. Er war nicht ins Fixseil eingehängt und schien so schnell wie möglich ins Advanced Base Camp zurückkehren zu wollen.

Er lächelte und sagte etwas in einer Sprache, die ich nicht verstand. Später erfuhr ich, dass es Ungarisch gewesen war.

Ich lächelte und winkte. »Hi!«

Plötzlich zerriss ein Donnern die Stille. Der Boden unter meinen Füßen geriet in Bewegung.

Ich sah auf. Über uns brach eine Eiswand, so hoch wie ein zehnstöckiges Haus, vom Berg ab und explodierte. Eine Sekunde später raste eine riesige weiße Wolke den Hang hinunter und wurde dabei höher und höher. Und schneller und schneller. Schnee und Eiskristalle erfüllten die Luft.

Eine Killerwelle kam direkt auf mich zu.

Riesengroß. Und unglaublich schnell! Was geschah hier? Was sollte ich tun?

Die Höhe und die dünne Luft raubten meinem Körper und meinem Gehirn den nötigen Sauerstoff. Ich konnte nicht mehr denken, nicht mehr schnell genug reagieren.

Die Lawine raste über mich hinweg und nahm mir den Atem. Alles war weiß, wirbelte um mich herum, warf mich hin und her wie eine Puppe. Ich rollte dahin, hatte keine Kontrolle mehr über meinen Körper und konnte nicht mehr atmen.

Ich war vollkommen desorientiert und von der mich umgebenden weißen Wolke geblendet. Wo war der Himmel, wo die Erde?

Verzweifelt trat ich um mich, um mit den Steigeisen in Eis, Schnee oder sonst irgendetwas Halt zu finden. Um nicht in den tödlichen Abgrund zu stürzen.

Ich dachte, Karen und Ang Pasang wären weit genug von mir entfernt, um der Lawine entronnen zu sein. Aber wo war Dad? Wo war Karma? Ich wollte schreien, aber über meine Lippen kam kein Laut.

Ich hing immer noch an dem Seil, das mich mit dem Berg verband, doch mit einem furchtbaren Ruck, der durch meinen Körper ging, rissen einige Fasern dieses rettenden Ankers. Meine Steigklemme war oberhalb der

Bruchstelle fixiert, an dem Teil des Seils, das noch am Berg verankert war. Würde das, was von dem Seil übrig geblieben war, stabil genug sein, um mich weiterhin zu sichern? Und was war mit Dad?

Ich hing an meinem Sicherungsseil und wartete darauf, wieder etwas sehen zu können. »Dad!«, schrie ich.

Endlich hörte der Boden auf, sich zu bewegen, und ich vernahm wieder den eisigen, peitschenden Wind. Nach einem Zeitraum, der mir wie eine Ewigkeit vorgekommen war, rammte ich meine Steigeisen in massives Eis und sah über mir wieder blauen Himmel, doch noch immer war im dichten Schneegestöber nichts zu erkennen. Mein Herz hämmerte wie wild und mir war schwindelig. Angestrengt versuchte ich, durch die Schneewolke hindurch meine Teammitglieder auszumachen. Ich sog die brennend kalte Luft ein und schrie: »Dad!«

Niemand antwortete. Ich war allein, allein mit dem eisigen Atem, den mir der Everest ins Gesicht blies.

Mit Schwung drehte ich mich um und schrie wieder und wieder, bis meine Kehle von der bitterkalten Luft wund war.

Endlich sah ich Dad. Karma stand dicht hinter ihm.

Ich wollte etwas sagen, doch Dad war schneller. »Bist du okay?«

»Ja!«, rief ich. Ich war noch am Leben.

Karen und Ang Pasang hatten knapp außerhalb der Reichweite der Lawine gestanden. »Ist bei euch da drüben alles in Ordnung?«, rief sie.

»Ja!«, schrie Dad zurück. »Aber das Seil ist gerissen und wir müssen Jordan zu euch raufbekommen.«

Ich hielt meine Steigklemme – meinen Lebensretter – in der rechten Hand. Sie hätte eigentlich stark genug sein sollen, um damit einen Lastwagen abzuschleppen, aber jetzt sah sie aus, als wäre der Laster darübergefahren, denn sie war in einem rechten Winkel verbogen. »Meine Steigklemme ist kaputt.«

»Das kann nicht sein«, erwiderte Karen.

»Ist aber so!«

Karma bewegte sich auf mich zu. Er nickte, als wolle er mir damit sagen: »Reiß dich zusammen. Mach weiter!«

Wir mussten von diesem abbröckelnden Hang herunter. Dad war jetzt dicht hinter mir. »Komm schon, J-Man, mach genau das, was wir geübt haben. Bewege dich langsam, achte bei jedem Schritt darauf, dass deine Steigeisen festen Halt haben, und geh auf Karen zu.«

Ich konzentrierte mich einzig und allein auf Karen und bewegte mich mit klopfendem Herz auf sie zu. Ich konnte nicht richtig sehen, weil meine Augen voller Tränen waren. In diesem Moment wusste ich nicht, ob ich zurück nach Hause oder aber auf den Gipfel des Everest gehen wollte. Dieses Erlebnis war das bis dahin erschütterndste meines Lebens. Wenn wir nur ein paar Schritte weiter hinten gewesen wären, hätte uns die Lawine zerquetscht, oder uns tausend Meter tief in einen Abgrund gerissen. In diesen Minuten fühlte sich der Tod sehr wirklich und sehr nahe an.

Als ich endlich Karen erreichte, riss sie mich an sich und umarmte mich.

»Ich hatte solche Angst«, sagte sie und betrachtete dabei eingehend mein Gesicht. »Bist du wirklich in Ordnung? Hast du dir nichts gebrochen?«

Dad folgte ein wenig später. Er hatte Karma geholfen, der ein Stück weiter unten am Hang gewesen war. Die beiden hatten abwechselnd denselben Eispickel benutzt, um aus dem Gefahrenbereich herauszukommen. »Jordan war unglaublich«, sagte Dad zu Karen. »Er hat sich zusammengerissen und es alleine geschafft, hierherzukommen, wie ein erwachsener Mann.«

Ich freute mich, dass er das sagte. Als ich zu ihm aufschaute, bemerkte ich Blut, das durch seine Wollmütze sickerte. Der Fleck breitete sich allmählich aus. »Dein Kopf! Du blutest.«

Er hatte entweder nichts gespürt oder war noch im Adrenalinrausch. Es tat ihm nicht weh.

Karen schob behutsam seine Mütze hoch. Darunter kam eine tiefe Platzwunde zum Vorschein. Sein Haar war mit Blut verklebt. »Tut das nicht weh?«

»Nein, es ist okay«, sagte er.

Ich begriff, dass ich ihn mit den Dornen meiner Steigeisen getroffen hatte, als meine Füße nach Halt suchten. Ich schluckte, um nicht in Tränen auszubrechen. Es tat mir so leid, ich hatte ihm nicht wehtun wollen.

Auch eines seiner Hosenbeine war zerrissen und aus den Löchern im Stoff tropfte Blut.

Aber so war mein Dad: Obwohl er verletzt war, hatte er mich gestützt und mir geholfen, mich in Sicherheit zu bringen.

»Wir müssen dich so schnell wie möglich zu einem Camp bringen«, meinte Karen.

»Nein, es ist nicht so schlimm«, widersprach Dad.

»Unsinn. Du weißt, dass Wunden hier oben nicht gut verheilen.«

Von unten drangen aufgeregte Stimmen zu uns herauf. »Der Spanier hängt an einem Seil über dem Abgrund«, übersetzte Ang Pasang. »Sherpas versuchen, ihn hochzuziehen.«

»Ist er am Leben?«, fragte ich. Ich wusste nur zu gut, dass wir uns in derselben Situation wie er hätten wiederfinden können.

»Sie wissen es nicht. Er bewegt sich nicht.«

»Und der Typ im gelben Schneeanzug?«, wollte ich wissen.

Ang Pasang rief etwas auf Nepali nach unten und erhielt eine traurige Antwort. »Keiner kann ihn finden. Vermutlich ist er in den Abgrund gestürzt. Er hatte sich nicht ins Fixseil eingehängt.«

Ich hatte die ganze Zeit gewusst, in welche Gefahr wir uns an diesem Berg begaben. Aber mit jemandem einen Gruß gewechselt zu haben, der wenige Minuten später gestorben war, schockierte mich mehr als vorhin die Lawine. Der Tod war keine theoretische Möglichkeit. Er war Teil der Realität.

Auf dem Everest darf man nicht vor sich hin träumen, nicht einmal eine Sekunde lang. Aber wenn sich der Mann in das Fixseil eingeklinkt hätte … Wer hätte sagen können, was dann passiert wäre? Es war, wie russisches Roulette zu spielen. Ich hoffte, dass zumindest seine Leiche gefunden wurde, obwohl ich wusste, dass die meisten, die auf dem Everest sterben, für immer dort bleiben.

Eigentlich hatten wir geplant, unsere Ausrüstung in Camp 1 abzuladen und noch am selben Tag ins Advanced Base Camp zurückzukehren, um uns dort weiter zu akklimatisieren.

»Sollen wir höher steigen und versuchen, medizinische Hilfe für dich zu finden?«, fragte Karen Dad. »Oder wollen wir wieder runtergehen?«

»Am sichersten ist es wohl, ins Camp 1 zu gehen«, antwortete er.

»Dann geht es also rauf«, stellte Karen fest.

Wir waren schon beinahe auf 6700 Meter Höhe und würden gleich unter dem zweiten Serac vorbeigehen müssen. Er sah noch gefährlicher aus als der erste. Ich erinnerte mich, wie Dad am Hang gesagt hatte, er habe kein gutes Gefühl.

Ich hatte jetzt eine entsetzliche Angst davor, lebendig von Eis- und Schneemassen begraben zu werden. Ich bewegte mich so schnell wie möglich. Karen blieb näher bei mir als normalerweise und Dad kam kurz hinter mir und schien sich gut zu halten. Doch es sollte sich unbedingt jemand um seine Wunden kümmern. Karen nahm meine verbogene Steigklemme und gab mir ihre unversehrte, damit ich am Fixseil sicher war.

In Camp 1 angelangt, machten wir erst einmal Inventur und stellten fest, dass wir hier nicht genügend Ausrüstung und Vorräte für eine Übernachtung hatten. Außerdem hatte niemand die Verbandsmittel und Medikamente, die Dad brauchte. Karen sah sich seinen Kopf noch mal an und meinte, die Wunde müsse unbedingt mit ein, zwei Stichen genäht werden, damit sie sich schließe. Also entschieden wir uns dafür, ins Advanced Camp zurückzukehren. Das bedeutete, dass wir wieder das Lawinengebiet passieren und unter dem sich neigenden Eisturm hindurchgehen mussten.

Bevor wir uns auf den Rückweg machten, holte Dad das Satellitentelefon heraus, um Terry anzurufen. Terry hatte mir beigebracht, mich bei Interviews entspannt zu verhalten, und war seither ein guter Freund von uns. »Wir sagen ihm lieber Bescheid, für den Fall, dass die Medien schon von der Lawine an der Nordseite Wind bekommen haben«, meinte er.

»Ja, es wäre gut, wenn Terry wüsste, dass es uns gut geht, und verhindern könnte, dass wilde Gerüchte entstehen. Er muss unbedingt Jordans Mom anrufen«, sagte Karen.

Sobald Dad Terry gesagt hatte, dass wir am Leben und gesund seien, gingen wir durch dieselbe Landschaft zurück. Inzwischen waren die Schatten länger geworden. Als wir zu der Gefahrenzone kamen, sahen wir, dass Sherpas bereits über die wackeligen Schneebretter gegangen waren und mit neuen Eisankern neue Fixseile gespannt hatten. Sie riskierten für uns ihr Leben.

Ang Pasang ging voran und sagte, wir sollten Sicherheitsabstände einhalten. Es bestehe durchaus die Gefahr einer zweiten Lawine.

»Auf gar keinen Fall«, widersprach Karen. »Jordan, du bleibst hier bei mir.«

»Wir können es schaffen«, meinte Dad. »Wir müssen schnell sein, aber wir können es schaffen.«

Synchron wie Trommler, die denselben Rhythmus schlagen, hängten wir uns aus, passierten die Anker und hängten uns wieder ein. Die Bewegung der Schneemassen hatte hohe Wehen entstehen lassen, über und um die herum wir gehen mussten. Beim Abstieg klopfte mir das Herz wie wild. Ich wollte nicht an den Ungarn denken, doch ich konnte nicht anders, ich musste eine Sekunde lang innehalten und mir die Stelle anschauen, an der ihn der Schnee mit sich den Hang hinunter und in den Abgrund gerissen hatte.

Ang Pasang sprach mit den Sherpas, die den Spanier gerettet hatten, und erfuhr, dass er sich eine Schulter ausgerenkt, mehrere Rippen gebrochen und die gesamte linke Seite seines Körpers geprellt hatte. Aber er war am Leben.

»Was ist mit dem Typen im gelben Anzug«, fragte ich wieder angespannt. »Haben sie ihn gefunden?«

Ang Pasang schüttelte den Kopf. »Sie werden noch eine Woche oder so nach ihm suchen, aber ich bin mir sicher, dass er irgendwo unten am Boden des Abgrunds liegt.«

Ich hörte den Mann in meinem Kopf immer noch »Hi!« sagen, und ich konnte mir nicht vorstellen, dass ich diesen Augenblick jemals vergessen würde.

Als wir die Lawinenzone passiert hatten, gingen Karen und ich in gleichmäßigem Tempo weiter. Dad hinkte. Bei jedem Schritt verzog er das Gesicht vor Schmerz, und er war wirklich niemand, der wehleidig war. Ang Pasang und Karma blieben auf dem ganzen Weg bis zum Advanced Base Camp nah bei ihm.

King Richard und Dawa hatten von der Lawine gehört und kamen uns entgegengelaufen. Sie befürchteten, wir könnten verletzt sein.

»Nur Paul«, sagte Karen.

Das chinesische Team hatte einen eigenen Arzt dabei. Wir machten uns auf die Suche nach meinem chinesischen Bekannten, der Englisch sprach.

Karen zeigte ihm die blutige, inzwischen eingetrocknete Stelle auf Dads Kopf. »Am Bein hat er auch eine Wunde. Könnte Ihr Arzt ihn sich vielleicht anschauen?«

»Kommen Sie mit in unser Esszelt, und ich schicke jemanden los, der ihn holt.«

Der Arzt ließ Dad auf einem Stuhl Platz nehmen und reinigte die Wunden. Karen hielt das Tablett mit den Instrumenten, während er die drei Stichverletzungen an Dads Oberschenkel und die Platzwunde auf seinem Kopf nähte. Dad schaute mich dabei die ganze Zeit an und schaffte es, seine Schmerzen hinter einem breiten Grinsen zu verbergen. Ich wusste nur zu gut, dass ich ihm die Wunden zugefügt hatte, als ich wild um mich tretend nach Halt gesucht hatte. Was, wenn ich ihn umgebracht hätte? Mit diesem Wissen hätte ich nicht weiterleben können.

Die Bergsteiger im Advanced Base Camp waren in der Nacht ziemlich unruhig. Die Nachricht von der Lawine und von dem Toten, der, wie wir inzwischen erfahren hatten, Ungar war, machte alle ein wenig nervös. Ich lag in meinem Zelt und schaute durch die offene Eingangsklappe auf den Gipfel. Er schien so nah, doch wir hatten noch über 1000 Höhenmeter vor uns. Der Weg würde uns durch die Todeszone führen, in der der Körper ganz langsam abstirbt. Auf unseren Akklimatisierungswanderungen und beim Aufstieg zum Gipfel würden wir noch oft durch die Lawinenzone gehen müssen.

Heute hatte ich meinen Dad verletzt. Ich wollte nie wieder jemandem wehtun. Ich musste an die warme Sonne Kaliforniens denken, an ein herzhaftes Frühstück und an meine Freunde, die jetzt in Shorts und T-Shirts am Big Bear Lake Mountainbike fuhren. Der Sauerstoffmangel hatte bereits begonnen, sich in meinem Kopf bemerkbar zu machen, und ein Teil von mir wollte nur noch nach Hause. Ich hatte das Gefühl, von allem sehr weit weg zu sein und ganz besonders weit weg von meinem Traum.

25. Kapitel

Am folgenden Morgen trafen sich Vertreter der Teams, um über die Ereignisse des Vortags zu sprechen. Weil er ein wahrer Everest-Veteran und ein sehr bekannter und geachteter Sherpa war, hatten wir Ang Pasang geschickt. Der von den beiden Seracs übrig gebliebene Eisturm stellte eine Gefahr für alle dar, die darunter vorbeigingen. Der chinesische Bergsteigerverband beabsichtigte, eine neue Route zu markieren und neue Fixseile zu spannen.

Während sie die neue Route planten, ruhte Dad sich aus, damit die Wunden an seinem Bein heilen konnten. Das war äußerst wichtig, denn die nächsten vier Tage würden wir ständig bergauf- und bergabsteigen, um unsere Lagerdepots in größeren Höhen aufzufüllen und uns zu akklimatisieren. Auf Meereshöhe wendet der menschliche Körper für die Atmung nur fünf Prozent seiner Energie auf. Auf dem Everest-Gipfel würde uns das Atmen dagegen 70 Prozent unserer Energie kosten. Wir mussten unsere Körper darauf vorbereiten.

»Die *Today Show* und Harry Smith von CBS hätten gerne Skype-Interviews von hier«, sagte Karen, nachdem sie ihre E-Mails durchgesehen hatte. Im Advanced Base Camp konnten wir das BGAN-Gerät aufbauen und hatten dann Internetanschluss, sodass wir mailen und skypen konnten. Unser PR-Berater Rob koordinierte von New York aus die Interviews.

Dad berührte mit den Fingerspitzen vorsichtig seinen Kopfverband. »Dann lasst uns allen zeigen, dass es uns gut geht.«

Bei Liveinterviews hatte ich normalerweise nicht mehr Schmetterlinge im Bauch, aber das hier war anders. Ich hatte aus nächster Nähe den Tod erlebt, und ich wusste nicht, was ich sagen sollte, wenn mich jemand fragte, wie ich darüber dachte. Das Letzte, was wir jetzt brauchen konnten, waren abfällige Bemerkungen.

Als wir endlich online waren, gab mir Dad, der hinter der Kamera stand, ein beruhigendes Daumen-hoch-Zeichen. Keiner meiner Interviewer erwähnte die Lawine auch nur. Entweder sie wussten nichts davon, oder sie wollten einfach wirklich nur wissen, wie wir vorankamen, und mir Glück wünschen. Ich hoffte, in ein paar Tagen berichten zu können, dass wir den Gipfel erreicht hatten.

Nach zwei oder drei Ruhetagen transportierten wir vier Tage lang gemeinsam mit den Sherpas Ausrüstung und Vorräte in die oberen Camps. Oberhalb des Advanced Base Camps gab es drei weitere Camps: Camp 1 in 7010 Metern Höhe, Camp 2 in 7544 Metern und Camp 3 in 8348 Metern Höhe. Wir gingen mehrmals zu Camp 1, damit wir dort alles hatten, was wir benötigten. Die Bestückung von Camp 2, wo wir uns nur für kurze Zeit aufhalten würden, war mit einer Tour zu bewältigen, und die Sherpas gingen alleine zum Camp 3 hoch, wo das, was wir dort oben brauchten, auf uns warten würde. Jetzt war alles für den Aufstieg zum Gipfel bereit und es musste sich nur noch die richtige Wetterlage einstellen.

Wir kehrten ins Chinese Base Camp zurück, um auf das sieben- bis zehntägige Zeitfenster zu warten, die Phase, in der keine Nordwinde mehr in der Gipfelzone wehten und in der der Monsun noch nicht eingetroffen war. King Richard und Dawa waren auch schon dorthin zurückgekehrt, nachdem sie sich vergewissert hatten, dass wir die Lawine unbeschadet überstanden haben, und es war schön, sie wiederzusehen.

Dads Wunden heilten gut ab, wobei der Aufenthalt in niedrigerer Höhe den Heilungsprozess beschleunigte. Karen sorgte jeden Tag dafür, dass Verbände und Wunden sauber blieben und sich nichts infizierte.

Am liebsten hätte ich die Wartezeit damit verbracht, gemeinsam mit King Richard Filme anzuschauen, aber Karen achtete streng darauf, dass ich regelmäßig mit meinem Lernprogramm arbeitete und meine Hausaufgaben machte.

»Jordan«, sagte sie eines Tages, »du musst dein Tagebuch für Englisch weiterführen.«

»Worüber soll ich denn schreiben?«

»Wir schauen uns die Stein-Denkmäler an und dann kannst du über sie berichten.«

Gemeinsam gingen wir beide zum Ende des Camps und einen steilen Hügel hinauf. Wir kamen auf eine Hochebene, auf der überall behauene Felsbrocken, Steinplatten mit Inschriften und Grabsteine standen und an Bergsteiger erinnerten, die an der Nordseite des Everest ihr Leben verloren hatten. Es waren Dutzende von Menschen, junge und alte, berühmte und unbekannte. Die Mutter des Universums hatte sie zu sich genommen, ohne sich darum zu kümmern, woher sie kamen. Für sie waren sie alle gleich.

»Schau dir mal den Stein hier an, Jordan«, sagte Karen. »Er ist einer Frau gewidmet, die sich in 8230 Metern Höhe in ihren Klettergurt gestemmt hat, und er ist aufgegangen. Jeder, der Bergsteiger werden will, sollte vorher diese Stätte besuchen.«

Wir gingen zwischen den Steinen umher, umgeben von der Geschichte der Everest-Besteigungen. Eine große graue, von Felsbrocken umgebene Steinplatte zog mich magisch an. Auf ihr stand: »In Erinnerung an George Leigh Mallory und Andrew Irwine, zuletzt gesichtet am 8. Juni 1924, und an all jene, die bei der britischen Pionierexpedition auf den Mount Everest ums Leben kamen.«

Unsere Wanderung zu den Gedenksteinen lieferte mir genügend Stoff für einen Tagebucheintrag, aber ich fürchtete mich vor dem, was danach an der Reihe war: Algebra. Mathe ist einfach nicht mein Ding, und ich muss wohl irgendwelche Vibrationen ausgesendet haben, denn jedes Mal, wenn ich mich hinsetzte, um darüber zu grübeln, wofür wohl x stehen könnte, kamen Leute und blieben vor unserem Zelt stehen. Es war das kleinste und billigste im ganzen Camp, aber alle wollten sich mit uns unterhalten. Deshalb war es, wie ich Karen wiederholt zu erklären versuchte, wirklich nicht mein Fehler, dass ich nie mit meinen Algebraaufgaben fertig wurde. Als Ausgleich dafür lernte ich durch meine Begegnungen mit Bergsteigern aus aller Welt wirklich eine ganze Menge.

Mir gefiel es im Camp wirklich total gut. Wir bildeten eine Gemeinschaft aus Bergsteigern, die alle dasselbe Ziel hatten: den Gipfel zu besteigen. So gut wie jeder sprach wenigstens ein bisschen Englisch, und es überraschte mich, dass keiner der Bergsteiger auch nur die leiseste Kritik daran übte, dass ich mit meinen 13 Jahren hier auf dem Berg war. Im Gegenteil: Sie drückten mir alle die Daumen.

Die großen Teams verfügten über aufwendige Ausrüstungen und besaßen mitunter auch Generatoren und Solarzellen. Sowohl die Briten als auch die Südafrikaner luden mich zu Filmabenden ein. Im südafrikanischen Camp sah ich mir auf einem großen Plasmabildschirm *Matrix* an. Sie hatten in ihren Zelten bequeme Sofas stehen und jede Menge Getränke.

Die Russen hatten in ihrem Basislager ein Aufnahmezentrum aufgebaut und gestatteten allen, es zu benutzen. Außer einer Tischtennisplatte besaßen sie auch einen Flachbildfernseher und einen DVD-Player. Ich hielt mich dort täglich einige Zeit lang auf. Sie waren ausgezeichnete Tischtennisspieler, aber ab und zu gewann ich auch mal – oder sie ließen mich gewinnen.

Am schwersten fiel es mir, so lange von meiner Mom und meiner Schwester getrennt zu sein. Ich hatte wahnsinniges Heimweh! Doch dank des Satellitentelefons konnte ich sie mindestens jeden zweiten Tag anrufen. An einem Abend feierten die Russen eine große Party mit Musik, Essen, Getränken und Tanz, von der ich Mom erzählte.

»Hört sich an, als hättet ihr es da oben alles andere als leicht«, meinte sie kichernd.

»Und du kannst dir gar nicht vorstellen, wie gut unsere Sherpas für uns kochen! Das ist Sterneküche und dabei kochen sie auf einer Feuerstelle zwischen Steinen. Weißt du, wenn ich jetzt nach Hause zurückfahren müsste, ohne auch nur ein Stück weiter oben am Berg gewesen zu sein, wäre ich trotzdem hundertprozentig zufrieden. Ich bin hier. Ich habe den Everest mit eigenen Augen gesehen. Ich habe solches Glück gehabt, herkommen zu dürfen!«

»Ich will nur, dass du heil zurückkehrst«, erwiderte meine Mom. »Ich beobachte euch auf dem SPOT-Tracker auf eurer Website. Alle hier in Big Bear tun es. Sag mir rechtzeitig, wenn ihr zum Gipfel raufgeht.«

Wir verfügten über viel coole Technik. Die Chinesen verlangten für den Zugang zu Telefon und Internet hohe Gebühren, doch die Firma Networt Innovations bezahlte unsere Satellitennutzung. Karen hatte herausgefunden, dass sie von einem breiten, vereisten Flussbett aus eine gute Verbindung herstellen konnte. Außerdem sah man dann auf dem Bild im Hintergrund den Everest. CNN wollte unbedingt ein Liveinterview für ihre Sendung um zehn Uhr vormittags haben. Es schien ihnen nicht klar zu sein, dass es hier tiefe Nacht war, wenn sie in New York um zehn auf Sendung gingen.

Wir marschierten durch die eiskalte Nacht zu dem Flussbett, bauten alles auf – und bekamen dann doch kein Signal. Wir versuchten es, aber wir konnten nichts senden.

King Richard und ich spielten Karten und schauten uns die DVDs an, die er in Kathmandu gekauft hatte. Aber wenn man mit ihm im Zelt saß, brauchte man eigentlich eine Gasmaske. Er rülpste und furzte die ganze Zeit.

Ich hielt mir die Nase zu. »Du brauchst einen Abzug.«

Seine einzige Antwort bestand in einem Furz und ich furzte zurück. Es kam zu einem Furzkrieg, in dem ich den Kürzeren zog.

»Du hättest dieses Problem nicht, wenn du mehr Obst, Gemüse, Nüsse und Körner essen würdest«, sagte Dad zu King Richard.

»Wenn wir wieder zu Hause sind, bleibst du unserem Haus fern«, scherzte Karen. »Ich muss Jordan diese Art von Humor dann erst mal wieder abgewöhnen.«

Ich fragte mich, ob sich King Richard hier unten einsam fühlen würde, wenn wir auf den Gipfel gingen. Dann aber entdeckten wir, dass eine alte Bekannte namens Karina gemeinsam mit dem Bergsteiger und Regisseur David Breashears an einem Film über Dick Bass arbeitete, der als Erster die Seven Summits bezwungen hatte. Anlässlich des 30-jährigen Jubiläums von Bass' erster Everest-Besteigung waren sie von der Südseite her auf den Gipfel gestiegen. Als David Breashears in die USA zurückflog, beschlossen Karina und ihre Schwester Nathalie, uns im Camp Gesellschaft zu leisten.

Ich war völlig aus dem Häuschen. Karina, die Brasilianerin und Ärztin in der Notaufnahme ist, lernte Dad und Karen auf einem Adventure Race kennen. Sie hatte uns einmal in Big Bear besucht, als ich zehn Jahre alt war, und seither war sie für mich fast so etwas wie eine große Schwester.

King Richard redete nur noch darüber, wie er die Herzen der beiden jungen Frauen erobern könnte.

An dem Tag, an dem Karina und Nathalie eintrafen, war das Wetter sonnig, mit Temperaturen um 10 °C. Mitglieder des russischen, britischen und südafrikanischen Teams saßen bei uns vor dem Zelt und tranken Bier, als die beiden in ihrem Land Cruiser vorfuhren.

Als sie mich sah, begrüßte mich Karina mit einem wunderschönen Lächeln. »Kleiner Bruder, du bist inzwischen ja größer als ich!«

Wir warteten schon seit 16 Tagen im Chinese Base Camp. Andere Teams verbrachten die Zeit damit, ihre Ausrüstung durchzusehen, sich für den Spurt zum Gipfel auszuruhen und Partys zu feiern. Das war nicht unser Stil. Wir blieben in Form, indem wir die Vorberge hoch- und runterrannten oder an einem einzigen Tag zum Interimcamp und wieder zurückgingen.

Karina akklimatisierte sich noch und kam deshalb erst mal nicht mit. An den Nachmittagen machte sie mit uns Yoga. Ich fand es ziemlich sensationell, in der Heldenstellung auf den Everest zu schauen.

Alle warteten darauf, dass das Wetter umschlug, und allmählich hatten wir das Warten satt. Weil wir eine so kleine Gruppe waren, ging Ang Pasang an einem Tag mit Dad, Karen, Karina und mir zu einem sechseinhalb Kilometer entfernten Kloster.

»Das Kloster Rongpu liegt auf 5090 Metern und ist damit das höchstgelegene Kloster der Welt«, erklärte er. »Früher lebten hier ungefähr 500 buddhistische Mönche und Nonnen, aber heute sind es nur noch 30. In den Hügeln sind Hunderte von Meditationshöhlen versteckt.«

Gebetsfahnen und behauene Steine säumten eine lange

Reihe von in den Fels gehauenen Stufen, die zu einem Gebäude aus Lehmziegeln hinaufführten.

Ich fuhr die Symbole auf einem Stein mit dem Finger nach. »Was bedeuten sie?«

»*Om Mani Padme Hum*«, antwortete Ang Pasang.

»Und was heißt das?«

»Die gesamte Lehre Buddhas ist in diesen Worten enthalten. Sie können nicht in einen einzigen Satz übersetzt werden.«

Anschließend führte er uns zu einem kleinen, in den Fels gehauenen Kloster. Rongpu wurde von vielen Bergsteigern besucht, doch nur sehr wenige Fremde wurden in diese kleine Anlage eingeladen. Sie zu betreten war etwas ganz Besonderes. Ang Pasang fragte den einzigen Mönch, den wir antrafen, ob wir hereinkommen dürften, und bat um einen Segen für die Everest-Besteigung.

Der Mönch ließ uns eintreten und ich bückte mich unter einem niedrigen Türsturz durch. In dem Raum stand ein Tisch, auf dem Kerzen brannten, und Fresken der Berge und der Mutter des Universums schmückten die Wände.

Der Mönch betete für unsere sichere Rückkehr und goss aus einem kleinen Metalltopf so etwas wie heiliges Wasser in unsere Handflächen. Ang Pasang bedeutete uns, das Wasser aus der Hand zu trinken. Dann machte der Mönch uns Zeichen, ihm zu folgen. Wir stiegen ein paar Felsstufen hinunter und betraten eine kleine, auf natürliche Weise entstandene Höhle. Sie war so niedrig, dass ich mich wieder bücken musste. Auch Karen konnte kaum aufrecht stehen.

Trotzdem war die Höhle faszinierend. Butterlampen auf Felsvorsprüngen und Kerzen auf tischartig ebenen Felsen tauchten sie in flackerndes Licht. Ihr Ruß hatte die Decke und Wände aschgrau verfärbt. Überall waren Fotos und Geldscheine aus der ganzen Welt – Opfergaben von Bergsteigern, die für einen sicheren Aufstieg gebetet hatten. An einem Ende der Höhle stand eine kleine Vitrine, in der ein von Körner- und Reisgaben sowie Fotos des Dalai Lama umgebener Buddha saß.

»Ich zünde eine Kerze an, damit ihr gesund zurückkehrt«, sagte Karina, nahm von Ang Pasang ein langes Streichholz entgegen und entzündete damit einen Docht, der in einer Schale Yakbutter schwamm.

Ich wiederum zündete einen für sie an. Dann setzten wir uns dicht nebeneinander, um für Dad und Karen Platz zu machen, die ihrerseits Lichter entzündeten.

»Hier ist es so ruhig und friedlich«, flüsterte Karina.

»Wie in einer heiligen Höhle«, sagte ich leise. »Es ist eine ganz besondere Stimmung.«

Wir saßen alle ruhig da und ließen die Höhle auf uns wirken. Der Mönch, der uns hergeführt hatte, hatte in einer Ecke meditiert und musste irgendwann eingeschlafen sein. Ich hörte ihn leise schnarchen. Er war sehr alt. Ich fragte mich, seit wie vielen Wochen, Monaten und Jahren er hier wohl auf Erleuchtung warten mochte.

Ang Pasang flüsterte: »Wir sollten jetzt gehen. Aber nehmt euch vorher eine Handvoll heiligen Reis. Beim Aufstieg solltet ihr ihn in der Tasche bei euch haben.«

Wir nahmen uns alle ein wenig von dem Reis. Der Mönch wachte auf und führte uns in den oberen Raum zurück, wo er jedem von uns eine schmale rote Schnur um den Hals band.

»Die *sungdi* wehrt Dämonen ab und die Geister werden euch beschützen«, erklärte Ang Pasang. »Ihr solltet sie beim Aufstieg anbehalten.«

Anschließend legte der Mönch jedem von uns einen weißen Seidenschal um. »*Tashi delek.*«

»Das bedeutet: ›Viel Glück!‹ Die *kata* wird scheidenden Gästen als Zeichen der Freundschaft geschenkt«, sagte Ang Pasang.

Als wir wieder im Camp waren, nähte mir King Richard einen kleinen Beutel für den Reis und befestigte ihn an der roten Schnur um meinen Hals. Jetzt war ich mit *sungdi*, Reis und Känguruhoden bewaffnet. Außerdem hatte ich ja auch noch meine Hasenpfote.

Ich hatte mich praktisch nach allen Richtungen hin abgesichert. Über E-Mail und Satellitentelefon standen wir in ständigem Kontakt mit unserem Freund Steve in Big Bear. Sobald er uns mitteilte, dass das ersehnte Wetterfenster kam, konnte der Aufstieg von mir aus losgehen.

Leider hatte Karinas Schwester Nathalie immer noch ziemliche Probleme mit der Höhe. Als sie beschloss, nach Brasilien zurückzukehren, nutzte King Richard, der sich ebenfalls nicht wirklich akklimatisiert hatte, diese Mitfahrgelegenheit über die Brücke der Freundschaft und verließ mit ihr das Camp.

»Ich warte in Kathmandu auf euch«, versprach er.

Ich würde ihn wirklich vermissen. Er war so witzig und ich hatte jede Minute unseres Zusammenseins genossen.

Karina aber blieb und das war eine gute Nachricht.

»Ich will mit euch zusammen hochgehen«, verkündete sie eines Abends beim Essen. »Ich war lange genug in großer Höhe, um mich akklimatisiert zu haben.«

Dad trommelte mit den Fingern auf der Tischplatte. »Das könnte sein, aber du hast überhaupt keine Ausrüstung, keine Bergschuhe, keinen Sauerstoff.«

»Und vor allem keine Genehmigung«, ergänzte Karen.

»Ich versuche, mir Ausrüstung und Kleidung zusammenzuborgen.« Karina wickelte eine Haarsträhne um einen Finger und lächelte. »Vielleicht kann ich sogar den Liaisonbeamten dazu überreden, mir eine Genehmigung zu erteilen.«

Mit ihrem wunderschönen Lächeln und ihrer bezaubernden Art gelang es Karina, mit in die Genehmigung eines anderen Teams für das Advanced Base Camp eingeschlossen zu werden. Dass sie nicht höher hinaufsteigen durfte, schien ihr nichts auszumachen. Sie fragte, ob wir beide uns dort oben mein Zelt teilen könnten, und ich hatte nichts dagegen.

Nachdem wir 18 Tage lang in 5182 Metern Höhe verbracht und auf den wichtigen Wetterbericht gewartet hatten, mussten wir erst einmal ein paar Nächte im Advanced Base Camp verbringen, um uns wieder zu akklimatisieren.

Ich rief Mom an. »Es geht los! Wir brechen morgen vom Base Camp auf und planen, den Gipfel zu besteigen!«

»Ich werde es online verfolgen, damit ich immer genau weiß, wo du bist«, versprach sie. Sie schwieg eine Weile, und als sie wieder etwas sagte, zitterte ihre Stimme. »Ich will dich nur wieder gesund bei mir haben!«

»Ich bin bald wieder da. Wir werden keine unnötigen Risiken eingehen«, versprach ich.

»Ruf mich am Abend an, bevor ihr auf den Gipfel steigt.«

»Ja, das werde ich. Ich liebe dich, Mom.«

»Ich liebe dich auch.«

Für den Fall, dass mir etwas zustieß, wollte ich allen danken, die mir ihre Liebe geschenkt und mich unterstützt hatten. In meinem Blog postete ich:

Es geht los. Wenn ihr mich jemals gesponsort habt, jemals eines meiner T-Shirts gekauft habt, jemals bei einem meiner Taco-Spenden-Abende dabei wart oder mir nur auf den Rücken geklopft und mir viel Glück gewünscht habt, dann danke ich euch dafür von ganzem Herzen. Heute verlasse ich das Basiscamp am Everest, und jeder Schritt, den ich von jetzt an mache, bringt mich näher an das größte Ziel meines Lebens heran: auf dem höchsten Punkt der Welt zu stehen. Jeder Einzelne von euch trug dazu bei, dass dies möglich wurde. Mir ist, als wäre es schon ein beträchtlicher Erfolg, bis hierhergekommen zu sein, andererseits aber fühle ich mich dazu angespornt, etwas Größeres zu leisten. Ich weiß, dass es mein Herz ist, das mich weitertreibt. Ich hoffe, ihr werdet alle auf mich stolz sein können.
Jordan Romero.

»Es ist nicht der Berg, den wir besiegen, sondern uns selbst.«
Edmund Hillary

26. Kapitel

Mittlerweile waren wir ausreichend akklimatisiert, und so stiegen wir am nächsten Morgen gemeinsam mit unseren Sherpa-Bergführern, dem Koch Kumar und dem Küchenhelfer Kevin zum Advanced Base Camp hinauf. Karina ging mit dem Team hoch, das sie in seine Genehmigung mit eingeschlossen hatte, und würde uns im Camp treffen. Irgendwelche Leute hatten unterwegs ihren Müll achtlos weggeworfen, und das machte mich wahnsinnig. Ich hob alles auf und steckte es in meine Taschen.

Kurz nachdem wir das Interim Camp passiert hatten, begann es, in großen Flocken zu schneien.

Als wir das Advanced Base Camp erreichten, wurde aus dem sanften Schneefall ein regelrechter Schneesturm. Wir warfen unsere Rucksäcke in die Zelte, die wir bei unserem ersten Besuch hier aufgeschlagen hatten, sprangen hinterher und zogen die Klappenreißverschlüsse bis ganz oben zu. Ein paar Stunden später traf Karina im Camp ein und kam zu mir ins Zelt.

»Ist bei euch alles in Ordnung?«, rief Karen hinüber.

»Alles okay!«, antwortete ich.

»Jordan kümmert sich um alles. Er ist wirklich schon erwachsen«, antwortete Karina. Sie zitterte. »Es ist *so* kalt.

Wie hast du das als kleiner Junge nur aushalten können?«, fragte sie.

»Ich hatte mich so stark auf mein Ziel konzentriert, dass ich gar nicht so viel darüber nachdachte«, erwiderte ich.

Sie rollte sich auf die Seite und stützte sich auf einem Ellbogen auf. »War dir nie danach, zu sagen: ›Vergesst es! Ich habe genug davon?‹«

»Klar. Mehr als einmal habe ich mich hingesetzt und nur noch geweint. Manchmal war ich vollkommen fertig, ich hatte Heimweh und war frustriert. Dann habe ich mich gefragt, warum ich das eigentlich machte.«

»Und *warum* hast du es gemacht?«

»Ich wollte zu Ende bringen, was ich angefangen hatte. Es ist wichtig, Ziele zu haben. Wenn ich nicht etwas Großes habe, auf das ich hinleben kann, fühle ich mich irgendwie verloren.«

»Und was kommt nach dem hier?«

»Ich will anderen Jugendlichen Mut machen, ihre Träume zu verwirklichen.«

Sie lachte. »Kleiner Bruder, sie werden keine Lust haben, auf den Everest zu steigen.«

»Nein«, stimmte ich zu. »Sie müssen ihren eigenen Everest finden. Ich will ihnen nur zeigen, dass es möglich ist.«

Ich fand, das ernste Gespräch hatte nun lange genug gedauert. Ich schnappte mir eine von King Richards DVDs und legte sie in meinen Laptop ein.

Am nächsten Morgen hatte sich der Schnee wie eine Decke über das Camp gelegt. Wir wachten auf, als Dad und Karen hinüberriefen, ob bei uns alles in Ordnung sei.

»Ihr seid vollkommen eingeschneit«, sagte Dad. »Schüttelt den Schnee lieber ab, bevor ihr vorne aufmacht.«

Karina und ich drückten gegen das Dach und die Wände und hörten den schweren, nassen Schnee hinunterrutschen. Ohne meinen kuschelig warmen Schlafsack zu verlassen, zog ich den Reißverschluss der Eingangsklappe weit genug auf, um hinausschauen zu können. Dad und Karen lagen auf dem Bauch, das Kinn auf die verschränkten Arme gestützt, und grinsten uns durch ihren offenen Zelteingang an.

Über Nacht waren ungefähr 15 Zentimeter Schnee gefallen.

Nachdem wir uns einen Guten Morgen gewünscht hatten, schlossen wir die Reißverschlüsse wieder. Es war kalt.

Karina und ich spielten Karten, als Karen hinüberrief: »Jordan, Zeit für die Hausaufgaben!«

»Ich kann nicht, ich bin gerade beschäftigt.«

»Nein, bist du nicht!«, flüsterte Karina mir zu.

Doch, das war ich. In den letzten sechs Monaten hatte ich so hart trainiert, dass ich kaum Zeit gehabt hatte, einfach nur mit meinen Freunden abzuhängen. Und ich hatte keine Lust, die Gelegenheit zu versäumen, mit meiner anbetungswürdigen »Schwester« zu chillen.

Als der Himmel aufriss, unternahmen Dad und Karen mit Karina eine kurze Wanderung, die ihr helfen sollte, sich besser zu akklimatisieren. Ich blieb zurück und unterhielt mich in unserem Esszelt mit Ang Pasang.

Er war ein ausgezeichneter Bergsteiger, und sein Vorbild weckte in mir den Wunsch, noch besser und schneller zu werden. Er saß mir gegenüber und trank salzigen tibetischen Tee mit Butter, der eigentlich mehr wie Brühe schmeckte.

Ich bevorzugte heißen Kakao. »Glaubst du, dass ich es auf den Gipfel schaffe?«, fragte ich ihn.

»Vor einem Monat konntest du noch nicht mit mir Schritt halten.« Er rührte seinen Tee um und lehnte sich zurück. »Jetzt bist du einer der stärksten Bergsteiger auf diesem Berg.«

»Im Ernst? Ich war noch nie so schnell wie Dad und Karen.«

»Gestern bist du die ganze Zeit vor ihnen gegangen.«

»Stimmt, aber ich glaube, dass sie mich immer noch überholen könnten.« Ich nahm einen Schluck Kakao. »Wie seid ihr, du und die anderen Sherpas, so stark geworden?«

»In der Gegend in Nepal, aus der ich komme, haben wir keine Straßen und keine Autos. Ich musste immer gehen, gehen, gehen und alles, was ich brauchte, selber tragen. Als ich fünf war, habe ich meinen jüngeren Bruder auf dem Rücken getragen, wenn meine Mutter auf dem Kartoffelacker gearbeitet hat. Als ich älter war, kümmerte ich mich um unsere Yaks.«

»Du warst ein Yak-Junge?«, fragte ich.

Er nickte. »Hier auf dem Berg verdiene ich mehr, aber ich bin immer zu lange von meiner Familie weg. Ich vermisse meine Frau und meine Kinder. Meine Frau sagt, ich soll aufhören, weil so viele Sherpas auf dem Berg sterben, aber das kann ich nicht. Ich muss für meine Familie sorgen.«

Ich hatte immer alles gehabt, was ich brauchte, und er so wenig. Und doch saßen wir hier, bereit, gemeinsam auf das Dach der Welt zu steigen. Es war ein ganz besonderer Moment.

Ein freundlich lächelndes Gesicht spähte durch den Zelteingang. »Ang Pasang?«

»Lhakpa, komm rein!«, antwortete er. Dann stellte er mich vor. »Das hier ist Jordan Romero.«

»Ja, wir haben alle von dem 13-Jährigen gehört. Ich wollte ihn kennenlernen«, meinte Lhakpa, immer noch lächelnd.

»Lhakpa stellte einmal den Rekord für die schnellste Everest-Besteigung auf«, informierte mich Ang Pasang. »Er hat für die Strecke vom Basiscamp bis zum Gipfel nur knapp elf Stunden gebraucht.«

»Wow!«, staunte ich. »Das ist irre schnell!«

Lhakpa ließ sich gerne eine Tasse tibetischen Tee geben. »Ich habe gehört, dass du in Kalifornien lebst. Mein Freund Apa Sherpa und ich sind 2006 nach Utah gezogen und haben gemeinsam mit zwei Amerikanern einen Outdoor-Laden eröffnet.«

»Cool. Wie ist es gelaufen?«

»Nicht gut. Jetzt führe ich Bergsteigergruppen. Apa ist auf der Südseite und versucht, seinen eigenen Rekord zu brechen, indem er zum 20. Mal den Gipfel besteigt.«

Beeindruckt hörte ich den beiden zu. Es war, als würde der Berg ihnen gehören. Sie waren Giganten, aber die meisten Menschen würden niemals etwas von ihnen erfahren.

Im Advanced Base Camp beobachteten wir aufmerksam das Wetter und überlegten, welches der geeignetste Tag war, um zu dem auf 7010 Metern Höhe gelegenen

Camp 1 zu gehen, von dem aus wir dann in einem oder zwei Tagen auf den Gipfel steigen wollten. Ein paar wenige Teams waren bereits aufgebrochen und wir verfolgten ihre Fortschritte.

Gegen Mittag erhielten wir von Steves Schwiegervater einen vielversprechenden Wetterbericht. Wir packten unsere Sachen zusammen und verabschiedeten uns von Karina, Kumar und Kevin.

»Ich sehe euch, wenn wir vom Gipfel zurück sind«, sagte ich.

Wir folgten der neuen Route, die um den sich neigenden Serac herumführte. Sie war länger, aber sicherer. Ich hatte immer noch den Moment vor Augen, in dem ich zu dem Ungarn »Hi!« gesagt hatte – wenige Minuten, bevor er in den Tod gestürzt war. Wenigstens war er gestorben, als er etwas tat, das ihm Spaß machte, dachte ich. Niemand täte sich das hier an, wenn er das Bergsteigen nicht so sehr lieben würde.

Ich versuchte, meine Atmung an meine Gehgeschwindigkeit anzupassen und pro Schritt einmal Luft zu holen, aber bei jedem Schritt fühlte ich mich, als würde ich einen Güterwaggon den Hang hochziehen. Wenn ich eine derartige Erschöpfung verspürte, dachte ich an all jene, die mich unterstützten. Ich wollte den Gipfel auch für sie erreichen. Und ich wollte auf keinen Fall die Argumente der Kritiker stützen, sondern im Gegenteil beweisen, dass sie sich irrten.

Auf jeden Fall aber merkte ich, dass ich dieses Mal stärker war als bei unserem ersten Aufstieg ins Camp 1. Wir hatten uns gut akklimatisiert.

Als wir das Camp erreichten, kroch ich sofort ins Zelt. Manche Leute haben in großer Höhe Einschlafprobleme, ich aber nicht. Ich war immer gleich weg und wachte als Letzter auf.

Alle Teams planten, am folgenden Tag in das auf 7544 Metern Höhe gelegene Camp 2 weiterzugehen, doch am Morgen blies der Wind so heftig, dass man sich ihm entgegenstemmen musste.

»Ich habe mit den anderen Teamleitern gesprochen«, berichtete Dad. »Sie bleiben alle hier. Bei diesem Sturm wollen sie nicht zum Camp 2 hinauf. Keiner hat Lust, mit dem Wind im Gesicht zu wandern.«

Karen machte gerade Wasser für das Frühstück heiß. »Laut dem Wetterbericht von Steves Schwiegervater soll das Wetter im Laufe des Tages besser werden. Ich finde, wir können uns darauf verlassen.«

»Lass es uns mit Ang Pasang besprechen«, schlug Dad vor. »Er ist auch schon bei starkem Wind in Camp 2 gewesen. Er kennt den Berg.«

Ang Pasang kam zu uns ins Zelt.

»Tut mir leid, dass ich keinen tibetischen Tee dahabe«, entschuldigte sich Karen und reichte ihm einen Becher heißen Kakao. »Alle anderen Gruppen bleiben hier, aber wir finden, dass es machbar wäre. Wir sind auch früher schon bei Wind gegangen. Was meinst du?«

»Der Aufstieg zu Camp 2 ist sehr steil, aber der Schnee ist fest. Der Weg verläuft über eine sehr breite Region des Berges. Man kann da sehr gut gehen«, erklärte der Chef unserer Bergführer.

Ich lag noch immer in meinem warmen, gemütlichen

Schlafsack. »Wie groß ist die Gefahr, dass einen der Wind vom Berg weht?«

Ang Pasang lächelte. »Nicht sehr groß, vor allem nicht bei jemandem, der so stark ist wie du.«

»Du glaubst also, es ist nicht allzu riskant, zu gehen?«, fragte Dad.

»Ja, es wäre besser, wenn wir heute Abend oben in Camp 2 wären.«

Wir vertrauten ihm und brachen nach dem Frühstück auf. Die Höhe war mörderisch. Ich musste alle zwei Minuten stehen bleiben und in kurzen, kontrollierten Zügen ein- und ausatmen, um meine Atmung zu normalisieren. Der Wind blieb heftig und so laut, dass wir kaum miteinander reden konnten. Einmal, als eine brutale Böe auf uns zukam, legten Karen und ich uns flach hin und hielten uns an den in den Schnee gerammten Eispickeln fest. Als wir fünf Stunden später Camp 2 erreichten, lag die Temperatur aufgrund des Windchill-Faktors bei –40 °C. Ich fühlte mich wie ein menschlicher Eiszapfen.

Wegen des Windes konnte man nicht lange draußen bleiben. Weil er so heftig war, mussten beim Aufstellen jedes einzelnen Zelts alle helfen. Wir bauten eins für Dad, Karen und mich auf und eins für die Sherpas. Durch die Kälte und den Sturm war es eine überaus unangenehme Arbeit und wir waren alle von unserer Wanderung erschöpft. Aber wir brauchten die Zelte, um die Nacht zu überleben.

Sobald wir konnten, zogen Dad, Karen und ich uns in das Dreimannzelt zurück und verbrachten einige Stunden damit, der Funkunterhaltung über ein Drama zu folgen, das sich am Gipfel abgespielt hatte. Ein Bergsteiger war zu schnell hochgegangen: Sein Gehirn erlitt durch den Sauerstoffmangel Schaden, und der Mann drehte durch und versuchte, einen anderen Bergsteiger umzubringen. Sherpas mussten ihn überwältigen und ihn in eine niedrigere Region bringen.

Ich war froh, dass wir Sauerstoffflaschen dabeihatten.

Der Wind ließ den ganzen Tag lang nicht nach. Leere Zelte flogen Hunderte von Metern weit durch die Luft, wirbelten herum wie trockenes Laub im Herbst und verschwanden schließlich außer Sichtweite.

»Was machen wir, wenn es tagelang so bleibt?«, wollte ich wissen.

»Es besteht kein Grund zur Eile«, antwortete Karen. »Wir warten auf günstigere Bedingungen.«

Weil wir so nahe dran waren, machte es mir nichts aus, zu warten. »Warum, glaubt ihr, erreichen wir den Gipfel immer schon beim ersten Versuch, während es andere öfter probieren müssen?«, fragte ich.

»Weil wir gut trainiert sind und im Team arbeiten«, erwiderte Dad. »Aber auf das Wetter haben wir keinen Einfluss. Wir müssen uns damit abfinden, dass wir dieses Mal möglicherweise nicht auf den Gipfel kommen. Vielleicht war das hier nur die Kostümprobe. Es kann noch ein paar Wochen oder ein paar Jahre dauern, bis wir tatsächlich den Gipfel erreichen.«

Ich legte mich hin und starrte zum Zeltdach hinauf, das im Wind flatterte. Der Everest war ein harter Berg, sowohl körperlich als auch psychisch. Ich sagte mir, dass es in erster Linie darum gegangen war, ihn aus nächster Nähe zu sehen, dass es egal war, ob wir den Gipfel erreichten oder nicht.

Als wir in dieser Nacht zur Ruhe gekommen waren und weniger tief atmeten, verwendeten wir etwas von dem Sauerstoff. Der Wind blies so stark, dass er die Zeltwand auf uns herunterdrückte und mich unter ihr begrub. Wieder stützte sich Dad stundenlang auf einen Ellbogen, um die Zeltwand von mir fernzuhalten.

Es wurde eine unruhige Nacht. Gegen zwei Uhr morgens bekamen wir mit, dass draußen etwas passiert war.

Ang Pasang schaute bei uns herein. »Der Wind hat unser Zelt zerrissen und weht es weg.«

Dad winkte ihn herein. »Kommt, kommt hier rein. Alle!«

Den Rest der Nacht verbrachten wir dicht gedrängt nebeneinanderliegend, wie Sardinen in der Dose. Die Sherpas streckten ihre Füße aus der Türöffnung raus, weil sechs Leute einfach zu viele für ein Dreimannzelt waren. Der Wind rüttelte weiter an unseren Zeltplanen.

Am nächsten Morgen war das Wetter besser – genau wie vorhergesagt. Es kamen nur noch vereinzelte Böen. Überall im Camp lagen Ausrüstungsteile und zerrissene Zelte herum. Das Zelt der Sherpas war nicht wirklich weggeflogen, aber es war eingestürzt und beschädigt. Wir reparierten es gemeinsam und stellten es wieder auf.

Andere Teams begannen, von Camp 1 heraufzukommen. Es waren diejenigen, die bei dem gestrigen starken Wind nicht aufgebrochen waren. Wir mussten uns entscheiden, ob wir Camp 2 für einen Gipfelversuch verlassen wollten. Deshalb kam es zu einer weiteren Besprechung mit Ang Pasang.

»Der Wind hat sich gelegt«, meinte Dad. »Wenn niemand sonst auf dem Berg ist, brauchen wir an den Drei Stufen, der Chinesischen Leiter und am Gipfelkamm nicht lange in der Kälte herumzustehen und zu warten.«

Die Drei Stufen sind drei Felsvorsprünge am Nordostkamm des Everest. Jeder, der von der Nordseite her aufsteigt, muss irgendwie mit den riesigen Felsen fertigwerden.

»Es ist sicherer, rasch vorwärtszukommen«, fuhr Dad fort. »Im Advanced Base Camp empfahl uns dein Freund Lhakpa, an Camp 3 vorbei zum Gipfel weiterzugehen. Was hältst du davon?«, fragte Dad.

»Ich stimme zu«, bestätigte Ang Pasang. »Es ist nicht gut, sich in Camp 3 aufzuhalten. Ich denke, dass ihr kräftig genug seid, um von hier aus bis auf den Gipfel zu kommen. Wir sollten weiter das Wetter beobachten und uns darauf einstellen, um fünf Uhr nachmittags aufzubrechen.«

Am Abend loszugehen kann seltsam erscheinen, doch unser Plan bestand darin, die ganze Nacht hindurch zu gehen und den Gipfel am Morgen zu erreichen. Dadurch hätten wir genügend Zeit, wieder abzusteigen, bevor es dunkel würde. Anders als beim Aufstieg auf den Mount McKinley würden wir nicht 24 Stunden lang Tageslicht haben. Und wir brauchten für den Abstieg dringend gute Sicht. Der Abstieg von einem Berg kann gefährlicher sein als der Aufstieg.

Wir bereiteten unsere Ausrüstung vor und schliefen und aßen im Laufe des Tages so viel wir konnten. Am Nachmittag zogen wir sämtliche Kleidungsstücke an, die wir dabeihatten, damit nicht einmal ein Quadratzentimeter Haut dem Wind und der Kälte ausgesetzt war.

So ziemlich als Letztes legte ich die Sauerstoffmaske an und vergewisserte mich, dass sie richtig festsaß. Sie bedeckte mein Gesicht von der Nasenwurzel bis über die Unterlippe. Als ich versuchte, den Kopf zu drehen, verrutschte die Maske durch ihr hohes Eigengewicht. Das war ein bisschen nervig, aber es war wohl besser, sich nicht darüber aufzuregen.

Karen reichte mir meine Gletscherbrille. Dieses Mal sollte sie meine Augen nicht vor der Sonne, sondern vor dem Wind und dem umherwirbelnden Schnee schützen.

Beim Aufsetzen merkte ich, dass es zu einem ständigen Konflikt zwischen Brille und Maske kommen würde. Beide kämpften um Platz auf meinem Gesicht. Wenn ich die Brille herunterzog, schob sie mir die Maske vom Gesicht, und das durfte auf keinen Fall passieren. Als ich die Maske hochschob, kletterte die Brille an meiner Stirn hoch, zwischen Brillenrand und Haut entstand eine Lücke und die Brille beschlug.

Ich steckte zwei Flaschen mit kochendem Wasser in isolierende Neoprenhüllen und verwahrte sie auf der Innenseite meines Daunenanzugs zwischen Energieriegeln, Käseriegeln, Nüssen und Schokolade. Meine Steigeisen anzuschnallen dauerte länger als sonst. Die Schnalle war festgefroren, und das Metall war so kalt, dass es an meinen Fäustlingen kleben blieb. Als ich endlich fertig war, stützte ich mich auf meinen Eispickel und starrte auf den Nordostgrat der Mutter des Universums.

Jetzt war der Moment gekommen.

Ich durfte nicht vor mich hin träumen, sagte ich mir. Ich durfte keine Fehler machen.

»Bereit?«, fragte Dad.

Ich nickte.

»Denkt dran: Keine Fehler! Wir wissen, was zu tun ist. Egal, ob wir auf den Gipfel kommen oder nicht – das Wichtigste ist unsere Sicherheit!«

Karen und ich nickten. Mit Stirnlampen ausgerüstet, um gegen die bald einsetzende Dunkelheit gewappnet zu sein, verließen wir gemeinsam mit unseren drei Sherpa-Bergführern Camp 2 und erreichten nach vier Stunden anstrengendem Aufstieg Camp 3.

Dawa und Karma hatten hier einen Ofen und für jeden von uns eine zusätzliche Sauerstoffflasche deponiert. Wir wechselten die Sauerstoffflaschen aus, aßen ein paar Energieriegel und schmolzen Schnee, um unsere Wasservorräte wieder aufzufüllen. Ich begriff, warum Ang Pasang gesagt hatte, es sei besser, nicht hierzubleiben, wenn es nicht sein musste. Camp 3 war nicht wirklich das, was man unter einem Bergsteigerlager verstand. Eigentlich war es bloß ein felsiger, eisiger Hang mit 30-Grad-Neigung, an dem man kaum ein paar Zelte aufstellen konnte.

Kleine Schneeflocken tanzten um uns herum, als wir an einem Fixseil eine schneegefüllte Rinne entlanggingen und unter Einsatz unserer Steigeisen und Eispickel einen steilen Hang hinaufkletterten. Wir gingen auf einer Mischung aus Steinen und Schnee. Der Wind war im Augenblick nicht sehr stark, aber weil wir uns in einer höheren Lage befanden, lag die Temperatur auch hier um –40 °C. Das Wasser in unseren Flaschen gefror, obwohl diese warm eingepackt innen in unseren Jacken steckten.

In einer Felsnische lag ein wie ein Fötus zusammengerollter menschlicher Körper mit fluoreszierenden grünen Bergstiefeln.

»Das ist Green Boots«, sagte Ang Pasang. »Ein indischer Bergsteiger, der durch einen Whiteout von seiner Gruppe getrennt wurde. Er kroch in diese kleine Höhle und starb.«

Über 200 Leichen sind bisher am Everest geblieben, weil die Luft zu dünn ist, um sie zu bergen. Doch diese hier war die erste, die ich zu sehen bekam. Ich fragte mich, ob Green Boots gewusst hatte, dass dies sein letzter Ruheort sein würde.

»Wie lange liegt er denn schon hier?«, fragte ich.

»Seit 1996«, antwortete Ang Pasang. »Für die Bergsteiger ist er ein Marker, der ihnen anzeigt, wie weit es noch bis zum Gipfel ist.«

Und eine Erinnerung daran, wie gefährlich das hier ist, dachte ich bei mir.

Ich ging hinter Ang Pasang und war sehr konzentriert bei der Sache, denn jetzt näherten wir uns dem kritischsten Abschnitt des Wegs zum Gipfel. Er begann in 8500 Metern Höhe: Es waren die Drei Stufen.

Die Erste Stufe bestand aus großen, frei stehenden Felsbrocken. An ihnen zu klettern wäre in Big Bear ein Kinderspiel gewesen, doch in dieser Höhe musste ich mich an den Fixseilen festhalten und alle 30 Sekunden eine Pause einlegen, um zu verschnaufen. Ich fand es unglaublich, wie wenig Sauerstoff ich trotz Maske abbekam.

Ich atmete durch ein enges Loch ein und durch ein anderes aus. Dadurch entstand ein ständiges Zischen, das alle anderen Geräusche rings um mich herum überdeckte. Es war, als wäre ich in meiner eigenen kleinen Welt. Auf den Felsbrocken lag nur sehr wenig Schnee und das machte das Gehen mit Steigeisen zu einer gefährlichen Angelegenheit. Ich musste sehr aufpassen, um mit meinen Steigeisen nicht auf dem Fels auszurutschen.

Oberhalb der Ersten Stufe kamen wir an einen pilzförmigen Felsen, hinter dem wir uns in einer kleinen Senke hinsetzen konnten, um uns auszuruhen, zu essen und zu trinken. Das Atmen mit Sauerstoffmaske hatte meine Kehle ausgedörrt, und weil ich, seit unser Wasser eingefroren war, nichts mehr zu trinken hatte, litt ich unter Magenschmerzen. Ich wollte den Reißverschluss meines Parkas öffnen, um an die innen verstauten Lebensmittel zu kommen, doch meine Hände waren kalt und in den Fäustlingen viel zu ungeschickt. Ich schob die Brille hoch, um zu sehen, was los war.

»Mein Reißverschluss ist eingefroren«, sagte ich zu den anderen, doch die Sauerstoffmaske dämpfte den Schall und erschwerte die Kommunikation.

Karen zeigte auf ihren Reißverschluss und nickte und Dad tat dasselbe.

Der Wasserdampf, den wir ausatmeten, musste ja irgendwohin. Er hatte an der kalten Luft kondensiert, war auf unsere Reißverschlüsse getropft, dort zu Eis erstarrt und hatte sie praktisch versiegelt.

Dad bedeutete uns, die Rucksäcke zu überprüfen. Ich bekam bei meinem die Schnalle nicht auf. In dieser Höhe brauchte man für alles so entnervend lang. Ich kam mir vor, als würde ich in einem Zeitlupenfilm mitspielen. Ich legte die Arme um meine angewinkelten Knie und versuchte, beim Atmen mehr Luft einzusaugen, während Dad mit meinem Rucksack kämpfte. Er holte eine konzentrierte Trinknahrung heraus, die wie durch ein Wunder nicht eingefroren war.

Karen und er hatten ebenfalls etwas davon mitgenommen. Wir tauschten unsere Sauerstoffflaschen gegen neue aus. Andere Bergsteiger hatten ihre leeren Sauerstoffflaschen hinter dem Pilzfelsen zurückgelassen. Wir legten unsere daneben, hatten aber fest vor, sie auf dem Rückweg wieder aufzulesen.

Um die Zweite Stufe zu erreichen, mussten wir einen ungefähr 15 Meter langen, schneebedeckten Grat auf einer dem Wind ausgesetzten Traverse umgehen, die über Felsvorsprünge und Felsplatten verlief. Hätten wir uns nicht in 8534 Metern Höhe befunden und wäre nicht alles mit Eis und Schnee überzogen, wäre ich einfach darübergeklettert. Der untere Teil des Wegabschnitts bestand in einem drei Meter hohen Felsen, den wir mithilfe der daran befestigten Fixseile überwanden.

Die warme, feuchte Luft, die ich ausatmete, entwich aus der Sauerstoffmaske und ließ meine Gletscherbrille beschlagen. Weil Dad und Karen dasselbe Problem hatten, nahmen wir die Brillen kurz ab. Die herumwirbelnden Schneeflocken trafen auf meine Wimpern und schmolzen. Das war zunächst nicht weiter schlimm – bis sie an den Wimpern gefroren. Dadurch froren die Wimpern zusammen und meine Augen waren wie versiegelt. Das war wirklich verrückt! Ich konnte nichts mehr sehen und versuchte, mit meinen Fäustlingen wenigstens ein Auge so weit aufzutauen, dass ich es wieder öffnen konnte. Schließlich wischte ich meine Brille sauber und setzte sie wieder auf. Es war, als würde man die Welt durch einen feinen Nebelschleier hindurch sehen.

Wir erreichten einen massigen, ungefähr zehn Meter hohen Felsen – die gefürchtete Zweite Stufe. Auf ihr hinaufzusteigen wäre gar nicht so schwierig, wären da nicht der Schnee, die bittere Kälte, der heftige Wind und die Höhe von 8577 Meter gewesen.

Vier Mitglieder eines 214-köpfigen chinesischen Teams bewältigten 1960 erstmals die Zweite Stufe an der Nordseite. 15 Jahre danach installierten die Chinesen eine Metallleiter, die von allen Bergsteigern genutzt werden durfte.

Ang Pasang kletterte als Erster hoch. Während ich darauf wartete, dass ich an die Reihe kam, starrte ich eine Leiche an, die knapp unter mir zwischen den Felsen lag. Die gesamte Kleidung und Ausrüstung war intakt, und sie sah gar nicht echt aus, sondern eher wie eine Wachsfigur. Und gerade das fand ich furchtbar traurig. Der Tote war jemandes Sohn, Bruder, Vater oder guter Freund gewesen. Ich fragte mich, was schiefgelaufen war. Ein Sturz, ein plötzlich einsetzender Sturm, eine ungenügende Vorbereitung? Für mich war er jedenfalls eine weitere Warnung vor den Gefahren, die hier überall lauerten.

Ich klinkte mich in das Fixseil ein. Die Leiter war nur zehn Meter hoch, aber beängstigend senkrecht. Auf ihr auszurutschen bedeutete den sicheren Tod. Als ich auf die erste Sprosse stieg, bewegte sie sich leicht und mein Herz setzte einen Schlag aus. War der Tote dort unten von der Leiter gestürzt und an Unterkühlung gestorben? Ich verbot mir, weiter darüber nachzudenken. Ich musste mich zusammenreißen und mich konzentrieren.

Ich stieg eine Sprosse höher und schnappte nach Luft. In meinem Kopf pochte es und mir war schwindelig. Ein weiterer Schritt, wieder eine Pause. Ich hörte nichts anderes mehr als das Zischen meiner Sauerstoffmaske und das Klirren, wenn Metall in der dünnen Luft auf Metall traf. Schritt, Pause. Schritt, Pause.

Ich erreichte die oberste Sprosse und ging einen Meter weit nach rechts auf einen Vorsprung. Hier hockte ich mich hin, um auf Dad und Karen zu warten. Ich war jetzt höher als die Wolken und konnte tatsächlich die Erdwölbung sehen. Sie leuchtete orange und darüber lag ein Bogen aus weißem Licht. Ich erlebte das Aufleuchten der ersten Sonnenstrahlen.

Als Dad und Karen ebenfalls oben waren, zeigte ich auf die orangefarbene Linie. »Seht mal, da hinter mir. Die Sonne!«

Augenblicke später war Ang Pasang bei uns. »Es war gut, heute alleine zu gehen, sodass wir nicht in der Kälte darauf warten mussten, an der Leiter an die Reihe zu kommen«, sagte er.

Wieder einmal hatten Dad und Karen die richtige Entscheidung getroffen – nämlich nicht auf die anderen Teams zu warten.

Nun hatte ich es also geschafft, die Zweite Stufe zu

überwinden, und dachte, dass wir damit den Gipfel schon so gut wie bestiegen hatten. Aber ich wollte es nicht beschreien.

Ich hatte gelesen, der Sonnenaufgang auf dem Everest sei der beeindruckendste, den man jemals zu sehen bekommen würde, und als der leuchtend gelbe Ball hinter dem Horizont auftauchte und sich seine Strahlen über das weiße Meer auszubreiten begannen, wusste ich, dass das stimmte. Ich hoffte, die Sonne würde die Luft ein wenig erwärmen, zweifelte aber gleichzeitig daran, ob das hier oben überhaupt möglich wäre. Mir war durch und durch kalt.

Wenig später saß ich unter blauem Himmel. Die Sonne hatte ein positives Gefühl mitgebracht, eine neue Energie. Ich war mir sicher, dass wir den Gipfel erreichen würden.

Vor mir erhob sich die Everest-Pyramide. Der Gedanke, etwas derartig Großes zu vollbringen, erfüllte mich mit Begeisterung.

Wir gingen um eine Felsformation herum, die Dritte Stufe genannt wird, und standen dann vor einem steil abfallenden Kamm. Ein falscher Schritt, und man stürzte Tausende von Metern in die Tiefe. Leichen in bunten Daunenjacken lagen über den Hang unter mir verstreut, für alle Zeiten in der Haltung eingefroren, in der sie ihren letzten Atemzug getan hatten. Manche sahen aus, als hätten sie sich nur kurz hingesetzt, um ein wenig zu verschnaufen, und wären dann nie wieder aufgestanden.

»Man nennt das hier Regenbogental, wegen der bunten Jacken«, sagte Ang Pasang, als ich den Blick nicht von diesem seltsamen, offenen Friedhof wenden konnte. »In der kalten, trockenen Luft verwesen die Leichen nicht.«

»Sie sind wie Mumien«, sagte ich.

Die nächste Stunde lang folgte ich Ang Pasang den 50° oder 60° steilen Hang hinauf. Es war windig und brutal kalt. Ich konnte immer nur vier oder fünf Schritte machen, bevor ich mit pochenden Schläfen stehen blieb und keuchend nach Luft schnappte. Wir umrundeten eine weitere, kleinere Felsformation und gelangten dann auf den Gipfelgrat. Er war nicht besonders steil, aber dem Wind schutzlos ausgesetzt, und auf beiden Seiten ging es senkrecht über 3000 Meter tief runter. Oh Mann.

Und endlich erhob er sich vor uns, nur noch 150 Meter von uns entfernt. Der Gipfel!

Als ich ihn erblickte, fühlte ich mich wie ein Rennpferd, das soeben aus der Startmaschine gekommen war. Allerdings wie ein Rennpferd, das viel zu wenig Luft bekam. Sämtliche Bewegungen verliefen in Zeitlupe, bis ich endlich direkt hinter Ang Pasang den Gipfel betrat.

Ich hatte es geschafft! Es war das berauschendste Gefühl der Welt. Ich hatte mir diesen Augenblick vier Jahre lang auszumalen versucht, und konnte jetzt einfach nicht glauben, dass ich tatsächlich hier war. Ein unglaubliches Triumphgefühl erfüllte mich – es war sogar noch intensiver als das, was ich auf dem Mount McKinley empfunden hatte.

Ich streckte die Arme aus und drehte mich ganz langsam um die eigene Achse. Ich stand auf dem höchsten Punkt der Welt. Jede einzelne Minute meines Trainings, jeder Nachmittag, an dem ich nicht mit meinen Freunden zusammen gewesen war, jede schwere Entscheidung, die ich hatte treffen müssen, war es wert gewesen. Auch nur eine einzige Sekunde auf dem Dach der Welt zu stehen, wog das alles auf.

Ich hörte einen gedämpften Ruf und drehte mich um. Karen hielt ihre Kamera und winkte mir zu, wieder runterzukommen. Sie wollte filmen, wie ich auf den Gipfel stieg.

Oh nein, bitte, ich will nicht. Es ist so wahnsinnig kalt und windig, dachte ich. Aber es war ein derart unglaublicher Moment. Wir mussten ihn festhalten. Ich stapfte auf dem Grat gut 60 Meter weit zurück. »Fertig?«

Sie nickte. Ang Pasang ließ sich von ihr die Kamera geben und sagte, er würde uns alle drei aufnehmen. Gemeinsam gingen wir zum Gipfel hinauf, immer nur einen Schritt auf einmal machend. Als ich wieder auf dem Gipfel war, warf ich die Arme hoch. Ich stand mitten in der Wasserdampffahne, die ich auf sämtlichen Gipfelaufnahmen des Everest gesehen hatte.

Die vielen Tausend Stunden, in denen ich fern von meiner Mom und meiner Schwester, fern von meinen Freunden trainiert hatte – die würde ich erst noch verarbeiten müssen. Jetzt aber war ich auf dem Dach der Welt und so glücklich wie nie zuvor. Ich stand da, wo Edmund Hillary gestanden hatte, und dachte an seine Worte: »Es ist nicht der Berg, den wir besiegen, sondern uns selbst.«

Und das hatte ich getan. Ich hatte meine Ängste und Zweifel besiegt, um ein Ziel zu erreichen, das ich mir vier Jahre zuvor gesetzt hatte.

Für Dad und Karen ebenso wie für mich war es der großartigste Moment unseres bisherigen Lebens.

Ich wusste, dass Dads Augen hinter seiner Gletscherbrille voller Tränen standen. »Wir haben es geschafft, wir sind heute auf das Dach der Welt geklettert!«, sagte ich.

Wir drei sahen einander an und verstanden uns ohne Worte. Wir waren stolz auf unser kleines Team. Wir umarmten uns und genossen den Moment dort oben auf dem höchsten Punkt der Welt.

Niemand anders war von der Nordseite her auf dem Weg zum Gipfel, doch von der Südseite her sah ich eine lange Schlange von Bergsteigern auf uns zukommen. Der Gipfel des Everest bot nicht mehr Platz als ein kleiner Esstisch und wir alle wollten unser Gipfelerlebnis in Ruhe genießen. Ich war sechs Wochen lang auf dem Berg gewesen und hatte jetzt nur 30 Minuten Zeit, um hier oben zu stehen. Ich wollte, dass sich mir jede einzelne Sekunde davon unauslöschlich einprägte.

Wieder sah ich die Erdwölbung und in allen Richtungen die hohen Himalajagipfel. Der gesamte Gipfelbereich war von Gebetsfahnen bedeckt. Es waren mehr, als ich jemals an einem Ort gesehen habe. In einer kleinen Plastikschachtel saß eine Buddhafigur. Super cool.

Als Allererstes wollte ich meine Mom anrufen. Dad nahm einen Fausthandschuh ab, um die Nummer auf dem Satellitentelefon für mich zu wählen. Mit seinen steifgefrorenen Fingern hatte er Mühe, die Verbindung zu Big Bear in Kalifornien herzustellen, auf der anderen Seite der Welt. Endlich reichte er mir das Telefon.

Ich nahm die Sauerstoffmaske ab, um mit ihr zu sprechen. »Hi, Mom, dein Sohn ruft dich an, vom Dach der Welt!«

Sie und die Freundinnen, die gerade bei ihr waren,

gerieten völlig aus dem Häuschen. Sie waren die ganze Nacht aufgeblieben, hatten an unserem Esstisch zu Hause gesessen und meinen Aufstieg auf unserer Website verfolgt. Als ich den Gipfel erreichte, wurde der rote Punkt grün.

»Ich liebe dich!«, schluchzte sie. »Ich liebe dich! Und jetzt mach, dass du nach Hause kommst.«

Als ich ihre Stimme hörte, brach ich zusammen, und musste ebenfalls weinen.

Ich hielt die Banner hoch, mit denen mich Karen fotografieren wollte. Dann sprach ich über den Jungen, an den ich auf dem gesamten Aufstieg gedacht hatte. »Ich widme diese Besteigung meinem achtjährigen Freund Nigel in Big Bear. Er hat einen Gehirntumor und ist der stärkste und tapferste Mensch, den ich kenne.«

Ich warf ein paar Gebetsfahnen in die Luft. Ich war so unglaublich dankbar, dass wir wohlbehalten bis auf den Gipfel gekommen waren. Jetzt bat ich den Berg um seinen Segen und darum, uns gesund nach Hause zurückkehren zu lassen.

Erst in diesem Augenblick merkte ich, dass Dad seine Sauerstoffmaske abgenommen hatte und sich auf die nackte Hand blies, mit der er für mich das Telefon bedient hatte. »Sie ist erfroren«, sagte er. »Ich habe kein Gefühl mehr in den Fingern. Ich kann sie nicht einmal mehr bewegen. Ich weiß nicht, wie ich die Leiter herunter und zurück ins Camp kommen soll.«

Zu den meisten Todesfällen kommt es beim Abstieg, wenn die Bergsteiger erschöpft und körperlich buchstäblich am Ende sind. Wie sollte Dad absteigen, wenn er nur eine Hand benutzen konnte? Karen sagte, sie würde ihm beim Klettern helfen, indem sie seine Karabiner vor jeder Verankerung aus und wieder einhängte, bis das Gefühl in seinen Fingern zurückkehrte.

Während Karen Dad half, seinen Fäustling wieder überzustreifen, ging ich beiseite, um drei Bergsteigern Platz zu machen, die von der Südseite her aufstiegen.

Ich nahm meine Maske ab. »Glückwunsch, ihr habt es geschafft!«

Der Erste schob seine Gletscherbrille hoch. »Hey, wie alt bist *du* denn?«

»Dreizehn.«

Er schüttelte den Kopf. »Das ist ja der Hammer!«

»Danke!«

Ich atmete immer schneller und hatte trotzdem das Gefühl, nicht genügend Luft zu bekommen. Es wurde Zeit, die Sauerstoffmaske wieder aufzusetzen. Von der Südroute kamen noch mehr Bergsteiger herauf, und wir begannen den Abstieg, um ihnen Platz zu machen.

Von Camp 2 aus hatten wir den Gipfel in 14 Stunden erreicht. Lhakpa hatte die ganze Strecke vom Chinese Base Camp bis zum Gipfel in etwas weniger als elf Stunden geschafft. Insgeheim fand ich, dass die Sherpas sogar den X-Men überlegen sind. Die Sherpas sind die wahren, echten Superhelden, denn sie rasen die Berge in unglaublicher Geschwindigkeit hinauf.

27. Kapitel

Beim Abstieg fehlte natürlich dieses Gefühl gespannter Erwartung und Vorfreude auf den Gipfel. Nach all der Planung und den Vorbereitungen für die Besteigung des Everest war es irgendwie enttäuschend, wieder hinuntergehen zu müssen. Wir liefen seit zehn Stunden, ohne zu essen oder zu trinken, aber der Energiedrink hatte meine Krämpfe beseitigt und half mir durchzuhalten.

Ich wusste, dass ich mich auf den Abstieg konzentrieren musste, doch in meinem Kopf spukte bereits der nächste Berg herum. Mein Ziel war es, die Seven Summits plus einen weiteren Gipfel zu besteigen, und ein Berg stand noch aus.

Die Sherpas wussten, dass mein Aufstieg auf den Everest etwas Besonderes war. Immer wieder erzählten sie, wie stolz sie darauf seien, daran beteiligt gewesen zu sein, und gaben gegenüber Kollegen, die sie unterwegs trafen, regelrecht damit an.

Jeder, dem wir auf dem Weg nach unten begegneten und der wusste, wer ich war, gratulierte mir. Ich wurde um Autogramme und Fotos gebeten. Ich fand das cool, denn es zeigte mir, wie groß die Leistung war, die ich vollbracht hatte. Aber eigentlich sehnte ich mich nur noch danach, mich in meinen Schlafsack zu verkriechen und mir eine Auszeit zu nehmen. Ich war erschöpft, hungrig, durstig und die Sauerstoffmaske ging mir zunehmend auf die Nerven. Karen und ich beschlossen, dass wir es verkraften würden, wenn wir oberhalb von Camp 3 die Masken abnahmen. Und das war tatsächlich der Fall: Von da an gingen wir ohne weiter und hatten dennoch das Gefühl, genügend Sauerstoff abzubekommen.

Bei dem pilzförmigen Felsen lasen wir unsere leeren Sauerstoffflaschen auf und erreichten in etwas über sechs Stunden Camp 3. Nachdem wir dort Zelt, Kocher und weitere Sauerstoffflaschen eingesammelt hatten, stiegen wir weiter zu Camp 2 ab, wo wir die Nacht verbrachten. Bei Sonnenaufgang standen wir auf und machten uns auf den Weg hinunter zu Camp 1.

Kurz bevor wir das Camp erreichten, trafen wir auf das russische Seven-Summits-Team und dessen Chef Alex. Alex hatte zu der Handvoll Skeptiker gehört, denen wir auf dem Berg begegnet waren und die gemeint hatten, ich würde es nicht auf den Gipfel schaffen. Er begrüßte uns lächelnd.

»Gratuliere, Jordan«, sagte er. »Ich hätte nie gedacht, dass du es schaffst, und ich muss zugeben, dass du mich überrascht hast. Ich hoffe, du verzeihst mir, dass ich an dir gezweifelt habe. Es wäre mir eine Freude, dich auf jede Bergtour deiner Wahl mitzunehmen!«

Wow! Aus seinem Mund war das ein wirklich großes Lob. Sein Team begleitete regelmäßig Bergsteiger auf die Seven Summits. Ich war jetzt ein offiziell anerkanntes Mitglied ihrer Gemeinschaft.

»Vielen Dank!«, erwiderte ich. »Das ist eine große Ehre für mich.«

Kurze Zeit später erreichten wir Camp 1, wo wir uns allerdings nicht lange aufhielten, sondern bald weitergingen.

Karina empfing uns oberhalb des Advanced Base Camp, umarmte und beglückwünschte uns.

Ang Pasang hatte gefunkt, dass wir auf dem Weg nach unten waren und im Advanced Base Camp erwartete uns eine Überraschung. Alle jubelten, als wir durch das Camp gingen, und wollten mit mir fotografiert werden. Die Leute fragten mich, wie es sich angefühlt habe, auf dem Gipfel zu stehen, und was ich als Nächstes vorhätte. Ich musste feststellen, dass ich ständig dieselben Informationen wiederholte, und dachte, dass es vielleicht schon die Generalprobe für das war, was noch bevorstand: Zweifellos würden sich bald die Medien melden.

Dawa, Karma und Ang Pasang feierten mit uns in unserem Esszelt. Kumar hatte ein Gourmet-Abendessen vorbereitet. Es gab Hühnchen, Yaksteaks, Bratkartoffeln, tibetisches Brot, Gemüse und frische Äpfel und Orangen. Nach dem Essen fiel mir auf, dass die Sherpas untereinander über etwas kicherten. Trotz des harten Lebens, das sie führten, alberten sie oft herum. Ich wünschte mir, dass auch mehr westliche Menschen diese Gabe besäßen.

»Für den Weltrekordinhaber auf dem Everest!«, verkündete Kumar, als er mit einem Karottenkuchen das Zelt betrat. Der Kuchen war mit gelbem und grünem Zuckerguss überzogen und mit grünen Blättern verziert. In gelben Buchstaben stand darauf zu lesen: »Wir gratulieren Team Jordan auf dem Everest. 22. Mai.«

Wie in aller Welt hatte er hier oben in 6400 Metern Höhe und inmitten von Felsen einen Kuchen backen können? Als Nächstes tauchte eine Champagnerflasche auf. Hatten sie die etwa auch den Berg hochgetragen? Dad schenkte allen etwas davon ein, aber die Sherpas hatten ihr eigenes Getränk: *Chang*, ein Gebräu aus fermentierter Gerste, Hirse oder Reis, auf dem oben noch ein paar Körner herumschwammen.

Ich hielt mich an heißen Tee, aber es war kein salziger tibetischer, sondern Teebeuteltee.

Wir blieben zwei Nächte im Advanced Base Camp, ordneten unsere Ausrüstung, brachen unsere Zelte ab und packten alles zusammen, damit die Yaks es in das Chinese Base Camp hinuntertragen konnten. Die 24 Kilometer talwärts in dickerer, sauerstoffreicherer Luft zu gehen war unglaublich angenehm.

Eine weitere Überraschung erlebten wir im Chinese Base Camp. Mein Freund Zanskar und sein Vater Ryan aus Hongkong warteten dort auf uns!

Zanskar war so alt wie ich, aber gut acht Zentimeter kleiner und zierlicher gebaut. Er war begeisterter Fußballer und spielte in Jugendmannschaften. Sein Vater und er waren gekommen, um uns unten willkommen zu heißen.

Dad und Karen hatten bei ihren Adventure Races viele Freundschaften geknüpft. Inzwischen war auch ich Mitglied dieses internationalen Clubs.

Wir waren noch keine Stunde da, als ich einen Beamten auf unsere Zelte zukommen sah. »Karen, schnell, versteck deine Kameraausrüstung!«

»Oh, verdammt, er wird alles beschlagnahmen!«, rief sie aus.

Wir warfen Schlafsäcke, Isomatten und alles andere, was uns in die Finger kam, auf die BGAN- und Videokameras. Dann gingen wir raus und taten, als hätten wir uns dort die ganze Zeit über mit den Taschen beschäftigt, die von den Yaks abgeladen worden waren.

Der Beamte in seiner steifen Uniform nahm mit verschränkten Armen vor mir Aufstellung und fragte mich streng: »Haben Sie den Gipfel erreicht?«

Vor lauter Nervosität kribbelte meine Kopfhaut. »Ja.«

»Ich muss Ihre Kamera sehen«, erwiderte er.

Karen warf Dad einen fragenden Blick zu. Er nickte unmerklich.

Sie ging und holte die Videokamera aus dem Zelt.

Der Beamte verlangte den Beweis, dass wir tatsächlich auf dem Gipfel gewesen waren. Karen spulte das Video zurück, und er sah sich den Abschnitt an, auf dem wir den Gipfel erreichten. Dann gab er die Kamera zurück. »Das ist gut. Jetzt kann ich Ihre Urkunden unterzeichnen.«

Ich hielt die Luft an, bis er alle unterschrieben hatte.

Nachdem er gegangen war, rief Dad mir zu: »Jetzt ist es ganz offiziell!« Und wir klatschten uns ab.

Wir warteten zwei weitere Tage auf das Auto, das uns abholen sollte. Zum Glück mussten wir uns auf dem Rückweg nicht mehr akklimatisieren und konnten direkt zur Freundschaftsbrücke fahren. Dort rissen die Leute wieder unsere Taschen an sich und trugen sie über die Brücke.

Kaum hatte ich einen Fuß über die Grenze zu Nepal gesetzt, als schon ein wahrer Tsunami aus Reportern und Fotografen über mich hereinbrach. Mit der Hand versuchte ich, meine Augen vor den blendenden Blitzlichtern zu schützen. Der CNN-Reporter, der uns in Kathmandu interviewt hatte, hielt mir gleichzeitig mit 20 anderen sein Mikrofon vors Gesicht. Alle stellten dieselben Fragen.

»Wie war es, auf dem Gipfel zu stehen?«

»Wie fühlt es sich an, der jüngste Bezwinger des Everest zu sein?«

»Hat es jemals einen Moment gegeben, in dem du am liebsten umgekehrt wärst?«

»Manche meinen, jemand in deinem Alter sollte noch nicht so hoch steigen oder so gefährliche Dinge machen. Wie denkst du darüber?«

»Versäumst du nicht zu viel in der Schule?«

»Was hast du als Nächstes vor?«

Ich hatte kaum Zeit gehabt, auch nur die erste Frage zu beantworten, als gefühlte 50 Nepalesen kamen, um uns Kata-Schals und Ringelblumengirlanden um den Hals zu hängen. Es war alles sehr aufregend, aber auch anstrengend. Als unsere Sachen im Lastwagen verstaut waren, verabschiedete ich mich lächelnd, kletterte in den Van und zog die Tür zu.

»Puh!« Ich lehnte mich im Sitz zurück und schloss die Augen.

»Du solltest dich langsam daran gewöhnen, Kumpel«, meinte Dad.

Er hatte recht. Die Nachricht von meinem Aufstieg und die Fotos dazu waren in allen Zeitungen von Kathmandu.

Als ich aus dem Auto ausstieg, bildete sich eine Menschentraube, die uns Hunderte von Metern weit folgte.

Karen grinste. »Na, wie findest du das, J?«

»Es ist ziemlich überwältigend«, antwortete ich. »Aber es gefällt mir eigentlich ganz gut, solange sie mir nicht direkt ins Gesicht blitzen.«

In Kathmandu gönnten wir uns das Fünf-Sterne-Hotel Yak and Yeti, das nur 15 Minuten vom internationalen Flughafen Tribhuvan entfernt liegt. Der Reporter des auf Englisch und Arabisch sendenden Kanals Al Jazeera besuchte uns dort und machte ein Interview, das in alle Welt ausgestrahlt wurde.

Wir wollten die Sherpas zum Essen einladen, und Ang Pasang hatte gemeint, wir müssten unbedingt ein Restaurant kennenlernen, das Rum Doodle hieß.

Es war ein Bergsteigertreffpunkt. Beim Eintreten bemerkten wir an den Wänden Fußabdrücke. Es stellte sich heraus, dass sie aus weißem Papier ausgeschnitten und signiert waren. Es waren sogenannte Yeti-Fußabdrücke mit den Unterschriften von Bergsteigern, die auf Himalaja-Gipfeln gewesen waren. Es gab sogar einen mit der Unterschrift des früheren US-Präsidenten Jimmy Carter: Er war in der Everest-Region gewandert.

Dad, Karen und ich signierten jeder einen Fußabdruck und übergaben sie dem Kellner. Als er unsere Namen las, führte er mich zu einem Stapel Holzkisten hinter der Bar. »Diesen ersten hier hat Edmund Hillary unterschrieben«, sagte er und zeigte mir den Fußabdruck.

»Der *echte* Edmund Hillary?«, fragte ich. »Der Erste, der den Everest bezwang?«

»Genau der.«

Ich fuhr die Buchstaben mit einem Finger nach. Es war die Unterschrift eines meiner Helden.

»Wir besitzen die größte bekannte Sammlung von Unterschriften von Bergsteigern, die den Gipfel erreichten«, erklärte der Kellner und zwinkerte mir zu. »Jetzt, wo du auf dem Gipfel warst, bist du Mitglied im Rum Doodle Club und kannst hier dein Leben lang umsonst essen.«

Ich gab ihm High Five und sagte in meiner besten *Terminator*-Imitation: »Ich komme wieder.«

Ang Pasang hatte uns nicht nur ins beste Restaurant von Kathmandu geführt, sondern auch noch jemanden mitgebracht. Ich erkannte ihn sofort, weil ich schon Fotos von ihm gesehen hatte: Es war Lhakpas Freund Apa Sherpa, der soeben seinen eigenen Rekord gebrochen und zum 20. Mal auf den Gipfel gestiegen war.

»Wirst du eines Tages meinen Rekord brechen?«, fragte er mich freundlich.

»Nein, auf keinen Fall. Einmal reicht mir«, erwiderte ich. »Es ist ein superharter Berg.«

»Ich hatte ursprünglich nicht vorgehabt, Rekorde aufzustellen«, erklärte er. »Mein Vater starb, als ich zwölf war, und ich musste anfangen, zu arbeiten. Ich stamme aus dem Dorf Thame, dasselbe, aus dem Tenzing Norgay ist, der mit Hillary aufstieg, und deshalb war es selbstverständlich, dass ich am Berg arbeiten würde.«

Apa und Ang Pasang hatten ebenso wie die Träger am Kilimandscharo bereits in jungen Jahren zu arbeiten begonnen, um ihre Familien zu unterstützen. Unter anderen Umständen hätte es mir ebenso ergehen können. Ich hatte wirklich Glück gehabt.

Rob, unser PR-Mann, hatte in New York fünf Interviews vereinbart. Es sollte praktisch losgehen, sobald wir gelandet waren. Die Nachrichtensendung *20/20* des Senders ABC wollte gleich nach unserer Ankunft mit uns sprechen und bat um Videomaterial.

»Okaaay«, sagte Dad gedehnt. »Schicken wir ihnen auch die Aufnahme von der Lawine?«

»Es wird so oder so herauskommen«, antwortete Karen. »Und wir haben ja alles gut überstanden. Jordan, was meinst du?«

»Mom weiß es ja schon«, sagte ich. »Und ich würde in den Interviews gerne all jenen, die uns kritisierten, zeigen, dass sie sich geirrt haben – und dass wir es trotz einer Lawine geschafft haben.«

Wir flogen von Nepal direkt nach Hongkong und von dort aus weiter nach New York. Ich war erschöpft, litt an Jetlag und die von den grellen Scheinwerfern aufgeheizte Studioluft machte es nicht besser. Wenigstens musste ich nicht winkend auf die Bühne gehen wie in Martha Stewards Show.

Dad, Karen und ich saßen auf einer Couch und warteten darauf, dass die Kameraleute von *20/20* mit der Aufnahme begannen. Die erste Frage des Interviews lautete: »Dürfen Kinder dasselbe wie Erwachsene machen, auch wenn sie sich dadurch in Gefahr bringen?« Anschließend diskutierte die Moderatorin Elizabeth Vargas mit uns, ob der Titel »Jüngster Besteiger des Everest« es wert war, dafür sein Leben zu riskieren.

Ich bekam Angst, sie würde all die Gefahren übertreiben, denen ich ausgesetzt gewesen war, insbesondere die Lawine. Doch sie kommentierte unser Video sehr sachlich und objektiv.

Sie fragte Dad, wann ich ihm das erste Mal erzählt hätte, dass ich den Everest besteigen wolle. »Ist es nicht die Pflicht eines Vaters zu sagen: ›Warte damit noch ein paar Jahre‹? Viele Menschen fanden Ihr Verhalten verantwortungslos.«

Dad hatte sich schon öfter vor und während unserer Tour mit Kritik auseinandersetzen müssen, aber jetzt waren wir in einer angesehenen, landesweit ausgestrahlten Sendung. Ruhig und gelassen legte er seine Überzeugung dar und erklärte, welche Rolle sie in unserer Art zu leben spielte. »Wenn wir uns über verantwortungslose Eltern unterhalten wollen, müssen wir auch über die Millionen von Eltern sprechen, die gerade in Fast-Food-Restaurants sitzen und ihre Kinder mit viel zu fettem, viel zu süßem Essen mästen. Das ist verantwortungslos.«

Die Moderatorin fragte, ob das Verzehren eines Big Mac ebenso gefährlich wie eine Everestbesteigung sei. Dad antwortete: »Es ist bekannt, dass Hamburger Krankheiten und einen frühen Tod fördern. Das ist belegt und bewiesen.«

Elizabeth Vargas verhielt sich Dad gegenüber fair und mein Wohlergehen schien ihr am Herzen zu liegen. Am Ende des Beitrags ließ sie mich zu Wort kommen, und ich sagte, mir liege daran, andere Kinder zu ermutigen, ihren eigenen Everest zu finden.

»Wagt es, von Großem zu träumen«, sagte ich. »Lebt euer Leben. Tut etwas!«

Und das war unser erster Abend nach unserer Rückkehr in die USA. Als das Interview vorbei war, konnte ich mich entspannen und mich auf ein leckeres, *gesundes* Abendessen freuen. Dad, Karen, Rob und ich studierten die Menükarte, als mich Karen von der Seite anstieß.

»Schau mal, J«, sagte sie.

Ich blickte auf und sah meine Mutter und meine Schwester Makaela auf unseren Tisch zukommen. Ich sprang auf und umarmte sie. Tränen liefen mir die Wangen hinunter. »Ich wusste gar nicht, dass ihr kommt!«

»Wir wollten dich überraschen«, sagte Mom.

Weinend umarmten wir drei uns mitten im Restaurant.

»Ich liebe dich!«, schluchzte Mom.

»Ich liebe dich auch! Ich habe euch so vermisst.« Ich wischte mir mit dem Ärmel die Tränen vom Gesicht. »Das Schlimmste am Aufstieg war, dass ich euch so lange nicht sehen konnte.«

Dad und Karen standen ebenfalls Tränen in den Augen. Sie schoben die Stühle zusammen, damit wir an dem Tisch alle Platz fanden.

»Woher wusstest du, wo wir sein würden? Wie seid ihr hergekommen?«, wollte ich wissen.

Mom drückte meine Hand. »Als Rob erzählte, dass ihr wegen Interviews in New York bleiben würdet, sagte ich, dass er mich nicht länger von meinem Sohn fernhalten könne.«

»Er buchte unseren Flug, mietete für uns ein Zimmer und kümmerte sich um alles«, ergänzte Makaela.

Ich sah zu Rob hinüber. »Danke, vielen, vielen Dank. Das ist das Beste, was du für mich tun konntest.«

In den folgenden zwei Tagen wurden wir bei den Morgennachrichten von CBS, bei CNN, bei *Fox and Friends* und in der Show *Today* interviewt. In derselben *Today*-Show trat auch Justin Bieber auf und gab ein Konzert, das auf einen außerhalb des Gebäudes aufgestellten, großen Bildschirm übertragen wurde. Auf der Straße warteten Tausende von kreischenden, von ihren Müttern begleiteten Mädchen mit Schildern und Transparenten auf ihren Star. Als auf dem überdimensionalen Bildschirm mein Gesicht erschien, kreischten sie auch für mich.

Dad sah sich das an und legte mir einen Arm um die Schultern. »Na, was hältst du davon?«

»Oh, es ist supercool. Aber ich würde es ziemlich schnell nervig finden, wenn ich nirgendwo mehr Privatsphäre hätte.«

Ich freute mich schon so sehr darauf, nach Big Bear zurückzukehren. Ich war ganze zwei Monate weg gewesen. Ein Freund holte uns am Flughafen ab und fuhr mit uns die lange Serpentinenstraße zum Haus hoch. Ein Feuerwehrwagen eskortierte uns in die Stadt, gefolgt von einer Karawane hupender Autos. Wir wurden mit Willkommensschildern begrüßt, und das berühmte Piratenschiff von Big Bear, das als Ausflugsschiff auf dem See unterwegs ist, feuerte seine Kanonen ab, als wir vorbeifuhren.

An einem Arm eines 120 Meter hohen Krans hing die US-Fahne und am anderen ein riesiges Banner mit der Aufschrift: »WILLKOMMEN ZU HAUSE, TEAM JORDAN. BIG BEAR LIEBT EUCH!«

Dad, Karen und ich winkten allen zu, die am Straßenrand standen.

»Das ist so irre cool«, sagte ich und freute mich riesig.

Dieser Empfang in meiner Heimatstadt bedeutete mir mehr als all die Interviews. Big Bear hatte mir ermöglicht, auf den Berg zu gehen, und ihn gemeinsam mit mir bestiegt. Strahlend winkte ich allen zu.

»Ich liebe diese Stadt«, sagte ich. »Ich finde es super, an so einem herrlichen, sonnigen Tag aus dem Schnee hierher zurückzukehren!«

In der Nottinghams Tavern gab es uns zu Ehren eine Party, zu der Hunderte kamen. An einer Wand hing ein Poster mit Glückwünschen.

»Ihr alle hier wart unsere wichtigste Unterstützung«, sagte ich, an die im Saal versammelte Menge gewandt. »Der Gedanke an euch hat mich vorangetrieben, mich dazu angespornt, mein Bestes zu geben. Ihr seid fantastisch. Ich danke euch dafür, dass ihr all das hier organisiert habt. Ich könnte mir nichts Schöneres vorstellen.«

Ein paar Tage später wurde ich zum Star der Schule: Eine große Anzahl von Leuten kam dorthin und ich wurde von unseren wichtigsten Politikern beglückwünscht. Der Bürgermeister von Big Bear verlas sogar einen Gruß unseres Gouverneurs Arnold Schwarzenegger:

»Als Sportler gratuliere ich dir zu deiner Entschlusskraft. Dein Durchhaltevermögen ist das Merkmal eines echten Champions.«

Unser Schuldirektor sagte mir, dass sogar das Weiße Haus von mir gehört habe.

Wir veranstalteten eine Everest-Diashow und meine Schulkameraden feierten mich wie einen Rockstar.

Eine Woche später rief jemand vom Sender NBC an

und lud mich zu der Jay-Leno-Show in Burbank ein. Sie schickten ein Auto, das uns abholte.

»Mann, das ist jetzt wirklich großes Kino«, meinte Dad. »Fünf Millionen Zuschauer. Bist du nicht nervös?«

»Eigentlich nicht. Glaube ich jedenfalls. Ich finde, er wirkt sehr nett.«

»Er war gerade im Weißen Haus und hat mit Präsident Obama Witze gerissen.«

»Er fragt mich wahrscheinlich nach dem Aufstieg. Ich habe diese Fragen inzwischen schon so oft beantwortet, dass ich dabei gar nicht mehr nachzudenken brauche.«

Es stellte sich heraus, dass Dad derjenige war, den der Gedanke an die Jay-Leno-Show nervös machte. »*Fünf* Millionen Zuschauer!«

»Dad, bitte entspann dich. Sonst bekomme ich doch noch Panik.«

Der Chauffeur, der mich abholte, war nett und witzig. Auf der Fahrt nach Burbank lachte ich die meiste Zeit. Vielleicht bestand sein eigentlicher Job darin, den Gästen das Lampenfieber zu nehmen. Das Studioteam frisierte und schminkte mich. Ich fragte mich, wie die Filmschauspieler es ertrugen, dass Leute ständig an ihnen herummachten und ihnen Zeug ins Gesicht schmierten. Nach dem Schminken wartete ich in einem Raum hinter der Bühne, gemeinsam mit der Punkrock-Band Authority Zero. Wir unterhielten uns über unsere Reisen und Auftritte. Der Schauspieler und Komiker Tim Allen war auch zu dieser Sendung eingeladen, wartete aber in einem separaten Zimmer.

Als ich an die Reihe kam, atmete ich erst einmal tief

durch. *Du kriegst das hin*, versuchte ich mir einzureden. *Entspann dich und rede mit ihm, als ob er ein alter Bekannter wäre.*

Ich ging auf die Bühne und nahm zwischen Jay Leno und Tim Allen Platz. Sie schienen miteinander befreundet zu sein und es wurde eine angenehme, flüssige Unterhaltung. In der Werbepause waren beide supernett zu mir.

Im Laufe des Sommers und noch bis in den Winter hinein folgten viele weitere Interviews, unter anderem in Nachrichtensendungen der Lokalsender von Los Angeles und Umgebung, von NPR, BBC und auch vielen internationalen Radiosendern. Disney Channel kam nach Big Bear, um mit mir eine Sendung seiner Reihe *The Time I…* aufzunehmen. Meine Folge hieß *The Time I… Climbed Mount Everest.*

Zum Glück ließ das Interesse der Medien zum Schulbeginn allmählich nach und ich konnte wieder ein normales Leben führen. Ich war froh, etwas mit meinen Freunden unternehmen zu können oder einfach mit ihnen abzuhängen. Die Kids von Big Bear waren stolz darauf, dass ich auf dem Everest gewesen war, hatten sich aber inzwischen an mich und meine Ziele gewöhnt. Ich war einfach nur Jordan, der gerne Berge bestieg – so wie Casey Camerons Bruder war, der Radrennen fuhr.

Wir drei verbrachten viel Zeit am See, balancierten auf der Slackline und fuhren Rad, bis die Skisaison begann. Ab da verbrachten wir jede freie Minute auf der Piste und übten neue Tricks ein.

Ich hatte noch einen Berg vor mir, doch wir versuchten bereits seit einem Jahr vergeblich, eine Genehmigung für

Mount Vinson zu erhalten. Antarctic Logistics and Expeditions (ALE) war das einzige Unternehmen, das die Antarktis anflog, und man musste mindestens 18 Jahre alt sein, um auch nur ins Flugzeug steigen zu dürfen. Trotz meiner bisherigen Leistungen als Bergsteiger lehnten sie all unsere Anfragen ab.

Eines Tages gelang Mom der große Coup. Sie rief mich total aufgeregt an:

»Jordan, ich habe gerade mit einer Freundin in Tahoe gesprochen. Sie kennt die Geschäftsführerin einer Organisation, die ökologische Expeditionen veranstaltet und wiederum jemanden kennt, der in der Antarktis lebte und Kontakt zu den Piloten hat, die dort hinfliegen. Die Geschäftsführerin wird sich für dich einsetzen. Vielleicht kann sie erreichen, dass du die Genehmigung bekommst.«

Außerdem schrieb Karen einen weiteren Brief an die ALE, Antarctis Logistics and Expeditions, und bat um ein Treffen, bei dem über meine Bergbesteigung gesprochen werden sollte. Ein paar Wochen später kam ein Anruf aus Chile: Die ALE war bereit, mit uns über unser Anliegen zu diskutieren. Karen schrieb Berichte über unsere Bergtouren und füllte endlos viele Formulare mit Fragen zu unserem Training, unserer Bergerfahrung und unserem Gesundheitszustand aus.

Nachdem sie alles abgeschickt hatte, konnten wir nur noch abwarten und hoffen.

Ich befürchtete, die Verwirklichung meines Traums, die Seven Summits plus einen Gipfel zu besteigen, würde sich hinauszögern, bis ich 18 geworden war. Und das nervte.

Ich wollte dieses Projekt abschließen und mir danach ein neues Ziel setzen.

Dann endlich war die Warterei vorbei. Karen wurde angerufen. Wir durften in die Antarktis einreisen!

Nachdem wir uns ausgiebig gegenseitig umarmt und uns abgeklatscht hatten, begannen wir über das Training nachzudenken.

»Am besten fängst du wieder an, einen Reifen hinter dir herzuschleppen. In der Antarktis musst du einen Schlitten ziehen.«

Inzwischen war ich 15 Jahre alt und 1,83 Zentimeter groß. Durch das viele Rad- und Skifahren war ich optimal in Form. Ich musste nur jene Muskelgruppen aufbauen, die ich zum Schlittenziehen brauchen würde. Obwohl ich nichts mehr hasste, als einen schweren SUV-Reifen unsere steile Straße hochzuziehen, tat ich es jeden Tag, bis ich das Gefühl hatte, stark genug zu sein, um einen ganzen Lastwagen hinter mir herzuschleppen.

Auch dieses Mal sammelten wir in Big Bear Spenden und weitere Sponsorenfirmen nahmen mit uns Kontakt auf. Ohne all diese Unterstützung wären wir nie in die Antarktis gekommen.

Ich stand kurz davor, meinen letzten Berg zu besteigen – den kalten.

Der Ski-Aufstieg:

Mount Vinson in der Antarktis

Höhe: 4892 Meter

Durchschnittliche Anzahl der Ersteigungen pro Jahr: 300

24. Dezember 2011
im Alter von 15 Jahren

28. Kapitel

Noch bevor wir gewusst hatten, dass es Probleme mit der Genehmigung geben würde, hatten wir den Mount Vinson als Letzten auf die Liste gesetzt, denn Antarktika ist für Reisende der teuerste Kontinent der Welt. Außerdem würden wir hier nicht umhinkommen, einen offiziell anerkannten Bergführer zu engagieren – das mussten alle.

Wir flogen von Los Angeles nach Dallas, von dort nach Santiago in Chile und dann weiter nach Punta Arenas am südlichsten Zipfel des Landes. Antarktika ist riesig – so groß wie Europa und Australien zusammen. Der Flug von Punta Arenas in die Antarktis dauerte viereinhalb Stunden und es hätte keine Möglichkeit zu einer Zwischenlandung gegeben. Die Strecke wurde nur von einem einzigen Flugzeugtyp bedient, einer russischen Cargomaschine, die imstande war, so viel Treibstoff mitzuführen, dass sie notfalls umdrehen und zurückfliegen konnte, wenn die Wetterbedingungen in der Antarktis keine Landung zuließen. Selbst wenn der Sprit knapp wurde, musste der Pilot weiterfliegen. Entweder er schaffte es bis nach Punta Arenas oder er landete im Meer.

Ich kannte das Risiko, verbot mir aber, gründlicher darüber nachzudenken. Es machte keinen Sinn, sich dadurch die Reise zu verderben.

Das Okay für den Start hing von einem Australier ab, der für die Wettervorhersage zuständig war und sich in über sieben Jahren kein einziges Mal geirrt hatte. ALE hatte uns benachrichtigt, dass wir uns am 15. Dezember um sechs Uhr morgens bereithalten sollten, doch der entscheidende Anruf kam nicht, und auch nicht um zehn Uhr oder um drei Uhr nachmittags.

In Punta Arenas war es sonnig und warm und wir warteten in Shorts und Flipflops auf unseren Abflug in die kälteste Region der Welt.

Am folgenden Tag wurden wir endlich angerufen und durften an Bord einer russischen Iljuschin IL-76 gehen. Die Maschine war riesig. Trotzdem gab es nur etwa 40 Sitze, keine Fenster außer denen über den Notausstiegen und gerade so viel Isolierung, dass keine Vögel hereinflogen. Das 23 Meter lange Heck war ein einziger Laderaum.

Dad stieg als Letzter ein und war total aufgeregt. »Nachdem sie den Flieger vollgetankt hatten, waren die Tragflächen so schwer, dass sie sich durchbogen und beinahe den Boden berührten.«

Die Stewardess brachte uns Watte, die wir uns in die Ohren stopfen sollten, und je ein Sandwich, in dem ein Stück nicht näher definierbares Fleisch lag. Obwohl die Maschine so schwer war, wurde sie dennoch vom Wind geschüttelt und gebeutelt. Stundenlang wurden wir auf unseren Sitzen hoch- und runter- und hin- und hergeworfen.

Endlich verkündete der Pilot: »Soeben haben wir am 66. südlichen Breitengrad den südlichen Polarkreis überquert. Wir werden am südlichen Ende des Ellsworthgebirge bei 80 Grad südlicher Breite landen.«

Die Carstensz-Pyramide und der Kilimandscharo befinden sich nahe dem Äquator, und der Mount McKinley in 60 Grad nördlicher Breite. Jetzt würde ich den 80. südlichen Breitengrad erreichen. Das an sich war schon unglaublich.

Einer der Bergführer kam zu uns, um unsere Sitzgurte zu überprüfen. »Ziehen Sie sie so straff wie möglich an. Wir werden auf Eis landen und können die Bremsen nicht einsetzen.«

Der Flieger berührte krachend den Boden und kam mithilfe des umgekehrten Düsenschubs auf einer 4,5 Kilometer langen Landebahn nach einer gefühlten Viertelstunde zum Stehen. Wir kletterten eine Metalltreppe hinunter. Der Wind heulte, die Temperatur betrug –40 °C. Wenn mir jemand erzählt hätte, wir seien auf einem anderen Planeten gelandet, hätte ich ihm das geglaubt. Es war eine albtraumhafte Landschaft. So weit das Auge reichte, gab es nur Eis von einem wunderschönen, durchscheinenden Blau. Keine Pflanzen, keine Farben – nur Eis und Schnee.

Die Luft der Antarktis enthält weder die geringste Feuchtigkeit noch Staub. Man kann Hunderte von Kilometern weit sehen, was es sehr schwierig macht, Entfernungen zu schätzen. Dazu kommt, dass das Wetter von einer Sekunde auf die nächste umschlagen kann.

Die Eislandebahn sah aus wie polierter Marmor, der

mit Vaseline überzogen worden war. Es gab absolut keinen Reibungswiderstand und das Gehen auf Eis war noch ungewohnt. So rutschte und schlitterte ich auf einen großen Geländewagen zu und kam mir dabei ungefähr so anmutig vor wie ein Pinguin auf Stelzen.

Ich schaute auf meinen Höhenmesser. »Hier ist es so kalt wie auf dem Gipfel des Everest, dabei befinden wir uns nur auf 1000 Meter Höhe.«

»Die Luft ist an den Polen dünner«, erklärte Dad. »Mit jedem Atemzug nimmt man weniger Sauerstoff auf. Deshalb kommt es einem vor, als wäre man 600 oder 900 Meter höher.«

Zwei Männer luden unsere Ausrüstung in den Geländewagen, der für das Fahren auf Eis ausgerüstet war, und forderten uns auf, einzusteigen. Anderthalb Stunden lang fuhren wir über einen Gletscher. Dann tauchten schroffe, von Schnee umgebene dunkle Felsgipfel auf. Am meisten freute ich mich darüber, dass ich auf dieser Bergtour meine Skier dabeihaben würde.

»Wie tief ist die Eisschicht?«, fragte ich unseren Fahrer, einen Bergführer aus Colorado.

»Hey, der Eissockel ist 1500 Meter dick.«

»Oh Mann, das ist so irre!« Ich lehnte mich auf meinem Sitz zurück.

Das Union Glacier Camp der ALE ist 2897 Kilometer von der Südspitze Chiles entfernt und knapp 1000 Kilometer vom geografischen Südpol. Es wird nur im antarktischen Sommer bewirtschaftet – also dann, wenn auf der Nordhalbkugel Winter ist. Vor dem langen, harten antarktischen Winter werden alle Maschinen und Gebäude auseinandergenommen und eingegraben, um sie vor Frost- und Windschäden zu schützen.

Das Camp war beeindruckend: Es gab riesige Küchen- und Esszelte, Quartiere für Piloten und Techniker, ein Ambulanzzelt mit diensthabendem Arzt und Kontrollräume für den Luftverkehr.

Angesichts dessen, dass wir von der Zivilisation wirklich weit entfernt waren, überraschte es mich, wie viele Bergsteiger und Südpol-Trekker wir hier vorfanden. Das Camp war buchstäblich überfüllt. Karen fragte, was denn los sei.

»Wir feiern das hundertjährige Jubiläum des Wettrennens zum Südpol«, erklärte uns ein Mann.

Das ergab Sinn. Bald erfuhren wir, dass sämtliche Nachfahren von Roald Amundsen, des norwegischen Entdeckers des Südpols, angereist waren. Außerdem waren auch noch jede Menge Historiker und andere Wissenschaftler gekommen. Verschiedene Teams stellten Amundsens Expedition bis ins Kleinste nach. Einige gingen so weit, dass sie alte, zur Isolierung mit Heu ausgestopfte Jacken trugen. Ich hätte diese Leute gerne näher kennengelernt, aber wir erfuhren, dass wir am folgenden Morgen im ersten Flieger zum Vinson Base Camp Plätze bekommen hatten.

ALE war die einzige Fluglinie, die Antarktika anflog, doch die Bergsteiger konnten sich vor Ort auch Bergführer anderer Unternehmen aussuchen. Gruppen, die nicht die Dienste von ALE beanspruchten, mussten ihre eigenen Zelte aufschlagen und selbst kochen, während diejenigen, die wie wir Kunden von ALE waren, verhältnismäßig luxuriös wohnten und reisten. Unser Gepäck stand bereits vor fest aufgestellten Zelten, an denen unsere Namen standen.

Ziemlich gleich am Anfang unseres Aufenthalts bekamen wir von ALE Broschüren über den Umgang mit Abfällen überreicht. Die Vorschriften hier waren noch strenger als auf dem Aconcagua oder dem Mount McKinley. Weil die Temperaturen kaum jemals über 0 °C stiegen, gefror alles, was man zurückließ, und konnte in diesem Zustand die Ewigkeit überdauern. Deshalb musste alles wieder mit zurück nach Chile genommen werden – sogar unser Urin.

»Das ist vielleicht ekelig!«, sagte ich. »Wird der Frachtraum auf der Rückreise mit unserem *Zeug* vollgeladen sein?«

Karen kicherte. »Jeder von uns erhält drei Beutel mit – ich zitiere: ›Kot-Pulver, das Fäkalien rasch in ein stabiles Gel verwandelt, das sich leicht und sicher transportieren lässt und unangenehme Gerüche neutralisiert.‹«

Irgendwie machte das schon Sinn. Wenn man mit einem Hund Gassi geht, sammelt man seine Häufchen auf. Warum also nicht auch die eigenen? Mir gefiel der Gedanke, den Kontinent sauber zu halten.

»Schau dir mal die Toilette an«, riet Dad.

Es gab dort einen Ort für das große und einen für das kleine Geschäft, und auf einem großen Schild stand: »Wage es ja nicht, die beiden zu vermischen.« Es gab sogar ein extra Becken für das Ausspucken von Zahnpasta.

Am nächsten Morgen war ich so wild darauf, aufzubrechen, dass ich schon vor den anderen frühstücken ging.

Im Esszelt saß Scott Woolums, der Johnny Strange auf den Mount McKinley geführt hatte.

»Was machen Sie denn hier?«, fragte ich ihn.

»Ich habe gesehen, dass du es auf den Everest geschafft hast, und wollte den Jüngsten, der jemals die Seven Summits bezwungen hat, auf seinen letzten Berg führen.«

Ich wusste, dass Woolums die Seven Summits mehrfach bestiegen hatte. Einen besseren Führer für den Weg auf den Vinson hätte ich mir nicht wünschen können.

»Fantastisch! Wie oft sind Sie inzwischen auf allen sieben gewesen?«

»Ich habe meine fünfte komplette Runde im Oktober abgeschlossen, aber du wirst mich übertreffen.«

Ich nahm ihm gegenüber Platz. »Nein. Ich gehe nur einmal rauf.«

»Ich habe auch Johnny auf den Vinson geführt, aber ich vermute, dass du schon davon gehört hast.«

Ich nickte. »Er ist letzten Januar auf Skiern zum Südpol gelaufen und will auch noch zum Nordpol.« Ende der Neunzigerjahre des 20. Jahrhunderts hatte ein britischer Abenteurer dasselbe getan, nachdem er auf den Seven Summits gewesen war, und hatte das Ganze dann »The Great Slam« genannt.

Woolums lehnte sich über den Tisch, stützte seine Ellbogen auf, faltete die Hände und fragte: »Hast du das auch vor?«

Dad und Karen, die gerade ins Esszelt kamen, hatten Woolums' Frage gehört. »Wir denken darüber nach«, sagte Dad. Er klatschte Scott Woolums ab. »Ich freue mich, dich zu sehen.«

»Wir haben von dem Büro in Salt Lake City erfahren, dass du uns vielleicht führst«, sagte Karen, »aber sie konnten es nicht endgültig bestätigen. Wir freuen uns sehr, dass du mit uns gehst. Wie wird es sein?«

»Ähnlich wie auf dem Mount McKinley, aber es sind über 1200 Höhenmeter weniger zu überwinden, und deshalb brauchen wir nicht so viel Zeit für das Akklimatisieren«, antwortete er. »Es wird eine kürzere Expedition, mit weniger Proviant und leichteren Schlitten.«

»Ist es also ein leichterer Berg?«, fragte ich.

Scott nickte. »Jedenfalls abgesehen von dem verdammt kalten Wetter. Hier ist das Wetter der Feind.«

»Ich bin total bereit, loszugehen.«

Scott lehnte sich auf seinem Stuhl zurück. »Es geht aber noch nicht los. Nicht in den nächsten Tagen. Oben ist es gerade sehr stürmisch, bei geschlossener Wolkendecke. Wir liegen sehr gut in der Zeit und deshalb werden wir auf das richtige Wetterfenster warten.«

Das war ein ziemlicher Dämpfer, aber ich vertraute Scott.

Sein sicheres, selbstbewusstes Auftreten zeigte uns, dass er sich wirklich auskannte. Er war schon etliche Male auf dem Mount Vinson gewesen.

Nach dem Frühstück wurden wir in einem kleinen Flugzeug des Typs Twin Otter zum Basiscamp geflogen. Die Aussicht, die sich uns bot, war spektakulär. Sogar die Berggipfel sahen aus, als wären sie im Eis versunken. Das Flugzeug landete auf Skiern und machte ein paar Hüpfer, bis es endlich zum Stehen kam. Das Basiscamp lag in 2140 Metern Höhe.

Wieder waren unsere Zelte inklusive eines Küchen- und eines Esszelts bereits von ALE aufgestellt worden. Nachdem wir uns eingerichtet hatten, setzten wir uns mit Scott bei einer Tasse Tee im Esszelt zusammen.

Scott grinste. »Na, wollt ihr heute Ski fahren?«

Ob ich Ski fahren wollte? Mögen Hunde Fleisch? Na klar wollte ich in der Antarktis Ski fahren!

Scott ging mit uns einen kurzen Hang hinauf, um sehen, was wir konnten. Es war leicht und wir bewältigten den Hang mit links. Scott nickte anerkennend. »Okay, dann können wir ja höher hinaufgehen.«

Drei Stunden lang mit Skiern bergauf zu gehen war nicht leicht. Unsere Skier ermöglichten uns, hinaufzugehen, ohne im Schnee zu versinken, und die Felle, die wir untergeschnallt hatten, verhinderten das Zurückrutschen, aber wirklich Spaß machte mir das nicht. Jedenfalls so lange nicht, bis ich die Kuppe eines hohen Hügels erreicht hatte und auf eine Landschaft hinabschaute, die einzig und allein aus Schnee bestand. Es war wie ein Lottogewinn.

Dad ist ein hervorragender Snowboarder, wirkt auf Skiern jedoch wie eine Giraffe auf Glatteis. Für die Abfahrt hatte er sein Snowboard im Rucksack mitgenommen. Auf Skiern hätte er nicht mit uns mithalten können.

Karen ist praktisch schon ihr Leben lang Skirennfahrerin und Skilehrerin. Sie half Dad und nahm seine Skier mit nach unten. Wir schnallten die Felle ab. Scott stieß sich als Erster ab, Karen folgte und ich kam als Dritter und zog meine eigene Spur durch den Schnee.

Ich fuhr auf etwas, das wie frischer, lockerer Pulverschnee aussah, aber keiner war. In der Antarktis schneit es selten: Mein schöner Pulverschnee war von irgendwo anders hergeweht worden und nie geschmolzen.

Am nächsten Tag wehten abermals starke Winde und so fragte Scott uns wieder: »Wollt ihr Ski fahren?«

»Machst du Witze?«, fragte ich. »Natürlich wollen wir.«

Also ging es wieder den Hang hinauf. Während die anderen, weniger erfahrenen Teams fleißig mit Seilen und Steigeisen übten, vergnügten wir uns in diesem Schnee-Wunderland. Wir flitzten an den anderen vorbei, kletterten wieder hoch und sausten abermals runter.

Die Bergführer im Camp standen in ständiger Verbindung mit dem Union Glacier Camp und erhielten zweimal am Tag einen detaillierten Wetterbericht samt Vorhersage. Endlich verkündete Scott eines Tages beim Abendessen, das Wetter am folgenden Tag werde genau so werden, wie wir es uns wünschten.

»Wir können morgen zum Low Camp aufbrechen«, schlug er vor.

ALE hatte uns kleine Plastikschlitten zur Verfügung gestellt, die wir mittels eines Stricks zogen, der an unseren Rucksäcken befestigt war. Die Lasten auf den Schlitten waren wesentlich leichter als die, die wir den Mount McKinley hochgezogen hatten, denn das meiste, das wir brauchten, war bereits zu einem der beiden Camps auf dem Mount Vinson hinaufgebracht worden. Zwei ALE-Ranger sorgten dafür, dass die ALE-Camps die gesamte Saison hindurch mit allem Notwendigen versorgt waren.

Verglichen mit unseren bisherigen Bergtouren war es der reinste Luxus. Der Küchenchef des Union Glacier

Camp kochte leckere Mahlzeiten, fror sie ein und schickte sie mit der Twin Otter zum Vinson Base Camp hoch. Der Koch des Vinson Base Camp brauchte die in Plastik eingeschweißten Portionen dann nur noch in kochendem Wasser aufzutauen.

Nachdem wir die Schlitten mit unserem Hab und Gut bepackt hatten, waren wir startklar. Wir klickten uns in die Bindungen unserer mit Fellen ausgerüsteten Skier ein und folgten der mit kleinen orangefarbenen Flaggen markierten Route.

Der Aufstieg über den Gletscher war nicht besonders steil, doch auf der verharschten, vom Wind verformten Schneedecke rutschten die Schlitten schlecht. Weil mit Gletscherspalten zu rechnen war, hatten wir uns angeseilt. Sicher war sicher. Zuerst fiel es uns schwer, Skier, Skistöcke, Schlitten und Seil miteinander zu koordinieren, aber mit der Zeit bekamen wir den Bogen raus.

Wir hatten auf unseren Gipfeltouren bisher immer riesiges Glück gehabt. Es hatte keine ernsthaften Unfälle gegeben: Keiner von uns war in eine Spalte gestürzt oder hatte sich in einem Unwetter verirrt. Wir hatten keine Erfrierungen davongetragen. Manchmal hatten wir Probleme mit dem Atmen gehabt, aber keiner von uns hatte jemals ernsthaft unter Höhenkrankheit gelitten und umkehren müssen.

Auf dem Vinson wurde mir klar, dass es nicht nur an unserem Glück gelegen hatte, sondern vor allem an unserem Training. Wir hatten uns große Mühe gegeben, so fit zu werden, dass es auf unseren Touren nicht zu Zwischenfällen kam.

Seit dem Tag, an dem ich Dad zum ersten Mal gesagt hatte, ich wolle die Seven Summits besteigen, hatte ich mich sehr verändert. Die Leute wunderten sich noch immer, wenn sie erfuhren, wie alt ich war. Ich war auf unseren Touren sehr viel erwachsener geworden. Ich fühlte mich nicht mehr wie ein Kind, sondern wie ein Mann. Das verdankte ich den Bergen.

Ich war in Gedanken versunken, als Dad mir Zeichen machte, zu ihm aufzuschließen.

»Dieser Gletscher erinnert mich ein bisschen an den Everest«, sagte er. »Das Eis ist massiv, fühlt sich aber nicht wirklich so an.«

»Ja, ich sehe zwar nicht, dass es sich bewegt, spüre es aber irgendwie«, stimmte ich zu. »Es ist wirklich schwierig, Entfernungen zu schätzen, wenn man keine Orientierungspunkte hat. Es gibt einfach nur Schnee und noch mehr Schnee. Ich habe vorhin einen Eisbrocken gesehen und gedacht, wir würden ihn in zehn Minuten erreichen. Aber jetzt ist schon eine Stunde vergangen und wir sind immer noch nicht da.«

Endlich trafen wir in dem in 2774 Metern Höhe gelegenen Low Camp ein. Ein Team, das kurz vor uns angekommen war, grub gerade ein Loch und errichtete Schneewälle.

»Ich nehme mal an, dass das keine Kunden von ALE sind«, vermutete Karen und winkte mich zu sich. »Schau dir mal das hier an.«

Unsere Bergführer hatten ein ungefähr anderthalb Meter tiefes Loch in den Schnee gegraben und darüber ein großes, an einen Zirkus erinnerndes Zelt aufgestellt. Um es betreten zu können, mussten wir ein paar Schneestufen hinabsteigen. Innen war nach oben so viel Raum, dass wir aufrecht darin stehen konnten. Ich fühlte mich an die Meditationshöhle des tibetischen Klosters erinnert. Doch hier bestanden die Wandnischen und Bänke nicht aus Fels, sondern aus Schnee, und die Decke war viel höher. Unser kombiniertes Küchen-, Ess- und Versammlungszelt war bei jedem Wetter ein angenehmer Aufenthaltsort. Ich stellte mir immer vor, ich säße in einem gemütlichen Iglu.

Wir hatten vor, einen Tag im Low Camp zu verbringen, um uns zu akklimatisieren, und deshalb blieb ich abends lange auf und schaute mir auf meinem iPod bis ein Uhr nachts einen Film an. Am Südpol geht die Sonne jeweils nur einmal im Jahr auf und unter, und jetzt, im südpolaren Sommer, wanderte ihr wunderbar weiches Licht am Horizont entlang. Weil die Luft hier vollkommen rein war, war das Licht anders als überall sonst auf der Erde.

Am nächsten Tag fuhren wir auf den umliegenden Hängen, die wie schneebedeckte Sanddünen aussahen, Ski. Hier war alles vollkommen anders als in dem Dschungel an der Carstensz-Pyramide, doch ich fand, dass diese beiden die schönsten Landschaften waren, die ich jemals gesehen hatte.

Das High Camp lag ungefähr anderthalb Kilometer oberhalb der Stelle, an der wir uns befanden. Der Weg dorthin war viel zu steil, als dass wir ihn auf Skiern oder mit Schlitten hätten gehen können. Ich war ein bisschen traurig darüber, meine Skier zurücklassen zu müssen. Wir stopften Proviant und persönlichen Bedarf für drei Tage in unsere Rucksäcke und wanderten zum Fuße einer in einem 45°-Winkel aufragenden Wand. Von hier aus würden wir mithilfe von Fixseilen 700 Meter hochklettern müssen. Mehrere Teams waren uns zuvorgekommen und bewegten sich jetzt zeitlupenartig langsam an der Wand hinauf.

»Stell dir vor, diese Leute müssten die Chinesische Leiter am Everest überqueren«, flüsterte Karen mir von hinten zu.

Ich antwortete über meine Schulter hinweg und so leise wie möglich, damit es niemand hörte und sich beleidigt fühlte: »Ja, sie werden sich Frostbeulen holen.«

Der Mann vor mir musste es trotzdem gehört haben, denn er drehte sich nach mir um. »Bist du der Junge, der die Seven Summits besteigt?«

Ich nickte.

»Dann geh und hänge dich vor uns ein«, sagte er und zeigte auf sich und seine drei Teamkameraden.

»Wirklich? Danke!« Ich hatte ein schlechtes Gewissen, weil sie wegen uns warten mussten, aber wir waren entschieden schneller als sie.

Wir durften auch noch weitere großzügige Bergsteiger überholen und erreichten das auf 3775 Metern gelegene High Camp vor allen anderen. In einem Zelt, das ebenso aufgestellt war, wie das im Low Camp, wurden wir mit heißem Tee und einem Mittagessen empfangen. Von den Rangern erfuhren wir, dass furchtbare Stürme zwei Teams gezwungen hatten, drei Tage lang hier im Lager auszuharren.

Dad legte seine Hände um die heiße Teetasse. »Ich will hier nicht länger bleiben als unbedingt nötig. Es ist so verdammt kalt!«, sagte er zu Scott.

Karen goss sich einen Becher Tee ein. »Der Gipfel ist nicht einmal so hoch wie das Base Camp am Everest. Du hattest recht: Hier ist das Wetter der schlimmste Feind.«

Während ich ihnen zuhörte, musste ich daran denken, dass mich die allgegenwärtigen Gefahren auf dem Everest ständig daran erinnert hatten, mich zusammenzureißen. Wenn auf einem schmalen Felsgrat auch nur kurz die Konzentration nachließ, war man verloren. Hier, an den verhältnismäßig leichter begehbaren Hängen konzentrierte ich mich in erster Linie auf die Schönheit der Umgebung. Möglicherweise unterschätzte ich dabei die Kälte. Wenn man hier einen Handschuh verlor, wurde die Hand starr und unfähig, einen Reißverschluss zu schließen oder das Gesicht abzudecken. Nach dem, was er auf dem Everest erlebt hatte, war sich Dad dessen sehr bewusst.

Ich war mit ihm und Karen einer Meinung: »Lasst uns morgen auf den Gipfel gehen.«

Die anderen Teams im High Camp waren noch nicht für den Aufstieg bereit, und so hatten wir den ganzen Berg für uns allein – genau, wie es uns am besten gefiel. Bei milden –1 °C brachen wir in leichten Fleecepullis auf. Hintereinander durch Seile verbunden, stiegen wir einen sanften Eishang an der Basis der dreieckigen Gipfelpyramide hoch. Oben angekommen, mussten wir uns zwischen der kurzen, steilen Route über den westlichen Grat und der längeren, aber einfacheren Ostroute entscheiden.

Steil und schnell, das war unser Stil.

Ich fühlte mich rundum wohl. Ich war draußen in der freien Natur, umgeben von Eis, Schnee und blauem Himmel, und rings um mich herum erhoben sich Gipfel, die nur darauf warteten, bezwungen zu werden. Mir war bewusst, wie klein ich verglichen mit ihnen war, doch ich war zuversichtlich, mich behaupten zu können, solange ich die Berge respektierte. Ich erinnerte mich an das, was mir Samuel bei meiner ersten Gipfeltour auf dem Kilimandscharo gesagt hatte: »Der Berg will, dass du ihn besteigst.«

Wir gingen auf einem schönen, schmalen Grat auf etwas zu, das wir für den Gipfel hielten. Doch der Vinson ist ein riesiger und komplizierter Berg, der seinen Gipfel gut versteckt.

»Es liegen immer noch 400 Meter vor uns«, verkündete Scott. »Wir machen eine Pause, um zu verschnaufen und etwas zu trinken.«

»Okay«, antwortete ich, aber innerlich war ich bereit für den Gipfelsturm.

Ich war daran gewöhnt, oberhalb der Wolken unterwegs zu sein, und musste mich hin und wieder selber daran erinnern, dass die endlose weiße Fläche am Horizont nicht aus Wolken, sondern aus Eis und Schnee bestand. Um ein Uhr mittags an Heiligabend erreichte ich den Gipfel – sechs Jahre nach meiner ersten richtigen Gipfeltour auf dem San Gorgonio, bei der ich meinen brandneuen Eispickel eingeweiht hatte.

»Ich habe es geschafft!«, schrie ich. Ich stand auf dem Dach der Antarktis und zu meinen Füßen lag eine vom Menschen nahezu unberührte Landschaft. Ich war ebenso aufgeregt und glücklich wie auf jedem anderen Gipfel – doch nein, das hier fühlte sich noch besser an. Ich hatte alle Seven Summits plus einen Gipfel bezwungen und war auf den Dächern aller Kontinente des Planeten gewesen.

Ich hatte mir ein sehr hohes Ziel gesetzt und nach Jahren harter Arbeit hatte ich es endlich erreicht. Hier zu sein glich jeden Rückschlag, jede Enttäuschung aus und entschädigte mich für all die Male, an denen ich mich weinend auf den Boden hatte fallen lassen und überzeugt gewesen war, dass ich nicht mehr weiterkonnte.

Dad gab mir achtmal High Five, für jeden Gipfel einmal. »Du hast es geschafft, Kumpel! Ich liebe dich!«

»Ich liebe dich auch!« Ich umarmte ihn und Karen lange und drückte sie fest an mich. »Ohne euch hätte ich das nie geschafft! Ich bin euch so unendlich dankbar!«

Gleich danach rief ich Mom an. »Fröhliche Weihnachten, Mom! Ich stehe auf dem Gipfel des Mount Vinson und schaue auf ein riesiges Eisschelf hinunter, das nur 1200 Kilometer vom Südpol entfernt ist.«

»Ich liebe dich«, sagte sie, und ich konnte hören, dass sie vor Freude weinte.

»Ich liebe dich noch mehr.«

Der Wind wurde immer kälter und jetzt begann es auch noch zu schneien! Unser Timing war perfekt gewesen, denn wir wären jetzt ohnehin wieder hinuntergegangen.

Wir stiegen über die Ostroute ab, weil sie einfacher war und wir auf ihr schneller vorankamen. Außerdem sah die Landschaft hier wieder ganz anders aus. Als wir das High Camp erreichten, warteten die anderen Teams schon auf uns. Sie wussten, dass es mein achter Gipfel war, und umringten uns jubelnd. Einer nach dem anderen umarmte mich und wollte mit mir fotografiert werden. Es fühlte sich supertoll an, Anerkennung von Menschen zu erfahren, die wussten, welchen Herausforderungen ich mich gestellt hatte.

Vor einer Weile hatten wir hinter uns ein anderes Team gesehen, aber dann nicht mehr getroffen. Im Camp erfuhren wir, dass ihr Bergführer, gesagt hatte, sie sollten ihre Daunenhosen anziehen, als der Wind auffrischte. Doch weil einer keine dabeigehabt hatte, waren sie alle umgekehrt.

»Hier, ich leihe dir meine«, sagte Dad. »Ihr müsst ganz raufgehen. Die Aussicht ist fantastisch.«

Ja, immer hilfsbereit: So ist mein Dad.

Im High Camp war es kalt und furchtbar windig. Nachdem wir etwas gegessen hatten, sah ich Dad und Karen an. Ich wusste sofort, dass sie dasselbe dachten wie ich.

Wir drehten uns alle zu Scott um.

Karen zog sich ihren bunten Schlauchschal bis übers Kinn hoch. »Machen wir, dass wir diesem Wind entkommen!«

»Ja, lasst uns gehen!«, stimmte Scott zu.

Der Abstieg an den Fixseilen mit einem schweren Rucksack auf dem Rücken war ziemlich hart. Ich schaute immer wieder am Hang hinunter und wünschte mir, ich hätte meine Skier dabei, doch selbst für mich wäre es hier zu steil gewesen.

Im Low Camp, wo wir unsere Skier zurückgelassen hatten, trafen wir eine ähnliche Entscheidung.

»Okay, bleiben wir hier oder laufen wir heute noch den ganzen Weg bis zum Base Camp zurück?«, fragte uns Scott.

Wir fühlten uns kräftig genug, um den nächsten Wegabschnitt in Angriff zu nehmen.

»Lasst uns weitergehen«, antworteten wir alle gleichzeitig.

Wir legten nur eine kurze Pause ein, um zu essen und zu trinken.

»So, jetzt wird Ski gefahren!«, rief ich aus. »Es wird toll, bis ins Tal hinunterzuflitzen.«

Dad verdrehte die Augen. »Ich werde tatsächlich Ski fahren müssen. Ich kann den Schlitten nicht mit dem Snowboard ziehen.«

Wir brachen unser Lager ab, beluden die Schlitten und klickten uns in die Skibindungen ein. Ohne King Richards Spezialvorrichtung taten die Schlitten so ziemlich, was sie wollten, aber wenn wir schnell genug fuhren, rutschten sie uns wenigstens nicht zwischen die Beine.

Scott und ich fuhren vorneweg und genossen die über zehn Zentimeter dicke Schicht Pulverschnee. Es war, als fahre man auf einer Wolke, denn man konnte gar nicht genau sehen, wo die Erde aufhörte und der Himmel anfing. Dad sah witzig aus, weil er so groß und schlaksig ist und beinahe im Schneepflug fuhr. Sein Schlitten machte all die orangefarbenen Fähnchen platt, die den Weg markierten. Schließlich band Karen ein Seil am Beckengurt ihres Rucksacks fest und verknotete das andere Ende hinten an Dads Schlitten, damit der ihn nicht über den Haufen fuhr.

Scott hatte dem Manager des Base Camps gefunkt, um ihn zu informieren, dass wir kamen. Wir wurden mit lautem Applaus empfangen.

Alle wollten wissen, wie schnell wir es auf den Gipfel geschafft hatten. Sie prosteten uns mit Sekt zu und uns traten Tränen in die Augen. Wir posierten mit allen für Fotos und gaben sogar ein paar Autogramme.

Nach einem erstklassigen Weihnachtsessen kam Scott mit einer Überraschung an unseren Tisch. Er reichte mir ein Schälchen und gab auch Dad und Karen jeweils eines, bevor er sich seines holte.

»Die weltberühmte Antarktis-Eiscreme«, verkündete er. »Eine extrem seltene Köstlichkeit, wenn sie aus frischem Schnee hergestellt ist.« Er lachte. »Denn frischen Schnee haben wir hier gar nicht so oft.« Er träufelte auf mein Eis Honig, fügte frische Beeren hinzu und hob sein Schälchen, um uns mit dem Eis zuzuprosten. »Auf den Jungen, der uns nicht nur dazu anregt, Großes zu träumen, sondern auch dazu, diese Träume Wirklichkeit werden zu lassen.«

Ich war sehr bewegt, denn diese Worte kamen von einem Mann, der dasselbe vollbracht hatte, wie ich – allerdings viermal öfter.

Weil wir den Aufstieg zum Gipfel und auch den Abstieg schneller bewältigt hatten als andere Teams, mussten wir jetzt warten. Der Pilot der Twin Otter, die uns zum Union Glacier Camp bringen sollte, wollte nicht mit nur drei Passagieren fliegen. Dadurch konnten wir noch zwei volle Tage hierbleiben, Ski fahren und die Landschaft genießen, was ich super fand.

Die Nachricht vom erfolgreichen Abschluss meiner Seven-Summits-Besteigungen verbreitete sich in Windeseile in den Medien. Die Fernsehsender konnten es nicht erwarten, die Story zu hören. Ich saß vor unserem Zelt im

Vinson Base Camp und gab dem BBC, *Good Morning America*, NPR, der *Today*-Show und einer Reihe weiterer Sender und Sendungen Telefoninterviews. Es war jetzt schon ein ziemlicher Rummel, und ich fragte mich, wie es wohl sein würde, wenn ich nach Hause kam.

An einem sonnigen Tag mit Temperaturen um –6 °C flogen wir zum Union Gletscher Camp zurück. Die Belegschaft hatte sich während der Feiertage eine Auszeit genommen, ein Volleyballfeld angelegt und Möbel aus Eis und Schnee geformt. Alle trugen Shorts. Mir tat es richtig weh, zu sehen, wie sie den Bällen mit nackter Haut hinterherhechteten. Ich behielt meine lange Hose an.

»Komm schon, J-Man, und du auch, Karen«, rief Dad. »Wir bilden mit drei Russen ein Team und spielen gegen die Argentinier.«

»O ja, ich bin eine tolle Blockerin«, witzelte Karen. Mit ihrer geringen Körpergröße war sie eindeutig benachteiligt. Allerdings ist sie stärker als die meisten Männer. Als ich neun Jahre alt war und wir unseren ersten Gipfel bestiegen, war ich genauso groß gewesen wie sie, doch inzwischen überragte ich sie um einiges. Dad hatte mir immer noch einige Zentimeter voraus und außerdem spielte er Beachvolleyball. Er war irre gut und bekam von unseren russischen Teamkameraden jede Menge High Fives.

Ich war so wild darauf gewesen, den Mount Vinson zu besteigen, weil er mein letzter Gipfel war, aber es hatte mir sehr leid getan, einen großen Teil der Skisaison von Big Bear zu versäumen. Es entschädigte mich ein bisschen, dass ich in der Antarktis so viel Ski laufen konnte.

Der Flieger aus Punta Arenas, der uns hatte abholen

sollen, war immer noch nicht eingetroffen. Am nächsten Morgen standen wir sehr früh auf und stiegen auf einen hohen Berg in der Nähe des Camps. Gerade waren wir auf dem Gipfel angelangt, als wir einen Anruf bekamen: Das Flugzeug würde in einer Stunde eintreffen.

»Wenn wir nicht rechtzeitig unten sind«, meinte Karen, »kann es sein, dass wir hier noch eine ganze Woche festhängen.«

Wir fuhren auf den Skiern so schnell hinunter, dass der Pulverschnee nur so aufstob. Als wir unten ankamen, hatten die anderen Gruppen, die ebenfalls an diesem Tag abreisen wollten, bereits gegessen und gepackt. Hastig markierten wir unsere Gepäckstücke und warfen sie in einen Lastwagen. Wir alle mussten in einen offenen, von einer Schneeraupe gezogenen Anhänger steigen, in dem wir auf der acht Kilometer langen Fahrt ganz erbärmlich froren.

Ich sah, wie die IL-76 die eisige blaue Landebahn anflog. Vor dem Hintergrund der atemberaubenden Landschaft sah die Maschine trotz ihrer Größe wie ein winziges Insekt aus. Wieder wurde ich daran erinnert, wie klein ich inmitten des Universums war.

29. Kapitel

Sobald wir vom Mount Vinson aus meine Mom und unseren neuen PR-Agenten Clay Abney angerufen hatten, ging die Nachricht, dass ich zum jüngsten Bezwinger der Seven Summits geworden war, um die Welt. Trotzdem spielten die Medien nicht ganz so verrückt wie nach der Everest-Besteigung.

Der Grundton von Zeitungsartikeln, Radiointerviews und Fernsehauftritten war im Großen und Ganzen positiv. Unsere Kritiker nahmen sich zurück, denn ich hatte ihnen bewiesen, dass sie sich geirrt hatten. Wir waren gesund nach Hause zurückgekehrt, ohne Brüche und Erfrierungen und ohne irgendwelche Katastrophen erlebt zu haben. Mit 15 Jahren hatte ich vermutlich mehr geografische Regionen, Kulturen, Religionen und Ideen erlebt als die meisten Menschen im Laufe ihres ganzen Lebens, und dafür war ich unendlich dankbar. Ich hatte erfahren, wie ähnlich die Menschen einander überall auf der Welt sind, und das ist etwas, was man nicht aus Büchern lernen kann.

Am Tag nach unserer Rückkehr aus der Antarktis flogen wir schon wieder nach New York, wo wir in der *Today*-Show auftraten. Als uns Ann Curry interviewte, sagte Dad: »Ich bin der stolzeste Vater auf diesem Planeten, denn ich habe einen 15-jährigen Sohn, der sich Ziele gesetzt. Und er hat sich von diesem einen Ziel nicht im Geringsten abbringen lassen. Er hat durchgehalten, bis er es erreicht hat.«

Ann Curry sah mich an. »Aber es hat Momente gegeben – ich weiß es, weil ich darüber gelesen habe –, in denen du dachtest: ›Ich will das nicht mehr tun, ich will aufhören.‹ Aber deine Eltern haben dich stets ermutigt, weiterzumachen.« Jetzt schaute sie Dad und Karen an. »Woher wussten Sie, dass es richtig war, ihn anzutreiben?«

Karen antwortete: »Man muss sehr aufpassen. Man kann ein Kind dazu ermutigen, etwas Großes zu tun, etwas, das zu erreichen dem Kind ein gutes Gefühl schenkt. Aber man darf Kinder nicht dazu antreiben, etwas zu tun, das sie nicht von sich aus tun wollen.«

»Wir leben in Big Bear, in Kalifornien«, fügte Dad hinzu. »Wir führen dieses Leben tagtäglich. Sport ist für uns nicht etwas, das man nur am Wochenende treibt. Es ist nicht nur eine nette Abwechslung, sondern unser Leben.«

Mich fragte Ann: »Was willst du als Nächstes tun?«

»Mein Hauptziel bleibt, andere Kinder und Jugendliche dazu ermutigen, sich Ziele zu suchen, die ihnen wirklich am Herzen liegen, und ihren eigenen Everest zu finden. Ich will ihnen zeigen, dass alles möglich ist.«

Am nächsten Tag waren wir bei Fox TV und an dem danach bei CNN. Wenn man mich fragte, ob ich weiter bergsteigen wollte, antwortete ich, dass ich überlege, den

Grand Slam in Angriff zu nehmen und später vielleicht in der Outdoor-Industrie zu arbeiten.

Es machte mir Spaß, Leute kennenzulernen, aber ich hatte keine Lust, ein Prominenter zu werden. Ich war froh, wieder zu Hause zu sein und einfach nur mit meinen Freunden abzuhängen, Ski zu fahren und meinen Führerschein zu machen. Die Medien beruhigten sich nach ein paar Monaten, aber ich bekam ständig E-Mails und Anfragen, ob ich Schulen besuchen oder weitere Interviews geben könne. So gut wie alle, denen ich begegnete, fanden gut, was ich tat, und das gab mir wiederum ein positives Gefühl.

Ich hatte immer noch ein starkes Bedürfnis, ein neues Ziel zu finden, etwas Großes, auf das ich hinarbeiten konnte. Immer wieder sah ich Kinder, die nicht einfach nur ein bisschen mollig, sondern viel zu dick waren. Sie ernährten sich von Junkfood und Limonaden und verbrachten viel zu viel Zeit mit Fernsehen und Computerspielen.

Ich beschloss – wie ich es schon häufiger überlegt hatte –, tatsächlich meine Erfahrungen zu nutzen, um Kinder dazu anzuregen, gesund zu leben und ihre Träume zu verwirklichen – sogar solche Träume, deren Umsetzung unmöglich erschienen.

Von dem Plan des Bergsteigers inspiriert, den wir auf dem Mount Whitney kennengelernt hatten, beschlossen wir, eine Fünfzig-Bundesstaaten-Tour zu machen, der wir den Titel »Finde deinen Everest« gaben. Wir hatten damit schon in dem Sommer vor der Vinson-Besteigung in den nördlichen Bundesstaaten an der Ostküste begonnen, und ich hoffte, jetzt nach dem Abschluss der Seven-Summits-Besteigungen damit weitermachen zu können.

Einer unserer Sponsoren lieh uns ein Sprinter-Wohnmobil, um durchs Land zu fahren. Auf der 2012er-Tour fuhren wir als Erstes nach Maine, weil das die nordöstlichste Ecke der USA ist und ich dort noch nie war. Die Wettervorhersage für den Tag unserer Wanderung fiel nicht sehr rosig aus.

»Hey, wir sind auf den Everest geklettert«, sagte Karen. »Ein bisschen Regen wird uns nicht davon abhalten, es auf den Mount Katahdin zu schaffen.«

Die Besitzer des Campingplatzes, auf dem wir parkten, hatten von mir gehört und waren wegen unseres Besuchs so aufgeregt, dass es schon beinahe peinlich war. Sie luden uns zum Abendessen ein und behandelten uns, als wären wir mit irgendeinem Königshaus verwandt. Ihr Sohn Ryan und dessen Freund Noah waren in meinem Alter und outdoor-begeistert. Wir verbrachten den ganzen Tag zusammen, und ich freute mich darüber, neue Freunde gefunden zu haben.

»Wollt ihr mit uns auf den Berg gehen?«, fragte ich sie.

»Mann, das wäre total cool!«, antwortete Ryan.

Am nächsten Morgen brachen wir zu fünft auf. Wir gingen die 5,3 Kilometer zum Chimney Pond und dann 3,5 Kilometer weiter auf den Gipfel des 1606 Meter hohen Mount Katahdin. Die Flüsse führten Hochwasser und auch an den Wanderwegen lief teilweise Wasser hinunter. Auf Wasserfällen zu wandern war eine völlig neue Herausforderung.

Ich schüttelte meine Jacke aus und sagte zu meinen

neuen Freunden: »Ich glaube, das ist der feuchteste Aufstieg, den ich je erlebt habe.«

Verglichen mit dem Himalaja sind die Appalachen nicht wirklich extrem, doch das Wetter konnte es leicht werden. Der Mount Katahdin war wie ein großes, nasses Tier. Am nächsten Tag fuhren wir weiter und bestiegen den Mount Mansfield in Vermont. Anschließend war New Hampshires berühmter Mount Washington dran und da war das Wetter noch schlimmer.

An jedem dieser Orte hielten wir vor Kindern und Jugendlichen Vorträge. Wenn ich auf die Bühne trat und sie mir zujubelten, freute ich mich, denn ich hoffte wirklich, sie zu einer gesünderen Lebensführung inspirieren zu können. Das war mein neuer Traum und er war mir ebenso wichtig wie die Besteigung der Seven Summits.

Zu Beginn meiner Rede erklärte ich, wie wichtig es ist, gesund zu leben, sich regelmäßig im Freien aufzuhalten, aktiv zu sein, die Natur zu genießen und viel Zeit mit der Familie zu verbringen.

Danach präsentierte Karen eine Diashow unserer Bergtouren. Anschließend sagte ich zu meinem Publikum: »Habt keine Angst, euch hohe Ziele zu setzen, aber versucht nicht, sie ganz alleine zu erreichen. Findet Unterstützung, wo immer ihr könnt. Anfangs war ich mir nicht sicher, was mein Dad und Karen von meinem Plan halten würden. Würden sie mitmachen? Ich war ja nur ein abgedrehter kleiner Neunjähriger. Aber ich suchte mir alle Informationen zusammen, die ich finden konnte, sprach mit anderen darüber und entwickelte einen Plan. Das alles könnt ihr auch. Ihr müsst nur an euch selbst glauben!«

Ich wurde dann immer gefragt: »Hast du jemals daran gedacht, aufzugeben?«

»Ja, klar. Aber ich habe es dann nie getan. Mein Traum war es, die Seven Summits zu besteigen. Das war ein sehr hohes Ziel, und manchmal befürchtete ich, es wäre zu hoch für mich. Deshalb habe ich mir die Berge einzeln angeschaut, immer nur einen auf einmal. Aber selbst ein einzelner Berg, wie zum Beispiel der Everest, kann zu groß sein. Deshalb muss man seinen Plan in kleinere Schritte aufteilen. Lasst niemals zu, dass euch die Größe eures Traums erschlägt. Verwirklicht ihn, indem ihr immer nur einen Schritt auf einmal macht, ohne euer Ziel aus den Augen zu verlieren.«

»Wie lange hast du gebraucht, um deinen Traum zu verwirklichen?« – auch diese Frage kam jedes Mal.

»Sechs Jahre. Aber je länger man an etwas arbeiten muss, desto befriedigender fühlt es sich an, wenn man es endlich erreicht hat.«

»Und was ist, wenn man scheitert?«

Ich ging beim Reden auf der Bühne hin und her, um mit möglichst vielen Zuschauern Augenkontakt herzustellen. »Wenn man etwas wirklich erreichen will, kann einen nichts aufhalten. Feiert auch die kleinen Siege. Arbeitet immer weiter an der Umsetzung eures Plans. Manchmal ist ein Schritt rückwärts ebenso wichtig wie ein Schritt nach vorne. Aber gebt nie auf. Klettern ist ein großartiges Sinnbild für das Leben.«

An diesem Punkt stellte ich mich immer neben Karen. »Macht es so wie ich: Erzählt eurer Familie, was ihr vorhabt. Umgebt euch mit Leuten, die euch unterstützen.

Und dann ist alles möglich. Und wenn ich ›alles‹ sage, meine ich wirklich alles.«

Für den letzten Abschnitt meines Vortrags ging ich zur Bühnenmitte. Vorab wurden die Zuschauer immer gebeten, Karteikarten mitzubringen.

»Schreibt eure Ziele auf die Karteikarten, die ihr heute mitgebracht habt. Setzt euch hohe Ziele, egal, ob es darum geht, einen Berg zu besteigen, Football zu spielen, eine Reise zu machen oder aber in der Schule bessere Noten zu bekommen.«

Nachdem sie ihre Ziele aufgeschrieben hatten, stellte ich ihnen die nächste Aufgabe. »Hebt die Karten auf, nehmt sie mit nach Hause und zeigt sie euren Eltern, Lehrern und allen, die euch unterstützen können. Und seid geduldig. Denn es kann eine Weile dauern, ein Ziel zu erreichen.

Steht nun bitte alle auf. Schließt die Augen. Haltet die Karteikarte mit eurem Ziel nahe an euer Herz. Denkt über euren Traum nach. Überlegt, wie ihr ihn verwirklichen könnt. Denkt an die einzelnen Schritte, die das erfordern wird. Überlegt, wer euch dabei helfen kann. Und dann holt einmal tief Luft, ohne die Augen zu öffnen, und macht einen kleinen Schritt nach vorne.«

Ich schwieg, während alle im Publikum einen Schritt vorgingen. Ich fand es immer sehr bewegend, das mit anzusehen. Ich legte viel Begeisterung in meine Stimme, als ich anschließend sagte: »So, das wäre geschafft. Herzlichen Glückwunsch, ihr seid eurem Ziel soeben einen Schritt näher gekommen. Findet *euren* Everest!«

Ich war sehr, sehr dankbar dafür, dass mir mein Ziel,

die Seven Summits zu erklimmen, ermöglicht hatte, Kinder und Jugendliche dazu anzuspornen, ihre Träume zu verwirklichen, und ich hoffte, das, was ich erlebt hatte, würde ihnen Mut machen.

Wenn ich durch das Besteigen der jeweils höchsten Gipfel jedes Kontinents eines gelernt hatte, dann, dass man mit der richtigen Unterstützung und dem richtigen Training alles erreichen kann, was man sich wünscht.

Ich habe das große Glück, mit einer Familie zu leben, die mir bei der Verwirklichung meiner Träume hilft. Mit ihnen an meiner Seite sind mir und meinen Träumen keine Grenzen gesetzt. Ich freue mich darauf, herauszufinden, was mein nächstes Ziel sein wird.

Danksagung

Dieses Buch ist all denen gewidmet, die mich in diesen Jahren unterstützten und mir halfen, meinen Traum wahr werden zu lassen. Wenn Sie ein T-Shirt, einen Taco oder ein Kinoticket gekauft haben, dessen Erlös zur Finanzierung meiner Expeditionen beitrug, oder wenn Sie sich von meiner Website zu einer Spende anregen ließen, mich angespornt haben, verfolgt haben, wie sich der rote Punkt auf die beiden letzten Gipfel zubewegte oder mir eine ermutigende E-Mail geschrieben haben, dann gilt Ihnen mein aufrichtiger Dank.

Ich danke meiner Familie, die mich auf jedem Schritt meines Wegs unterstützte. Ich liebe euch von ganzem Herzen! Mein Dank geht an Dad, der kein einziges Mal Nein sagte: Ich liebe dich und danke dir für alles, was du für mich getan hast. An Karen, die alles organisierte und mir in 6400 Metern Höhe mit den Mathehausaufgaben half: Ich liebe dich so, als wärst du wirklich meine Mutter, und ich kann dir für all das, was du für mich getan hast, gar nicht genug danken. An meine Mutter und meine kleine Schwester Makaela: Ihr habt die ganze Zeit an mich gedacht, auch dann, wenn ich euch am stärksten vermisst habe. Ich liebe euch zwei!

Besonderer Dank geht an Linda LeBlanc, die eigentliche Autorin dieses Buchs. Es war schön, dich kennenzulernen, während wir all das hier zusammentrugen. Ohne dich würde es dieses Buch nicht geben.

Ich möchte auch den Folgenden danken, die wesentlich zum Gelingen dieses Projekts beitrugen: Grandpa Alex Romero, Grandpa Robert Drake, Ang Prasang Sherpa und dem Everest-Team, Samuel Kusamba, Terry Torok, Glenn Staack, Rob Bailey, Allan Laframboise und ESRI, Mike Baker, Katherine Blanc, Cathy Mills, King Richard, Steve Renecker, Neal Drake, den zahlreichen Sponsoren und allen, die unser Team unterstützten, und den Bewohnern von Big Bear.

Ad alta!

Jordan

Die Seven Summits*

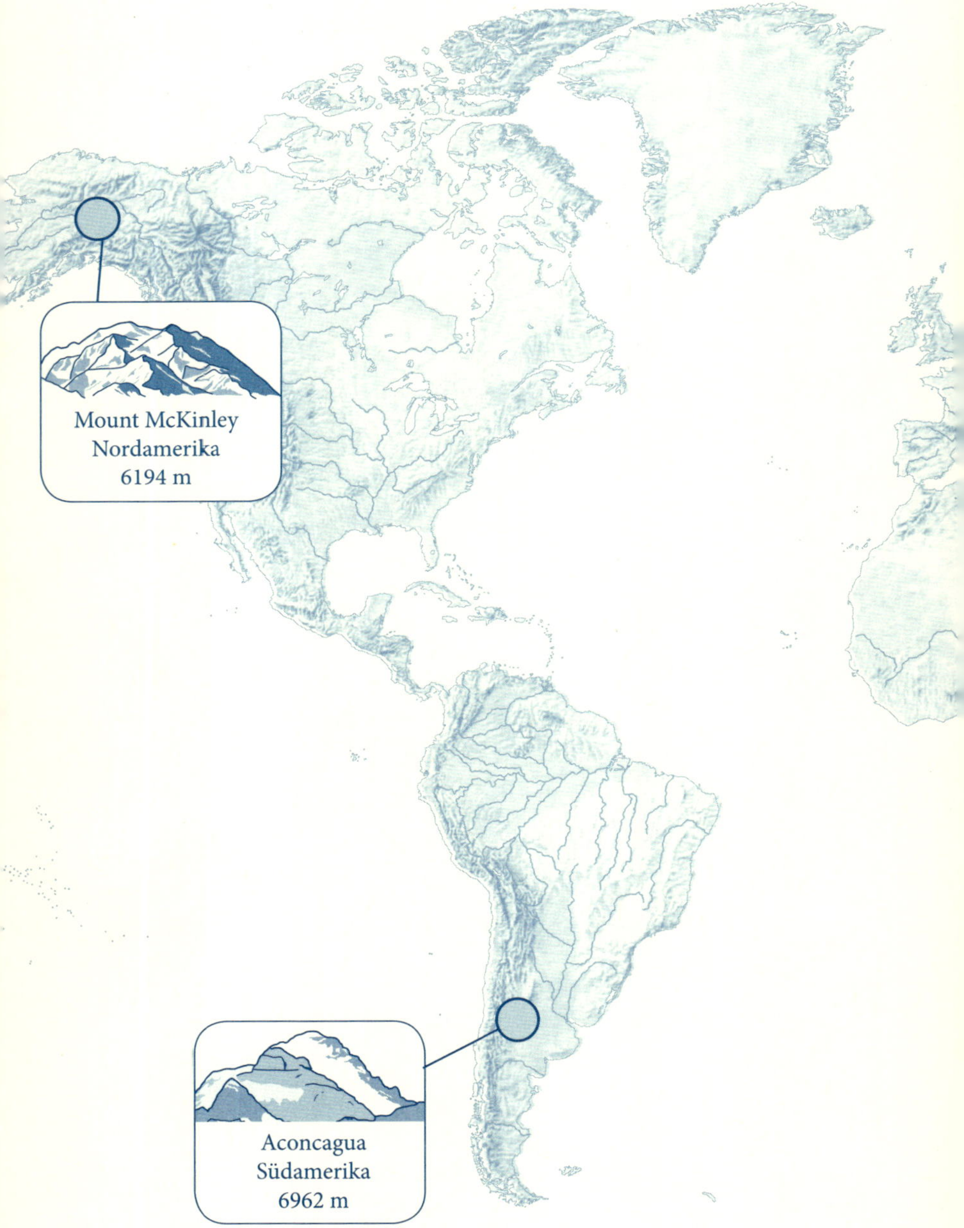

* Die Seven Summits sind die jeweils höchsten Berge der sieben Kontinente. Hier sind acht Berge abgebildet, da über Australiens höchsten Berg debattiert wird: Entweder ist es der Mount Kosciuszko oder die Carstensz-Pyramide.